Rose and Renaissance III
Copyright © 2019 by Zhi Chu

ISBN 978-1-77408-018-4

Published by:

Via Lactea

info@vialactea.ca

Printed in Canada

ROSE AND
RENAISSANCE

AUTHOR
ZHI CHU

[VOLUME 03]

◆ ◆ ◆

　　周自珩定定地站着，手指握住那一方小小的手写信，垂着头，黑色的帽檐遮住他深邃的眼也蒙住了心绪，久久沉默。

　　夏习清也不知自己是怎么了，心脏不安分得很，介于慌乱与羞耻之间的某种情绪在攀升，这不像他，这两种情绪都非常不夏习清。

　　"那个……"夏习清的嘴唇动了动，盘踞这个身体太多年的自尊让他伸出手，将那封信从周自珩的手里夺了回来，"这是我抄的一段，我挺喜欢这首……"

　　强打起精神说出的话终结于周自珩一步上前的吻里，他的手捧住夏习清的面颊，可夏习清却觉得，他捧住的是自己忐忑又奄奄一息的心。柔软的吻是一剂良药，让他在莫大的失落中死而复生。

　　夏习清伸出手抱住周自珩的后背，两具身体紧密无间地贴着，胸膛抵着胸膛，心脏靠着心脏。

　　他亲手写下那些字句的时候，感觉自己真的如同一个献祭者。

　　为了周自珩这一捧璀璨星光，他献上自己的所有。他的胆怯，他的沉疴旧疾，他身体里的阴暗面，他热切灼心的欲求。

在这个华丽又隐秘的艺术馆顶层，一百件专属于一人的作品围绕着他们。门外的世界将这个皮囊出众的年轻艺术家作为谈资，掀起满城风雨，可他却毫不在意，就算本该完美的计划被打乱，可他的缪斯还是来了。

遗憾中的圆满更为圆满。

周自珩轻柔地抚着夏习清的后颈，吻了又吻他的头顶，他的心情复杂极了，从最初的恐慌和心绪不宁，到以为被遗忘的失落，再到愤怒，到担忧。艺术馆大门外终于相见的释然，登上顶层的惊喜和感动。

所有说不清道不明的情绪，在此刻都化作对怀中人的一腔狂恋。

"喜欢这些礼物吗？"夏习清抬眼望着他，眼睛里流动着温热泉水。

"喜欢。"周自珩吻了吻他的鼻尖，"喜欢这些，更喜欢你。"

直白的情话烙在心间，耳朵烧烫。

夏习清转过身子背对他，牵着他的手将他带到了那尊雕塑前，周自珩觉得惊奇，那种感觉无法形容，亲眼看到自己化作一尊雪白的艺术品，看着它流畅到近乎真实的线条，山脉一般深邃又立体的面部骨骼，只有一点，周自珩总觉得不像自己。

"它太温柔了。"周自珩隔着半米的距离站着，脸朝向自己的小艺术家，笑得有些不好意思，"你不觉得吗，我哪有这么——"

"谁说的。"夏习清朝他走过来，抬头仰视着周自珩的眼睛，声音温软好似春风。

"你都不知道你对我有多温柔。"

用泥土和爱意也无法复现的温柔。

说完，夏习清又转过身："你没发现这个雕塑的姿态很熟悉吗？"

周自珩情绪还未抽离，方才被他鲜少的真情流露会心一击，整个人都有些微醺，他伸出双臂，从背后搂住包裹在精致西装下的细腰，下巴搁在他的肩膀，歪着头凝视着雕塑。

它并不是站立的姿态，而是坐着，上半身裸露在外，肌肉饱满线条分明，腰间到大腿覆着一方柔软的布料，布料的柔软度几乎可以以假乱真，纹路和半流动的状态都真实到无以复加，仿佛用手捏住一角便可扯下。它微微歪着头颅，眼睛望着前方，右手握住一枝开得正好的玫瑰，玫瑰花瓣柔软而娇嫩，光影的拿捏，倒像是从斜前方偷偷潜入的月色特地前来，为他照亮。

台面下有一张金色的铭牌，上面刻着一个单词：Thief。

周自珩忽然觉得熟悉："是……我被关禁闭的时候，你偷来我家的那天？"

夏习清侧过脸，像是奖励一样亲了一口他的脸，笑得格外甜："对。"

他忘不了临别之际回头时看到的，月光之下留住那朵红玫瑰的小王子。瞳孔中定格的那一幅画面，在这个失败的罗密欧心中经久未能散去，只好用自己的双手和天赋将那一夜的月色永久留下。

以最能诠释夏习清本质的形式来诠释周自珩。

"谢谢你。"周自珩用脸侧轻轻蹭着夏习清的侧脸，夏习清转过脸，那张纯粹又美丽的面孔上泛起有些孩子气的笑意："不用谢。"

"我该谢谢你。"下一秒他又转过去，声音很低很轻。

"你是我的文艺复兴。"

周自珩没有听清这句话，又抱着他询问了一遍，可夏习清却怎么也不肯说了，他心跳得很快，觉得自己大概是疯了，这种话也说得出。

任他怎么纠缠，夏习清也不肯再说，反倒挣脱了怀抱走到雕塑前，假意观摩作品，伸手抚摩着雕塑的面颊。不知怎么的，这个动作一下子让周自珩感觉饱受威胁，他上前将夏习清拽回自己身边："别摸。"

夏习清莫名其妙："你干吗啊？"

"你摸我啊，我活生生站在这儿呢。"他把夏习清的手抓住贴在自己的脸上。见周自珩这样，夏习清觉得又气又好笑："你真是越来越有出息了，一个雕塑的醋都要吃了。"

吃醋吃惯了，周自珩都懒得辩解了："对啊我就是吃醋。"他的眉头皱起来，忽然想起些什么，小声道，"谁知道你会不会把这座雕塑当作你的伽拉忒亚？”

夏习清愣了愣，吃醋就吃醋吧，这家伙居然还引用起希腊神话的典故来了。

他伸手扯了扯周自珩的脸：“你怎么这么厉害啊。这能是一码事吗？皮格马利翁是雕了个雕塑然后爱上自己的雕塑了，他那是没原型的，我有你啊。”

虽然语气不怎么温柔，可最后这几个字像是星星一样跌进周自珩的心里，照得整个胸膛都亮堂堂的。他一下子就抱住了夏习清，在他的脸上亲了又亲，高兴得一下子就忘了吃醋的事了。

“哎你放开我，幼稚。”

“不放，你是我的。”

“你放不放，不放我就把这儿锁起来，再也不给你看了，这些都不送给你了。”

“你吓唬我也不放。这些都是我的，你也是我的。”

两个人在这座小小的艺术馆里待了很久，一幅一幅看过了所有夏习清为他画的画，有许多是他们未曾谋面时夏习清便为他画好的，精心装裱之后放置在这里。周自珩心中不免有些愧疚，他之前看见卡车从公寓楼下经过的时候，还以为是夏习清要悄悄离开。

原来是要将所有的画作都转移到这里。

凌晨三点，倚在周自珩怀里温存许久的夏习清终于还是从甜蜜中清醒，他的内心极力逃避着那个纷扰的事实，可它的确发生了，而且影响不可估计。夏习清不过是抱着玩票的心进的娱乐圈，这本来就不是自己的本职，他终究是要回归自己真正的事业，可周自珩和他不一样，他的职业就是演员，他的理想和抱负都是通过表演来完成的。

可是艺术圈和娱乐圈不同，他不想周自珩被自己拉入舆论的深渊。

“你该走了。”夏习清垂着眼，“你其实也不该来。”

周自珩不愿听见他说这样的话："我该来，我比谁都该来。"

"是。"夏习清抬头，又叹了口气，"我的意思是，我现在一定被很多人盯着，这段时间你应该离我远一点。"

"没事的。就算我们现在天南海北，也会有人猜疑我们之间的关系，无所谓。"周自珩笑了笑，"记者拍到就拍到，你如果不想在现在公开，我会处理的，我都出道这么久了，也没有记者敢把偷拍我的照片放到网上，除非他们不想混了。"

夏习清心里稍稍松了些，现在是离开艺术馆的好时间，他领着周自珩来到了艺术馆的后花园，打开了一个锁上的木门，两人悄悄离开，坐上了夏习清停在后门外的车。

坐在驾驶座上，夏习清的脑子不断地转着，自己的性取向其实不算是秘密，尤其是在意大利的社交圈，可这么突然在国内曝光，害得他不得不公开出柜，倒是真打得他措手不及。细想来又有太多疑点，光是时机就出奇巧合："很奇怪，爆料我就算了，单单选在你生日这天爆料，简直就像是故意报复一样。"

"就是故意报复。"周自珩舌尖不耐地舔了一下干燥的嘴角，"是魏旻搞的鬼。"

夏习清有些吃惊，他还以为是得罪了什么别的人，没想到居然还是那个孬种。

"魏旻？他是嫌命长吗？"他单手解了自己的领带搭在手腕上，"上次我就该直接让他断子绝孙。"

"大概是报复心太重。"

夏习清忽然有些明白魏旻的用意了，魏旻知道自己的身家还敢做这些，无非就是仗着自己真的喜欢男人，又真的和周自珩在一起，就是想搅翻舆论让自己遭受非议。

可他还是不够了解夏习清。

"他真的以为这样能报复到我？"

夏习清从来没在意过舆论，他从不依靠别人的评价而活。

"他既然爆料了你的性取向，下一步，如果我没猜错应该是拿你以前的私生活做文章。"周自珩冷静分析，安抚夏习清，"这一点嫂子说她会处理，她会公关。"

"公关是有用，但不是最有用的。"夏习清的手指轻轻点在方向盘上，说话间脸上带着随意的笑，"喜欢玩这套，那就看看谁先身败名裂。"

到了第二天，微博上关于夏习清性取向的热度依旧没有散去，仍挂在热搜头条。

蒋茵联系了一些微博大 V，发了一些博文，一部分拿同性恋做文章，故作恐同论调，这些文章一出，立刻引发了一部分网友的反感和批判，对夏习清自然而然产生了同情。

Skyscraper："微博某些大 V 的言论真实恶臭，虽然我不是同性恋，但是也看不下去，人家喜欢男的女的关你什么事？大清早亡了！"

小天使爱美丽："我还以为现在时代进步了，对于同性恋的舆论可以宽容一些，没想到还是这样，真实心寒。"

你喜欢去哪："我是男生，我也喜欢男生，这几天真的感受到了这个社会满满的恶意。"

但其中也不乏许多网友实施网络暴力，攻击夏习清的性取向，其中也有很大一部分是周自珩的毒唯，利用夏习清的性取向长篇大论写着小论文，论述夏习清倒贴、吸血、搏出位各种罪状，甚至上纲上线，上升到了职场性骚扰的地步，着实令蒋茵头疼。

毕竟这种时候，即便夏习清和周自珩没有任何关系，粉丝最应该做的就是闭麦不言，把自己撇开而不是祸水东引。可饭圈里总是有一部分粉丝怎么都拎不清，撕逼时候的架势恨不能搞死自己的爱豆。

只爱周自珩："夏先生是同性恋，还一再借着周自珩的名义进入娱乐圈和他多番合作，其心可诛。"

吃瓜小精灵："说句不该说的话，我虽然不是周自珩的粉，但是将心比心也觉得很恶心了，要是我的爱豆被迫跟一个基佬炒 CP 我估计会气死。"

用户23345290："难道只有我一个人看到夏习清的第一眼就不喜欢他？看起来就很 gay 啊长得好看有什么用。"

这些言论一出来，立刻又被支持他的网友和粉丝炮轰，两边都不让步。

好在饭圈终究是小范围，毒唯也是少数，终究翻不起什么浪来。

趁着网上的舆论开始偏向对于性取向的讨论，蒋茵立刻又安排了新的写手，站在另一立场发表言论，诸如《同性恋难道真的是原罪？》《我有权选择出柜 or 深柜，也有权拒绝被出柜！》《无关性向，关乎自由》的文章频频出现在网络，其中有许多知名同性博主自发撰写发布，很快掀起了网友对于性向问题的热潮，夏习清被出柜的问题，被上升到了自由范畴，精准地戳中了许多网友的软肋和诉求。

透明的心："我觉得这件事根源在那个爆料者吧，别人喜欢男的女的都是别人的私事，又没有做什么伤天害理的事，这难道没有侵犯他人的隐私权吗？"

棉花糖很甜："人间已经不值得到连喜欢什么人的自由都不能有了吗？"

夏习清没有听蒋茵的话，他的微博一直在线，时刻看着网上的舆论风向，等待着最合适的时机。

照魏旻那个脑子，下一步的计划一定是曝光他的私生活，夏习清之前的私生活虽然乱，但绝不是滥交，只是追求过的人数量可观而已，但一次也只有一位，何况因为他从不信任任何人，所以从来没有留下过照片影像。魏旻想从这一点搞他，无非是写点八卦文章，找到实锤的概率很低。

他的电话忽然响起来，是赵柯。

"喂。"夏习清的语气淡定得过分。

赵柯在电话那头还有些犹豫："你……你没事吧？"

"挺好的。非常好。"夏习清在工作台上翻了翻，找着根棒棒糖，撕了糖纸放进嘴里，"有事吗？"

"魏旻的事我知道了，我一朋友在一大局上跟他同桌，当时是有人提了一嘴他住院的事，别人不知道内情，不过据我朋友说魏旻当时差点没掀桌子，脸色很难看，回去的路上还一直骂骂咧咧，说一定要搞死谁谁谁，让他也尝尝丢人现眼的滋味。"赵柯顿了顿，"我现在才知道原来他要整你，不过他好像也就是准备曝光你的私生活，让你被网络暴力。"

"呵。"夏习清冷哼一声，"他当我是纸糊的？就凭这些不相干的人议论几句，就能让我抬不起头？"

"我夏习清的脖子硬得很，生下来就没低过头。"

赵柯叹口气，觉得自家发小谈次恋爱真是不容易，这么多麻烦事："魏旻那个人就是个无赖，不要脸得很，我朋友说他在饭局上就开始聊那些床上的事，完全不给他包的那些床伴面子，说得可难听了，据说还……"

听见赵柯吞吞吐吐，夏习清问道："什么？"

赵柯和周自珩是一路人，体制内家庭出来的乖孩子，说起来喉咙都哽着："我朋友说，他还在酒桌上拿手机给他们放他录的视频，是一个三线女明星。"他"啧"了一声，语气里全是不齿，又有些担心夏习清，"当初要是自珩没及时赶到，说不定你也……"

夏习清猛地咬碎嘴里的糖球，声音清脆。

"我知道了。"

挂断了赵柯的电话，夏习清坐在自己的工作台前，就这么静静地坐着，直到嘴里的糖果碎片都化开。

之前赵柯说的话在他的心里存了个影，反复回响。脑中闪过什么，夏习清忽然勾起嘴角，拿出手机拨了通电话。

"喂？"

对方的声音不像平常那样刻意做出损友的样子，反而还掺了些关切："哎，你还好吧？"

"得了，我什么人你还不知道？"他笑起来，直接开门见山。

"夏知许，帮我做件事吧。"

网络上关于夏习清的性向问题闹得沸沸扬扬，掀起了一大波关于同性话题的讨论热潮，愈演愈烈。就在爆出他性取向第三天的晚上，营销博再次放出新瓜——"×姓小鲜肉混乱私生活大起底"。

"这篇文章一看就是找专门的八卦写手写的。"蒋茵在电话里听起来似有愠怒，"这种文章放在网上，目的就是搅乱这摊浑水，路人根本不管里面说的这些事究竟是真是假，但这些黑料都会在他们的心里留下印象，这个时候他们的目的就达到了。"

到这种时候一味地辟谣远远不够，周自珩道："嫂子，先把他们这几个营销号的底找出来，找到他们具体运营的公司、撰写文章的写手以及发布者。扒了他们在互联网上的假面具，找到真正可以去负法律责任的人，一切就都好办了。"

文章完全把夏习清妖魔化，私生活形容得靡乱不堪，甚至请来了好几名所谓匿名前任，爆料夏习清的种种隐私。这篇文章一发布就被大量地转发。这种现象很难形容，那些跟风转发吃瓜的网友倒像是一群闹了多年饥荒的难民，见到画上画的馒头都一拥而上，争得头破血流。

猫酱最可爱："天哪，完全没看出来夏习清是这样的人。好恶心啊不会得病吗？"

Asssal："我现在关心的点是，夏习清真的是1？？？我去我一直以为他是0！所以是美人1？？"

小丘比特不射箭："gay圈就是很乱啊，滥交什么的很正常，他被爆出性向的时候我就知道有后招，还演什么艾滋病电影，人设崩塌了吧。"

我的小画家："开局连图都没有，剩下的全靠编，这一届的网友吃瓜都这么随心所欲的吗？还是说只要是同性恋在你们的眼里就是滥交和艾滋病？"

云淡风轻："讲真，这篇文没有实锤吧，要我我也能找一大堆假前任来写一些有的没的，反正不露脸还匿名。先保持观望态度，网络吃瓜太容易被打脸了。"

夏习清冷眼旁观这些议论，直接转发了那篇文章。

@Tsing_Summer：你们等着上法庭。

被黑的明星亲自下场手撕造谣营销号，这可是头一次，网友们的情绪一下子被点燃。

12345上山打老虎："卧槽夏习清好刚啊。"

Abcd 我可以："我居然可以脑补出他说这句话的样子，又冷静又刚……大概是《逃出生天》后遗症。"

小小小小姐："很有意思啊，前几天爆料他是同性恋的时候，夏习清没有站出来说话，今天爆料他私生活混乱，他立刻驳回并且说的不是等律师函而直接说上法庭，说明他默认自己是 gay，但是不承认后续的爆料。"

你是小居吗："一个 gay 有什么好刚的。"

我今天睡够了吗："我有一个阴谋论，这该不会是夏习清自己炒作吧？"

我的心上人是小画家："炒作个鬼啊谁会把自己的性取向这种隐私爆出来自炒？而且这篇文章写得多恶心，傻子才会用这种诋毁自己名誉的东西自炒，现在的网友吃瓜都吃疯了吗？夏习清是因为自己根本没有签约也没有团队才会自己出来说话的，只是喜欢男生而已至于被你们这些人这样诋毁吗？"

Rihhhh："一看到这篇就出来跳脚是怕自己的形象彻底坍塌吧。"

夏习清看着转发和评论，自己的粉丝还在不断地和网友争执，维护他的形象。这种感觉很微妙，就好像一群弱小的女孩子挺着腰杆拿着盾牌挡在自己的前面保护他，可能对一般的明星来说，这种事都已经司空见惯。

但对夏习清这样的性格，并不愿意看到这种场面。他倒是宁愿自己在前面冲锋陷阵，这些小姑娘们站在后头喊声加油就够了。

电脑上突然出现视频聊天的请求，夏习清看了一眼来人便直接接通，视频窗口出现了一个年轻男人的面孔，眉眼和夏习清有几分相似。只是夏习清的气质偏慵懒，五官更女相，视频那端的长相更立体，气质也阳光许多。

"大侄子你来啦。"夏习清笑得痞气，"有什么发现吗？"

一听见"大侄子"三个字，夏知许的脸垮了下来："你再说一遍？"

"好好好。哎呀脾气这么大。"夏习清有求于他，总得赔个笑脸，"怎么样？我让你找的东西你找到了吗？"

夏知许也没有再开玩笑，一边滑动鼠标一边道："我怎么说也是一个游戏公司的 CEO，现在居然要违反职业道德帮你做这种事。"

"少来，别以为我不知道你有黑客马甲。"

夏知许勾选了一些文件："我把那些证据都加密发到你邮箱了。"

虽说他相信夏知许的技术，但总归是担心自己会连累他："哎，这查得出来是系统入侵吗？"

"不容易。我特意去了一个没有摄像头的咖啡厅，而且自己搭了一个 tor，再说了，这些东西一曝光，他忙着公关和应付警察都来不及。"夏知许伸了个懒腰。

夏习清查看邮件的附件，除了之前赵柯说过的手机里的视频，居然还有类似平时固定摄像头的录像："这个大内存的视频是什么，家里的摄像头？"

视频那头的夏知许歪着嘴角笑起来："这个嘛，彩蛋咯。"

夏习清不明所以地点开视频，摄像头录下了魏旻，还有其他几个人的影像，一开始并没有什么，只是一些聊天吹牛，可越听夏习清越觉得不对劲。

魏旻倚着办公椅："泰国那批货还行，夜店里挺吃得开，到时候再进一批从海上走，我那边有人接应。"

"好的老板。"镜头中另一个人从包里拿出来一包白色粉末，"老板，这是新货，您验验？"

跷着二郎腿的魏旻接过那人手上的粉末，拨了一些在自己的虎口上，食指摁住一边的鼻孔，猛地一吸，仰头歪在座椅靠背，整个人飘飘欲仙。

看到这一幕的夏习清惊住了："我靠，这败家子居然贩毒，还吸毒？"

夏知许耸了耸肩："我看了这个人渣在手机里录的视频，有好几个被他迷奸的对象精神状态不太正常，感觉很像是吸毒之后的状态，所以我就试了一下入侵他的摄像头，果然让我找到证据了。"

"你可太牛逼了。"这完全是意外之喜，夏习清根本没有料到这个软蛋居然这么能耐，光是这一项罪名都足够让他翻不了身了。

正说着，视频那头的书房门被打开，一双长腿进入视野。镜头里的夏知许转过头，脸上露出温柔的笑，一把抓住了对方的手放在嘴边亲了一下。

"啧啧啧，视频聊天都少不了你俩的狗粮。"夏习清趴在桌子上笑，"琛琛，想我吗？"

许其琛要拉个椅子坐下，却直接被夏知许拉进了怀里："就坐这儿。"他挣不开，只好先说正经事："习清，你这几天还好吗？"

"挺好的，就是有一大堆记者等着拍我，所以我每天都窝在家里。"

许其琛浅浅笑了一下："那就好，你看了周自珩刚刚那个视频吗？"

夏习清一下子从桌子上起来："视频？什么视频？"

"他好像是在什么大楼的下面被一群记者围起来了，然后有一段视频放到网上了，就刚刚，不过现在已经上热搜了。"

周自珩今天有广告要拍，难不成是在拍摄地还是在公司楼下被拦住了？夏习清火速打开微博网页，果然在热搜榜上看到了一条微博，配文是"周自珩回应夏习清传闻"。

这家伙真是……都嘱咐了几百遍了不要理他们。夏习清无奈地点开视频，只有十几秒，一大群看不到头的记者将刚从旋转门出来的周自珩团团围住，话筒都恨不能怼在他的脸上。

"周自珩你从一开始就知道夏习清是 gay 吗？"

"夏习清跟你有过亲密举动吗？"

"现在夏习清的性取向曝光了你作为和他合作多次的艺人可以谈谈你的感想吗？"

"今天夏习清被爆出私生活混乱，请问是真是假？"

一个接一个的问题潮水一样将他包围，人多到根本走不动道，周自珩的眉头越皱越深，身边的三五个保镖将那些记者挡开，走在前面的小罗也一直反复说着："不好意思无可奉告，我们不清楚。"可那些记者仍旧没有停止，问题越来越难听。

披着一件黑色大衣的周自珩一把从身边一个记者手中夺过话筒，声音低沉带着薄怒。

"跟你们有关系吗？"

他本身就长着一张极富攻击性的长相，一米九二的身高俯视众人，这样压着怒气的样子更是气场十足，周围的记者被他的发问镇住，周自珩将话筒递回过去，原主竟然愣了一下，周自珩拧着眉："拿好。"

说完他便从人群中走出去，上车离开。

"周自珩的表情好凶哦。"许其琛笑道，夏知许捏了捏他的脸："你挺喜欢看别人的嘛。"

夏习清关掉了视频："他就那样，发火的时候贼吓人，平时跟个小孩似的。"他转头去看下面的评论，粉丝控评少不了，但转发里几乎都是路人，夏习清还以为自己会拖累他，谁知道路人的关注点都在他这张脸上。

@ 小薯条爱吐槽：我的妈呀周自珩这脸蛋这身材，希腊神话里的战神本神！//@ 大头儿子小头爸爸：我的天哪，娱乐圈第一 Alpha 诚不我欺！//@ 是你的柠檬：周自珩我可以！！！//@ 今天也要努力鸭：周自珩好攻啊！虽然不高兴但是还是要好好地把话筒还给你，这是什么绝世好男人！而且他说到重点了啊，别人的事跟这些狗仔有什么关系啊。//@ 我的极品前任：所有霸总酷哥攻都有了脸，PS 周自珩真的不是混血吗？为什么亚洲人有这么立体的五官？

这个世界未免太现实了一点……

夏习清关掉了微博界面："我不跟你们说了，这些证据的信息量太大了，我得最大程度利用它们。"他勾了勾嘴角，"谢了，大侄子。"

"……滚蛋。"

蒋茵是公关高手，夏习清第一时间先把夏知许在魏旻手机里找到的迷奸视频发给了她。网上现在真真假假，舆论也十分混杂，夏习清的正面刚让一部分吃瓜群众怀疑起爆料的真实性。

收到证据的蒋茵很快回了通电话。

"你从哪儿弄的这些？"蒋茵的声音明显带着惊喜，"这都是魏旻自己拍的？"

夏习清"嗯"了一声："我觉得是时候到打脸环节了。"

在此之前，蒋茵已经动用自己的手段，将这些爆料营销博的公司和撰稿人都揪了出来，夏习清并不清楚她是如何协商的，这些营销博已经删除了所有的爆料文章，但凭周家的势力还有蒋茵混迹娱乐圈多年的人脉，这些事也不难做到。

但就算是删除，营销博发声明道歉，对于夏习清来说也远远不够。

"我要让魏旻这辈子翻不了身。"

爆出性取向的第四天晚八点，夏习清发表了一篇长微博。

@Tsing_Summer：

"近日，有关我个人的性向问题在网上引发了许多讨论，造成不好的影响，对此我感到十分抱歉。

首先，我需要说明两点，第一，我的确是喜欢男性，这一点我不否认，就在10月20日的一场艺术馆开业沙龙上，我也已经公开出柜。我不认为我的性向应该遭受指责。第二，关于近期网络上对于我私生活的匿名污蔑，我需要向大家说明原委。今年五月初我通过试镜进入了《跟踪》剧组，当时剧组的投资方是魏氏集团的副总经理魏旻，此人在五月的一场艺术晚宴上企图对我实施迷奸，但未能成功，后来他从《跟踪》剧组撤资，对我一直怀恨在心企图报复，于是制造了这场爆料，意图借刀杀人，利用不知情网友对我进行网络暴力。

所有的事件均可在网上搜索到记录，欢迎各位网友深扒。至于魏旻，我个人将会采取法律手段，相信公道自在人心。"

这篇微博一经发出，立刻被吃瓜群众和粉丝转发，半个小时内就以十二万的转发量和上十万评论数登上热搜榜第一位。

BadLiar：“夏习清是真的刚……”

姐姐的马尔济斯：“不愧是著名自爆玩家……”

12345上山打老虎：“哈哈哈哈哈楼上说自爆玩家的别跑！”

谁说不是呢：“我的天哪这个惊天大反转，所以说是潜规则未果然后蓄意报复吗？如果不是真的，夏习清不会敢这么直接爆出来吧？对方还是一个有钱有势的集团副总。”

你才是哈巴狗：“举手，这题我会答。这个魏旻是有名的人渣富二代，包养了很多小明星，我要是有半句假话直播吃翔。”

上天入地小飞侠：“不是粉，单纯觉得夏习清好 A 哦。”

趁着热度，晚上十点半，一个新开的名为“丧尽天良富二代”的微博爆出了魏旻手机里的迷奸视频，蒋茵事先对视频进行了后期处理，将所有受害人以及被包养者的脸部进行马赛克和声音处理，并剪掉了一些露骨画面，保留足够作为魏旻罪证的视频片段。

这些剪辑过后的视频一经泄出，立刻被各大营销博转发，网上舆论一瞬间翻转。视频是实实在在的实锤，完全可以验证夏习清长微博里说过的话。

之前还纠结于性向问题的网友立刻倒戈，站在真正的受害者夏习清一方批判和谩骂这个手段下作的富二代。

要说网上有名的富二代也不少，喜欢掺和娱乐圈的更是有那么几个典型，魏旻这个渣滓一被丢到大庭广众之下，这些富二代们倒像是看戏一样，明里暗里地嘲讽不说，还给了更多私家爆料，让这次全民声讨变得更加沸沸扬扬。尽管那些迷奸视频很快被和谐掉，但网友们的热议却越发热烈。

魏旻费尽心机想要制造出来的网络暴力，最终还是落到了自己的头上。

周自珩回来的时候，夏习清正好坐在沙发上，腿上搁着自己的笔记本，听见动静朝外面看了一眼，正好对上他的眼睛。夏习清破天荒伸出两只胳膊，像一只漂亮的小猫似的：“快过来抱我。”

只愣了一秒，周自珩就立刻走上前去抱住夏习清，捧着他的脸颊亲了好几下。

"你今天真帅。"夏习清仰着脸看着周自珩，抬手摸了摸他做了造型的头发。

周自珩被他弄得有点不好意思，坐到他身边揽住他的肩膀，正要说话，发现夏习清拿出手机摁了110，吓了一跳。

"你要干什么？"

"嘘，"夏习清比了个噤声的手势，将手机拿到耳边，"我要当一次朝阳群众。"

周自珩"哦"了一声："可是这是海淀区。"

"嗯？"夏习清转过脸去，两人对视一眼。

"好吧那就海淀群众。"

"10月24日，×××公安分局根据群众举报，在某小区抓获1名涉毒违法人员魏某，现场起获冰毒21.6克、海洛因53.2克。经尿检，呈海洛因类阳性，目前魏某已被警方行政拘留……"

电视机里播放着魏旻涉毒的新闻，夏习清盘腿坐在沙发上，听见周自珩在厨房喊话："早餐好了。"

夏习清"哦"了一声，穿上拖鞋走到厨房，伸手摸了摸周自珩的脖子，像是给他做按摩一样不怎么走心地捏了两下，对方正专心致志地煎蛋。"多放点胡椒粉啊。"说完他伸手从碗里抓了几颗蓝莓塞进嘴里，"你刚刚听见了吗？新闻都出来了，办案效率很高啊。"

"风吹草动，这种时候就是得越快越好，得抓个现行。我估计当时那个人渣正在家里躲风头，发愁怎么做公关呢，谁知道等来了警察。"周自珩撒好胡椒粉，把鸡蛋翻了个个儿，"只要他爸不保他，就他那藏毒量还有视频证据，再加上迷奸罪，七年以上没跑。"

"他爸根本保不了他。"夏习清浑身都软软的，懒得都不愿好好站着，下巴抵在周自珩的肩膀上，随着嘴巴一张一合说话，那块尖尖的骨头也就一下一下地硌着周自珩的肩膀，"你是不知道，这件事一闹，他们魏氏的股份跌得快停板了，本来他们家这两年就出现了资金周转的问题，现在败家子这么一折腾，算是泥菩萨过江自身难保了。"

"恶有恶报。"周自珩转过来亲了他一下，把鸡蛋从锅里盛出来，"海淀群众，麻烦帮我端出去。"

夏习清接过煎蛋，抿着嘴唇挑了一下眉："海淀群众的正确打开方式可不是这样的。"

关了火，周自珩端了水果和牛奶跟着夏习清走出来，放在桌上："你的打开方式太多了，得好好摸索。"

夏习清把盘子往餐桌上一放，给周自珩递了个眼神："是吗？"没等周自珩接话，夏习清侧过身子双手一伸搂住周自珩脖子，跳上他的身上，穿着棉质家居服的长腿盘在了周自珩的腰上。

"喂……"被这突然袭击给吓到，周自珩赶紧用手扶住夏习清的大腿，"小心摔了。"

夏习清歪着脑袋轻轻咬着周自珩耳廓的软骨，语气不善像是威胁："你要是敢把我摔了，我今天非榨干你不可。"

周自珩一听，立刻假装松手："那我求之不得啊。"刚松了没半秒就又抓紧，还颠了两下，然后将夏习清放到了白色的餐桌上，一手撑着桌面，另一只手扶住他的腰便要伸脖子过来吻他。

夏习清躲了一下，笑得狡黠："这个场景……怎么有点像动作片开头？"

"你先勾的我，还好意思问。"搂住他腰身的那只手紧了紧，周自珩的声音稍稍有些哑，像是粗粝的砂糖一样轻轻磨着夏习清的心口。

夏习清伸出食指挑了挑周自珩线条窄利的下颌，尾音懒洋洋地飘浮起来："你有种别这么容易被我勾上啊。"

一点也不容易。

从最初见面的时候就在抵抗，但无论如何也是于事无补。

　　热烈的欲念一触即发，方才一直抿起的嘴唇因充血而变得艳丽，在夏习清那张干净纯白的面孔上有种怪异又般配的妖冶。

　　他伸了伸舌尖，湿润的舌背将干燥的下唇卷入口腔，只有一瞬间，再次出来的时候变得湿淋淋，沾着薄薄一层水光，慢放的每一帧都带着荷尔蒙的气味。

　　周自珩狠狠摁住夏习清的后颈，吻住那双无时无刻不诱人犯罪的嘴唇，舌尖触碰到一起，薄荷的刺激变得热辣，纠缠时他甚至能尝到一点蓝莓的清甜，甜得让他想缠着夏习清的舌头往更深的地方去，想得到他的一切。夏习清的手穿过胳膊绕过去紧紧地抓着周自珩的肩胛骨，迷乱的水声在空旷的房子里肆意放大，将情绪挑拨得更加恍惚。

　　每次吻他的时候，周自珩才觉得找到了自己。

　　那个徘徊在许多角色中、镜头下沉浸在无数种情绪里的空壳，被夏习清找到了原有的灵魂，会妒忌得发狂，会渴望到失控，会像一个充满缺陷的真实的人。

　　这些天的舆论危机虽然成功化解，但夏习清性取向的曝光还是让许多吃瓜网友自发地去扒夏习清之前参与的每一期真人秀的细节，和他有过 CP 的几个男明星都不能幸免，每一家 CP 粉都拿出了长篇小论文论证自己站的 CP 是真的。

　　反倒是自习女孩的圈子，一篇小论文也没有，其实原因也很简单，第一，糖实在是太多了，想分析都无从下手；第二，她们私底下都觉得是真的，就更不敢蹚这摊浑水了。

　　而且自习女孩和所有吃瓜群众的关注点都不一样。几乎现在扒出的所有实锤都可以证明夏习清是一个实打实的1，那周自珩呢？

　　他们两个到底谁是攻？

　　所以说就算她们真的搞到真的了，也有可能逆 CP ？！

　　从来没追过这么刺激的 CP。

就为着这个谁才是攻的问题，周自珩这一个月已经苦不堪言。他这连哄带骗的，好不容易把夏习清哄得舒舒服服的，总算是放下了对1的谜之坚持，可这个资深网民在微博上泡了几天，看到大家的讨论，一下子又死灰复燃。

"我觉得大家说得没错，美人攻也是攻啊。"夏习清长腿一跨坐到周自珩的身上，上来就要扒他的衣服，一边扒还一边亲他的脸，"你试一次就知道多爽了。"

周自珩捉住他的手腕，脸上全然是没有灵魂的笑："没必要，真的没必要。"

"你让我试一次，我什么都答应你。"夏习清正要再动手，就被周自珩握着手腕把他的胳膊强制性地绕到背后交叉，姿势的变化让他的胸口直挺挺地贴上周自珩的躯体，夏习清皱起眉头，眼睛眯起来，不客气道，"喂，你这是犯规。"

"犯规就犯规。"周自珩歪着嘴角笑了一下，难得流露出痞子相，"你什么时候遵守过游戏规则？"

"那得看谁……嗯……"夏习清的话没有说完，周自珩便凑过来吻上他的锁骨，"谁来定这个规则了。"

一个热吻让体温攀升，松散开的睡衣里露出泛红的润泽的皮肤，起起伏伏充满生气，可又太薄，总带着一丝精致的脆弱感，周自珩喜欢这种脆弱感，轻轻用拇指一蹭便红得艳丽勾人，尽管他知道夏习清比任何一个拥有漂亮皮囊的人都要强硬。

手臂一直被反折在背后，恋人扭曲的肢体让周自珩意乱情迷，如同贴在滚烫烙铁的一块粉红色软糖，在热浪中失去了形状，巧克力一样融化，在愈发猛烈的撞击中化作一摊甜腻的糖水。

滴滴答答，淌在湿热的皮肉上。

每一次夏习清提出反击的倡议，最终结局都如出一辙。

除了在网络上被逆CP这一点有种微妙的挫败感，周自珩的生活倒是越发如鱼得水，成了实实在在的受益者。

当然，论起这场舆论的受益者，周自珩远排不上号。

因为十月底这一出吃瓜大戏，《逃出生天》这档真人秀再一次翻红，十一月份网上一下子涌现出大量的节目解密、表情包还有名场面剪辑，一个月里热搜不断，真人秀里类似"自爆玩家"这种金句也成了网络流行语，就连一直被网友们诟病为花瓶流量的男团爱豆商思睿，也凭借在真人秀里出众的演技和在线的智商，终于被主流大众所认可。

为了抓住这种大好的宣传机会，《逃出生天》的节目组导演特意发了个意味不明的微博。

@王小小小全：谢谢大家对节目的关心，如果原来的几个嘉宾档期没问题的话，第二季当然会继续做的，原班人马，保证不让大家失望，当然了，也欢迎其他愿意被我们折磨的嘉宾前来参与~[酷][拥抱][鲜花]

这条微博一发，微博上立刻炸开了锅，这种优质真人秀实在吸粉，就算不是粉丝，看过之后也对这里面的许多嘉宾保持高度好感，这也是夏习清遭遇这么有组织的职黑爆假料还会有那么多路人支持的原因。

光是为了导演这句客套话，评论底下就塞了满满的流量粉丝安利，每个都想让自己的爱豆上《逃出生天》，这档一开始不被看好的超难综艺在自习CP的热度加持下也终于摇身一变成了人人趋之若鹜的好饼。蒋茵金牌制作人的名声再一次得到了巩固。

十一月末的时候，也就是《逃出生天》第一季完结的两周后，节目组的官方微博放出了这几期节目的未播片段，将它们集结成了一个特辑。

未播特辑的长度接近一期完整的节目，里面有很多之前因为时长没有能放进正片的内容，其中第一期节目的一个未播片段引发了网友们的热烈讨论，一下子成为这档节目新的"名场面"。

事实上这个片段来自于周自珩和夏习清来到商思睿房间后计算四叶玫瑰数的那一段，镜头里，商思睿一个人站在墙边自言自语，周自珩和夏习清都在圆桌边上。

“唉，其他的数就算了，算一算还能算出结果。”夏习清弯着腰凑在坐着算题的周自珩跟前，两手插在自己的口袋里，“这可是四位数的自幂数，你要怎么算，挨个挨个试吗？这得算到猴年马月我们才能出去，你就别——”

周自珩忽然抬起头，完全是只差一点就能亲到的距离，望着夏习清的眼睛冷冰冰地开口：“你知道理查德·费曼吗？”

这个问题来得莫名其妙，夏习清眨了两下眼睛：“知道，曼哈顿计划，费曼定理。”

知道得还不少。周自珩嘴角轻轻向上扯了一下，微妙得不像是笑：“他说过一句很经典的话——Shut up and calculate.”

被周自珩呛了一呛，夏习清愣了两秒。他怎么也没想到这个家伙居然会用这种话来怼自己。想来是目的得逞，周自珩十分满意地再次低下头，对上自己的稿纸。

谁知道，就在下一秒，夏习清那个浪荡子便凑到他的耳边，用一贯懒散的语气开口：“我还知道一句他说过的名言。”

他忽然压低了声音，用那只细白修长的右手半掩住话筒，以至于节目组的收音并不清晰。

可这样一来，周自珩听完失控的表情管理却因此变得更加耐人寻味。

“别瞪我嘛，”夏习清笑得一脸无辜，耸了耸肩膀，“分享金句啊。”

这个片段被显微镜女孩剪辑下来发到网上，引发节目粉、CP 粉还有吃瓜路人的关注。

嗜糖症：“我靠，这一段根本不是因为时长被剪的吧！这是什么神仙互撩？快来人告诉我费曼说了什么！！”

自习女孩天天过年：“他们俩那个时候还不熟，互怼真的超级可爱！后来珩珩都不怼习清了，第二次密室逃脱就变成各种宠溺了，谜一样的进展。”

我是一只小青龙：“照周自珩的表情来看，夏习清说的应该是费曼最有名的一句话——Physics is like sex.”

腐女大本营："Physics is like sex. 我天这是什么神仙撩法？夏习清太太太 A 了吧！完全情场老手的 feel 啊！为什么要剪掉！"

路过的小仙女："实不相瞒，想被夏习清撩。"

人的本质是真香："原来我母胎 solo 是因为我没好好学物理？？？"

这段剪辑一下子登上热搜榜榜首，"夏习清巨会撩"也上了热搜，在自习女孩的各种剪辑和截图里，这一点得到了充分的认证。夏习清也从节目组特意安排的小天使人设，摇身一变回到了情场高手的初始设定。

这样一来，大家就怀疑两个人私底下的相处模式了。

网上的热议太过，夏习清每天都躲在家里不想出门，也为他开春之后的个人画展做准备。周自珩拍戏花了不少时间，舆论刚过他就回学校上学，平常大家见他也都是常态，可这次回学校周自珩明显感觉到不同，周围许多女生都在看他，并不完全是以往那种出于看帅哥心态投射过来的目光。

"哎，周自珩看起来真的很攻啊，我觉得不像……"

"我也觉得，但是你看那个谁，一米四不也是攻吗，说不定呢。"

"也对哦，而且习清哥哥也很高，有一米八五呢，就是长得太受了。"

"你们难道不知道吗，现在就流行那种美人1和肌肉0啊，很带感的！"

"……吃不下吃不下，我还是喜欢看周自珩在上面。"

"说得好像人家给你看似的~"

"想想还不行啊！"

坐在食堂的周自珩吃完盘子里最后一块牛肉，"啪"的一下子把筷子拍在桌子上，眼睛扫过斜对面那桌妹子，吓得她们立刻埋头一顿猛吃，假装什么都没有发生。

"哎哟您老消消气。"赵柯把自己的果汁推过去给周自珩，"别理她们。"说完，他就转过头去对那些妹子们说，"真男人就是要干男人，我们珩珩是真男人。"

"嘿我说你是不是皮痒啊？"周自珩差点没站起来，赵柯就仗着他肯定不敢在食堂暴打发小，不然半小时内上热搜，他笑嘻嘻地道歉："我开玩笑呢。"见周自珩脸色还是没变，他赶紧岔开话题，"哎对了，你们那个电影啥时候上啊，哥们我都准备好包场的钱了。"

见他傻兮兮地拍了一下胸脯，周自珩都纳了闷了：阮晓这么聪明漂亮一小姑娘，究竟是哪里不对劲看上这么个玩意？

"本来定的12月1日，但是现在入选柏林电影节主竞赛单元了，必须得在电影节上映。"

"那不是得往后拖？"赵柯仰着脑袋算了算，"嗬，得到二月份了。"

"嗯。正好最近快期末了，我也不用跑宣传可以好好复习。"周自珩拧开果汁瓶盖喝了一口，"而且昆导也说这样他就有足够的时间剪辑做后期了，争取拿奖。"

"你的片子我信得过的。"赵柯忽然想起了什么，"哎，咱们啥时候攒个局呗。"他凑到周自珩的跟前，"叫上你家那位，再叫几个朋友，对了那个什么许编，让他再叫个朋友，他们不是跟习清是发小吗，我带上阮晓，哎还可以叫叫你们那个节目里的……那什么……那个长得挺可爱的男生叫什么来着？"

"商思睿。"周自珩挑了一下眉，"干吗啊你？"

"吃饭啊，大家没事聚一聚多有意思啊，我都好久没好好玩了。不然就平安夜吧。"赵柯也吃得差不多了，伸了个懒腰，"我就是觉得现在过节都特没意思，蔫了吧唧的，还不如跟朋友聚一块喝喝酒玩点游戏。"

"你想玩什么游戏？"

"都行啊，《狼人杀》什么的。"

周自珩轻蔑地笑了一声："您还真敢说。看看你攒的什么局，找的都是些什么人，你确定要跟我们这些人一起玩《狼人杀》这种游戏？"

赵柯一下子蒙了，掰着手指头吧嗒吧嗒算了算。

智商担当周自珩，高端玩家夏习清，门萨成员阮晓，倒钩狼人商思睿，魔鬼编剧许其琛，超级黑客夏知许……

我靠，他还真是这里头智商最低的。

赵柯弱弱地开口："那……那不然再叫上夏习清他弟弟？高中生总不会那么——"

周自珩无情地戳破了赵柯的幻想。

"他弟连续三次数学月考满分……"

"告辞。"

冬日来得突然，一场卷着寒气的大风侵袭北京城，空气里都浸着冷冷的味道。夏习清正在装裱一幅新画，电话忽然响了起来。

"喂……"夏习清戴上了耳机，手里还摁着画框的边缘，"谁？"

"哥哥！"夏修泽的声音还在变声期，脆脆的，又带着一些哑，一听就知道平时没保护好嗓子，乱吼乱叫把嗓子作哑了。

"有屁快放。"夏习清推了推眼镜，将画布绷紧，"你哥我忙着呢。"

夏修泽一听，立刻开口解释："我这次是真的有事要跟你说的，这周日夏知许他爷爷过九十大寿，请我们一起去呢。"

夏习清翻了个白眼："都跟你说多少遍了别直呼人姓名，小心挨打。"他想了想，又道，"大伯父生日……都有谁去啊？"

"嗯……我们家就咱俩，爸不去，他说小辈去庆祝一下就可以了。"

"那行。"一听说夏昀凯不去，夏习清也就同意了，"我跟夏知许说一下，到时候你就从家走吧，让司机送你。"

电话里的夏修泽吵嚷着就是不愿意，工作室的门敞着，夏习清忽然听见外面有声音，放下画探出头去望了一眼，却被一只手一下子捏住了下巴，速度快得他都没反应过来。

周自珩低头亲了他一口，然后将他搂在怀里。

"哎你吓我一跳。"

"怎么了哥哥？哥哥你没事吧！"

"没事。"夏习清皱着眉抬眼看向周自珩，周自珩低头吻了吻他的鼻尖，在他耳边小声询问和谁打电话。巧的是电话那头的夏修泽也问了同样的问题。

"没谁。"夏习清掐着周自珩的手腕坏笑了一下，对着耳机上的麦克风大言不惭道，"你嫂子。"

"什么？！"

周自珩拧了一把他的脸颊："你说什么？

夏习清仰着脸，笑得肆无忌惮："怎么，不想当是吧，那算了我找别人。"

"你敢。"周自珩一把拽了他的耳机，"弟弟，嫂子我现在要干一些少儿不宜的事，挂了吧。"说完掐了电话，把夏习清摁在了墙上。

说好不在工作室胡搞，最后还是破了功，夏习清觉得自己特没原则，尤其是碰上周自珩之后。他像条被抽了骨头的软绵绵的蛇，仰头窝在工作室角落的懒人沙发上，身上盖着周自珩的羊绒大衣，眼睛懒懒地盯着被他颐指气使清理"犯罪现场"的周自珩。

"想抽烟。"

"不行。"周自珩整理好刚才被弄得像是台风过境的工作台台面，走到夏习清的身边，伸着两条长腿跟他一起摊在懒人沙发上，往自己的大衣里钻，伸手把夏习清捞到他的怀里，从毛衣里伸进去，摸到他的后背都是汗。

"别着凉了。"

"不至于。"夏习清把头往周自珩的脖子那儿缩，像是困了，打了一个小哈欠。

周自珩的手在他的肩头轻轻地拍着，哄孩子似的。刚才回家之前他也接到了自己家哥哥的电话，说魏旻的案子基本已经定下来了，虽说那个笔记本摄像头录下来的视频不能作为有效的合法证据在法庭上使用，但基本也为他们后续的侦查提供了信息，成为定罪的关键。

可那个视频是谁给夏习清的，这一点周自珩一直不太明白。

夏习清只提过一嘴，说是个学 IT 的朋友，想必也是保护他的意思，周自珩也就没再过问，只是觉得夏习清身边厉害的朋友可真不少。

身边的人已经贴着他的脖子沉沉睡去，像极了冬日里贴近热源的小动物。周自珩轻手轻脚地松开怀抱，手臂穿过他的脖子和膝盖窝将他从懒人沙发上抱起来，抱回了卧室。

周日来得很快，夏习清开了车带着之前买好的礼物去了贺寿的酒店包间，虽说是九十大寿，但实际到场的亲戚也不算多，刚推开包间门夏习清就看到了坐在寿星公旁边的夏知许，对方正给爷爷斟茶，一抬头就看到了正冲他挑眉的夏习清。

"大伯，祝您老福如东海，寿比南山啊。"夏习清把带来的礼物放到一边，端了杯茶恭恭敬敬地对着老人敬茶。

"这不是老幺家里的吗，快坐下坐下。"

陆陆续续地来了不少人，论辈分夏习清应该和夏知许分开两边坐，但和夏习清、夏修泽同辈的都是些四五十岁的，两个人坐在中间怪尴尬，也就顺理成章地挨着夏知许坐了。一顿饭从晚上七点吃到快十点。夏修泽周一还有课，没办法只能被自家司机接回去。

夏习清的手机振了一下，他拿出来一看，是微信消息。

Renaissance：我今天晚上有一个杂志得拍，可能要熬到后半夜，你晚上早点睡。

夏习清正想着要不要知会周自珩一声，告诉他自己也在外面吃饭，正巧坐在旁边的夏知许将头偏了过来："哎，咱们撤吧。"

"行吗？"夏习清瞟了他一眼，压低声音，"你爷爷的生日啊。"

"没事，我爸在这儿呢。"夏知许咳了一声，"我想早点回去，我不回去他不睡觉的。"

"啧啧啧。"夏习清当然知道夏知许说的"他"是谁，"你们俩腻味死我得了。"不过既然夏知许不想待了，正好他也想遁，"那老主意。"

夏知许在桌子底下比了个OK的手势。

两人这么一对接，夏习清直接将手机收起来，一杯接着一杯地给那些亲戚朋友们敬酒，灌了一杯又一杯，十五分钟过去，他整个人都趴倒在桌子上，嘴里还嚷嚷着："那、那什么，大表哥我敬你一杯啊……"

"哈哈哈习清是不是醉了。"

"这孩子就这样，敬酒没个完。"

夏知许默默地抿了一口红茶，露出一副忽然想起来什么重要事件的表情："对了，他是开车来的。"

"那这……找个代驾吧。"

"他都醉成这样了，代驾也不是很方便。"夏知许从他兜里摸出车钥匙，"我送他回去吧，正好我住的地方也离他不远。"他看了自家爸爸一眼，对方似乎也被骗过了，点了点头："好好照顾你小叔叔。"

夏知许抽了抽嘴角："欸，知道了。"

就这么架着装死的夏习清一路走到楼下。

"行了你，别装了。"

"得嘞。"夏习清站定了，拍了拍自己的脸，"幸好你叔叔我酒量大。"

"少占人便宜。"夏知许两手揣兜，"你喝了酒不能上路，我开车，把你送回去。"

外面的风吹得人脸上生疼，夏习清把脸往围巾里头缩了缩，伸手捏了一下夏知许的脸："真是我的乖侄子。"

"滚蛋。"夏知许掰开他的手，两个人并肩走到了停车的地方，夏知许上了车载着坐在副驾驶上的夏习清一起，原本直奔夏习清公寓，可半途上夏习清又收到了周自珩的消息。

Renaissance：我今天可能回不去了宝贝，这边一直完不了事估计要通宵，我明天一早还要去公司签一个品牌合同。你睡吧别等我。

夏习清扁了扁嘴，回了个 OK 的表情。夏知许见他表情闷闷不乐，手机屏幕解了又锁，忍不住开口嘲笑："怎么，那傻哥们终于看清你的真面目要甩了你？"

"你说谁傻呢。"

夏知许吓了一跳，难得自己损他的时候他怼回来不是为了自己。

"哟，这么喜欢他啊。我可真是开眼界了，你也有认真的时候。"

夏习清没说话，闷了半天才终于开口："烦死了回去又是一个人睡。"他转过头，"我今晚要去你们家，我要喝琛琛做的醒酒茶。"

照往常夏知许一定很快就否了，可这回看在夏习清帮他酒遁的分上他也就勉为其难答应了："早上九点之前就给我回去。"

"可以。对了，中午去我家吃饭，前两天有人送了我一条蓝鳍金枪，我不会做，明儿让琛琛给我做。到时候我们一起去我家那边。"

夏习清答应得痛痛快快，心里早就盘算好了，他不能跟周自珩甜甜蜜蜜，也坚决不让别人在自己面前亲亲热热。

正好第二天周自珩也该回来了，一起吃饭，正式介绍一下。

第二天上午，周自珩又累又困地回到公司，歪倒在沙发上补觉，小罗给他倒了杯咖啡，又去买了份早餐，这才把他叫醒："自珩，起来收拾一下，一会儿就得签合同了。"

周自珩揉着眼睛从沙发上起来，随便吃了点东西垫了一下。公司的造型师赶过来给他做造型，他就这么闭着眼睛，想着等吹完头发给夏习清打个电话。

"哎自珩，你跟习清关系是不是挺好的？"造型师小姐姐喷了点定型喷雾。周自珩睁开眼睛，有些疑惑地望着镜子里的造型师："怎么了？"

"没有，我刚刚在路上的时候吃瓜来着。"造型师小姐姐笑嘻嘻地看着他，"就想从你这儿打听打听，看看有没有质量比较好的真瓜。"

瓜？周自珩皱起眉头，摸出了手机："又有什么八卦？"

造型师拨弄着周自珩的头发："哦，没什么，就有狗仔拍到了夏习清的男友，不对，疑似男友。长得挺帅，比圈里好多男明星都帅呢。"她叹了口气，"唉，现在我们女人真不容易，不光得跟女人抢男人，还得跟男人抢。"

周自珩登时就愣住了。

男友？？？

搞错没有，夏习清的正牌男友现在就坐在这儿让你做造型呢！

他一脸错乱地打开微博，果然看到流量画家夏习清又一次上了热搜——"夏习清在男子家亲密过夜"，光是看到这个标题，周自珩的火就"噌"的一下子起来了，太阳穴一突一突地跳。

原本他还在自我安慰，想着说不定就和上次一样，又是被谁陷害根本子虚乌有，谁知一点进去热搜，周自珩就看到了切切实实的九宫图。

第一张图里，穿着黑色大衣的夏习清身边站着一个穿着驼色大衣的高个子男人，两个人似乎还有说有笑，表情很是开心的样子，第二张图更是亲密，夏习清直接伸手去捏身边男人的脸了。

周自珩现在就觉得自己的脑神经一根一根地被炸开。

@八卦狗仔小二爷：十二月第一瓜又是属于顶级流量画家的？夏习清和身边这位帅哥在晚上十点的时候从一家大饭店出来，两人有说有笑十分亲昵，夏习清甚至伸手去捏对方的脸，样子十分宠溺，随后帅哥开了夏习清的车，两人前往一豪华小区，早上八点四十分夏习清才开车离开。出柜风波之后夏习清隐身半月，现在一出来就是跟帅哥约会，这是公开恋情的节奏？自习女孩的心都要碎了吧。

小猫喵喵叫："……我靠，夏习清是瓜田吗？"

Godisagril："不是，夏习清又不是明星，狗仔干吗老盯着人家不放啊，万一就是朋友呢，又没拍到接吻牵手什么的就说人家谈恋爱，就这样的恋爱我能谈一打。"

自习女孩绝不认输："拒绝造谣！拒绝传料！"

稳住我们能赢："粉丝控评真是快，就路人角度来看，这两人还蛮搭的，这个驼色大衣的小哥哥长得好帅，不过有真情侣还炒 CP 就有点不地道了。"

34不是43："十分钟内我要知道驼色大衣小哥哥的全部资料！"

看着微博文字，再看看下面的评论，周自珩的拳头都握起来了，但他还是极力地压着火，连造型师都看出来了，弱弱地开口问道："那个……自珩啊，造型做好了，你可以去休息室了。"

周自珩深吸了一口气："谢谢你，你先出去一下吧，我打个电话。"

造型师战战兢兢地出了门，到头来瓜没吃上，好像还把周自珩给得罪了，这个走向实在是太诡异了，她怎么也想不通。

门一关上，周自珩立刻拨了夏习清的电话，可对方却是关机状态，这让他更生气了，难道他不知道他已经上热搜了吗？

心不在焉地完成了工作，周自珩火急火燎地回家，准备找夏习清理论。电梯里他又给夏习清打了通电话，终于接通了。

"怎么了宝贝？"夏习清似乎还不知道发生了什么，周自珩握着手机，声音低沉："你在哪儿？"

"在家啊。"

"那你给我开门。"

"哦，等会儿。"

大门一下子打开，穿着拖鞋的夏习清靠在门边："回来啦。"周自珩鞋都没换直接走进去，正巧撞见两手拿着一条巨大无比的金枪鱼从厨房走到客厅的夏知许："不是，这鱼也太……"

三个人，一条鱼，场面一度非常尴尬。

其实只有周自珩一个人觉得尴尬，不光尴尬，还气。

"这又是你的哪个小情人？"周自珩指着拿着鱼的夏知许，眼睛都要冒火，"挺真爱的啊都往自己家里带了，被拍到了你不知道吗？你不是说你跟我在一起之后再也没跟别人鬼混了吗，现在这算什么？"

叭叭叭一通发作之后，谁也不说话。

夏知许的脸色极为难看，跟吃了苍蝇一样，手里还拿着条巨型大鱼，回厨房也不是留客厅也不是。

夏习清瞥了脸色更差的周自珩一眼，从门口走回到客厅，半个身子搭在夏知许的身上："是啊，这是我的新欢，帅不帅？"

周自珩的牙都要咬碎了，他知道夏习清以前的风流做派，可现在他们都在一起了，虽然是试用期，可夏习清分明是喜欢他的，他以为他们之间再也不会有什么问题了，谁知道现在又冒出来一个，还一反常态地带回了家，周自珩怎么能不气。

"现在好，全世界都知道我被绿了。"周自珩胸口一起一伏的，感觉自己现在就是头顶草原。

这样子在夏习清眼里实在是太好笑了，又好笑又可爱，他憋着笑故意逗他："谁说的，又没人知道我们俩的关系。"

只有你自己觉得你被绿了。

夏知许知道自己又被夏习清拿来利用了，完全把他当作调戏自己小男友的工具。想到这里，他相当不悦地将自己的手从夏习清的胳膊里抽出来，也不说话。这一动作被周自珩看见，幼稚无比地嘲讽道："看来你的小情人不怎么喜欢你啊。"

夏习清挑了挑眉，脸上仍旧保持微笑："你忘了吗，我这人就喜欢不喜欢我的。"

周自珩的手紧紧地握拳，极力地维持着最后的理智。

三个人尴尬地站着，就在气氛极度紧张的时候，楼上传来另一个男人的声音。

"习清，我找不到你说的那件外套，你给我挑件吧，我衣服都脱了……"

夏知许像是上了发条的机器人一样，一下子转过头，快步朝楼上走去。

周自珩更气了，上来就把夏习清摁倒在沙发上："你居然给我搞3P？"

这人的脑洞是有多大啊？

气糊涂了吧这小家伙，连许其琛的声音都听不出来了。

被摁倒在沙发上的夏习清笑出了声，勾起的嘴角弧度暧昧，他细长的手指攀上周自珩的下巴，又一点点下移，蹭着周自珩因情绪不定上下滚动的喉结，眼神里满是挑逗的意味，声音特意放软，像是挑衅，又像是撒娇："这么气啊……别气嘛。"

"一起来啊？"

"你……"周自珩摁着夏习清的肩膀，气得说不出话。

"我什么我？"夏习清伸手绕着他的脖子，神色暧昧地冲他笑。

周自珩虽恼，可对着夏习清又发不出火，正憋得难受，楼梯那儿忽然传出一个熟悉的声音："周自珩？"

他一偏头，看见刚才那个抱着鱼的绯闻男身边站着……

"许其琛？"

被叫到名字，许其琛愣了一下："对、对啊。"可他下一秒又看到周自珩把夏习清压在身子底下的劲爆场景，立刻抬手捂住了自己的眼睛，"那什么……我去做饭，去做饭。"说完，他就拽着身边人的手肘进了厨房，"知许我们走。"

周自珩现在算是彻底蒙了，愣头愣脑地转过脸看向夏习清。夏习清冲他挑了一下眉："你该不会真的觉得我跟许其琛也有一腿吧。"

"……当然不会。"周自珩虽然气糊涂了，但这一点还是很清楚的。

夏习清凑上去亲了他一口："这还差不多。"

"所以那个男人究竟是谁？"周自珩心里还是哽着一根刺，这副样子在夏习清眼里活像个被人抢了玩具的小朋友。

夏习清推着周自珩的胸口起来，拉着他的手将他带到了厨房："喏，自己看。"

周自珩压着气顺着视线望过去，厨房里，许其琛低头切着鱼，刚才那个年轻男人洗完了手，将手上的水珠甩在了许其琛的脸上，惹得他一脸愠怒地转过来，却被亲了一口。

"这是许其琛的男朋友？"周自珩忽然明白。

夏习清小声道："不只呢，也是我的——"

周自珩好不容易降下去的火又一下子冒起来："你的？！"

"我的大侄子。"夏习清白了他一眼，"这是我那个学 IT 的侄子，夏知许，我记得我跟你说过吧。"

信息量太大，周自珩一时半会儿有点接受不过来，愣愣地指着夏知许的背影："他多大……"

"比你大，他25岁。"

什么？

周自珩立刻伸出两只手扯着夏习清的脸皮："那你多大，你是骗我的是吗？你根本不止25岁？"他很快又松开了手，捂住自己的耳朵，"天哪你别告诉我你35岁，我不想听……"

夏习清一脸无奈地盯着周自珩。

他怎么喜欢上这么一个傻子啊。

"我85岁，你信吗？"

"不信。"

行吧，还没傻到不能救。

夏习清将他拽到客厅："我爷爷呢生了十个孩子，夏昀凯是最小的一个，夏知许的爷爷是我爷爷最大的一个孩子，所以实际上夏昀凯和他爷爷是一个辈分的，是他的叔爷爷，我呢，就是他的小叔叔。虽然我俩一样大，但是辈分差了很多。"

　　终于理清楚人物关系的周自珩蒙蒙地点了点头："好惨哦。"

　　"你说夏知许吗？是啊他就是很惨啊，我就算了，他还得叫夏修泽那个小鬼叔叔呢。"

　　夏习清想起了什么，忽然笑起来："我记得大概是10岁的时候？过年嘛家家户户都聚到一起，当时夏修泽刚生下来没多久，一岁不到的样子，还是个小婴儿，手里攥着一个红包，那些大人们非得逼着夏知许跟一个小婴儿拜年叫叔叔，不然不给红包哈哈哈。"

　　周自珩想象了一下那个画面，心里突然对夏知许充满了怜爱之情。

　　他撇下夏习清走到厨房，清了清嗓子拍了一下夏知许的肩膀，夏知许转过头，看到周自珩还以为他要打自己："等一下你先听我——"

　　"对不起。"

　　夏知许登时蒙住了，转过脸看了看许其琛，许其琛也一脸蒙逼地看着他。

　　"刚刚是我不分青红皂白误会了你，还以为你跟夏习清有什么不正当关系。"周自珩的头低着，半弓着腰，"第一次见面就闹出这么大的笑话，真是不好意思。"说完，他伸出一只手，"我是夏习清的男朋友，我叫周自珩。"

　　夏习清究竟是何德何能捡到这么一个天使啊……夏知许惶恐地握住周自珩的手："没事，我不介意，反正这种事情也不是第一次了……啊不是，我的意思是……"夏知许忽然清了清嗓子，压低声音问道，"你说你好端端一个人，究竟是哪根筋不对看上夏习清那种——"

　　"你说什么呢！"

　　坏话还没说完，就被走到厨房门口的夏习清给捉个正着。

　　"给我松开，不许抓我们珩珩的手。"说完，他就把周自珩拽了出去，"少跟我大侄子说话，他不是个好人。"

　　照这么说夏家还有好人吗？周自珩心里想着。

　　吃饭的时候四个人围坐在桌子前，夏知许怕周自珩心里还有误会，就把昨天晚上聚会的事摊开来说清楚："昨天是我爷爷的九十大寿，他也跟着一起去了，我们俩昨天晚上都不想继续待下去，所以找了个借口溜了，可能就是那个时候被记者拍到的，你别误会啊，夏习清这个人就是喜欢跟人动手动脚的，别当真。"

周自珩深明大义地点了点头："嗯。"

"嗯什么嗯啊。"夏习清一拍筷子，吓得许其琛一抖："夏知许你什么意思，说就说吧还得暗踩我一脚，以为我听不出来？"

许其琛摸了摸他的背："消消气，消消气。"谁知下一秒坐在许其琛左边的夏知许就把他的胳膊给拽了回来："不许摸他。"

看到这一幕，周自珩忽然觉得自己找到了同伴。

"摸我怎么了，就摸。"夏习清抓住许其琛的手拽到自己的胸口，"你他妈吃醋长大的啊。"

夏知许一拍筷子："我还真就是吃醋长大的，吃十年了你有意见吗？"

"你吃十年你活该，谁让你怂呢。"

"你有种别怂，我一会儿就给你把底全掀了我看你怂不怂。"

"你试试？看我不弄死你。"

周自珩默默地把手伸到夏习清拽着许其琛的那只手上，一根一根掰开他的手指头，许其琛这才从中顺利逃脱，并回以周自珩一个感激的笑容："他们俩就是这样，只要凑到一起分分钟就得打一架。"

周自珩也挤出一个笑容，给许其琛舀了一勺金枪鱼沙拉："没事，咱们就安安静静吃饭吧。"

谁知交战中的夏习清忽然间就转移了注意力："你给他夹菜，怎么不给我夹？"

周自珩立刻反应过来，夹了一块刺身放在他碗里，心里高兴得不行："吃吧吃吧，多吃点。"

夏习清的脸上这才露出点满意的表情，一高兴也懒得和夏知许计较了。周自珩为了尽快转移话题，跟夏知许套着近乎聊起来："大伾子啊。"

一秒正中雷区。

"您叫谁大侄子呢。"夏知许的脸上露出和善的笑容。

"不是，我是习清的男朋友嘛，论辈分……"周自珩笑眯眯地看着他，"你看连小泽不也是你叔叔吗？"

再次踩中雷区。

"……"

许其琛看不下去了，立刻轮番给剩下三个人夹菜，菜碗堆得满满的。

"大家吃饭吃饭啊，有什么事吃完饭再聊。"

夏习清拿出手机拍了一下桌上的菜。

"你干吗？"周自珩见他拍完照又低头鼓捣手机，问了一嘴。

夏习清打完字，抬起头吃了一片刺身："发微博澄清啊。"

夏知许也松了一口气："你终于澄清了。今天一上午我公司群都炸开锅了，全都在聊八卦，有人还说你是我暗恋十年的对象。我暗恋十年个鬼啊我明仇二十五年好吗？"

许其琛靠着椅子背笑起来："网友们到时候肯定会说，夏习清就是一个假瓜专业户，从他这儿出去的瓜都是假的哈哈哈。"

周自珩则是认真地刷了两次首页，终于刷到了夏习清新发的这条。

@Tsing_Summer：散了吧，被拍到的男生是我辈分上的侄子，圈外人，有对象。我们一起参加家庭聚会来着，狗仔每天这么闲不如直接采访我，偷拍多没劲。

风口浪尖上夏习清再次微博澄清，很快就被吃瓜网友顶上了热搜榜。

小鱼吃大鱼："不愧是比顶级流量还顶流的画家……"

一只路过的喵咪："夏习清好 A 啊我的天！"

我是小天使："只有我一个人在意辈分的事？夏习清和这个男生看起来是同龄人啊。不过仔细一看眉眼还真的有点像啊。"

12345上山打老虎："本来看到澄清还好开心，结果有对象了真是一个暴击呜呜呜呜，小哥哥完全是我的取向狙击啊。"

我的爱人是小画家："人家家庭聚会狗仔也要拍，都不算是明星天天被狗仔盯梢，心疼我们习清哥哥。"

我上的自习天下第一："真他妈就是垂死病中惊坐起啊！自习女孩每天的心情就是过山车。"

棉花糖不甜："我也觉得这么帅的在一起有点假，说不定夏习清的男朋友是个油腻中年男呢。"

谁说我是小公举："真的不是情侣吗？？可是长得好配啊吃一波骨科（算不算骨科？）"

评论区没有自己的姓名，周自珩觉得很沮丧。

"干吗耷拉着脸？"夏习清瞟了周自珩一眼，见他要死不活的样子就觉得好笑。

许其琛一针见血地笑道："自珩肯定是觉得没人在评论区里说他，他有点没存在感了，是吧？"

周自珩欲言又止，夏知许冷静道："你想想，这种时候你的粉丝为了避嫌当然会闭麦啊，本来夏习清就在风口浪尖了，就是 CP 粉也不敢随便开口提你的名字，不然会被唯粉掐的嘛。"

"你怎么这么了解饭圈？"周自珩突然抓住了重点。

"这……"夏知许干笑了两声，"我那什么，我公司开发过一款角色扮演类的游戏，里面也有娱乐圈这种剧情的，我自己测评的时候演的是一个人气演员。"他拍了拍周自珩的肩膀，"兄弟，我理解你。"

只有周自珩一个人流露出了感激的笑容，许其琛被戳中了不堪回首的黑历史往事，红着耳朵低头吃饭，夏习清贱兮兮地在危险的边缘反复横跳："啧啧，测评？让我也玩玩呗。"

"你闭嘴。"

一顿饭吃到最后，夏知许和周自珩忽然就称兄道弟了，两个人相约一起去洗碗，让夏习清和许其琛在客厅玩游戏。

周自珩将碗泡进水池里："对了，你是搞 IT 的，自己创业吗？"

"嗯。主要做 VR 和 AR 游戏的开发，你喜欢玩游戏吗？我回头送你一些我们的产品？"

"行啊。"周自珩心想着，能一毕业没多久就创业，一定是个高才生，"你是哪个学校毕业的？"他忽然想到，"我们该不会是校友吧。"

"你是哪个学校？"

周自珩洗好一个盘子搁在台面上："P 大物理学院，快毕业了。"

"真巧。"

听见夏知许这么一说，周自珩惊喜地抬头："校友？"

"我是你们学校斜对面 T 大的，信息学院，计算机系。"夏知许伸出满是泡沫的手握了握周自珩同样满是泡沫的手，"学理工科就是一家人。"

"你是 T 大校草吧，我说怎么看你眼熟，我感觉以前在热搜上见过你。"周自珩皱着眉想了想，"好像是校际英文辩论赛的时候，对，后来我上大一的时候学校还放过你们和我们学校辩论队比赛的录像。"

"……大概是？"一路当校草到大的夏知许也不知道该认还是不该认，"反正我是不是校草不确定，你肯定是 P 大校草。"

"没有没有。"

"别谦虚了，不是你还有谁。"

"没有没有，我们学校好看男生也挺多。"

"得了吧，你们学校男生能有我们学校多？"

坐在客厅的夏习清和许其琛对视一眼，无奈地摇了摇头。这商业互吹的，也真是够了。

"我刚刚听你说什么暗恋的，"周自珩问道，"所以你是暗恋许其琛吗？"

"对啊。我从一开始就喜欢他，说来话长，反正我挺惨的。"

周自珩一听，心里立马就不服了："你肯定没我惨，我才惨呢。"

夏知许立刻也摆起比赛的架势了："我惨，我从见许其琛第一面我就喜欢他，结果今年春天才在一起。"

"还是我惨，我被夏习清骗得死去活来的，都不敢说我喜欢他。"

"我也不敢啊，你别看琛琛现在又乖又软，我俩刚见面的时候他都不带搭理我的。"

"那好歹你们没在一起的时候是朋友关系吧。"周自珩痛心疾首道，"我跟他都不是朋友身份，夏习清只是把我当炮友……"

"……还是我惨，起码你还先占了便宜，补张票的事。"

"我惨，我完全玩不过夏习清，每天胆战心惊，生怕他就这么把我踹了，许其琛总不会做出这种事。"

"你就缺个名分好吧，我可是暗恋了十年连个手都没拉过，第一次那什么还是在游戏里……"

周自珩瞪大了眼睛看向夏知许。

这哥们憋了十年？太有毅力了。

"那还是你惨。"周自珩手都没擦就拍上夏知许的肩膀，"我甘拜下风。"

坐在客厅听完了比惨大会，许其琛忽然一脸委屈地转过脸看着夏习清："我也暗恋十年啊，怎么就他一个人惨呢？"

夏习清立刻像哄孩子一样拍了拍许其琛的后背："行行行，琛琛也很惨。"

合着就我一个人不惨呗。

临走的时候，夏知许和周自珩还一副惺惺相惜执手相看泪眼的表情，就跟找着这辈子失散多年的兄弟一样，夏习清靠在门框边一脚把夏知许踹出门："快滚。"然后一脸温柔地把手里拿着的小蛋糕、小点心都塞到许其琛的手里，"琛琛你的游戏我给你存档了，下次再过来打啊。"

"嗯！"

门关上，周自珩怅然若失，夏习清一把捏住他的脸："你干吗？这么喜欢我小侄子啊。"

"没有啊，我就是觉得他好可怜。"

夏习清凶狠地掐着他的脸：“你只能对我一个人同情心泛滥。”

周自珩忽然笑了，伸手抱住夏习清，吻了又吻：“你最近变得越来越可爱了。”

“别闹。”夏习清掰开他捧着自己脸的手，“我有正经话要跟你说。首先我要说明一点，我一开始根本不知道我被狗仔拍了，而且早上的时候手机没电关机，回了家才充上电。”他歪着头看着周自珩的眼睛，眼神是难得地诚恳，“你今天冲进来发脾气的时候我才反应过来，我后来顺着你的话说，是为了故意逗你，现在你知道故意使坏让你吃醋是多么难受了吧。”

周自珩知道夏习清是在说上一次他利用宋念的事，不由得有些愧疚。

“还有，你今天一进来那么生气，归根到底你心里其实还是不相信我的，如果换作是别人，被自己的另一半这么误会，心里肯定会很委屈很难过的。”夏习清故作轻松地笑了笑，“我呢没办法，谁让我这人前科累累呢，你会这么想也很正常，而且我明白，你是在乎我才会生气，也是因为太在乎我才会丧失基本的思考能力。”

听到夏习清这么说，周自珩心里有点难过，倒不是因为自己，而是替夏习清难过，他的确在一看到图片的时候就大发雷霆，觉得夏习清一定做出了什么事。他的嘴唇动了动，正要说什么，就被夏习清抬头亲了一下。

“别跟我道歉，你又没有做错，我没因为你吃醋生气而难过，相反我很高兴，因为我知道你在乎我。”他摸了摸周自珩皱起的眉头，笑容坦荡，“说这些呢，是希望你以后能多相信我一些，也多相信你自己一点。”

周自珩愣愣地看着他，半天说不出话。

说完这些，夏习清又恢复了以往的痞笑：“下次再这样，就结束试用期吧。”

“不行！”周自珩一时情急抱住了夏习清，胳膊紧紧地箍着他，他差点都忘了试用期这档子事了，被夏习清一提感觉命都没了半条。

“松、松开点……咳咳，老子要被你抱死了……”

“不许退货。”

"看你表现咯。"

周自珩一松开，夏习清便趁机溜到了客厅，盘腿拿起手柄玩起刚才没玩完的游戏。周自珩的手机振了一下，他拿出来一看，是赵柯的一条消息。

柯子：你看微博了吗大哥！！！夏习清的微博！！

珩珩：看了啊，不就是澄清了吗？

柯子：是评论！我给你截图！

柯子：算了你自己去看！一定要看！

莫名其妙。

周自珩转到微博界面，点开了刚才夏习清发的那个微博，热评第一和刚才不一样了。

谁说我是小公举："真的不是情侣吗？？可是长得好配啊吃一波骨科（算不算骨科？）"

她被顶上来的原因是因为夏习清回复了。

Tsing_Summer 回复 @ 谁说我是小公举："我男朋友比他帅多了。"

为着夏习清在评论区回复的那句话，周自珩整个人飘了一个星期，每天有事没事就冲着夏习清傻笑，做些奇奇怪怪的事。

某一天夏习清窝在周自珩卧室里看电影，听见楼下有动静，一下楼发现是周自珩和赵柯，两个人搬着两个大纸箱，里头不知道装的是什么，好奇问了一嘴，两个人都吞吞吐吐的。

"你们手里抱的什么？我帮你们吧。"

"哎不用不用，"周自珩干笑了两声，用脚踢了一下赵柯的腿，"我们上天台去。"

"天台有钥匙？"夏习清疑惑地皱起眉。

周自珩点点头："我昨天管物业要了。"说完两个人就吭哧吭哧扛着箱子上楼了。

经过他身边的时候夏习清瞟了一眼箱子上的英文。

总觉得有点眼熟，但一时间又想不起来。直到晚上睡觉前，夏习清才想起来，之前他好像在夏知许哥哥那儿看到过类似的纸盒，可他哥哥那儿装的是天文 CCD 啊，摄影设备。

周自珩弄个那玩意做什么。

仔细想想倒也不奇怪，夏知许哥哥学天体物理的，周自珩学物理，两个人兴趣爱好相同也很正常。

《跟踪》入选柏林电影节主竞赛单元的事一开始并没有公开宣传，直到十二月上旬官方发出入选名单，《跟踪》电影官方微博这才官宣，同时宣布档期推移至柏林电影节开幕当天。

@电影跟踪官方微博：由昆城 @城城城子执导、周自珩 @演员周自珩、夏习清 @Tsing_Summer 主演的电影《跟踪》改档于2月3日！'命运版'1分30秒预告正式发布。生似蝼蚁，与命一搏！

后期制作期间，昆城和制作团队也几次三番把夏习清叫去，在美术的角度上向他请教意见，但夏习清并不是专业的电影美术指导，也曾经推辞过，可是昆城坚持。

"你的身份特殊，你不光是一个画家，而且你是戏里的江桐，我们需要从江桐的视角来展示他眼中的这个世界。"

夏习清一下子就明白昆城的意思了，他需要的是运用美术手段在观众的眼里尽可能地还原出江桐看到的世界，这个烈火烹油、鲜花似锦却也残酷无比的世界。

预告出来的那一天，夏习清的心情也十分紧张，这种紧张感几乎可以和他第一次参与自己的画作拍卖会相比。和画画不同，这部电影是他用自己这个完完整整的人去诠释和他极为相似的一个灵魂，这种创作对他来说是极为难得了，可能再也不会有第二次。

所以尽管在他已经全程参与拍摄的情况下，在看到预告的那一刻，心脏还是小小地被撼动了。

因为是第一支预告，只有1分30秒，可讲的内容和情节非常之有限。开场的画面就是周自珩扮演的高坤坐在那个拥挤破旧的小诊所的画面，特写镜头快速地在两张脸上切换着，一头红发浑身戾气的高坤，满脸横肉眼神不屑的医生。

"你都不说我是什么病？"

"怎么，还想得绝症啊？"

诊所的门"砰"的一声关上，墙外满是涂鸦，牛皮藓一样的小广告粘在上面，和办假证的鲜红油漆印字交错在一起，像做了丑事的人一样相互遮掩。

镜头里只有一双不断前行在泥泞窄巷的腿，黑色牛仔裤上溅满了泥点，拉长的镜头展示出那个破乱如腐朽蚁巢的社区，形形色色的底层社会人穿来过去。一段十秒的镜头如同最低等人世的缩影，谩骂声掺杂着叫孩子回去吃饭的呼喊，吆喝叫卖混杂拥堵涵洞刺耳的鸣笛。但这些都只是背景音，真正的画外音伴随着那双不断前行的腿。

"你妈生下你就跑了，她本来就是被骗过来生孩子的！"

"有娘生没娘养的狗东西。"

"亲爹也死了，再死一个奶奶，齐活了，克星一个。"

"你到城里来打什么工！你成年了吗？我可不敢用童工，滚滚滚，别耽误老子做生意！"

"哎，干什么活不下来啊。救什么奶奶，这年头了救救你自个吧。"

"有本事去大医院啊！一辈子穷病！"

那些声音越来越大，越来越嘈杂，混在一起如同无数台失控的机器，最终在一阵刺耳的噪音下归于沉寂。

画面全黑，黑暗中可以听见喘息的声音。

"我得艾滋了。"声音有着短暂的平静。

画面再一次亮起的时候，是高坤猛砸阿龙出租房铁门的画面，"砰"的一声巨响，栏杆的缝隙中露出高坤那张扭曲狰狞的脸。

"艾滋！你知道吗？！"

　　铁门外的绿色墙壁，在蒙太奇的效果下，逐渐变成了蒙着绿色滤镜的夜间便利店。

　　割破手掌的高坤在便利店的货架上胡乱地涂抹着猩红的血液，双腿游荡如同孤魂，直到携着血迹踱步至最后一排靠近仓库的货架，对上另一双脚步，破旧开胶却刷得洁净的白球鞋，蹭了灰的便利店制服裤。

　　镜头只有下半身的拍摄，穿着制服的人松开了自己的手，手中抱着的盒子掉落在地，洒落了满地斑斓的棒棒糖。

　　橙色的棒棒糖再度转换，变作一轮橙色的夕阳，墙面映照出来的影子里，一个屠弱的身影蜷缩在地上，被揍到站不起来。

　　音乐声忽然加快，两种画面开始交错，同样是跟踪视角，一个是黑暗中跟着的那个瘦弱身影，另一个是夕阳的马路下跟着的一瘸一拐的背影，画面反复从午夜和暮色中闪烁切换，最终在音乐的激响中变成两张贴近的脸。

　　画面闪动，高坤狠狠掐着一个人的脖子，青筋暴起，连声音都咬牙切齿。

　　"我不能一个人悄无声息地死……"

　　这一句结束，画面忽然熄灭。

　　全黑画面中出现血滴，渐渐化作"跟踪"两个字，但血色又一再褪色，光影交错，如同黑色剪纸的缝隙中透出的夕阳光彩。

　　画面剪切，所有的背景音乐都消失了，只剩下令人心慌的死寂。

　　镜头里是双手空空呆站着的江桐，瞳孔闪动，脸色苍白，张着嘴，想说话却发现自己发不出声音，双手空荡荡的，脚边全是散落的棒棒糖。

　　一根棒棒糖滚至站在对面的人脚下，他用满是鲜血的手将糖果捡起，递到江桐的面前。

　　最后一个镜头是高坤的特写。

　　他用淌血的手擦了一下自己的脸，朝江桐，或者说观众，露出了一个笑容。

阴鸷的、扭曲的、可怖的、绝望的笑。

画面再一次全黑，屏幕上出现主创名单。耳边是预告中最后的台词，声音颤抖，却又透着股不服输的硬。

"命贱……就该死吗？"

尽管所有的镜头他都看到过，但这个首发预告还是令夏习清狠狠地震撼了一把，尤其是高坤最后的那个笑，那是他在心态彻底崩塌的情况下第一次遇到了江桐。

让夏习清惊喜的是，在美术方面，导演的确采纳了他的建议，预告中的色彩基调和以往很多的现实片所采用的灰暗冷硬色调不同，是一些非常浓郁甚至黏稠的高饱和低明度色彩设置。

苔藓般潮湿翠绿的墙壁，鲜红的黏稠血液，便利店深夜浅绿色的滤镜，薄荷色的涵洞，橙红色的棒棒糖和糖水片里的夕阳。

"在江桐的眼里，世界是又好又烂的，他想活下来，也是因为如此。而且他喜欢画画，这样一个骨子里喜欢艺术的人，再烂的世界在他眼里也是腐朽的美。"

这是夏习清的原话，通过一整个制作团队复现成影像，多么奇妙。

预告一经释出，就受到了网友的热议。别的不提，这两个主演的流量在当下几乎无可匹敌，可他们又和传统的流量不同，其中一个是戏龄超过十年的二十代国民演员，担当主演的片子几乎没有烂片，难得不走艺术院校凭本事考进名校的学霸级演员。

另一个则更是传奇，靠脸一夜成名，事实上却是一名15岁就创作出拍卖价格80万油画的画家，经历出柜风波后几乎成了 LGBT 群体的先驱人物。

这两个人凑在一起，加上一个多次靠独立电影在国外摘得奖项的新锐导演，再加上重重敏感题材，很难不被大众讨论。

自习给我冲："一个不想当物理学家的 Alpha 不是一个好演员。"

饭最甜的 CP："一个不想当好演员的美人攻不是一个好画家。"

假聪明："我的天哪最后那个笑看得我鸡皮疙瘩都起来了，我发誓我不是周粉！"

我是不是生病了："周自珩也该拿奖了吧，看预告就嗅到了提名的味道。"

彩虹堂 biubiubiu："本来我看到夏习清不太想看（没有骂他的意思就是质疑他在表演上的专业性），但是看完预告，我居然真香了？？？"

OHlala："夏习清长得真好看……（沉迷美色无法思考）"

SWood："流量的电影一律不看，粉丝控评简直了，你们不尴吗？"

谁先结婚谁是狗："满屏的大长腿我去……周自珩红发真的帅，我第一眼竟然没认出来，最后那个笑太邪了！"

电影小飞侠："从预告片的角度来说，制作上还是很良心的，不管是镜头还是音乐都可以看出来制作方的真诚度，色调也很特别，反其道而行之，有种越艳丽越悲惨的感觉。听到最后一句台词的时候的确是起了鸡皮疙瘩，周自珩在电影界是优等生，一如既往的好表现会让大家忽视他的努力，我觉得这一部说不定可以为他冲一发奖项。另外夏习清最后一露面还是很惊喜的，他以往亮相都有一种挥之不去的上层阶级端着的气质，与生俱来的，但是在电影里磨没了，很契合电影'生似蝼蚁'的设定，出乎意料地好。"

我们的我们："本来不感兴趣的，之前夏习清出柜的事很多人都提到这个片子了，说他滥交得艾滋，才会演这部片子，当时觉得有些人的心真的脏到不能看。现在看来这部电影真的是诚心之作，这题材有几个人敢碰？就冲着夏习清出柜那股子刚劲我也会支持一张电影票。"

尽管有许多不和谐的声音，尤其是十月风波里积累下来的一批恐同中年直男网民，但大部分的声音都是好的，预告片的质量摆在这里，很难不被说服。

夏习清是一个不太会被别人的评价所动摇的人，但得到肯定，无论是谁都会觉得感动。

成为低预期下的一个惊喜，是一件幸运又幸福的事。

作为主创人员，夏习清非常配合地转发了官方微博的预告。

@Tsing_Summer：生而为人，我没有错。

如果江桐是别的演员饰演，转发里的这句话并不会引起什么讨论，可巧就巧在是经历了出柜风波的夏习清，这种嫁接式的情感纽带很容易让大家代入夏习清的视角，产生一种微妙的共情，于是更加绑定了演员和角色。

很快，正在拍摄香水广告的周自珩也转发了微博。

@演员周自珩：高坤你好，你没有错。

十二月的夏习清忙了起来，正是因为之前在网络上的风波，艺术馆曝光引来了爆发式的客流，尽管其中大部分人对艺术都是一知半解，但人多总比冷清要好，夏习清也是本着好好经营的态度，将母亲遗留下来的东西认真保管，遇到这种局面，他只好和团队一起加班开会，做出一些限制流量的方案，同时也特意做一些专有活动针对非专业人士，类似艺术类科普。

原本他以为这些事不至于忙成什么样，可实际操作起来却麻烦得多，像他这么一个从小只画画的人，如今还不得不从头学习经营管理的经验。为了周五的艺术馆活动，夏习清熬了三四个晚上，亲自挑选展示的藏品，邀请国内知名的艺术大家进行开展讲座。连一向工作忙于他的周自珩都心疼起来。

"干吗这么拼？"周自珩把厚毛毯披在了坐在工作台前的夏习清身上，他还伏在案前修改设计方案。

夏习清抬起头转了转脖子："你知道江桐为什么穷成那样了，还要打好几份工租那间旧出租屋吗？他完全可以只租一个单间，自己过得好一点。"

这是剧本外的东西，周自珩犹豫了一下，忽然明白了。

但他没有说出来。夏习清也只是笑笑，低下头继续。

周自珩从背后抱住他，吻了吻他的头顶。

因为江桐想留住他和母亲曾经一起住过的房子。

12月21日，周五下午三点，夏习清策划举办的活动开始，他作为艺术馆的所有者，也正装出席了活动，台下来了许多夏习清的粉丝，由于之前他已经在网上事先说明过，这些粉丝也很听话，并没有带灯牌手幅之类的应援物，来得很低调，也不吵不嚷，十分有序。

夏习清特地亲手做了一个花篮，让粉丝把信件放在篮子里，可活动刚开始没多久，花篮就已经满到再也塞不下。

"老板，很多人带了礼物，收吗？"

原以为是粉丝圈子里的常态，夏习清摇了摇头："礼物就不收了，信件可以。"

"可礼物太多了，我们一开始放在外厅的角落，现在那个角落已经有点堆不下了……"

"谁让你们堆起来的，我早就说过不允许收。"夏习清一身黑西装，手摁着自己的耳麦，行色匆匆地往外厅走，谁知那头又道："不是的老板，她们执意要给，因为……"

"别找借口，我马上……"

"因为她们说是给您的生日礼物，还有一个很大的蛋糕。"

夏习清的脚步一下子顿住了。

生日？

他动作迟钝地拿出自己的手机，解开锁屏，12月21日。

好像真的是他的生日……

最近过得太忙太混乱，根本无暇顾及时间，何况，10岁生日发生那件事之后，他再也没有好好过过一次生日。

看着那些排队等候在验票区的女孩子们，夏习清心里涌起一股复杂的情绪。她们很听话，不吵不闹，没有任何应援，只悄悄地把信放好，把礼物塞给工作人员，静悄悄的，连一句"生日快乐"都不敢说，怕惊扰到自己。

可以收获别人的爱，无论何时都是一件幸福的事。

夏习清叫来了助理："去，帮我买尽可能多的花，粉玫瑰，给这些女孩子们，一人一枝。"

助理很快办好这件事，在验票的同时将花一朵一朵送给了那些粉丝，夏习清亲手切了那块大蛋糕，和所有人一起分享。

很快，助理又推来了一个架子，上面蒙着暗蓝色的天鹅绒。

"夏先生，这也是给您的礼物。"

夏习清没有时间，头也不抬："放到外厅我一会儿……"

"您要不先看看？"

他抬起头，疑惑地看了一眼那个架子，水晶灯下泛着光泽的天鹅绒上放着一张卡片，上面写着"生日快乐"。

看到署名的那一刻，夏习清不由得怔了。

From：Thief。

他伸出手，一颗心脏跳得怦怦作响，每一下都撞在他贫瘠空旷的胸膛，像是和那天鹅绒掩盖住的事物相互共鸣一般。

掀开掩蔽，夏习清看到的是一幅油画，画中端坐着一名容貌美丽的女人。

那是他15岁那年画的母亲，也是他人生中第一幅拍卖出去的画作。

历经十年的飘荡和流离，终于回到了他的身边。

夏习清无论如何都没有想到，周自珩会在自己26岁生日的这一天将这幅画归还到他的手上。他看着画框铭牌上自己的名字，眼眶微微发涩。这幅画消失多年，他几乎是抱着一种逃避的心理，不去找，不去想，好像只要当它不存在，自己就从不曾在乎过所谓的亲情，也就不曾受伤。

但逃避终究是逃避，他无法否认，这幅画里融入了太多复杂到难以言说的感情，而这种感情里，是包含爱的。周自珩明白这一点，所以他才会帮他找回来，修复自己残缺的心。

周自珩总是能够精准无比地找到他的软肋，然后用自己温暖的掌心将它护好，也不管自己愿不愿意，一如既往地、理想主义地付出。但他又不得不承认，每一次都命中红心。

看着活动开始有序地进行，夏习清原本紧张的心也松弛了许多，来宾中本来也有许多文艺界的媒体，对此次活动进行报道，夏习清也相应接受了采访。

"请问您是如何走上艺术创作之路的呢？"

这个问题问得不算有水平。夏习清冲着发问的女记者微笑："耳濡目染。"

"所以您的意思是您的家族也是从事这个职业的？"

"我想，这个艺术馆的活动和我的家族关系不大吧。"夏习清开始怀疑起这个女记者的目的，他试着从中脱身，却发现又被另一部分媒体围住。

"请问您是如何进入《跟踪》剧组的？"

"有传闻说你是带资进组，请问《跟踪》剧组的投资方和您是什么关系可以说明一下吗？"

原来是冲着电影来的。夏习清早该想到，这部片子预告片释出之后的巨大反响迟早会让一部分人眼红，看来是觉得从周自珩和导演那儿找不到突破口，只能从自己这儿下手了。夏习清虽然不算是娱乐圈的人，但好歹被泼了这么几次脏水，已经很熟悉这个圈子的套路了。

在助理的及时反应下，安保人员前来控场。

"不好意思，请离开展厅。"

"我们是受邀的媒体，你们怎么能随随便便就驱逐我们？"

夏习清脸上维持着微笑，按住了身边安保人员的手臂："没事的。"他朝着这些记者露出职业假笑，"各位只要不问与本次活动无关的事，当然不会被驱逐。反正我们这边也有视频记录，如果届时各位的报道和现场情况有出入，我们当然也会依法追究法律责任。"说完他像是开玩笑一样补了一句，"我是多么锱铢必较的人，相信大家很清楚的。"

看着那些记者脸上的表情开始难堪起来，夏习清一脸无辜地笑道："不是要采访吗，我们是先聊一下 El Greco 的阴暗的色彩？还是 William Turner 笔下流动感的光？"

打发走了那些无头苍蝇一般的娱乐记者，夏习清走到二楼倒了杯香槟灌下，冷静下来他又觉得这件事没这么简单，刚才那些娱记口口声声拿《跟踪》的投资说事，难不成是竞争对手见投资方没有公开所以特意乘虚而入，安一个自己带资进组的名头？

他倒是想直接带资进组，没给这个机会啊。

试着拨了拨蒋茵的电话，占线中，夏习清想了想，原本想拨通周自珩的电话，但最后还是放弃了，之前就说在拍香水广告，现在应该还没结束。

为了了解情况，夏习清上网看了一下，热搜榜上暂时倒是没有出现有关《跟踪》投资的热搜，但点击有关《跟踪》的热搜，里面已经有一些营销号开始扒投资方了。之前周自珩投资的时候是以收购的一个传媒子公司的名义进行的，并且签署了保密协议，所以网友们看不到投资这一部分的公开信息。

几个营销号的微博底下也有类似的评论，一波是说这种半匿名投资有猫腻，另一波则是把矛头直指夏习清本人。

吃瓜群众1号："怎么有夏习清就有瓜？夏习清真是'宝藏男孩'啊。"

为你等待333："我就觉得这种事背后都跟带资进组有关，夏习清一个学画画的如今也能来演戏了，那些科班出身却没戏可演的演员呢，真是讽刺啊。"

这样的言论比比皆是，带节奏的目的再明显不过。可令夏习清意外的是，这一次片方的反应快得惊人，他才刷新了一下首页，就刷到了电影官方微博发出的澄清。

电影跟踪官方微博："近日网络上对于《跟踪》投资的相关揣测均为不实言论，以下是投资协议书。造谣行为我们必将追究。"

这份投资协议书中将重要的部分都已经打码，但保留了金额8500万，以及投资方兴烨传媒的全名。除了这一份之外，还包含导演本人以及制片人蒋茵的投资协议书。

公开投资方是为了堵上那些声称"黑水投资"的谣言，但说实话，并不能证明夏习清的清白。他心里再清楚不过，这些营销号完全可以将自己的名字跟这些投资方中的任何一个挂上钩，无论是占大头的兴烨以及其背后的周自璟，还是导演，甚至是蒋茵，都可以成为他的金主。这才是最棘手的。

蒋茵的电话忽然打了进来，夏习清很快接了，对方听起来冷静，但似乎也正在找办法。

"习清，你那边应该已经有记者骚扰了吧？"

"嗯。刚刚来了一批，被我赶走了，查出来是什么人在背后捅刀了吗？"

蒋茵言语带气："《跟踪》延期上映之后，和一部大投资的片子撞档了，对方也是双男主，但是话题度追不上，所以就想着在上映前搞坏名声，让大家不去看。"

就知道。夏习清拿着手机，站在二楼角落的一个窗子前沉思。

没办法了，尽管夏习清一直以来都不想这样做。

"要不然这样吧茵姐，你手底下应该还有一些营销号？假装扒我的出身，我到时候把资料给你，都是扒不出来的。"夏习清的口气完全是一副无所谓的样子，"就摊开来让大家看看，看谁能包养我。"

一年到头就过一次生日，还得为了电影自爆家世。自爆玩家这个梗算是一辈子都摘不开了。

三个小时后，网络上疯狂转发一个视频，是国内雕塑泰斗习鹤微的葬礼，而站在最前面给习老爷子抬棺的那个正是每天处在风口浪尖的流量画家夏习清。

八卦来访："有网友扒出了雕塑泰斗习老爷子的葬礼，这个抬棺的小哥哥不就是夏习清吗？另外还有人在网上找到了寰亚国际的股份持有（真假待证），寰亚的老板是夏昀凯，再细想一下夏习清的名字，卧槽了这种身家小说都不敢这么写吧……"

我喜欢的人是个小画家："我这个ID名该改了（跪下）习清生日快乐！"

路过的小仙女："所以夏习清是寰亚太子爷？母家还是艺术泰斗后代，卧槽他为什么不喜欢女人！"

12345上山打老虎："……之前说包养的都是无脑黑吧。寰亚啊，求包养都来不及。"

SSS 预警："我现在怀疑夏习清是真的带资进组哈哈哈，带自己的资。"

我儿子最可爱了："不是的，寰亚没有投资这个电影，最大资方是兴烨，你们去查一查兴烨前年被谁收购之后会回来谢我的。"

推的就是你的高塔 回复 @我儿子最可爱了："卧槽我刚刚去查了，是景明！景明的大股东不是那谁的哥哥吗？我靠真正带资的不是男二，是男一啊。"

我儿子最可爱了 回复 @推的就是你的高塔："男一不可说，他的背景不是尔等可以议论的，闭麦闭麦。"

自习女孩可爱："习清生日快乐！卧槽我是饭了对怎样的神仙 CP？？PS 隐约嗅到了自爆的气息……"

夏习清1221生日快乐："自爆的等等我！习清：你们再造谣我就爆了！"

现在全民吃瓜的方向又变成扒夏习清身家了，各种段子满天飞，甚至有一大堆无1无靠的姐妹开始在微博大喊夏习清老公，几乎占领了他的微博，弄得夏习清哭笑不得。

再刷新的时候，夏习清看到了周自珩的一条微博。

@ 演员周自珩：For you.

这条微博有两张配图，每张里面都握着一瓶香水。瓶身都是非常简约的棱柱型设计，第一瓶中的香水液体是深邃的黑色，掺杂着少许蓝色流沙，让人第一眼就想到了浩渺宇宙和其中闪烁却微小的星尘。

另一瓶的液体是透明的，同样内含流沙，但却是浓郁的深红色，瓶内的设计很是特殊，将流沙固定在瓶子中央，里头还暗藏一朵很小的永生红玫瑰。

夏习清几乎是第一时间认出握住香水瓶的手是周自珩的，不仅仅是对他的熟悉，更是半透明的瓶身后透出的，无名指内侧小小的玫瑰文身。

转发里是这次合作的高奢品牌官博。

"这两款香水将作为我们的圣诞节限量款进行全球发售，@演员周自珩全程参与调香和概念设计。玫瑰混合粉红胡椒的主香调，辅以白麝香纯净的欲感，呈现出星空与玫瑰极致的浪漫。香水名将会在今晚23点59分公布。"

这一波宣传做的，真是尽心尽力了。

正吐槽着广告大使，就收到了对方的微信。

Renaissance：结束了吗？我在你家等你。

对于所谓的生日惊喜，夏习清事实上并没有太多的期待，因为之前那一幅画对他来说意义已经足够重大了。但看到周自珩的消息，他还是不由自主地产生了一种渴望。想早点回去，想见到他，想和他一起庆祝自己降临人世的这一天。

降临人世没什么可庆祝的，值得庆祝的是他幸好来到这人间一趟，才没有错过周自珩。

从艺术馆离开的时候，许多粉丝看见他要走，终于忍不住小声地喊了他的名字，夏习清一面整理大衣一面往外走，笑着和她们说再见。

"习清生日快乐。"

"生日快乐！"其中一个女孩子拿着手里的花问道，"习清哥哥，你为什么买粉玫瑰啊？"

夏习清转过身子面朝她们，倒退着走了两步，笑容温柔："粉玫瑰是少女最好的饰品。"

从公寓的电梯出来，夏习清径直走到自己家门口。可打开家门的一瞬间，他不禁有些疑惑，里面漆黑一片，一盏灯都没有留。

这不像是周自珩的作风，如果他在家一定会给自己留着玄关的灯，或者干脆每盏灯都亮着。

难不成是还没回？

尽管他现在已经敢回忆过去，但对于黑暗的恐惧几乎成了生理反应。夏习清伸出手，摸索着门口客厅灯的开关，"啪"的一声按下去。

奇怪，这个开关的触感和以前怎么不太一样……

来不及去仔细查看，甚至来不及发现客厅的灯根本没有打开，夏习清就这么愣在了原地。

客厅空荡荡的那一片冰冷黑暗，忽然间被糅进无数个微小的耀眼星尘，飘浮在广袤的宇宙。这一刻好安静，静得如同真空，可他又能听见自己的心跳，以不断加快的频率跳动着，直达耳膜，仿佛静谧宇宙中孤独发射的无线电频率。

靠近一步，夏习清试着叫出他的名字，像是隔着光年以外的一次传送。

"自珩？"

开口的这一瞬间，眼前沉静星海的中央忽然爆发出一个极亮的光点，像是昭示着一个年轻恒星的降临，黑暗中幻色的恒星风将一切扭曲压缩，视野中那些飘浮的美丽光点湮没又重生，逐渐聚拢成一团红色星云，缓缓展开。

像极了一朵绽放的玫瑰。

他无法描述眼前的一切，这种极大的震撼似乎来源于渺小人类对于无垠星空原始的敬畏和憧憬。

周自珩终于出现在这朵玫瑰星云的另一端，脸上是温柔沉静的微笑，手里握着一个小小的控制器。

"曾经有人问过我，这个世界上有这么多美好的事物，如果让你挑选一个送给最珍贵的人，你会选择什么？"他露出稍稍有些为难的神色，"在遇见你之前，我觉得世界上最宏观的美好就是宇宙，从本质上来说，我们和这些星尘没有差别，我们都是恒星的孩子，也是宇宙的孩子。"

他低头笑了笑："但是遇到你之后，我发现，一朵沾染泥土的玫瑰也是美好的。微观之美，同样震慑人心。"

他温柔的视线穿梭整个星云，抵达夏习清那双盛满星光的双眼。

"当我终于等到这一天的时候，我开始纠结了，因为无论是宇宙还是玫瑰，我都想给你。所以，"他伸出手，"请允许我向你介绍，这是 NGC2237

号星云。或者我们可以叫它，玫瑰星云。"周自珩的脚步踏过星尘，穿过瑰丽星团，走到了夏习清的面前，拥抱住他。

"我花了半个月的时间拍到它。"周自珩拿出一张照片，放在夏习清的手上，"然后我又找知许一起建模，做全息，才有了现在你看到的。"他笑着吻了吻夏习清的额头，声音比宇宙还要温柔。

"生日快乐。谢谢你来到我身边。"

夏习清终于明白，周自珩带着一大堆天文摄影设备，躲在天台是为了什么。可他没有想到的是，他竟然可以将亿万光年之外的星云真正复现在他面前，让他可以用自己的眼睛去感受这庄重又浪漫的一切。

他也终于明白周自珩亲手设计的两款香水，究竟代表了什么。黑色流沙与永生玫瑰的合二为一，就是眼前的一切了。

他捏着相片，抬眼看向周自珩，背后是一片深红色的瑰丽星云。

想说话，想表达，可他可以传送出去的信号已经被全部掠夺，糅进咫尺之遥的另一个心跳中。

这朵世间最美好的玫瑰，星尘为泥，银河滋养。永远不会枯萎，永远在沉静宇宙中盛放。

"这是我要给你的，宇宙级别的浪漫。"

21 反之亦然

CHAPTER

瑰丽璀璨的星云之下，两人相拥，交换了一个温热缠绵的吻。漫天星光覆盖在他们的肩上，遮掩住对彼此最深的渴望。夏习清伸手去找周自珩的手，想要握住他，对方却在松手时不慎将宇宙的开关遗失。

拥着他的肩膀倒退时，夏习清漂亮的皮鞋尖不小心踩上去，红色星云在一瞬间坍缩、收束，化作无止尽的黑暗。周自珩的反应更快，他紧紧地抱住了夏习清，深入而缠绵地吻着他，湿润的水声在黑暗中被失灵的某种感官放大，像一双看不见的手搅和着逐渐剧烈的喘息。

"自珩……"

"别怕。"周自珩的手臂紧紧地箍在他的腰际，身体推着夏习清的身体，在黑暗中摸索着，生理上涌起的恐惧和欲念的燎烧层层覆盖，说不清谁击败了谁，夏习清只觉得自己一退再退，退无可退，后脊背抵靠在一面墙上，周自珩的吻充满了攻击性，像是渴求依旧，湿软的舌头搅得他心跳紊乱，双腿发软，手掌只得贴上墙壁，稳住自己流沙一般开始流淌的身体。

"开灯吧。"好不容易从湿热的吻中找到缝隙，像是黑暗里绿色的逃生标志，周自珩的白色毛衣在暗夜中似乎可以发光，蒙着一层淡淡的萤辉。

他渴求从他的身上找到光明。

"求我。"周自珩咬着他的下唇，柔软又脆弱的触感令他沉迷。

"……求你。"

他早就将自己的全部都献上，这点自傲也算不上什么了。

周自珩伸出一只手去开灯，另一只手掩住夏习清的眼睛，光明重现的那一刻，夏习清感受到的只有周自珩指缝间流淌的红色光芒，柔和而暧昧。

他舔了舔自己因唾液蒸发而干燥的嘴唇，再微微张开，一双蒙着水汽的眼睛望着周自珩，如同渴水的鱼，手臂不自觉又缠上他的脖子，是他一贯喜欢的方式。

两个人激烈地在玄关处缠吻，沿途都是情欲之火烧过的焦痕，吻到夏习清双腿发软，被他搂着走的时候不小心被地上的盒子绊到，所幸被周自珩拽了一下，才没有摔倒。

"这是什么……"脑子发蒙，夏习清眯着眼去看，看见盒子上有张纸条。

"我送你们的大礼——赵柯。"

"这是什么？"夏习清转过脸看向周自珩，脸上还有情欲未退的迷茫，可周自珩闪避得太明显："没什么，我们进房间吧。"

"哦？"夏习清勾起嘴角，一个字被他念得百转千回，准确无误地钩住了周自珩的心，趁他恍神，夏习清用皮鞋尖钩开盖子，里面的东西倒是让他一下子清醒了。

"这都是什么玩意？"夏习清擦了擦唇角，懒洋洋蹲了下来，食指尖钩起里头的一个黑色绸缎眼罩，在周自珩的眼前晃了晃，又拿出一副手铐，掰了两下，还有一条长长的绳子，被他拽了出来。

"不知道的，还以为是《逃出生天》道具组寄过来的呢。"

周自珩干笑了两声，瞥见盒子里居然还有一些电动的道具，真的两眼一抹黑，差点被赵柯气死，自己好不容易弄得这么浪漫，全被他带偏了。

"这都是他单方面非要塞给我的，其实不代表我的意志。"

听见周自珩这么死板的垂死挣扎，夏习清差点笑场，但他还是憋住了，拿起盒子里的眼罩、手铐和绳子，手指抓着绳子的一端甩动着，倒像是个准备套住猎物的猎人。他的眉尾抬了抬，眼神轻佻："我不喜欢道具，但是捆绑和蒙眼，我还是感兴趣的。"

周自珩就这么被圈了进去，从犹豫不决的猎手变成了予取予求的猎物。

客厅的暖气渐渐升温，夏习清将周自珩推到沙发上，一件一件扒掉他身上的衣服，毛衣褪去时星火噼啪作响，在他双手还没能放下的时候用手铐一把铐住他的两个腕子，他浑身赤条条，看着夏习清脱下自己的灰色大衣，露出里面全套的黑西装，穿戴整齐地站在自己的面前，周自珩觉得自己像一个罪犯，因觊觎而落罪，遭到他的羞辱和惩罚。

可他穿得这么得体，却勾出他心底最深的情欲。

夏习清半跪下来，用绳子将他的脚踝绑住，然后坐在他赤裸的大腿上，用自己发凉的手指玩弄着他半勃的滚烫阴茎，细白的手指弯曲起来，裹着柱身缓慢向下，他的眼睛望着周自珩的眼睛，嘴唇微张，带着说不尽的诱惑。

"轮到你求我了吧。"

周自珩凑过来想吻他，却被夏习清躲开，他用被铐住的手一把揪住夏习清的领带，将他狠狠扯了过来，如愿以偿吻住了他，却因用力太猛，不小心咬到了他的嘴唇。

"你还真是条狗。"夏习清舔了舔嘴唇，捏住他的下巴，"是谁的狗？"

周自珩那双深邃的眼睛盯着他，几乎要冒出暗沉沉的火。

"说话！"

"……你的。"

夏习清笑了："我是谁？"

"你是……主人。"

"真乖。"夏习清凑过去舔吻周自珩的耳廓，恶意无比地发出水声和低吟，最后吹了一口热气，"就算是狗，咬主人总是不对的。必须要好好惩罚一下了。"

他在周自珩的身侧跪下，半趴在他并拢的被绑住的腿上，手指戳了一下那个已经高高翘起的阴茎，又伸出舌头舔了一下顶端，像是舔弄一颗糖一样。

早料到夏习清会玩弄他，但周自珩没有想到的是，他从餐桌那儿拽来了一把椅子，坐了上去，褪去鞋袜，那双瘦白的脚踩上自己硬到发胀的阴茎。

一瞬间，夏习清就听见了他没能克制住的低吟，不由得嘲笑起来："原来你喜欢我的脚啊。"说完，他抬起自己的两条腿，洁白的脚心相对，裹住了周自珩的性器，上下缓慢地贴着柱身上的青筋挪动着。

他的眼睛落在周自珩的身上，看到他因情欲勃发而紧绷的腹部肌肉，因难耐而皱起的眉头，还有无论如何也挣脱不了的无奈，一切都太性感了，让夏习清浑身燥热。

"舒服吗？"

他的声音像羽毛一样飘着，周自珩紧紧皱着眉，不愿说话。

夏习清却喜欢这种感觉，看着他一点点被逼到临界点："你不说话，是难受吗？"

他可以拿捏住心爱之人的所有欲望，这是至高无上的权力。

脚尖绷住，如同芭蕾舞女，轻轻顺着他的柱身往下，一点一点来到囊袋，脚趾轻轻踩着，安静的空间中开始出现他的粗喘。夏习清觉得好热，褪下的西装外套被他扔在地上，一边用脚抚慰着自己的宠物，一边解开了皮带，将裤子褪去半边，悬在伸直了的膝盖上。他的性器也早已勃起，贴着小腹，他忽然想到了一种更加折磨人的方式，于是收回了自己的双足。

他将裤子全脱了，白生生的两条长腿在周自珩的眼前晃着，让他不由得滚动喉结。眼见着夏习清从盒子中翻出一瓶润滑剂，坐回到椅子上，头歪在一边敞开了自己的两条腿，将那个无数次被周自珩踩躏的小穴全然暴露在他的面前。

"喜欢吗？"

看着周自珩的表情，夏习清觉得十分满意，他挤了一团润滑剂在手指上，有些凉，涂上小穴的时候让他不由得微颤了颤："好冰……"他皱起的眉让周自珩忽然间变得饥渴无比，想将他压倒在自己的身下疯狂地掠夺，可他现在手脚全部被束缚住，什么也做不了。

"松开我，习清。"

"叫主人。"夏习清飞去一个眼神，"急什么，我还没玩够。"他将沾满了白色黏稠液体的手指一点点挤压进那个私隐处，周自珩分不清他是真心还是故意，淫乱的呻吟一瞬间就钻进了他的耳朵。看着他一点点将那个红色的小穴扩张开，周自珩的背后都起了一层热汗，将他和沙发紧紧粘在一起。

"嗯……"夏习清的脸上蒙着欲望的光，眼神赤裸裸地落到周自珩隐忍到了极点的脸上，"啊……想要……啊……哈……"起伏的胸膛被衬衫包裹，凸起的乳尖隐约可见。

"想要吗……"

周自珩终于忍不住，哑着嗓子急切地回应："想……想……"

"求我，求你的主人。"夏习清的手仍旧没有停，反而将自己的腿掰得更开，好让周自珩清清楚楚地看见一切。

周自珩慌张地咽了口唾沫，丢弃了所有的尊严："主人，求求你，给我吧，求你了。"

"给你什么？"夏习清将屈起的腿放下。

"给我……让我操你。"

夏习清站起来，白衬衫的下摆半遮住，润滑液从他的腿间淌了下来，淫靡不已。他坐到了周自珩的腿上，臀肉挤压着他的阴茎，他笑着舔了舔周自珩的耳朵，轻声细语："错了。"

"是主人操你。"

说完，夏习清握住周自珩胀满的阴茎，在自己腿间的润滑那儿蹭了蹭，沾上了液体，然后松弛肌肉，试图用穴口将他那硕大的龟头纳入其中，试了几次，终于进去，两个人都不由自主发出一声唱叹，下一个瞬间，他用那个眼罩遮蔽住周自珩渴求的双眼："不许看我。"

　　兴许是没了视线的追赶，夏习清越发放浪，手按住周自珩的肩膀，一下一下淫荡无比地扭着自己的细腰，后仰着头露出漂亮的脖子曲线，周自珩被他折磨到了尽头，一进去的瞬间差一点射出来，狠狠将那念头压了下去，下面的小穴又紧又烫，紧紧地裹着他，跟着夏习清的扭动而深入。

　　夏习清的身体渐渐地软下来，像是漂浮在情欲的大海，他浑身冒汗，张着嘴想加速呼吸，腿根紧绷到麻痹："哈……好爽……"

　　可周自珩却被他折磨得不行，他看不见，只能感受，可这些远远不够，他想要看见夏习清的表情，他想要更多更激烈的结合。两人贴紧的下身早就湿漉漉的，滑腻而黏稠，更加勾得周自珩不满于此，他的声音被情欲折磨得发哑："主人，求求你松开我，松开操会更爽，我保证。"说完，他卖力地往里顶了一下，像是自荐一样，顶得夏习清直接叫了出来，身子发软扑在他的身上。

　　"求你了，主人。"周自珩黏糊糊地亲着他的耳朵，连哄带骗，"解开主人会操得更开心。"

　　夏习清扯掉他的眼罩，软着身子趴下去，解开了他脚下的绳子，顺便舔了舔周自珩的小腹，弄得他浑身抖了一下。夏习清笑着坐起来，其实他早就想解开手铐，这样磨下去他自己先心疼。可刚一解开，夏习清就被周自珩撂倒，摁进柔软的沙发里掰开了双腿，狠狠地凿了进去。

　　"啊……好深……"夏习清伸手想掰开他的手，却让他抓住脚踝架在了肩膀上，压着他的腿操进来，"周自珩你他妈……啊啊……你混蛋……"

　　忍了太久的一滴汗滴落在夏习清的脸上，周自珩的面孔背着光，看不清表情，可他只能感觉到对方暴风骤雨一般的进攻，每一次都狠狠地撞在最深处，像根烧得滚烫的铁杵，把他那狭窄湿润的甬道撑得满满的，夏习清没有任何可以躲藏的机会，只能高高地抬起腰，迎合他狂烈的抽插。

　　呻吟声混着皮肉碰撞的啪啪声，回荡在整个客厅。周自珩像是报复一般，一下比一下操得狠，也不忘挑衅："主人，舒服吗，嗯？"

　　夏习清张着嘴大口地喘息，每操进去一下就从喉咙里发出一声尖叫，他觉得臊得慌，只能将自己的指尖塞进嘴里，用牙齿咬着，承受着他猛烈的攻击。周自珩耸动着腰，手掌摁在他抬起的大腿上，摁得皮肉发红，他的眼睛死死地盯着夏习清的脸，看着他涨红的细长脖颈，一直红到了耳下。夏习清被操得发晕，头顶着沙发的一端跑也跑不掉，咬着的指尖已经被快感麻痹了知觉，口水顺着嘴角淌了出来，连脚尖也不自觉绷起。

这种扭曲的毁天灭地的快感将他整个人都吞噬了，浑身战栗，眼睛里都要流出生理性的泪水。

"不行了……自珩……慢、慢点……"

周自珩拔出自己的阴茎，扶着柱身在湿漉漉的股间一下一下蹭着，俯下身子舔了舔夏习清同样湿淋淋的嘴角，舌头一下子伸进他嘴里，弄得夏习清浑身一软，再次被情潮席卷而过。

"进来……快点……"

"主人，你真难伺候。"周自珩扶着自己的下身，再一次挺进，但他没有进到最底，而是找到了他早就探寻到的敏感点，挺着腰狠狠地戳上它，惹得夏习清猛地叫出声。

"啊！啊……"

周自珩喜欢这种反应，他强忍着小穴收缩带来的巨大快感，双手抱着夏习清的屁股狠命地戳着他的前列腺，一下比一下狠。

"不行了……操死了……操死了……啊……自珩……抱我……"

周自珩残忍地没有去抱他，而是疯狂地加快了频率，夏习清觉得自己就快死了，眼前的一切都模糊了，像是被液体遮蔽住，他哭了，他不知道自己为什么会哭，他只知道浑身都过着电，四肢百骸都是电流。他克制不住自己的叫声，也克制不住自己的泪水。

看着那个骄傲的夏习清变得狼狈不堪，周自珩俯身下去吻去他的眼泪："主人，你操得好舒服……好爽……我爱你……"

"啊……啊……不行了……下面要坏了……啊……"夏习清已经完全不知道自己在说什么了，他的肉体和理智已经被剥离了。只能梗着脖子，潮红的身体像是筛糠似的颤抖，随着一声变了调的尖叫，那个被周自珩操得不断晃动的浅色阴茎射了出来，射在周自珩的胸口。

高潮过后，夏习清就像是一个进了水的泥人，软烂地摊在他的怀里，周自珩再也忍不住，又凶又狠地一下一下钉入他的身体，在那团已经被操得熟透的甬道里猛烈地撞击着，没有任何章法，只求快感。在夏习清快要被他撞到昏迷的时候，终于在他的身体里射了出来。那根没有完全软掉的阴茎埋在他的身体里，一跳一跳的，又热又烫。

不记得究竟过了多久，夏习清渐渐恢复理智和清明，感觉自己被撞击出去的灵魂终于回到了这副泥泞的躯壳。浑身发软，骨头酸痛，他像只没有自理能力的幼兽一样伏在周自珩的胸口，任由他的手臂绕过自己的肩，手指拨弄他汗湿的发根。

心脏的跳动声隔着胸膛，撞在他的鼓膜上，像是一种亲密的问候。

"累吗？"周自珩抬着脖子吻了吻他的头顶，听见夏习清哑着嗓子"嗯"了一声，觉得可爱又好笑，但是不能笑，也不能说他可爱，这都是倒着撸猫的错误方式。

夏习清瞟了一眼墙面上挂着的钟，发现快到零点了，于是拿出手机准备看微博。

"你生日就剩这么点时间了，"周自珩有些不满意地夺过手机，"不能留给我吗？"

"我想看看你那个香水的名字究竟是什么。"

周自珩乐了："那你问我啊。"

夏习清抢回手机："不，我就想自己看。"他就是想等到23:59，那个等待的仪式感让他满足。

终于，香水品牌的官方微博准时准点地发布了这两款香水的名字，可让夏习清觉得好笑，他简直是白等了。

"你搞什么，一个叫 NC27，一个叫 G23，弄得像口红色号一样。"夏习清哭笑不得，尽管他明白周自珩的意思，可其他人怎么会懂。

谁承想，连夏习清都没有想到，这条公开香水名的微博下竟然会是这些回复。

希望的田野："作为一个忠实的《逃出生天》节目观众，我看到这个香水名就产生了想破译密码的冲动……入戏太深……"

自习冲鸭："周自珩这个理工男真的不是在出谜题吗？"

我爱的 Alpha："我一开始看这个设计，还以为香水名会跟星星或者玫瑰有关，毕竟有流沙又有玫瑰嘛，谁能想到名字这么硬核哈哈哈哈。"

逃出生天永不完结："我觉得没这么简单，又有数字又有字母很容易让人想到密码啊。套用第一期节目里的栅栏密码，就是通过跳位的方法把明码分成了两栏，假设这就是分好的两栏，那么明码还原回来就应该是NGC2237，可这解出来好像也没有什么意义啊……也有可能是我脑洞太大入戏太深，大家看看就好哈哈。"

珩珩攻遍宇宙 回复 @逃出生天永不完结："有意义！姐妹你好牛逼！我刚刚去查了，NGC2237是一个星云的名字，这个星云的形状就和玫瑰花一样，我还特意贴图了，超级美。"

周自珩是天使："我的妈呀那个图好美，而且这两瓶香水的设计就是一个是宇宙，一个是玫瑰啊，合在一起就是 NGC2237，宇宙中的玫瑰！天哪周自珩是什么浪漫理工男啊！"

我珩超 A："周自珩彻底推翻了我的求偶标准，因为我根本找不到这样的男人……要不他出个柜让我彻底死心吧。"

…………

"竟然还真的被她们破译出来了。"夏习清觉得太魔幻了。

周自珩揽着他的肩膀，笑眼弯弯："看过那么多期节目，已经养成这种敏感度了。"他忽然低下头，在沙发的缝隙里找着什么，最后在夏习清躺着的那个位置摸到了。

"你找什么呢？"

周自珩将手背在后头，笑嘻嘻的，夏习清伸手绕过去要去抢，他又自己乖乖拿了出来。原来是一瓶香水，沉黑如墨的液体中闪动着流沙，在灯光下熠熠生辉，瓶子的中央是一朵红色的小玫瑰。

"这是 NC27 和 G23 的结合，NGC2237。"他将香水塞到夏习清的怀里，"这才是真正的限量版，品牌方单独给我做的这一个。"周自珩的语气里是有些稚气的得意，"别人都只有一半，你是完完整整的，独一无二。"

在这种时候，夏习清很难维持自己的情绪管理，这个世界上还会有人不被周自珩打动吗？答案一定是否定的。

"你试一试，看看喜不喜欢？"

夏习清有些舍不得，但这种感觉就好像一个涉世未深的小姑娘，犹犹豫豫的。他最后还是拔下盖子，轻轻喷了一点在手腕，凉凉的水雾覆在上头，卷起一阵玫瑰风暴，但不是那种甜腻的味道，冷冷的，空旷的，掺杂一丝丝胡椒的辛辣，干净的白麝香被空气里还没散去的情潮气息沾染，有些暧昧。

要怎么才能形容这种复杂的香气？他伸出手腕内侧，蹭了蹭周自珩的脖子，然后靠在他的怀里去嗅。

大概是冰冷寰宇中动情的玫瑰。

"喜欢吗？"

身体发软，头脑晕眩，香水像是一张柔软绸缎从头到脚将他覆盖，他只能点点头，侧着脸去吻周自珩的侧颈，轻声地说着喜欢，或许太轻了，他又坚定地重复了一遍："喜欢。"

"太好了。"周自珩满足地抱住怀中人，他形容不出现在心情有多美好。这一次的香水让他也体会到了表演之外的创作，原来设计和发明一件东西会给人这么大的愉悦。最重要的是，夏习清喜欢。

这是周自珩的创作中，至高无上的价值标准。

轻轻摇晃着手中漂亮的玻璃瓶，细闪碎片流动，那朵小小的玫瑰如同一颗鲜活的心脏。

"我还想看那个。"夏习清尖尖的下巴抵着周自珩的胸口，抬眼看他，

“放给我看。”

周自珩揉了一把他柔软的头发，语气里满是宠溺：“好。”说着他坐了起来，先是把另一个沙发上铺着的灰色绒毯拿过来盖在了夏习清的身上，捡起地上的控制器打开全息，关掉了客厅的灯，随即爬上沙发搂住夏习清，两个人缩在绵软温暖的绒毯里，看着眼前的璀璨星云。

“我们这样像不像在山顶野营的情侣？”周自珩笑起来。

夏习清把脑袋歪在他的肩窝，看着缓缓流动的星光，语气不平不淡：“你说的那是恐怖片设定，一般来说，下一个镜头他们就会死。”

周自珩笑了，伸过手去捏他的脸：“怎么会有你这么不浪漫的艺术家。”

那又怎么会有你这么浪漫的理工男。夏习清在心里怼。

不过他最终还是没有说出口，只沉沉地望着这朵宇宙中的玫瑰，过了很久才开口：“其实我一直好奇你为什么会选择学物理，在我的视角来看，一个从小就参与表演艺术的人很难会再去投身科学研究，这看起来有些矛盾。不，我是说……”

说着说着，夏习清忽然又推翻了自己的话，他将头抬起来，看向周自珩的眼睛，他的瞳孔里洒满了星光，有种摄人心魄的引力：“也不是矛盾，就是让人费解。就算你真的真的是一个天才，也会让人产生这个人是不是太贪心的怀疑。”

周自珩抿着唇笑开：“我就是贪心啊，这是我的本性。”

我认为世间最美的东西，我都想给你。

“不过，不管怎么说，这个选择很棒。”夏习清又躺回他的怀抱，“我从小就觉得物理学家是特殊的，也是浪漫的。”

“为什么？”

夏习清的声音很轻，有一点哑：“因为他们在意风花雪月。而且他们在意的方式和诗人不同，是究其本质的一种关心和思考，光是从这个出发点来看，世界上的多数人已经被排除在外了，因为我们太多时候只关心表象。”

他伸出手，像是想去捞一把那虚幻的星光：“一个会去真正在意风与水流动的方向、日月更替的规律，还有宇宙诞生原点的人，你怎么能说他不浪漫呢。不仅浪漫，还是一种广阔的、伟大的浪漫。"

不知道为什么，听见这样一番话从夏习清的口中说出，周自珩感受到一种微妙的感动。就好像在这银河之下，飘浮着一双闪动萤火的手，在敲击着自己孤独的心门。

他的灵魂在表明立场，不，在倾诉。

他说，我和你是一样的人。

这种灵魂的相触让周自珩有一瞬间的思维空白，他忽然不知道说什么了，只好回到了之前夏习清的发问："我想回答你刚才的问题，关于我为什么要学物理。其实我接触物理的确是在我演戏之后，大概是……"

他回想了一下："10岁的时候，我印象非常深刻，那时候我在剧组等一场夜戏，因为剧组在山里，晚上坐在躺椅上的时候可以看到很漂亮的星空，不像现在的北京。"

夏习清就像一个孩子，伏在他胸口静静地听着，玫瑰和白麝香的空灵香气环绕着他。

"那个时候我台词都背好了，所以就在看书，我记得我看的是《费曼物理学讲义》，里面有一段话彻底地改变了我，其实是一个故事。曾经有一位物理研究员，他研究的是恒星可以不间断连续发光发热的原因。"

说着，周自珩按动了手里的控制器，夏习清眼前那朵瑰丽的玫瑰星云忽然间放大，像是裹挟着无数星尘向他飞奔而来一样。

最终，它停了下来，花蕊的中心闪烁着耀眼无比的光芒。

"这就是一颗恒星。为什么它可以一直发光发热，它的能量是从何而来的，又去向哪里，这就是那个研究员所在的团队研究的工作。后来他们发现了，这些能量是来源于恒星上不间断的核反应。然后有一天，他和他的女朋友一起散步，他的女朋友就像很多人一样抬头仰望星空，也像很多人一样发出一个寻常到几乎是下意识的感叹。"

伸出指尖，触上眼前虚拟而闪耀的恒星，夏习清忽然接道："这颗星星多亮啊。"

周自珩被这默契逗笑了："对，就是这句。然后那个研究员对她说，'是的，在此刻，我是世界上唯一知道为什么它会发光的人'。"

说完，周自珩转过脸看向夏习清："我当时还是个什么都不懂的小孩子，看完这个故事我感觉血液都沸腾了，真的太酷了，可能是因为我已经演了好多戏，演戏的通病让我不自觉就代入到了那个研究员，一想到假如我是世界上唯一一个知道星星为什么发光的人，我鸡皮疙瘩都起来了。"

他的声音诚恳中带着一丝激动："就是那种共鸣改变了我，让我选择这条路。当初别人只是觉得小时候的我外形不错，领着我走进了这个行业。但物理不是的，它完完全全是我自主的一个决定。即便我最后成为不了那个'此刻唯一'的发现者，成为前赴后继的追寻者，也不失为一种壮烈的殉道。"

夏习清不能否认，周自珩的确是一个令人折服的理想主义者，其他的理想主义者在他的面前谈论梦想，总是引人发笑。可周自珩不同，他的诚恳和激动甚至会感染你，将你一同拉入这浩瀚星空，让你臣服于科学的庄严与伟大。

他也十分确信，周自珩未来的征途绝不止于一纸剧本，他的重心会偏移，会回到属于他的轨道。

"我想知道，书里写到了那位研究员的女朋友怎么回答吗？"

周自珩笑了笑，摁动手上的控制器缩小了星云范围，眼前恢复了一朵完整的玫瑰："她只是笑，什么都没说。"

一如夏习清所料。

无论是艺术家，还是科学家，往往都是孤独的，所以夏习清从来不在乎别人的看法，权当无人理解。

可下一秒周自珩却握住了夏习清的手："但我知道你不是。"

夏习清有些不解："什么？"

"如果，我是说假如我是那个研究员，我对你说出了那句话，你一定不会觉得我在开玩笑。"周自珩转过脸，对着夏习清露出一个温暖的笑容，"你一定会认真地问我——"

"它为什么会发光？"

说不清是为什么，夏习清忽然眼睛发涩。他甚至觉得，周自珩说出的这一番话，比任何热烈真切的告白都让他觉得感动，这是一种莫大的认可，而他从不愿承认，又不得不承认，他喜欢这种认可。

他喜欢面前这个闪闪发光的人，他好过世界上所有的人。而这个人在用一种笃定的公理化的方式告诉自己，你就是亿万生命中真正理解我的那一个。

你是我的灵魂伴侣。

时间过得飞快，就连冬日都要临近尾声。

过年期间夏习清并没有回夏家，那里原本也不是他的家，反正他也早已习惯独自过年的方式，没觉得有什么要紧。可这次不同，周自珩一直陪着他到了腊月二十九，年三十那天才去西山别墅。

家里热热闹闹的，到处都是人，周自珩脱了围巾和羽绒服交给红姨，父亲在客厅招待亲戚，旁边还坐着一个年轻女孩，像是哪家人带来的。周自珩主动打了招呼拜了年，就钻进了厨房。

"妈。"

周母正从砂锅里舀了一勺鸡汤准备尝尝味道，正好儿子回来了，她赶紧把勺凑到周自珩的嘴边："珩珩，帮我尝尝，缺不缺盐？"周自珩吹了两下喝掉了汤："好喝。"他舔了舔嘴唇，"妈，你们研究所放了几天假？"

"放到初八，不过我得提前回去，有一个很重要的项目还搁置着。这几天呢我就在家给你们做点好吃的。"

见妈妈十分开心，周自珩抱住她的胳膊试探性问道："妈，外面的是什么人啊？"

"你爸的发小，以前一个四合院长大的。"妈妈又拿出切好的水果，用牙签插了一块火龙果喂到周自珩嘴边。他连忙接过牙签，又问道："那旁边那个女孩呢……"

"人家的宝贝女儿呗。"妈妈笑起来，像是故意逗周自珩，"怎么样，漂不漂亮？"

一说到"漂亮"这个词，周自珩的脑子里只有坐在画板前安静画画的夏习清。

"你们别给我说亲啊，都什么年代了，居然还有这种包办婚姻。"周自珩都没有发现，自己完全是此地无银三百两。

周母瞟了他一眼，把厨房门关上了："逗一逗你，说这么多。"她低下头去切春笋，周自珩想帮忙又插不上手，就像他也插不上话一样。

"妈，其实我有……"

"我知道你要说什么。"妈妈抬起头，脸上十分平静，"你嫂子告诉我了。"

"嫂子？她……"周自珩没想到，蒋茵竟然会告诉妈妈，这个消息打得他措手不及，"嫂子怎么会……"

"你关禁闭那几天我就发现不对劲，找她问了好几次，她才愿意告诉我，而且让我替你瞒着。"周母把切好的竹笋放进鸡汤里，盖上了盖子，"我虽然不知道你是天生的，还是后来改变的，"她看向周自珩的眼睛，"但如果是一时性起，也没必要说了。"

"不是的。"周自珩立刻反驳，可他又觉得自己的语气未免有些过激，只好放缓了些，"我不是一时性起，我是真的很喜欢他。不对……"周自珩不满于自己的措辞，"我很爱他。"

周母放下手中的东西，转过来看向周自珩，她生他的时候很早，即使是现在看来她的脸孔也没有留下太多岁月的痕迹，而是一种睿智的成熟美。她静静地看了一会儿，似乎是在努力地读懂儿子脸上的表情。

"其实一开始的时候我不太能接受，我连续好几天晚上睡不着觉，心里很后悔，觉得不应该让你进那个圈子，你就应该好好念书，和我一样做研究工作，这是很自然而然的事。"

她垂下眼睛："但你嫂子很肯定地告诉我，你并不是被圈子影响了，你还是过去的你，而且变得更完整了。可就算她这么说了，我还是不能接受的，不是我要剥夺你喜欢一个人的权利，是这件事超出了我的想象。"

周自珩低下头，张了张嘴，他想说话却又不知道应该说些什么。作为一个儿子，他的确没有和盘托出的勇气。

"我们的家庭比起很多人来说，算美满也算幸福，你从小虽然在演艺圈，可我们从来没有忽视过对你的教育和关心，我不清楚究竟是哪一个环节出了错。"母亲的眉头微微皱起，像是流露出困惑。

周自珩看向她，母亲眼底的困惑戳中了周自珩心底的一根软肋，他其实是害怕母亲受伤的。

比起她能不能接受，周自珩更害怕的是，她把自己喜欢上男人这件事归咎于自己的疏于照料。

这并不成立，所以周自珩才害怕。

可下一秒，母亲的眉头舒展开，眼中满是释然。

"不过后来我想明白了。"

她抬起头，伸手摸了摸周自珩的脸颊："我没有出错，你也没有。"

"我的儿子只不过喜欢上了一个人，这个人刚刚好，也是个男孩子。"她微笑起来，"这个逻辑其实很简单，对吧。"

周自珩鼻子一酸，他其实有好多话想说，可在此刻他的情感已经超过了理智的逻辑思考，他没有想到自己的母亲已经默默为了他的感情思考了这么多个日日夜夜。作为一个母亲，她一定挣扎过，恐慌过，毕竟自己走的并不是主流的道路。

但周自珩从小到大，走的从不是主流的那条路。

喉头哽住，他顿了好久，才沉着声音说了一句："妈，谢谢你。"

"大过节的，别给我哭出来。"她拍了拍周自珩的肩膀，"这件事今天别在饭桌上说出来，你爸爸什么都不知道，又是个急性子，我们从长计议。

如果你是真的喜欢人家，妈妈会帮你的。"

事实上，这曾经是周自珩最煎熬的部分，尽管他已经做出了最坏的打算，认为不被家人祝福的这种可能性对他的伤害也不算太大，只要不失去夏习清，他可以牺牲一部分的圆满。

但是，对于他这样一个从小生活在美满家庭中的孩子，家庭在心中的占比又是那么重要。

他愿意割舍这重要的一部分，他已经做好了这个心理准备。但现在，这重要的一部分却反过来告诉他，你没有错。

你不会失去我。

就在这一刻，周自珩觉得自己是世界上最幸福的人。

初一大清早周自珩就赶回海淀，妈妈特地给了他好多的补品，名义上是给他的，临走的时候却一直使眼色："替我说声新年好。"

跟着一起出来送他走的周父还一脸莫名其妙："跟谁说新年好？"

母子俩异口同声："跟你说~"

回到家之前，周自珩还想着夏习清一定在睡觉，结果一打开门，发现他不在家，又跑回对门去，打开自己的家门，看见夏习清正站在椅子上擦落地窗，听见开门声转过头："你怎么回来得这么早？"

周自珩放下补品就冲过去，一下子抱住夏习清的腿，遭到了他的强烈反抗："你干吗啊我干活呢。"

"你怎么这么勤劳啊我的小画家。"周自珩把他从椅子上抱了下来转了一圈才放下来，摁住他的肩膀左右各亲了一下他的脸颊，"真乖。"

"神经兮兮。"夏习清嫌弃地擦了一下自己的脸，看着他的鞋子又忍不住大骂，"你怎么穿着鞋进来了，快给我出去换鞋，烦死你了。"

周自珩吐了一下舌头，又听话地跑回玄关换鞋。关于母亲知道的事，他想等到全部都搞定之后再告诉夏习清，免得他担心。

"以后不买这么大的房子了，打扫起来累得要死。"夏习清坐在地板上，拧开一瓶水。

听他的嘴里说出以后买房子的事，周自珩莫名觉得戳心窝，眼前好像一下子就出现了以后的画面。

"叫保洁阿姨嘛。"周自珩走过来坐下，将他搂在怀里。

夏习清眼神放空，像是真的累了，慢慢吞吞地开口，像只精疲力尽的小猫咪："过年就是要自己打扫啊。"

"你也太可爱了。"

"滚，你才可爱。"

"不承认自己可爱的这一点最可爱！"

"……大过年的找架打是吧？"

两人正闹着，一个电话打进来，是夏知许叫他们过去吃饭。夏习清还没答应，周自珩倒是乐意得很，在旁边一个劲地插嘴，夏习清也没辙，只好同意了，两个人分头行动，从夏知许住的小区的不同大门进去，到了他家。

"跟《碟中谍》似的，你们这恋爱谈得不容易。"夏知许给后到的周自珩开了门，周自珩脱了帽子和口罩走进来，看见已经到了有一会儿的夏习清正坐在餐厅的桌子边上帮许其琛包饺子。

"自珩哥哥！"

还没反应过来，一个人影笔直冲过来抱住他，跟个小炸弹似的，他低头一看，这不是夏修泽么："你也来了？"

"对啊，我也是夏知许……"话说到一半，被夏知许照着小腿踹了一脚，把他后半段话给踹了回去，"嘿嘿，我听说哥哥要来，我就过来了嘛。"

周自珩憋着笑走到夏习清的身边："这是你包的饺子？一点艺术性都没有。"

夏习清白了他一眼："我看你就是找架打。"

原本他也不是个会做饭的，包饺子更是一个赛一个地露馅，只好让贤，叫周自珩接替他的位子帮许其琛包饺子。夏知许则是在陪着夏修泽打游戏，可夏修泽盘盘都输，看得夏习清都快撸袖子了："你行不行啊，不行你就下啊。”

夏修泽扁着嘴挪了屁股：“那你给我赢回来。”

“放心吧。”夏习清一把抢过手柄，“看哥哥我杀个片甲不留。”

夏知许“嗤”了一声：“少给自己立 flag。一会儿陈放过来我们来个三人局。”

“来就来。”

“输了怎么办？”

“随你定。”

无事可做的夏修泽东翻翻西看看，发现客厅墙角的盒子堆了老高：“知许……哥哥，这是什么啊？”

听他叫了声“哥哥”，夏知许这才回头解释：“我妈前两天让我从家里搬过来的，说是以前的旧东西没地放了。”

“旧东西？”夏修泽嘻嘻笑起来，盘腿坐在地上开始挑挑拣拣，“我最喜欢旧东西啦。”

“那你挑挑，有喜欢的你就带回去吧。”

“嗯！”

其实确实也没有什么特别的，大部分都是夏知许以前的硬盘，还有一些书，基本也都是编程和物理相关的，夏修泽翻到最底，找到了一本大的相册。

“哇，好多你小时候的照片。”

许其琛飞快地包完最后一个饺子，洗了手就跑过去：“我要看。”

“琛琛哥哥你没看过吗？”夏修泽侧过头问道。

许其琛摇摇头：“有的看过，这一本好像没有。”他低头看着发黄的旧照片：“知许你小时候的虎牙也太明显了吧，怎么换牙前也是虎牙。”他又往后翻了翻，翻到一张两个小朋友的合影，都只有三四岁，糯米团子捏成的一样，紧挨着坐在一张小板凳上。

许其琛有些疑惑：“旁边这个是你哥哥吗？好像没这么小啊。”他把相册举起来让夏知许看，夏知许瞟了一眼："那是夏习清。"

"你们俩小时候好像啊，比亲兄弟还像。"许其琛又小声补了一句，撞了撞夏修泽的肩膀，"不过还是你哥哥比较漂亮，是吧。"

夏修泽点点头，也小声地说："哥哥小时候像女孩。"

"你再说一遍？！"

"我什么都没说！"夏修泽跟个小老鼠似的躲在许其琛身边，低下头哗哗地把相册往后翻。

周自珩老远听见他们说话，也想过去看，可手边还有好几张皮没包，只好加快了动作，终于包完了最后一个饺子，整整齐齐地码好，飞快地洗了手走到客厅。

"哎等等，这张是谁？"许其琛摁住了其中的一张没让夏修泽翻动，又指了指上面的一个人，"这个小女孩是谁？"

周自珩挨着许其琛坐下，看到他手指的那张照片，心忽然猛地跳了两下。

脑子里忽然闪过儿时懵懂模糊的记忆。

一个穿着白色裙子的女孩将手里的白色玫瑰递给他："拿着，不许哭了。我带你去找妈妈。"

"我……"小小的周自珩哭得抽抽搭搭，"我妈妈不在。"

女孩的脚步顿了顿："是吗？我妈妈也不在了……"

6岁大的小男孩抱住他的腿，眼泪流了满脸："姐姐，我害怕。好多人看着我，我想哭。"

"我不是姐姐，"他拽开周自珩，蹲下来按住他的肩膀，"还有，别怕。"

"这没什么好怕的。"

从回忆中抽离，周自珩的心跳却没办法平息，记忆中被时光冲刷到模糊的那张脸，渐渐和相册上的女孩融为一体。

"这是谁？"

夏习清放的狠话成了真，夏知许果然输了，他干脆扔下手里的手柄，走过去拿起那本相册，眯着眼睛看了一眼，忽然大笑起来："哈哈哈，夏习清你看！你的美女黑历史！"

"什么鬼啊……"夏习清还沉浸在自己赢了游戏的兴奋中，见他这么开心又有点莫名其妙。走过去一看，照片上是一个穿着白色长裙的女生，一头黑发齐腰长，照片拍得不是很清楚，但后面的背景分明就是夏知许家。

夏知许像是得了宝贝，幼稚地拿给所有人围观："我跟你们说，这是小学五年级还是六年级来着，反正是暑假，我、夏习清还有陈放，我们三个人一起玩游戏，他连输了三盘，就被我们逼着穿我妈的裙子，还是我妈帮我们一起给他打扮的，美不美哈哈哈哈。"

夏习清一脸嫌弃地瞟了他一眼："什么鬼啊，根本没这回事，你就瞎掰吧你。"

"真的，物证都摆这儿了人证一会儿就到！你记性也太差了，这么重要的事都不记得。"

"我的海马体有它自己的想法，丢人的事一概不记得。"夏习清白了他一眼，一侧头却看见周自珩死死地盯着那张照片，他用脚踢了踢周自珩盘起来的腿，"喂，你别看了。"

周自珩却忽然抬起头，仔细地端详夏习清的脸，又低头去看照片，反复好几次。

"让你别看了你怎么还看啊。"夏习清准备抢相册，谁知一下子被周自珩抱住："你就是那个女生！"

夏习清一把推开他："谁是女生了！你给我好好说话！"

周自珩着急地向夏知许求证："你们当时是不是去了一个公园？"

"对！我妈带着我们一起去的中山公园。"夏知许坐到沙发上，还笑个不停，抓着许其琛的手给自己揉肚子，"不过后来他一个人不知道跑哪儿去了，转了一大圈最后才找到他。我当时还以为他自闭了，女装大佬夏习清哈哈哈。"

什么啊。

他怎么一点印象都没有呢，难不成是童年过得太悲惨，选择性遗忘了这么多东西？

不过，回想起过去，夏习清能够记起的只有痛苦和折磨，几乎没有多少开心的事。什么女装大佬，他根本不记得。

可仔细回想，夏习清脑子里忽然闪过一些画面，公园里的小型游乐场，过山车下面的草坪，一个哭得说话都结巴的小孩拽着他怎么都不撒手。

难怪他一直觉得小时候的周自珩眼熟。

"不会这么凑巧吧……"

周自珩的脸上是掩饰不了的激动："我第一部戏就是在汉口拍的，上次我就想说去那个公园看一看，但是怕你不高兴，我就一直没提。"

一直听着几个人对话的许其琛努力地理出思路："等一下，所以你们小时候见过面？"

"他就是我小时候喜欢的那个姐姐。"周自珩抓着夏习清的手，夏习清把他的手掰开，扶着自己的额头："什么姐姐啊……哎呀头疼。"

"就是的！我在公园走丢了，他用纸给我叠了玫瑰花。"周自珩不知道怎么形容他此刻的心情，他几乎不敢相信，当初那个小姐姐竟然就是夏习清。他抓住夏习清的手："你现在还会叠吗？"

"好像……"夏习清扯了一张抽纸，低下了头，"我试试……"

"我靠夏习清，你从几岁就开始耽误人家了。"

"啧啧，我小说都不敢这么写……"

"哥哥你穿裙子好好看呀！"

"闭……嘴……"

屋子里乱成了一团，只有周自珩一个人一句话都没有再说，他感觉自己在做梦。整个人晕晕乎乎的，像是飞上了云端。再没有比这更令人幸福的事了。

当初念念不忘的惊鸿一瞥，兜兜转转十五年，竟然回到了自己的身边。

原来那朵所谓的白玫瑰，就是眼前的红玫瑰。

"你就是我的初恋。"

这句话像片羽毛，轻飘飘地落在了夏习清的耳边，他垂着头，那些遗失在时间长河中的记忆似乎真的在一点点复原，那个哭泣的小团子，原来竟是眼前这个人。

"什么啊……"夏习清闷头小声嘀咕，"搞半天我一直在吃我自己的醋。"

抬起头，四目相对，两个人都不由得笑了出来。

"我最开始还那么讨厌你，"周自珩也觉得好笑，"为什么没能在见你的第一面就认出来，我真是太傻了。"

回想针锋相对的初见，周自珩满是懊悔。

"我原谅你。"夏习清捏了捏他的下巴，骄傲地抿着嘴笑，"看在你暗恋我这么久的分上。"

还好，还好。

他们没有错过。

夏习清微笑着，将叠好的一朵纸玫瑰放在周自珩的手心。

当初那个哭泣的孩子，跌跌撞撞地从时光的迷雾中跑过来，裹挟着春风撞了他满怀。

泪水变成轻柔的吻，稚气化作一腔热忱。

拥抱住咬牙强撑了多年的他，温柔地拍拍他的后背。

这一次轮到他说，别怕。

大年刚过，《跟踪》剧组主创就一同飞往柏林参加电影节，电影节为期十天，开幕式当天剧组一同前往参加了首映礼。

后续的很多天周自珩和夏习清都待在酒店，偶尔在无人的深夜偷偷溜出去，外面很冷，两个穿着厚厚羽绒服的家伙挨在一起，也不做什么，就是轧一轧柏林街头的马路。对他们这种不可以曝光的关系而言，这已经足够了。

柏林很冷，晚上的时候更是寒意料峭。某一天的凌晨四点，两个人走着走着来到了柏林大教堂。

周围一个人也没有，穿着羽绒服的周自珩和夏习清站在教堂门口，夏习清戴着一个深蓝色的毛线帽，仰头望着这座漂亮又庄严的建筑物，路灯打在他的脸上，衬得他皮肤白得发光。

"你好好看。"

夏习清瞥他一眼，嘲笑道："你不好看，看你穿的这黑羽绒服，跟卖片的似的。"

两个人都笑了，周自珩从兜里掏出一个棒棒糖，撕了糖纸塞嘴里："来这儿干吗，这个点我们又不能进去。"

夏习清仰着脑袋，说话的时候嘴里冒着白雾，鼻尖红红的。

"我们本来就不能进去。"

说完，他伸手就要去抢周自珩嘴里的棒棒糖，周自珩扯着脖子不让他抢，两个人扯了一会儿，周自珩最后还是妥协了，他伸手捏了一把夏习清的脸，开玩笑道："像你这样的坏蛋，上不了天堂的。"

"天堂有什么好？"夏习清踢走了脚边的一块石头，叼着棒棒糖望着大教堂华丽的穹顶，"不过……如果你在天堂的话，当我没说。"

听见他为了自己撤回前言，周自珩心里很是开心："那假如我真的在，你也真的不被允许上天堂呢？"

这种毫无意义的假设，不知道有什么讨论的必要。

不过……也不是完全没有必要。

"像我这样阴险狡诈的人，上不了天堂的话……"夏习清想起来一首歌的歌词，他转过身子，拿出嘴里的棒棒糖，手指转了转，那个晶莹的糖球在微弱的灯光下闪着微光。

沾染蜜糖的嘴唇发出漂亮的音节。

"Kill my way to heaven."

杀出一条血路，去天堂见你。

颁奖礼到来之际，网上对于此次电影节的奖项猜疑很多，大部分人都是不看好周自珩的，毕竟他这么年轻，能一举拿到 A 类奖项的可能性实在不高，但《跟踪》首映之后，网上流传出来的影评几乎都是极高的评价。

"周自珩和《跟踪》都是今年电影节的黑马。"

这是出现次数最多的一句评语。

粉丝尽管期盼着周自珩能够获奖，但在网上也只能放低姿态，单单说一句"提名就是肯定"，不敢多言生怕打脸。就算是鼓励的话，都只能在周自珩自己的微博底下告诉他。

电影节的时间过得很快，颁奖礼终于到来，进场时，宋念挽着昆城的手走在前面，周自珩和夏习清并肩，紧随其后。

周自珩身着全套的黑色西装，肩上披着一件到脚踝的黑色大衣，十足的贵公子范。夏习清则穿着一套深灰色英伦风大衣，腰带扎紧，窄腰长腿，雅痞风格。

一起入围主竞赛单元的华语电影有六部，大家聚在一起照了张合影，国内的许多媒体也都特地飞来进行采访，相较其他电影来说，获得了"最佳男演员"和"最佳导演"双项提名的《跟踪》无疑是采访的大热门，然而剧组主创对于奖项的态度都相当保守，并没有聊太多。

到别人还好，一到夏习清，记者们的提问就变得五花八门。

"习清？你这次没有获得提名，心里会不会有点不平衡？"

"习清看这里，你下次还会拍戏吗？"

"习清习清，你可以说一下你跟寰亚的关系吗？你当初为什么决定参演这部电影呢？"

"习清，你为什么会进入娱乐圈呢？你的家人没有阻止过吗？"

夏习清被吵得头疼，他拿过一个话筒："听好，我只说最后一遍。我没有进入娱乐圈，拍完这部戏我就不会再接新的片子，会专心我自己的事业。"

他顿了顿："还有，我录真人秀，拍电影，都是因为我是周自珩的粉丝。我参加这些都是因为周自珩。"

最后一句话，他说得坦坦荡荡，也没有人往别的方面去想。

只有周自珩愣了一下，但很快被夏习清拽走。

现场人多到可怕，谁也顾不上多说什么，剧组接受完采访便回到指定休息室。

尽管在采访时，周自珩表现得十分得体，但夏习清很清楚，他心里一定是紧张的。

一走进休息室，周自珩便一言不发地坐在沙发上，端起一杯水默默地喝着。夏习清坐在他的身边，轻轻地摸着他的后背，现在对他说别紧张这种话，基本是无效做功，所以他也不打算说，只是默默地陪着他。

昆城也挺紧张，虽然他已经在国外获得过许多奖项，但毕竟都是一些非主流的小众奖项，他紧张地在房间里来回走动："没事，提名已经很好了，很好了，以后会更好的。"

宋念忍不住笑起来："我现在算是发现了，没有提名还是好事呢，一身轻松。"

夏习清看她准备穿着礼服吃蛋糕，提醒了一句："你也有点身为女明星的素养吧。"

宋念吐了吐舌头，看见周自珩还低着头，两手紧紧地握在一起，想说什么又憋了回去，喝了一口咖啡。

过了没多久，一个工作人员走进来，告诉他们颁奖礼很快就要开始，昆城连连点头，穿上外套："我们走吧。"

宋念也拍了拍手，拿了自己的晚宴包："OK。"

周自珩愣愣地站起来，准备跟着他们，可手肘被夏习清拉了一下，听见夏习清在身后道："昆导，你们先去，我有点事跟他说。"

"好，那你们也快点，别耽误了。"

等到门关上，周自珩转了过来，温柔地问了句："怎么了？"夏习清垂着眼睛，仔细地整理了一下他的西装外套。

"其实我这个人，特别特别讨厌平铺直叙的表达方式，听起来很……"

他努力地思考着确切的措辞，"很没脑子，过于简单，没有那种精心设计过的价值感，有时候这种方式的代价也很大，需要一腔孤勇。但是，我还是想说。"

他深吸一口气，抬起头望着周自珩。

"我爱你。"

"这大概是我这辈子最直接的一次表达。"夏习清勾起嘴角，又重复了一遍，"我爱你，周自珩。不要怀疑。"

"你永远是我心目中的最佳男主角。"

周自珩眼眶发涩，浑身绷紧的那根弦忽然就断了，"啪"的一声毫无预警，就这么被夏习清扯断。他生命中最重要的一件事已经得到了肯定，在这一刻，其他的任何事都显得不那么重要了。

他抱住夏习清，在这个盛大颁奖礼的某个小小角落，抱住了他最珍贵的人。

"我……那我的试用期。"

"傻子。"夏习清回抱住他，"早就结束了。"

颁奖礼开始，周自珩和夏习清的位置中间隔着昆城导演，经过了夏习清的表白，周自珩惊讶地发现他的确没那么慌了，这其中的原理连自己也无从知晓。

可他不知道的是，夏习清却慌了起来。

他紧张到无法专注的地步，前面有哪些人上了台，说了话，他一概不记得，没有丝毫印象。

最佳导演奖已经颁发，可惜的是昆城和那座小银熊失之交臂了，不过他的心态倒是挺平稳，只是笑了笑："还有下次嘛，不着急，我还这么年轻。"

也正是如此，所有人的目光都集中在即将颁发的最佳男演员的奖项上，大屏幕上已经开始出现他们的表演片段。

夏习清的手心蒙了一层汗，心里打鼓似的，慌得要命。他想着一旦错失奖项，他要如何安慰周自珩。跟他说还有机会？国内还有很多奖？

不，都不好。

这些都被他推翻了。

因为他真的很希望周自珩可以获奖，比任何人都希望。

思考得太过入迷，夏习清甚至错过了主持人冗长的串词，当听到全场欢呼的时候，他慌张地回神，慌张地抓住身边的昆城："是谁？是谁？"

昆城激动得差点哭出来："自珩，是自珩获奖了。"

"真的？"

宋念一边鼓掌一边转头对夏习清说："对，就是自珩！"

紧绷到几乎无法呼吸，心脏在听见这个名字的那一刻炸开，烟火一样。夏习清的目光追随着周自珩的背影，看着他一步一步走上那个万众瞩目的颁奖台。

那是他的爱人，他的男孩。

他的鼻子忽然就酸了，原来也有他控制不住情绪的时候。

周自珩朝台下深深地鞠了一躬，从颁奖人的手中接过奖项，镇定地用德语说了句谢谢，然后就切换成中文，他深深地吸了一口气，露出一个微笑。

"老实说，我今天没想到会获奖，所以连获奖感言都没有好好准备，等一下大家可能会听到有史以来最混乱的发言。"

这个小幽默把台下的人逗笑了，气氛放松了许多。

周自珩正色道："能和这么多影坛的前辈一起提名，我觉得非常幸运。"他顿了顿，"首先，我想感谢昆城导演，谢谢您对我的指点和帮助，您在我心中是无冕之王。我还必须感谢整个剧组上上下下三百多位工作人员，谢谢你们的付出，因为有你们，才有高坤，才有《跟踪》，这个奖项不只属于我，更属于你们所有人。"

台下一阵掌声，周自珩等了等，继续道："然后，我想感谢我的父母和家人，他们给了我足够的自由，让我可以去做我想做的任何事，给我充分的鼓励，我很感激。还有一直支持我的粉丝，你们一直是我坚持下来的动力，我知道，无论发生什么事，你们一直都在。"

夏习清笑着为他鼓掌，这一刻他的心里满是骄傲和感动。站在台上的周自珩是那么迷人，那么耀眼。

"最后，我还有一些话想说。不久前，有人问我，作为一个演员，为什么却选择学习物理，其实这是第一次有人问我，我很激动也很意外，所以把我从未告诉过任何人的答案告诉了他。那么反过来，我相信大家也一定会困惑，既然我选择学习研究物理学，为什么还坚持做一名演员？"周自珩笑了笑，"说出来有些冠冕堂皇，我当初的念头的确是想通过表演，让这个世界无法得到关注的事被人发现。有一个人曾经对我说过，我是一个不成熟的理想主义者。"

夏习清愣了愣，笑了出来，这家伙，越说越远。

"可后来，演着演着，我就发现我其实是一个情感匮乏的人，就像昆导说的，我演不了身为一个普通人最复杂也最平凡的情感。我甚至开始思考，我喜欢研究物理的原因之一或许是一种逃避心理。物理是这个世界最本质的表述，它可以用最精炼的公式表达这个世界运作的原理，简单纯粹，不像人，太难懂了。"周自珩抬起头，站在颁奖台遥望着台下的那个人。

四目相对的那一刻，夏习清忽然懂了些什么。

他不断加快的心跳像是某种强烈的预兆。

"作为一名演员，我演过太多太多人，模拟过太多情绪。其实我很清楚，那不是我的人生，也不是我的情绪。我只是一个还算灵活的容器。直到某一天，我遇见了一个人，这个容器才终于有了自己本该承载的东西。"

听到这句话，夏习清的眼泪忽然就涌了出来，大脑一片空白。

只有心脏迫切地跳动着，像是试图离开自己，去追寻它想追寻的那个光芒。

"遇到你之后，我胸口涌动的情绪才真正是我。它们属于周自珩，来源于夏习清。"

这句话随着同声翻译出现的瞬间，台下掌声雷动，没有人想到，这位声名大噪的年轻演员在最成功的时刻，竟然会选择向世界宣告自己的恋情。无数人转过头，鼓掌看向这场盛大告白中的另一位。

夏习清忍了很久，才将眼泪忍在眼眶里，红着眼睛看着台上那个人，抿着嘴唇露出一个浅笑。

周自珩也勾起嘴角，隔着人海望着那双追寻了十五年的眼睛："不，反之亦然。"

"源于周自珩，属于夏习清。"

在星星碎屑的指引下，张牙舞爪的小玫瑰收敛起利刺，用黑暗换取月光。

纵身一跃，陷入柔软宇宙。

永久落网。

– 正文完 –

EXTRA STORY

◆

Rose and
Renaissance

2月14日清早，微博就瘫痪了。

这种事以前也不是没有发生过，只是从来没有在大清早六点就开始瘫痪的情况，而且一打开微博就开始疯狂闪退，搜索栏一片空白，首页也刷不出任何东西，这样的状态一直持续了三个多小时才得以解决。

很多开了各大门户网站信息推送的网友，在睡醒的第一时间，手机锁屏就已经显示了各种关于柏林电影节的颁奖结果。

事实上，柏林和北京七个小时的时差，电影节颁奖礼开始于当地时间2月13日晚七点，颁发最佳男演员的时候已经是八点半，许多没能熬下去蹲守直播的粉丝只能定好闹钟起来看结果，谁承想，一睁眼就被自己的手机推送全部剧透。

看到"周自珩擒获'银熊'成黑马，世纪表白震撼全球观众，自习CP是真的！"这样的新闻标题，许多粉丝差点没直接吓晕过去。

而那些熬了通宵蹲守电影节直播的粉丝则更是心惊肉跳了。一开始吧，提着一颗心等着奖项的颁发，好不容易等到了最佳导演奖，可昆城失之交臂，结果不尽如人意，连昆导都没有获奖，周自珩的唯粉和CP粉的信心就又跌了不少，尽管不断地安慰自己，提名就已经很棒了，但总归是不甘心，就想亲眼看到这个奖项彻底落地。

当主持人用不标准的中文念出周自珩的名字时，直播的弹幕几乎刷爆了，满屏刷的都是不同颜色的"周自珩牛逼"，可等到周自珩说最后一段话的时候，弹幕开始往奇怪的方向走了。

"等等，我怎么觉得有点不对……"

"'遇到一个人之后'，卧槽周自珩这是要公开吗？卧槽不要啊！！"

"妈呀别告诉我是宋念！！！宋念你哭什么啊不许哭！！！"

"唯粉已经放弃挣扎了……"

"珩珩不要！妈妈不允许！！！"

等到周自珩说出夏习清名字的那一刻，直播的弹幕彻底炸了，什么都有，跟疯了似的，最多的就是满屏的"卧槽"。

"卧槽！！！自爆了！"

"自爆是会传染的！！！"

"卧槽这是真的吗！"

刷到最后，屏幕上出现夏习清忍着眼泪的那张脸，弹幕齐刷刷变成了粉色，满屏幕的"自习 is rio"，一直刷到周自珩下台，一路望着夏习清笑着走回自己的位置。

自习女孩的心路历程简直堪比坐过山车，反复复活，来回去世。

总的来说，一大清早的微博瘫痪，三分之一的原因是自习 CP 粉的狂欢，三分之一的原因是 CP 粉和唯粉的撕逼，剩下的三分之一，是早起被秀了一脸的吃瓜路人。

凌晨五点半微博就开始出问题，还没睡醒的微博工程师和程序员们不得不大清早拿起电脑加班，一边加班一边骂周自珩这个天秀。

当然，加班的不止他们，还有无数家大小媒体，就连媒体工作者都忍不住在朋友圈吐槽："麻烦各位明星以后公开恋情，公开结婚，公开离婚，公开任何事情都挑个正经上班时间行吗？？柏林电影节也真是会挑时间，情人节欸，我真是谢谢你们了！"

下头还有一条回复："周自珩拿奖就够我们加班的了，拿奖就算了居然还公开，太秀了太秀了。"

等到微博终于修复到勉强可以使用的程度的时候，热搜榜几乎都被周自珩占领了——"周自珩 银熊影帝""自习 is rio""周自珩银熊奖世纪告白""周自珩跟踪""周自珩告白夏习清"，连带着"自习女孩"都上了热搜，还有一个很好笑的热搜词条来自于不明真相的群众——"微博为什么瘫痪"。

除了这些可怜的加班工作者，饱受其苦的就是蒋茵了。她原本就在颁奖礼的当天飞到柏林，结果飞机晚点，一下飞机她的电话就被打爆了，这时候才知道周自珩竟然在颁奖礼的时候告白了。

"你是不是疯了！我真是要被你气死了！你……"蒋茵在电话里气得说不出话，她的职业本能逼迫着她满脑子想着怎么公关这件事，怎么才能最大化利用这次的热度，怎么应付那些借此黑一波的对家团队。周自珩在电话那头也只是不断地道歉，还笑着，一点道歉的觉悟都没有。

"算了，你们俩别乱跑，去酒店等我。"

周自珩的粉丝组成和很多的流量不同，他之前是一个高国民度的实力派童星，死忠粉少路好多，他的国民度转化成实打实的流量是在《逃出生天》播出之后。

这个真人秀和其中的两位主要嘉宾是相互成就的关系，所以他在节目上吸的粉有一大半都是 CP 粉，其他的流量则基本相反，大部分都是毒唯。就连夏习清的唯粉和 CP 粉都是对半开，因为他经历过的全网黑实在太多，很多 CP 粉都被虐成了唯粉，当然，其中也不乏少部分 gay 群体的"男友粉"。

周自珩的粉丝组成很奇怪，大比例的死忠 CP 粉加中等比例的路人粉加小部分毒唯死忠。这样的粉丝组成也就决定了在全网自习女孩所向披靡的压倒性攻势。

明星公开恋情是一件很冒险的事，很容易被人利用拿来做文章，尤其是女友粉众多的年轻男明星。为了避免被对家团队利用，蒋茵只能先发制人，大力宣传周自珩摘得银熊影帝的新闻，同时让手下的八卦营销号和营销大 V 从一些搞笑有趣的方面借用热度造梗。第一步就是截取凌晨直播的颁奖礼视频，连带着晚上的粉丝留言一起放在网上，弹幕本身就自带戏剧性，"自习女孩如坐过山车"也成为一大笑点，各种表情包在粉圈的狂欢下也流传开来。

一个粉丝过百万的营销号发了一张图，图片背景佛光万丈，中间有一个小人的轮廓，上面写着四个字：自习女孩。

@ 爱八卦的吃鱼桑：转发这个自习女孩，你搞的 CP 都会成真！

借着"自习女孩搞到真的"这种梗，这条微博在一个小时内就转发破三万，被各种 CP 粉圈争相转发，现在连自习女孩都有了人设——CP 粉中的锦鲤。

除此之外，蒋茵趁着热度将周自珩过往的实绩摆出来，另外，周自珩最吸引人的一点就是他的人格魅力，蒋茵决定从这一点做文章。公关的时候不能只转移视线，一旦可以通过热度让大众了解到这个人的优点并且被折服，后续即便真的有对家下场黑，大众也很难买账，这就是心理学上的首因效应。

周自珩过去的访谈视频截图，在 P 大的英文演讲比赛，以及团队物理竞赛的视频录像都被放到了网上，很快引发大众的讨论。

希望的田野上："不得不说，周自珩是真学霸啊，不管是英文发音还是逻辑思辨能力都是精英级别，就算不演戏也会成功的。"

我就不知道了："这个物理竞赛很难的。"

Whatever："我到现在都记得周自珩之前讨论的关于'正常'一词的范畴，当时看到就觉得很震撼，不是一般的人。其实现在很多人说他恋爱脑，作为旁观者我真的觉得很好笑，如果周自珩这种人的脑子被称为恋爱脑，我们大部分的普通人都应该是无脑了。"

123牵着手："不管怎么说公开恋情都很 emmmm……"

杠精应该去推发动机 回复 @123牵着手："别的明星公开恋情我没什么

好说的，周自珩凭什么不能？他一不靠粉丝二不是偶像，21 岁就拿银熊影帝人家公开恋情怎么了？"

竹可爱："之前夏习清出柜，没过多久两个人就公开了，这是准备好了的吧。不是酸，他们俩还挺配的。"

吉里吉里："非粉，夏习清出柜难道不是被迫的，怎么就变成准备好的了？网友的记忆真的是鱼。"

当当当当珰："一个是年少成名北大物理系在读最年轻银熊影帝，一个财阀二代雕塑大师后人貌美学霸艺术家，真·神仙 CP，除了彼此没人配得上他俩。"

…………

网友的争论不断，自习女孩还没有从狂欢中醒过来。最有意思的是一个自习 CP 大站搞了个特别节目，电话采访了许多自习女孩并录下音频剪辑完成。因为这个视频过于沙雕，很快成了网友的欢乐源泉被疯狂转发。

站长第一个拨打的电话是自己的好基友，她因为肝 CP 文从晚上十二点睡到了上午十点，被站长一个电话叫醒，蒙蒙地接了电话。

站长："自习是真的。"

基友："……"迷迷糊糊地重复了一遍，"自习是真的。"

站长加重语气："自习是真的！"

基友以为是自己不够诚恳，于是也没有灵魂地加重语气："自习是真的！"

站长气疯："不是的我是说自习是真的！！！真的是真的！！"

基友："……你干吗，我刚醒你别吵我！真的就真的嘛……"

站长叹了口气，一口气不带喘地解释："周自珩跟夏习清表白了在柏林电影节颁奖礼上哦顺便一提周自珩拿奖了。"

基友："……卧槽……我不信！！卧槽卧槽卧槽，我手机呢卧槽卧槽周自珩牛逼……"

站长："你手机在手上。"微笑。

第二个电话，站长拨通了副站长的语音电话。

站长："自习是真的。"

副站长痛哭流涕："呜呜呜呜呜呜我知道，我的自习是真的，妈妈爱你们呜呜呜……"

站长："你冷静点我录……"

副站长突然大声："我没法冷静！！！啊！！！我的自习！我的珩珩我的习清哥哥，你们竟然是真的呜呜呜呜，我要去楼下跑圈，不，我要去柏林找我的自习！"

站长："你的自习今天晚上就回来了……"

副站长："那你还给我打什么电话！我们去接机啊！！呜呜呜我要给自习准备新婚礼物你不要来打扰我！走开！"

站长："……"

整个视频都是黑屏带转动式字幕，上传到微博的时候先是在粉圈被疯狂转发，后来就不小心出了圈，一下子成了全网的欢乐源泉。

@ 爱吃鱼的猫：这是什么沙雕粉丝哈哈哈 //@ 西亚大大世界第一可爱：第一个妹子好萌！！没睡醒跟着一起喊口号真的太可爱了！ //@ 一颗柠檬精：好歹也是追的学霸 CP，怎么可以这么沙雕哈哈哈，粉丝和爱豆的画风好不一致哦。//@ 你今天酸了吗：第二个妹子大喊去接机的时候我真实笑疯，追星时候的我哈哈哈 //@wodema：站长不愧是站长这么淡定哈哈哈 //@ 浪里一条小白龙：全程高能！

眼看着颁奖礼上周自珩发言的视频已经转发过二十五万，网友们在轮番的玩梗下也终于把专注力放在世纪告白上。

彩虹跳跳糖："如果这段获奖感言不是团队帮忙写的，那我真的很瑞思拜了。"

娱乐圈第一总攻："不是团队的，团队才写不出来，周自珩一贯的说话风格就是这种理工男的思维，如果不相信可以看一下他之前的一些公开发言。"

格兰芬多小宝贝："周自珩确实说的是事实啊，他以前只拍现实向，题材一个比一个敏感，从来没拍过烂片也没有拍过爱情片，光是这一点多少小鲜肉都赶不上。"

小甲鱼："这段获奖感言大概是我听到过最牛逼的告白了，可能因为周自珩本身就很传奇吧，研究物理，又热衷表演，艺术和科学看似不搭边界，可又在他的身上得到了统一，很浪漫又很合理。"

水瓶座小女孩："我可以理解周自珩，也可以理解夏习清，这两个人遇到一起当然会喜欢上彼此，他们就很合适啊，不管是家世还是个人的层次。PS，我听说他妈妈是中科院的，不知真假。"

自习女孩人生圆满："粉丝不如路人会吹呜呜呜呜，我只想说，那个容器的形容也太妙了，还有反之亦然，天哪我真的说不出话。"

这场 CP 狂欢持续发酵，周自珩最后的表白也被网友争相模仿，成了一种特殊的周自珩表白体，"理工男式告白"也登上热搜。

晚上十一点的时候，《跟踪》剧组主创在首都机场落地，夏习清已经做好了被围观的准备，但没想到的是来的人比他想象中还要多，临近午夜，整个接机口几乎都是粉丝，还统一穿成粉色，粉色外套粉色大衣，到处都是一片少女粉。

夏习清穿了件蓝色羽绒服，头上戴了顶灰色针织毛线帽，素着一张脸就出来了，看起来又嫩又可爱，一看见粉丝就从口袋里伸出一只手朝她们温柔地笑："你们都穿得好少女啊！"

所有粉丝都尖叫起来："哥哥情人节快乐！！！"

"哥哥新婚快乐！！！"

新、新婚……

"自习新婚快乐！！！百年好合！！！"

"《跟踪》票房大卖！！"

昆导挨着夏习清，两个人都被保镖围着，夏习清一边往前走，一边跟粉丝说："买票了吗，明儿看电影去呗。"

挨着的几个粉丝一边录像一边尖叫："啊啊啊习清哥哥！"还有一个粉丝开玩笑说："买不到票了！"

夏习清立刻撞了一下昆导的肩膀："导演，她们说没票了。"他笑得眉眼弯弯，毛线帽尾巴上的小球一甩一甩的，"那哥哥请你们看，包场。过节嘛。"

"真的吗？？"

夏习清正色："当然是真的了。"

"啊啊啊啊追富二代就是好！！"

"好幸福！！"

"欸自珩呢？"大家聊得太嗨，终于有一个粉丝意识到不对。

昆导笑道："在后头呢。"

粉丝们全被夏习清吸引住了，还以为两个人在一块走，这会儿才发现周自珩被他们落在后头了，跟宋念一起被保镖们围着。周自珩穿着一件红色羽绒服，和夏习清的款式很类似。最好笑的是他的脸上戴了个黑色口罩，几乎遮住了整张脸，口罩上有一个大大的白叉，头顶的帽子上印着一个标语：Shut Up！

粉丝们看到他的打扮觉得又酷又好笑，拽住夏习清就问："习清哥哥，珩珩怎么了？"

夏习清嘴角憋着笑："他啊，话太多，被经纪人禁言了。"

"哈哈哈哈被经纪人禁言的明星。"

"口罩式禁言哈哈哈。"

一脸不高兴的周自珩凭借着自己过人的身高优势好不容易挤到了夏习清的后头，一不小心挤过了头，踩掉了夏习清的鞋子。

"我去，周自珩你把我鞋子踩掉了！"

"啊？我不是故意的。"周自珩立刻低下头去找，可场面实在是太混乱，每个人都是被推着走，别说找鞋了，弯个腰都做不到。

“不好找，你先踩着我的脚。”周自珩也顾不上人多人少了，拽着夏习清的腿，让他把脚踩在自己的脚上，夏习清一脸嫌弃地看着他，可又没有别的办法，只能把脚踩在周自珩的运动鞋上，扶着周自珩往外走。

全场的粉丝都在尖叫，昆城的耳鼓膜都要洞穿了，感觉自己就是一个不慎掉入土拨鼠老窝的无辜群众。

“啊啊啊啊踩脚！！我要死了！”

“我的妈呀习清哥哥的脚好好看！”

“比周自珩的小一圈！”

夏习清彻底郁闷了，刚刚还嘲笑周自珩，怎么这么快自己就遭殃了。他暗暗掐着周自珩的胳膊，咬牙切齿小声说：“我现在后悔了，我要恢复试用期……”

“来、不、及、了。”周自珩笑得得意，仗着夏习清掉了只鞋就无所顾忌地用胳膊揽住夏习清的肩膀，简直是光明正大地秀恩爱。

原本以为这次公开恋情的沙雕展开告一段落，可第二天，一条微博就被网友转发上了热门头条，所有人都在艾特夏习清。

@一个幸运的自习女孩：这是一条严肃的失物招领——@Tsing_Summer 习清哥哥你的鞋还要吗！！不要了可以给我吗！！！

配图就是那只被周自珩踩掉的限量球鞋。

一种莫名灰姑娘的即视感……

看到这条微博，夏习清的脸上露出毫无灵魂的微笑。

你都这么说了，我还要回来不成？？

Tsing_Summer：“地址私我，我把另一只也给你，大过节的凑个整吧。”

就在自习 CP 一跃成为真正的国民 CP 之后，各种节目都发出了合作邀请。周自珩在公司看了半天的合作方案，都没有感兴趣的，本来他这个人也不喜欢上综艺，更别提这种明摆着蹭热度的综艺了。

“没意思。”周自珩放下手中的资料，背靠在蒋茵办公桌对面的椅子靠背上，“这些节目的游戏都很无聊。”

　　蒋茵当然清楚，她作为《逃出生天》的制片人之一，当然希望周自珩和夏习清在曝光之后第一个上自家的节目，本来也是从这个节目里出去的。

　　"我知道你不喜欢这些综艺，不过《逃出生天》第二季的剧本还没有写好，而且这个节目的制作成本高，搭建场地制作道具都得花很长时间。"

　　和夏习清待久了，周自珩变得越来越像他，也学了他时不时就用手撑着下巴的习惯性动作，懒洋洋道："还不如在家玩《狼人杀》呢。"

　　"《狼人杀》？"蒋茵忽然找到了一个新思路，"《狼人杀》好啊，省场地也不需要道具。"

　　周自珩一听，知道她准备和《逃出生天》联动："可是《逃出生天》的主题是密室逃脱啊，我觉得不是很合适。"

　　"没关系，做成一个特辑就行，内核都是一样的费脑子，也符合《逃出生天》观众群的口味。实在不行就改个名做成姊妹篇。"蒋茵一拍桌子，"就叫'逃出狼人镇'。"

　　周自珩："……行吧。"

　　于是，《逃出生天》和狼人杀的联动节目就这么提上了日程，由于是特辑，提案也比较突然，没办法安排上电视节目，只能做成网综，为了保证节目真实性，也省去后期剪辑的工夫，最后定下来做成网络直播。

　　宣发很到位，两三天的热搜和宣传让网友和节目的忠实观众都非常期待《逃出狼人镇》的特辑，还没开始录制，网上就议论纷纷，明星类狼人杀节目之前也不是没有，可以往的很多狼人杀不过是借了个游戏形式，更加注重娱乐性。

　　成事不足败事有余："有、期待欸，毕竟是《逃出生天》的玩家，智商有保障啊。"

　　入股自习血赚不赔："逃出狼人镇！！！直播牛逼！！"

　　我是小仙男："习清哥哥我可以。一定会好好蹲守直播惹。"

　　可可爱爱的小菊花："高玩配置啊，感觉这几个人凑在一起会很有看头，毕竟大家都是逻辑高手。"

…………

就这样，《逃出狼人镇》特别直播就在2月16日晚八点正式开始了。

直播前半个小时，所有的嘉宾都化妆完毕来到了节目现场，事实上也就是电视台录音大楼里的一个中等大小的录播室，节目组改装布置了一下，墙壁上的狼头和带血的抓痕，还有药水瓶和各种巫术的涂鸦，通过这些装饰制造出符合狼人杀的悬疑氛围，房间的正中间有一个巨大的圆桌，桌边共九张座椅。每个座椅上都有编号，从1到9。

夏习清第一个化完妆，跟着笑笑走着走着就走进了房间，绕着正中间的桌子转了一圈，发现前面放着一个摄像头，冲着摄像头拨了拨造型师刚给他吹好的头发。

"习清，正在直播呢。"笑笑站在摄像头的背后拿着手机朝他晃了晃，以示提醒。

"这么快就开始了？"夏习清有些惊讶地退了两步，"看得到我吗？"

"弹幕都疯了。"

夏习清伸过手去："把手机给我看看。"从笑笑那儿接过手机，夏习清看着屏幕上的自己，有两三秒的延迟，弹幕嗖嗖地往上刷，看都来不及看。他抬头往后头看了一眼节目组的导播："我可以说话吗？"

"当然可以。"导播笑起来，"本来就是直播啊。"

夏习清这才朝摄像头笑了笑："你们好啊。"说完，他又低下头去看视频里的弹幕，看到其中的一条跟读起来，"习清哥哥你的痣是天生的吗……不然呢？"夏习清凑近了摄像机，鼻尖几乎要怼上去，"不过我一直挺想把这个痣去掉的。"

弹幕突然炸了，满屏的"不要啊！！"嗖嗖往上刷，吓了夏习清一跳，赶紧松口："好好好不要不要，不去。"他又对着摄像头看了一下，"那就留着吧，听你们的。"

房间门被推了一下，夏习清一转头，看见许其琛走了进来，他冲许其琛抬了抬眉，痞里痞气地笑了一下："Yo～"

就这么一个小动作，弹幕又刷屏了。

"好攻！！！"

"是自珩来了吗？？习清哥哥好飒啊！！"

"真的攻！！！美人攻我可以！！"

许其琛走了过来，声音温温柔柔的："你好快啊。"

"我不快啊。"夏习清脸上露出坏笑，"男人不可以说快。"

"哈哈哈哈哈哈好绝一男的！"

"话题突然深夜！！"

"快？？？"

"这个 plgg 的声音好好听，好温柔！"

许其琛被夏习清拽到了摄像头跟前，揽住他的肩膀："不知道大家还有没有印象，这是我们《逃出生天》第一季的编剧，也是《跟踪》的编剧。"

虽说也不是第一次面对摄像头，但许其琛多少有点不适应，脸上露出一个不太自然的微笑："大家好，我是许其琛。"

"卧槽！编剧小哥哥！！！"

"啊！！！编剧小哥哥怎么这么可爱！！"

"这个哥哥我见过的，这个哥哥我可以！"

"可以可以，你们哪个不可以？"

房间门再一次打开，穿着一套运动装的周自珩径直朝夏习清走过来，手臂自然而然地搭在了夏习清的肩膀上，手伸过去就准备摸他的脸，被夏习清躲开了。

"喂，直播呢……"夏习清半抬头朝他使了个眼色。周自珩的个头太高，摄像机没有完全拍到他的脸，只有脖子和下巴入镜，但一下子就被粉丝认了出来，弹幕瞬间被刷爆。

"啊啊啊啊啊啊周自珩！！！影帝上线！！！"

"妈呀刚刚是以为没开直播吗？？差点就摸脸了！！"

"猝不及防的狗粮！！真香！！！"

“习清为什么要阻止他！！我要看你们秀恩爱啊！！”

周自珩朝夏习清吐了个舌头，小声说了句：“我又不知道。”然后稍稍站远了两步，对着镜头打招呼，“晚上好。”刚说完，剩下的所有人一起进了房间，夏习清、许其琛和周自珩也远离了摄像头，大家在节目组导演的安排下先抽了签，然后按照抽签顺序入座，摄像老师带机器对着每个人依次进行自我介绍。

抽到1号的是夏知许，他朝着摄像笑了一下：“大家好我是夏知许。”

许其琛撞了一下他的胳膊：“你没有说你的序号。”

夏知许拿着手里写着数字的小球：“我是1啊。”

话音刚落，坐在对面的夏习清突然笑起来，他这一笑，桌上的好几个人也开始跟着笑起来，一时间气氛变得很微妙，夏知许斜了夏习清一眼：“笑什么，我本来就是1。”

夏习清忍笑道：“是是是，您是1。”

夏知许不依不饶：“你是1吗？”

“你管我是不是1～”夏习清没皮没脸地笑着玩手里的球，“反正我不是你想的那个数字。”

这回轮到坐在夏知许左边的周自珩笑了。

弹幕又一次到达高能点。

“这个小哥不是上次被拍到和习清哥哥一起的？！好帅啊我擦！”

“夏知许那个眼神好攻！我的妈这是什么神仙阵容！我信你是1！”

“哈哈哈哈哈哈哈哈哈我本来就是1。”

“周自珩笑得好内涵！！周自珩肯定是1！！”

夏知许说完，轮到右手边的许其琛，他慢半拍地找着镜头，还有一些些紧张，把手里写着数字2的小球举到脸边：“大家好，我是2号许其琛。”说完，他看了一眼身边的阮晓，轻轻说了一声，“过。”

阮晓笑起来，熟稔地朝着摄像头挥了挥手：“好久不见呀，我是3号阮晓。”话音刚落，身边的杨博操着一口标准的东北口音开了口：“大家好我是杨博，我抽中的是……这个……4号，对。"

转到了夏习清，他似笑非笑地举了一下手里的球："5号，夏习清。"刚说完，一只手就握着写着6的球凑到了夏习清的身边，笑嘻嘻地抛了几个飞吻："我商三三又回来啦！爱你们～～"

摄像头转过来，转到了赵柯的这边，本来他还发过誓说绝对不上电视，可一听说是要玩《狼人杀》，他又真实心动忍不住跟着一起来了："大家好，我是周自珩的同学赵柯，嗯，对了我是7号，7号。"

"7号小哥哥好紧张的样子哈哈哈。"

"周自珩的同学，卧槽那不就是 P 大的？"

"Hi～"摄像头对上了夏修泽的脸，他笑着举起两只手在镜头前挥着，"我是夏修泽，××附中高二的一名学生，你们好！"

"PLDD！！！好可爱啊我的天～"

"长得和习清好像啊不会又是他亲戚吧哈哈哈哈！"

"真的不是甜版习清哥哥？？"

最后镜头又转到9号位，周自珩微笑了一下："我是9号。"

天花板的音响传来了熟悉的节目组广播声："大家好，欢迎各位玩家来到《逃出狼人镇》，圆桌上有九张牌，请各位洗牌之后进行角色抽取。游戏规则如下：9张牌大致分为两类，好人牌和狼人牌，其中好人牌又分为村民和神职，神职有女巫、预言家、丘比特三张。

"天黑后，所有玩家闭眼，狼人可以随机杀死一位玩家，预言家可以验一名玩家，女巫可以救人或者毒死人，注意，女巫不可自救。丘比特可以在第一夜挑选两名玩家连成情侣。情侣中任意一人死亡，则另一位情侣殉情。天亮后开始进行公投，所有人通过投票可以投出一名玩家，注意，'警上'竞选成功的警长有两票。"

就在讲解规则的同时，桌上的牌已经洗好，九位玩家分别各自翻牌，得知自己的身份。

"本局为屠边局，狼人杀光所有的神职，或者杀光所有的村民，即判狼人获胜；相反，所有狼人出局，则好人获胜。由于加入了丘比特，可能出现第三方阵营。如果情侣都是好人，则丘比特加入好人阵营；若情侣全部为狼人，则丘比特需要帮助狼人阵营；如果是一好人一狼人，则丘比特和情侣一起组成第三方阵营，杀光剩下的所有人算丘比特阵营胜利，当然，若所有人包括情侣死亡但丘比特独活，也是丘比特阵营胜利。

"角色分配完毕，游戏开始。天黑请闭眼。"

一阵阴森幽冷的背景音乐出现，全场的灯都转换成为暗红色，整个房间像是浸泡在血池中一样。九个人都闭上了眼睛，低头不语。

"狼人请睁眼。"

夏习清睁开双眼。事实上，他一点也不想拿狼人牌，因为他以前玩《狼人杀》的时候花样太多，容易让大家留下防备，拿到狼人牌难度翻番。

"狼人请确认你的同伴。"

对面的夏知许也睁开了眼，还有他身边的许其琛，三个人交换了一下眼神。

狼人高配啊。夏习清比了一个 OK 的手势。

"狼人请杀人。"

目光扫视了一下周围仍旧闭着眼睛的其他玩家，许其琛比了个"9"，夏知许在犹豫，夏习清却摇了摇头，对着自己的脖子比了个手刀。

许其琛睁大了眼睛，明摆着在问他："你确定？"

夏习清点了点头，对着摄像比了个"5"，然后闭上了眼睛。夏知许和许其琛也比了个"5"。

"狼人请闭眼。"旁白君顿了顿，"女巫请睁眼。昨晚死的是他，你有一瓶解药，请问你需要使用吗？"

摄像头切到夏习清面前，导演比了个"5"。

"你有一瓶毒药，请问你需要使用吗？"

夏习清虽然闭着眼，也能感觉这次的女巫并没有犹豫太久，这就很有趣了，第一晚女巫就开解药救人，而且不假思索。

"女巫请闭眼。"

"预言家请睁眼，今晚你要验的对象是……？"间隔了不到三秒，旁白又道，"他的身份是这个。预言家请闭眼。"

预言家也很果断，想必是早就想好了要验的对象，夏习清闭着眼隐隐有些担心，一般来说，会玩的都比较容易首验，如果预言家第一把就验到他身上等于就是首"查杀"了。

必须提前做好准备。

"丘比特请睁眼。"导演确认丘比特身份之后，"丘比特请选择情侣。"

闭着眼睛，夏习清隐约感觉有人上前提醒，大概是告诉两个情侣他们被连在一起。

"天亮了。"

房间的灯光再一次变得通明，场上的九位玩家睁开眼。

"现在开始警长竞选，想要竞选警长的玩家请按下桌前的按钮。"

夏习清毫不思索地按下了按钮，他面前的九分之一扇形桌面变成了红色，上面显示数字5，瞟了一眼桌面，红了大半。夏知许、许其琛、夏修泽、周自珩也都参与了警长竞选。

三狼"上警"，也是绝了。

"现在从1号玩家夏知许开始顺时针发言。"

旁白结束，夏知许双手交握，一脸淡定地开场："我是预言家。"

被他抢先了，夏习清脑子飞快地过，想着后招，谁知下一秒就被夏知许搞得措手不及："昨晚我验了5号夏习清，他是我的'查杀'，铁狼一匹。"

夏习清瞪大了眼睛。

操。夏知许你脑子有坑啊……上来就狼踩狼……

"大家等一下把警徽飞给我，不清楚晚上有没有死人，反正我先报了'查杀'。假如我死了，第二天我没法发言，警徽我撕掉；假如我没被刀，这一轮我会验9号周自珩，第二天我验3号阮晓。我是预言家，后面如果你是民的话不用跳预言家帮我挡刀，没必要，警徽给我。过。"

　　许其琛捏着耳麦，温和地笑了一下："我是一个神，具体是什么神我就不说了，后面如果有和夏知许'对跳'预言家的，大家可以考虑把警徽飞给我，我是一个铁好身份。如果没有的话那就预言家拿警徽我'退水'。"他又笑了笑，"我就是为了防'对跳'，过。"

　　轮到了夏习清，所有人的目光都集中到他的身上。他几乎是不假思索就开了口："我是预言家，昨晚验了9号，是个'金水'，好身份，9号自己应该清楚。"说完，他看了一眼隔了三个人的周自珩，周自珩低头抿着嘴角笑了，弄得夏习清也忍不住想笑，只好握拳凑到嘴边遮了一下，气场强大地看向夏知许。

　　"1号第一个发言就起来'悍跳'预言家我不是很懂，这是什么玩法，如果你是个好身份那你最好赶紧'退水'，我还会认你是好身份。你要是不'退水'我也不用验你了，你在我心里就是一匹铁狼，大家把1号夏知许推出去就可以了。"

　　说完，夏习清开始报"警徽流"："我要是没死的话，今天我会验阮晓，我刚刚看阮晓摸牌的时候思考了一下，应该是带身份的。明天我会验夏修泽，警徽必须给我，1号我劝你'退水'不然我跟你死刚到底。当然，如果死的是我，警徽我直接给9号周自珩，因为自珩是我验出来的'金水'。"夏习清冲夏知许笑了一下，"1号我不知道你作何居心，我是一个铁预言家，没人拍得动我这个身份，你这是踢到我这块铁板了。"

　　夏修泽发言："8号夏修泽，民及民以上，不'退水'，现在场上有两个预言家，警徽可以给我，我是一个好身份。过。"

　　"警上"最后一个竞选者周自珩终于开口："习清给我发的'金水'我接，我的确是一个好身份，而且我是一个'强神'，这一轮有两个预言家'对跳'，大家可以考虑把警徽给我。"

　　说完，他开始分析："现在其实挺明显的，场上一共九个人，五个人'上警'，按照常理来说，这五个人里面至少有两匹狼。目前没有其他人跳预言家，站在我的观点来看，我肯定偏向于给我发'金水'的夏习清是真的预言家，但你说他有没有狼面？发言来看看不出来，但是如果他是狼，他给我发'金水'是很 OK 的，因为他知道我不是他的狼同伴。但他既然敢给我发'金水'，没有和1号'对跳''查杀'，我其实信他的预言家身份的。

"1号上来直接'查杀'，而且'查杀'的人后来跳了预言家，比较迷，我还要再听一下发言。但是不管从哪个角度我肯定都是铁好人，这个警徽给我肯定是 OK 的。我的发言完毕。"

旁白再一次响起："'警上'发言完毕，需要'退水'的玩家请按桌面按钮，请未参加竞选的四位玩家进行投票。"

桌面的扇形区域又变了变，旁白声响起："1号夏知许、2号许其琛'退水'，不参与竞选。"

等到所有未参选的玩家投票结束："3号玩家阮晓、4号玩家杨博、7号玩家赵柯投给夏习清，6号玩家商思睿投给9号周自珩。5号夏习清当选警长，享有归票权。"

夏习清面前的扇形区域多了一个金色的警徽标志。他不禁在心里暗自想道，幸好给周自珩发了"金水"，他最后一个发言，轻拉了自己一把，而且和他"对跳"预言家的夏知许"退水"了，等于坐实了自己预言家的身份。

不过夏习清还是隐约有些担心，真正的预言家到现在都没有露面，"警上"的周自珩和夏修泽应该不是，两个人发言都不像预言家，看见自己"悍跳"都没有踩他，明显不是。

真正的预言家应该藏在"警下"，毕竟这是一场屠边局，预言家贸然跳出来就是逼着狼人刀他。

旁白开始宣告昨晚死亡情况。

"昨晚是平安夜。"

夏习清虽然脸上没什么表情，但心里却松了口气，最起码骗到了女巫一瓶解药，就算真预言家昨晚验了自己也没关系，咬死不承认就好，反正自己是警长，所有人都跟着警长走。

"现在，从警长左手边开始发言。6号玩家商思睿请发言。"

商思睿语气犹豫了一下，像是在整理思路，过了两三秒才开口："昨晚平安夜只有两种可能，要么狼人昨晚空刀，但这是屠边局狼人不可能空刀，这种情况可以 pass……只可能是女巫昨晚救人了，虽然我不是很理解女巫为什么第一晚就救人，但是既然解药已经没有了，那么场上跳神的就都不可信，有可能是民挡刀，那认民的也有可能是神，女巫你可以出来说一下你发的'银水'是谁，大家就打得明白一点。"

他低头想了想，又道："警徽现在飞给了习清，但这个警长我们是不是能完全相信，也不一定。而且昨晚跳预言家的1号夏知许身份在我这里也不做好，上来就发'查杀'，最后又'退水'，这个逻辑就很不阳光。我等会儿会着重听一下1号的发言。我觉得我们可以先把1号推出去，反正是要推一个人的。他既然'悍跳'预言家推他也没什么。9号这个好身份我暂且相信，其他待定，过。"

夏习清不禁暗笑，思睿估计是慌了，发言整个爆了。

轮到7号赵柯发言，赵柯苦着一张脸把场上的人看了个遍："首先，我是一个好人啊，闭眼玩家，'上警'的有五个人，认'强神'的是自珩，两个认预言家，其中一个'退水'了，那我觉得剩下的警长预言家应该就是真的预言家啊，而且刚才习清的发言也挺像预言家的。其琛和修泽看不太出来，屠边局我们也不能随便推一个人出去，好人经不起这种损失。"

他把视线转移到身边刚发完言的商思睿身上："我觉得刚才思睿的发言不是很做好，杀心很重。如果你是好人的话，应该不会说出'反正是要推一个人走的'这种话，1号他虽然跳预言家但他'退水'了啊，我觉得他发'查杀'很有可能是诈习清的身份。

"思睿在我看来狼面有一点点大，而且思睿还说让女巫出来报'银水'，这个场面明显不能明打啊，神都自爆了狼刀两下就没了，而且还不确定情侣的身份。我就是个民，就听发言吧。过。"

赵柯发言完毕，轮到了8号夏修泽："我'警上'没有'退水'，因为我说过我是一个好身份我肯定不'退水'，然而并没有什么用，我一张票都没收到。"

说完大家都笑起来。

"我也比较认同赵柯哥哥的话，我觉得习清哥哥……"他头一次带名字叫夏习清，觉得特别不习惯，"习清哥哥的预言家身份应该是坐实了的，那如果他的身份是真预言家，9号自珩哥哥是他发的'金水'，也是好人，我自己是一个好人。那么'警上'另外两位身份就存疑了，一个跳预言家'退水'，身份不明，其琛哥哥的话不多，我觉得需要好好听发言。"

夏修泽这小子，玩游戏的时候都是无脑站自己的。夏习清忍不住在心里吐槽。

"思睿刚刚的发言不太阳光，轻踩一下思睿哥哥，他刚刚说直接推1号出去反正要推人，这种比较倾向于狼人发言。因为知许刚刚是'退水'了的，'退水'之后我们倾向于身份是做好的，思睿哥哥却说直接推出去，我不是很认同。本来我想出其琛哥哥，现在我有点想出思睿哥哥，过。"

节奏一下就带起来了。

"到我了。"周自珩接过话，"前面几个都分析了很多，'上警'的肯定有狼，从我自己是好身份的角度来看，我是好人，夏习清给我'金水'那么我暂且认他这个预言家，就算他是狼'悍跳'，没关系，一共没几个人慢慢排就排出来了。"说完，他冲夏习清挑了挑眉，轻声说了句，"对吧？"

"另外的夏知许、许其琛和夏修泽……刚才修泽很明显站队习清，我不能完全相信你是好身份，因为我现在不确定习清一定是真的预言家。其琛的话，话太少不确定，但'退水'了我觉得身份做好。"

说完，周自珩转过去看身边的夏知许："1号我其实反而觉得他是好身份，就像赵柯说的，知许有可能就是诈习清的身份。这是他的风格，那如果诈出来了，习清很可能会自爆，这也是习清的风格。"

说完所有人都笑了，背负着自爆玩家之名的夏习清只耸了耸肩。

"所以我反而倾向于觉得夏知许身份做好，没诈成最后'退水'了，逻辑自洽。"周自珩的眼睛看向商思睿，"思睿的话……你不可能猜不到他诈身份这种玩法，而且你刚刚的发言的确不做好，虽然你'警上'投给了我。"

听到这句话，商思睿朝周自珩委屈地扁了扁嘴。

"但是你倒钩狼玩得太厉害了我还是心有余悸。本来我还想你会不会是预言家，但是我不敢赌。"周自珩笑了起来，"如果等一下有 PK 的话我想再听一下，我这一票大概率出……思睿，或者其琛，得听一下习清发言。过。"

"1号夏知许发言。"夏知许看了一眼对面的夏习清，两个人对视了一下都笑场了，"其实我是个平民，抽完牌之后我就想到了一个玩法，上来就跳预言家诈一个会玩的，我本来一开始是准备诈9号的，但是我觉得跟9号周自珩比起来，诈夏习清比较容易出结果，因为夏习清会爆嘛。"

说完大家又笑了。

"但是他没爆，所以我暂时相信他这个预言家。"夏知许又道，"那9号也是好人，其琛我等会儿听发言，修泽刚才基本就是在站边，有可能是狼顺着预言家警长，至于刚刚思睿踩我，而且思睿也没有上票给警长，思睿也有狼面。这一张票我归给修泽，因为他强势站边太明显了。过。"

许其琛十分镇定自然地开口："我是好身份，刚才'警上'竞选的时候我已经说过了，我是防'对跳'的，如果有人'对跳'可以把警徽给我，如果没人'对跳'我'退水'，后来跳预言家的知许'退水'了，'警上'只剩一个预言家，所以我就'退水'了啊。"他微微皱眉，看了看场上的其他人，"我这么做难道有什么问题吗？"

说完，他看向商思睿："刚才思睿的发言很不好，为什么，他的逻辑前后矛盾，他先是说因为没有解药，场上跳神的不可信，可能是民挡刀，可他又说知许跳神可能是狼，又觉得习清预言家也不可信，这不是前后矛盾吗？

"如果你真的觉得跳神很大程度上是民挡刀，两个预言家为什么你都认为是狼呢？那你认为真正的预言家是谁呢？总有一个预言家吧。而且思睿刚刚在找女巫，你如果是好人你为什么要找女巫呢？你不是应该让女巫躲起来吗？

"我这一票暂时归给思睿，我个人觉得他的发言是目前为止最不好的。过。"

阮晓接过话："轮到我了对吧。我是民及民以上的身份，有可能是一个'强神'，也有可能是一个民，反正是好人。我当时'警上'投给习清是因为知许'退水'了，只有一个预言家我肯定给预言家。

"那么现在场上的局势我觉得得按两种可能考虑。一、假如5号习清是真预言家，那么自珩就是好人，知许刚才的发言说得通，逻辑可以自洽但是并不能证明他不是狼，不过其琛发言基本是站在好人立场上说的，发言找不出问题，他提出的疑问也是我怀疑的，思睿的发言的确不好，还有一匹狼我倾向于我后面，看等会儿杨博的发言。

"那另一种情况，假如习清不是预言家。有可能真的预言家为了自保藏起来了，那习清也有可能是狼，夏知许，或者商思睿玩的是狼踩狼的套路，至于他们俩谁是那匹踩了夏习清的狼，暂时不能确定。第三匹狼我还是觉得在我后面的序号里。"阮晓顿了顿，总结道，"这一轮按照我的两个可能，我倾向于推思睿，这一轮你的发言太不做好了，如果推错了只能你自己背锅，修泽弟弟发言太简短而且明显站队，建议警长晚上验一下修泽。"

夏习清心里捏了把汗，阮晓第二种情况基本猜中，只是因为思睿这一轮发言差才没有怀疑到夏知许的头上。

轮到杨博发言，他摸了一下自己新理好的寸头："我觉得这一轮好人挺容易赢的啊，预言家当警长那跟着预言家走就完了呗，也没有别的预言家，但是习清这一轮没有验出'查杀'……"杨博冥思苦想了一下，"还是跟着警长归票吧，我反正是一个好人，我刚刚也上票给警长了。"

他忽然想到了什么："哦对了，我们还有一个丘比特，大家别忘了，还连了一对情侣，我觉得这一轮下来情侣应该也能猜到对方是什么身份了，人人恋还是人狼恋还是狼狼恋。反正对我们好人来说就把狼人都弄走就完事了呗。"说完，他笑了一下，"我没什么要说的了。"

"那警长发言了。"夏习清一只手撑住下巴，右手的食指在桌上轻轻点着，表情冷静带着一丝自信的微笑，"我就是真的预言家，刚才我听了一轮，我这一票本来准备投跟我'对跳'预言家的夏知许，但是他怂嘛，'退水'了，我觉得他确实有可能就是诈一诈我，但是没有成功，那我就是坐实的预言家啊。这么明显的情况下思睿上来就踩我，我如果不是预言家这一局不就没有预言家了吗？"

他抬眼看了一圈："这一轮归票给思睿，'警徽流'刚刚我已经交代过了，本来我准备验晓晓，但是小泽刚才的发言等于没说，虽然站我边但你站边站得太明显，我今晚得验一下你。"

说完，他侧脸看着自家弟弟笑："乖，今晚狼人可能会刀我，如果验出来你是好人，我会把警徽给你。那如果你是狼人……"夏习清懒洋洋看向小泽身边的周自珩，还冲他眨了眨左眼，然后伸了个懒腰，懒洋洋趴在桌子上，望着周自珩的眼睛，露出一个漂亮的笑。

"我就把警徽给我的'金水'。"

说完，夏习清举了一下手："发言完毕。"

旁白响起："开始第一轮公投。"

"6号商思睿投给5号夏习清，1号夏知许投给8号夏修泽，其余玩家投给6号商思睿，6号商思睿出局。第一夜公投出局的玩家可以留遗言，请发言。"

商思睿半低着头，叹了口气，又抬起头说："我才是预言家，我第一晚验的8号夏修泽，修泽是'金水'。1号是匹铁狼，他投票投给修泽。我才是真的预言家，我不知道习清是狼人'悍跳'还是说民替我挡刀，但是你就是假的预言家，而且把我真的预言家推出去了。我看你们好人怎么玩吧。"说完站起来，离开了房间。

桌上的众人面面相觑，都猜不透彼此心中所想。

旁白声再一次响起。

"天黑请闭眼。"

音乐声再一次响起，场上的八人闭上了眼睛。

"狼人请睁眼。"

夏习清睁开眼指了一下自己，许其琛睁大了眼睛：又自刀？

夏知许那边没有同意，伸出手指比了个3号，准备杀阮晓。可许其琛举了个"9"，想杀周自珩。

老实说，夏习清并不准备杀周自珩，他应该不是"强神"，"警上"竞选应该只是帮神挡刀。夏知许率先否决了"9"，再一次举了个"3"。

许其琛和夏知许意见不统一，夏习清陷入了深思。

阮晓的确厉害，但是她看起来也不像真正的神。

商思睿肯定就是那个预言家，只是因为发言不好被他们钻了空子，场上只剩下女巫和丘比特，杨博说到了丘比特，他肯定不是丘比特，丘比特不会自提。赵柯……赵柯划水太明显，可万一他是故意划水呢？

假如他是搅浑水的丘比特？

夏修泽、周自珩、阮晓、赵柯……

无论刀出其中哪一个，明天一起来肯定会露馅，周自珩和阮晓站边应该会把他或者夏知许拱出去。

自刀可以坐实身份，但是损失一匹狼太冒险。

…………

"狼人请闭眼。"

"天亮了。"

光线骤起，旁白的声音再一次响起："昨晚死的是7号玩家赵柯，没有遗言。"

赵柯离场。夏习清扫视了一下场上玩家的表情，心里已经摸得一清二楚了。

"警长指定发言方向。"

夏习清指了指夏修泽的方向。

"现在，从死者左手边8号玩家夏修泽开始发言。"

夏修泽沉默了一会儿："我第一个发言……嗯，昨天晚上刀死的是赵柯哥哥，难道思睿哥哥是民走的？狼人其实是想屠民？我觉得场上的好人还是需要捂好身份，屠边局好人没有任何优势，而且现在还不清楚是哪两个人连成情侣了。”

说完，夏修泽又想起什么："昨天思睿哥哥走的时候，说了一句话让我觉得不太可信，他咬死夏知许……咳，知许哥哥是一匹铁狼，这个我认可，因为他第一个'悍跳'预言家嘛，但他又不确定另一个跟他'悍跳'预言家的警长是民还是狼，如果思睿哥哥是真的预言家，这个逻辑说不通啊。而且他最后还说了一句，'我看你们好人怎么玩'。”

"你们好人？"夏修泽皱了皱眉，"这算不算聊爆式发言。万一他就是狼走的，穿预言家的衣服呢？所以我觉得思睿哥哥的身份还有待考证。我会重点听一下知许哥哥的发言，听了知许哥哥的发言我就可以判断思睿哥哥的身份。过。”

周自珩看了一眼夏习清，夏习清知道他在"抿身份"，笑得一脸灿烂地回了他一眼。

"到我了。现在这个局又变得很奇怪了。站在商思睿的角度来说，除了最后他踩知许不踩习清说不通，前面的一系列逻辑是可以说通的。

"假如他是真的预言家，第一轮验修泽，没验出来'查杀'，他不愿意跳出来自爆身份想留自己一轮再验一个人，完全说得通，而且他后来'警上'上票给我，也是做好的，因为他知道习清不是真的预言家。那如果是这样的话，习清这个身份就有问题了，你真的是好人跳出来替预言家挡刀？那为什么最后连你也上票给了预言家呢？”

夏习清云淡风轻笑了笑，像是没把周自珩的质疑放在眼里。

"赵柯我估计是个闭眼村民走的，商思睿如果是民，那么狼只要找出最后一个民就结束了，但是我觉得商思睿是带身份的，否则他不敢在第一天那么强势地怼两个跳预言家的人。”

说完，他转过脸看夏修泽："修泽你怀疑商思睿合情合理，但是你两局都站边，我还是要轻踩一下你。这一轮我觉得先撕警徽，我不觉得商思睿是民穿预言家衣服走的，他没必要再给预言家挡刀了。过。"

夏知许笑了一下："昨天死的是赵柯。其实我倾向于狼不刀夏习清是为了污他的身份，商思睿踩我是铁狼，我肯定不是狼，我要是狼我绝对在'警上'竞选的时候刚到底，商思睿都没有验过我的身份就踩我是狼，怎么不踩夏习清是狼？预言家的衣服他穿不了。"

"当然，到现在警长这个预言家我也开始怀疑了，但是如果警长不是，思睿也不是，难不成还有一个预言家？"夏知许笑了笑，"我觉得不可能。修泽应该是好人，虽然他站边了，但是他的发言我觉得都是站在好人的角度进行的，至于他是什么身份我不抿，不然就是帮狼人玩了。"

说完，他看了一眼周自珩："自珩嘛……感觉一直是好人发言，我也看不出来，有可能是个高玩倒钩狼。"说完，他靠着椅子背对周自珩笑了一下，"我就是合理揣测啊，反正我是个闭眼玩家。这一票……我不知道，我可能再听一下。过。"

许其琛一直半低着头，听到夏知许说"过"才抬起头："我说了吧，我才是真正的预言家。"说完，他一脸冷静地转过去对夏知许说，"我昨晚摸了1号的牌，是一个'查杀'。"

夏知许睁大了眼睛看向他。

"说一下我的心路历程。首先，第一晚的时候我验了周自珩，验周自珩的理由也很简单，因为他很会玩，我查一查是敌是友，但是我验出来是一个'金水'，这就等于浪费了一晚的验人，我当时就在犹豫白天要不要跳预言家报我的验人。"

说完，他顿了顿，看了一眼夏知许："然后白天夏知许第一个跳预言家。"

夏知许……夏习清差点笑场，看来琛琛是真的认真了，连全名都叫上了。

"他第一个跳预言家，当时在我心里身份就不做好了，尽管他给自己圆了一个很好的借口，说是诈习清的身份。当时给我的选择时间很少，他说完我立刻要发言。我当下在犹豫，我究竟是应该起来报1号'查杀'还是报我的真实验人，但是我不敢赌，因为这是一场屠边局。"

"如果夏知许是好人，我因为他'悍跳'报'查杀'，可能会损失我和他两个好人。"许其琛看了一眼众人，又道，"如果他是狼，没诈出习清反倒把我诈出来了，那预言家这张牌就废了。"

"所以我最后没有跳出来，我说自己是一张防'对跳'的牌，而且我知道夏知许是假预言家，所以他发的'查杀'夏习清我是不信的。我最后会'退水'，因为我听到周自珩的发言，完全没有任何问题并且非常有说服力，他是我的'金水'，警徽给他我觉得暂且可以，我如果不'退水'，一是分票，二是没有人'对跳'了我不退身份做坏。"

说到这里许其琛又笑了一下："当然，我没想到最后警长没有给到自珩，可能是因为习清的话太有说服力。"

夏习清心里连连摆手：我的话哪里有你的话有说服力啊。不愧是写小说的人，骗起人来一套一套的，怎么都能圆回来。

商思睿现在在场下估计会气死，全场踩他一个人，这一套心路历程还被许其琛移花接木，说得天衣无缝。

"刚才夏知许说了一句'夏修泽的身份我不抿了，不然就是帮狼玩'，这明显就是一个倒钩狼的发言。此地无银三百两。"

许其琛神色镇定，看了一眼全场："再强调一遍，我才是真正的唯一一个预言家，这把一定要出1号夏知许，出他我们好人还有的玩，不管丘比特怎么样，连的是什么，好人都得把狼先干掉。"

说完，他看向夏习清，简直一身正气："警徽在你这儿我无所谓，但投票必须跟我的票。下一把我会验习清的身份，但是警徽不在我手上，我也没办法交代'警徽流'。先这样吧，总之必须把1号铁狼推出去。我的发言完毕。"

就这样，发言权转到了3号阮晓的身上，她表情有些凝重，似乎在努力地重新理清思路："这一局四个人跳预言家，里面至少两匹狼。"

她犹豫了一下："这四个人的发言……其实一开始许其琛说自己是预言家我是不信的，但是他的心路历程说得太完整了，不像是临时编的。"

阮晓你忘了他是编剧了吗。夏习清在心里乐坏了，你说谁不会编都可以，编剧怎么能不会编？

"刚刚他说的那番话，逻辑完全自洽而且是好人发言，我听得很仔细，但是几乎挑不出任何问题，如果我是预言家，我在第一晚没有验出狼人的情况下，我很有可能陷入他那样的困境。其他几个预言家我一直觉得不可信，商思睿走的时候穿预言家的衣服，但就像修泽弟弟说的，为什么他只怀疑1号不怀疑5号，明明在他的角度都是'悍跳'。"

说完，她看向夏习清："警长这个预言家现在坐不坐得住，我觉得等他发言就能看出来。反正夏知许这个预言家我是不信的，我之前就觉得他很有可能是狼'悍跳'又'退水'给自己做好身份的。这一轮我的票上给1号。至于第一晚的平安夜……女巫……算了女巫还是别爆，现在说不清有几神，但是毒药今晚可以用了。过。"

杨博开口："我其实觉得你们每个人说得都好有道理啊。"

他这句话一出，全场都笑了起来。

"真的，我听完一个心里就觉得'哇就是这样，他说得对'。可听完下一个又是这么觉得，然后我就蒙逼了，这到底谁说的是真的啊，我的脑容量限制了我的发挥。"

杨博摸了摸自己的脑袋："反正我现在听下来觉得可以信一下认神的人，那警长和新预言家我信谁还不确定，自珩说自己是神但是又不报身份，我还是听一下警长，然后再想想是跟警长的票，还是跟其琛的票。"

夏习清看了一眼杨博，笑道："完了？"

"完了。"

"那我说了。我的发言非常重要，将会决定这一局的命运。"夏习清左手撑着下巴，眼睛扫过场上的所有人，笑着说，"我是狼，我不是预言家。你们别着急，我还要说，我呢……将会成为史上第一匹 carry 好人的狼。"

夏习清说完，往椅子背上一靠："夏知许是我的狼队友，商思睿也是我的狼队友。"

场上几个人的表情都变得很怪异，夏习清笑了一下："没想到吧。"他指着商思睿的空座位说，"他就是狼啊，他走的时候都聊爆了，说什么你们好人，我当时心态就崩了。这孩子发言从头爆到尾，我都不明白他今天发挥怎么这么差。至于我的另外一个队友……"

夏习清看向夏知许，脸上露出一个和善的微笑："其实我也不知道我究竟应不应该叫他队友，毕竟他背着我跟别的野男人跑了。"

场上众人表情十分精彩，夏习清侧过头去看周自珩，笑得狡黠："是吧，野男人？"

"场上的局面还不清楚吗？来，我来给你们从头到尾盘一下这个逻辑。首先，两狼'上警'，一狼'退水'，本来商思睿在'警下'是想给我分票的，但是夏知许发了个'查杀'弄得我身份也不能完全做好，商思睿不敢给我上票，于是给周自珩上票做好自己的身份。

"其实呢，他想踩两个假预言家坐实好人，顺便引真的预言家出来，这个打法很好，可谁知道真预言家这么沉得住气，诈来诈去都是我们狼自己在当预言家，思睿一着急发言露了马脚，就这么被推了出去。当时全场踩他，我都不敢拉他，赶紧投票撇干净嫌疑。"

说完，他看向夏知许："本来一开始你'查杀'我的时候我都没有怀疑你的，因为这就是你干得出来的事，但是后面周自珩居然拉了你一把，周自珩是个好人，他分析狼就够了完全没必要拉你，而且你是认民的，这一局明显是保神局，他周自珩拉你做什么？这个时候我就开始怀疑，要么周自珩是丘比特，要么他是你的恋人。"

"第一天晚上我自刀骗解药了。"夏习清转移了注意力，如果他说出第二天晚上刀人的情况，很容易就说漏，他不着痕迹地把视线转移到了第一天的晚上，"女巫救我救得毫无原则，"他转过脸对夏修泽笑了一下，"是你吧。"

夏修泽半张着嘴，有点委屈，他根本没想到自己的解药被亲哥哥骗了，还骗得这么心安理得。

狼人杀没有亲情。

"而且你后续一直站队我，更加让我确信你是女巫，因为我是你发的'银水'你当然站我。"说完，他看向阮晓，"你是民。赵柯也是民，杨博装了这么久，估计是丘比特吧。"

"上一场你提了一下丘比特，就是为了摆脱自己是丘比特的嫌疑，顺便提醒一下被你连在一起的情侣，可以准备下手了，对吧？你一路卖傻到现在，就是想洗白把自己留到最后。"

"你说完丘比特之后，周自珩和夏知许才准备开始联动，还骗我杀了一个赵柯出去，不然这一把狼人不至于血崩。而且这一轮发言他们俩明显开始互相轻踩，就是为了不让大家怀疑到人狼恋头上。"

最后他看向许其琛："我心里还纳闷呢，这场的预言家怎么这么能忍啊，结果你自己站出来了，而且果然验了我的狼队友。"他看向夏知许，"按道理来说，我的狼队友夏知许都被'查杀'到这个份上，加上我抿完全场，你应该自爆直接进入黑夜的。"

夏习清笑了一下："但是你不敢。你百分之一百不敢自爆，因为你是人狼恋，你一走，你的野男人也得走。思睿也猜出你连了狼人恋，所以走的时候才会猛踩你，让大家把你投出去，而不去踩我的身份，因为我是他唯一可以信赖的狼队友。"

说完，夏习清摊开手："现在你们清楚了吧。反正我就是宁愿好人赢，也绝对不可能让人狼恋赢。这把所有人推我狼队友夏知许出去，推完我立马自爆撕警徽，"说着，他指向夏知许，"我等会儿要是不自爆我喊他叔叔。夏知许走之后周自珩肯定也得死，不死我喊他叔叔。"

"等我自爆进入黑夜之后，女巫。"他拍了拍夏修泽的肩膀，"你就照着丘比特毒，知道吗？不然你另一瓶药就废了。毒完你们就赢了呗，狼都死了，人狼恋也死了。这把我 carry 好人，过。"

说完，场上沉默了一会儿，旁白声再一次响起。

"下面，请玩家开始公投出局。"

"1号夏知许、9号周自珩投给5号夏习清，4号杨博弃权，其余三位玩家投给夏知许。"旁白顿了顿，"夏知许、周自珩双双出局。"

两个人站了起来，夏知许愤愤不平地瞪了夏习清一眼，夏习清耸了耸肩，笑着说了一声："爆。"

"5号玩家夏习清自爆，直接进入黑夜。"

"天黑请闭眼。"

"狼人请睁眼，狼人请杀人。"

许其琛比了个"8"，连眼睛都没睁。

"狼人请闭眼。女巫请睁眼。"

"女巫，今晚死的是他，你有一瓶解药，请问你要用吗？你有一瓶毒药，请问你要毒谁？"

"预言家请睁眼，今晚你要验的对象是……？"旁白顿了顿，"他的身份是这个。"

"天亮了。"

光线再一次恢复清明，所有人睁开了眼睛。

"游戏结束。"

场上的人都等待着后面的话，夏习清在监控室已经提前庆祝起来。

当他看见许其琛微笑的表情，就知道稳了。他们临时发挥的战术打成了！

"狼人阵营获胜！"

弹幕都是上帝视角，整场比赛看得清清楚楚。

"6666666狼队超神了，冲锋和倒钩配合得太好了！"

"习清认狼简直高能！！！帅爆了！"

"编剧小哥哥说谎技能 max！好羡慕这样的人啊我一说谎就摸头发摸脖子各种小动作。编剧小哥哥一出来说话就给人一种他一定是好人的错觉哈哈哈。"

"夏习清强行给商思睿穿了狼衣服哈哈哈哈哈，商思睿在后台是不是气炸了哈哈哈。"

"我本来以为狼队会输的，这一局狼队没有优势啊，太精彩了不愧是高玩！最后习清哥哥的节奏带得飞起，逻辑盘得太顺溜了不信都不行。"

"习清是因为自珩人狼恋所以最后打得这么狠吗哈哈哈哈，惨还是珩珩惨哈哈哈。"

"习清有自爆 buff 啊，就是利用了大家下意识觉得他自爆一定是真的这种惯性思维，没想到他还留一个队友。"

"丘比特队输在丘比特不会玩，丘比特这个角色就是要好好搅浑水，本来丘比特队赢面很大的~"

"女巫弟弟太可爱了，上来就救哥哥，被哥哥骗了又骗，《狼人杀》没有亲情哈哈哈哈。"

"杨博就是我本人了哈哈哈哈，闭眼玩家听什么都像是真的。"

"我怎么觉得1号小哥哥和编剧小哥哥有一腿呢？ CP 感强到飞起。"

"习清说野男人的时候我笑喷了哈哈哈哈哈哈哈哈，全程都在撩珩珩，珩珩都慌得一批了还撩。"

"编剧小哥哥和习清简直是传销人才，我一个上帝视角都差点被他们俩洗脑。要不是习清和编剧哥哥联手把知许拱出去，这一局人狼恋肯定赢。"

游戏就这么结束了，居然是狼赢了。阮晓先是一脸蒙逼，后来突然醒悟过来："还有一匹狼！谁是最后一匹狼？"

许其琛举起了手，笑眯眯的，像只小猫："我呀。"

"你？"阮晓不敢相信，"啊我一听到狼人获胜就知道被习清骗了，但我还以为杨博是狼，他是故意给他穿丘比特衣服的。原来是你！"阮晓气得快捶桌子，对着修泽说，"小泽昨天晚上到底怎么了啊？"

"哥哥骗我！"夏修泽失去灵魂一般趴在桌子上，"昨天晚上我睁眼的时候特纠结，感觉哥哥说得特别对，而且他又自爆了我肯定相信他说的话啊，哥哥一般不到万不得已怎么会自爆呢。他走之前让我毒丘比特，虽然说哥哥每次玩游戏说的话八成都是假的，可我又找不出什么毛病，剩下的身份抿一下好像和他说的能对上号……我就相信他是场上最后一狼，准备打丘比特组了。"

说着，他指着许其琛："我到后来真的以为其琛哥哥是预言家，我就想着从杨博哥哥和阮晓姐姐之间随便毒一个，大不了平局。"说完，他绝望地把小脸缩进自己的卫衣领子里，"谁知道其琛哥哥才是狼啊，怎么毒都输……"

杨博还一脸蒙逼："所以最后修泽死了，我也死了？"

夏修泽点点头："我毒的你。"他又抬起头，"你真的是丘比特吗？"

"我不是啊。"杨博赶紧摇头，"我真不是。"

之前死掉的玩家全部上场，夏习清走到许其琛身边，笑着弯腰按住桌面："赵柯才是丘比特啊，杨博一看就是真不会玩，赵柯是装的，晚上夏知许一直想刀阮晓，阮晓肯定不是丘比特。"

商三三在旁边一个接着一个地摇肩膀："我才是预言家啊！！我才是预言家！！！"

阮晓生气大喊："商思睿背锅！"

"我没办法我第一轮没验出来啊！"

赵柯举起双手："丘比特计划，失败。"他叹了口气坐回自己的位子上，"习清最后的发言太6了，我坐在监控室看着简直佩服得五体投地，死人都被他说活了。还有其琛，骗人自带真诚 buff 啊，这把狼人真的是高配。"

"高配什么啊。"夏习清白了他一眼，"这把狼人就剩俩，被你连出去一个双面间谍，我和琛琛二打七欸。"

正巧夏知许走回来："我真是要被你气死了，本来这一把丘比特稳赢的！"

"还稳赢？"夏习清"喊"了一声，"我要不是看出来你跟周自珩连了，我还不至于玩这种破釜沉舟的打法。"说着，他往后退了一步，"我就是……"

一退退到一个人的怀里。

一双手臂抓住自己的手肘，夏习清回头一看，看见正冲他微笑的周自珩。

"就是什么？"

看到这个笑，夏习清心跳漏了一拍，又匆忙低头掩饰，不轻不重踩了一下他的脚："就是不让你们俩赢。"

夏习清靠过来的时候，许其琛抬起头："你换香水了？"

听他这么问，夏习清抿唇笑开，眼睛亮亮的，手指刮了一下许其琛的鼻梁："鼻子还挺灵。"

许其琛又凑近了一些，笑得乖巧："玫瑰味。"

刚说完，夏知许拽着许其琛后脖子的衣领把他扯了回去。与此同时，周自珩拉扯了一把夏习清的胳膊，两个人默契得像是商量好似的。

"小气。"夏习清回头瞟了周自珩一眼，径直回到自己的座位边上，笑声骂了一句，"背着我偷偷谈恋爱，还想骗我。"

说完，他对着许其琛"啧"了一下，使了个眼色，嘲讽力 max："狼人一生一起钩，谁谈恋爱谁是狗。"

夏知许相当不屑地揽住了许其琛的肩膀，耀武扬威地接道："能赢全场狗就狗，谁要和你做朋友。"

大家都笑了起来，赵柯不明白："你们第二天晚上怎么刀的我？夏知许肯定不会刀我吧，他应该能猜到我可能是丘比特。"

许其琛支起两只胳膊捧着脸："嗯……那天晚上我本来想刀自珩的，结果知许非得刀阮晓，我不同意，习清在纠结，最后冲我比了个'7'，可是他那个'7'比了两下，第二下比得不像'7'，像在比心，我一下子就反应过来了。"他学了一下夏习清的比法，转着脑袋望向赵柯，"他的意思是你是丘比特。所以我就和习清一起刀你了。"

"这样啊……"赵柯虽然输了，但是玩得还挺开心，"高玩们就是不一样啊，我连了两个高玩还以为稳赢的，看来还是不行。"

周自珩走到夏习清的身边，揽住他的肩膀："习清永远都是一个小炸弹，是所有游戏里最大的不确定性。"

"小炸弹"这三个字一出，弹幕整个都炸疯了。

"啊啊啊啊啊小炸弹！"

"虽然我听得半懂不懂但是自习太甜了！"

"小炸弹真的太宠了吧！！习清太厉害了编剧小哥哥也厉害！"

"所以是0组赢了1组？？"

"哈哈哈哈哈输给老婆也不算输嘛~"

"自习每次几乎都是敌对的可是为什么我会觉得这么甜啊我一定是嗑昏头了！"

"所以你想消除不确定性？"夏习清拍开他的手。

"我怎么敢。"周自珩像是求饶一样，"我才不像某些人，为了赢不择手段呢。"

夏习清知道他在酸自己，手臂环胸十分轻佻地瞟了他一眼，一字一句。

"《狼人杀》没有爱情。"

所有人都在聊天，谈论着之前没讨论清楚的剧情，阮晓骂着背叛了他的赵柯，夏修泽和商思睿控诉被夏习清欺骗的痛苦，夏知许讨好地给许其琛倒水润嗓子。

只有周自珩反身靠坐在圆桌边缘，笑眼弯弯，凝视着站在他面前的夏习清。

他伸出手，手指钩了一下夏习清腰间的皮带。夏习清被他这么一带，猝不及防上前了两步，两个人的距离一下骤然缩短，差点撞进周自珩的怀里。他这一钩，倒像是钩在自己最敏感的那根神经上。

周自珩的声音也是带着笑意的，像是月光下的湖水，温柔而深沉。

"可我有爱情啊。"

《跟踪》在国内上映的时间正赶上春节档的中后期，加上又是情人节档，除了撞上一堆春节档的热门喜剧，还有情人节的好几部爱情片，尽管周自珩凭借这部片子拿了银熊奖，但是在这样一个期待合家欢的档期，现实敏感题材电影的排片始终不会占优势。

院线方首映第一天只给了18%的排片，没想到的是，这不到二成的排片几乎都被粉丝包场填了，连院线方都没有预料到这种情况，上映第一天就出现粉丝买不到票的情况。许多受邀参加点映的影评博主也在首映当天相继发布影评。

微博上的热议越来越多，《跟踪》这个现实题材的片子突然间口碑暴涨，"看《跟踪》看到泪崩"的词条也登上了微博热搜榜。

我是谁的小宝贝：“《跟踪》真的好看！！本来是冲着银熊奖去的结果哭得我睫毛眼线花成狗！”

你怕不是个狼人：“《跟踪》真的太太太好看了，近期看过最好看的一部电影，立意深刻又很现实，看前面的时候还以为是一部悬疑片，气氛渲染得太好了，中段的叙事节奏调整得很好，结局真的哭死，我泪点很高的可是江桁一出来就很想哭。周自珩的演技真的瑞思拜，最开始的病娇和生病后期虚弱的样子完全不同，像两个人，哎呀一想到还是想哭。”

Spark：“我本来不是很想看的，怎么说呢，我对这两个主演都没有好感，是一起逛街的小姐妹逛累了非得拉着我来看。看完我就真香了，周自珩和夏习清怎么可以这么配！！！是我有眼无珠没有搞到你们这对 CP，我现在就搞！！！”

Toxic：“看完《跟踪》觉得好难过，家暴真的不可原谅，很多人都不配为父母！还有艾滋病，我承认连我自己之前都有一点偏见，希望这个社会以后对待艾滋病人可以更宽容一些，少一些歧视和偏见。”

断线风筝：“可能是知道周自珩获奖的原因，进影院之后更让我惊喜的是夏习清，他这张脸我原本以为是不太适合大荧幕的，漂亮过头了，看起来就像是没有受过苦的孩子，可是他出场的时候我就打脸了，完全就是一个小可怜，又可怜又倔，哭戏实在是太有感染力了，他一哭我就想哭，呜呜呜呜妈妈爱你。”

宇宙第一 Alpha：“老实说我之前其实是周自珩的唯粉，他这次公开恋情之后我其实是属于半脱粉状态的，我一开始是真的接受不了，但是电影上映之后我还是没忍住去看了，毕竟他拍了那么久受了那么多苦，我心里还是有点舍不得。看的时候就一直哭一直哭，自珩真的很棒，从来都不争不抢，安安静静拍戏到现在终于拿到影帝，可能我暂时过不去这个坎，但是看完这部戏我真的脱不了粉。”

一个不普通的电影博主：“零点点映场出来的时候，左右两边的姑娘们都在哭，剧情我就不剧透了，想聊一聊两位主演。周自珩的表演其实有很大的一个飞跃，之前我聊过他，他属于天赋型选手，也很刻苦，但他在感情戏上始终有一层隔膜，他和他的角色经常差那么一口气，但是这一次完全没有。不管是高坤前期和玲玲还是后期和江桁的社会主义兄弟情，都非常真切感人，拿奖实至名归。至于夏习清，非科班出身，我一开始是不看好的，但进场之后我发现他是这部戏的一大惊喜，他本人和江桁应该是有差距的，但是在影院里你完全找不到角色和演员的缝隙，你会发现你没办法把江桐从他身上剥离开，他就是江桐。可能也是一个天赋型选手？那我觉得导演选角还是很厉害的。这部片子一定会成为这个档期的黑马。"

…………

《跟踪》当天就获得了2.2亿的高票房，票房占比为34%，远超排片率，随着口碑的不断发酵，院线方也迅速对排片做出了调整，将首映的18%上调到32%，全国范围内加多场次。

全片讨论度最高的除了两位演员，就是结局部分了。

《跟踪》的结局是开放性的，电影中段江桐和高坤坐在江边聊天的时候，江桐曾经说过自己的一个梦想就是攒点钱去看一看大海，在海边画一幅日出。结尾的时候高坤病情加重，命悬一线，没有直接交代他的病有没有治好。

结尾时，身穿一件白色衬衫的江桐独自一人坐在海边，面前是一块写生画板，画板后是波光粼粼的海面和光芒万丈的日出。忽然从后面走过来一个高大的身影，一头红发，满胳膊的刺青。高坤静静地坐在了江桐的身边，抬头看着海平面的那轮太阳。

黑屏的时候，出现了高坤的声音，只有简简单单的一句话：

"真好，你的梦想实现了。"

这个结尾在上映后被观众各种分析和讨论，尤其是一些影评网站和问答网站，争论的点就是在于这个结局究竟是 BE 还是 HE。

是皮皮虾不是皮卡丘："我站 HE ！！！不管不管我就站 HE ！我的高坤痊愈了呜呜呜呜呜，宝贝们一起看日出，以后就会有全新的人生了。"

妮可妮可妮："我是坚定不移的 HE 党，最后大海出来的时候我眼泪就止不住地往下掉，真的好难过啊我的儿子们，明明这么善良，我需要一个好的结局安慰自己。"

玉石可琢："捂住耳朵不听不听这就是 HE，你们两个要永永远远在一起没病没灾长命百岁，妈妈爱你们！"

昆仑君："讲真的，应该是 BE。首先，江桐和高坤并不是同一时间进入画面当中的，这很奇怪，江桐已经画了那么久高坤才出现吗？其次，大家可以仔细观察一下高坤的状态，很明显是还没有病重的样子，穿衣打扮都是当时那个状态，他重病时期已经瘦得皮包骨了。第三，江桐和高坤全程没有交流，甚至没有眼神交流，最后，大家可能没有仔细看江桐最后的画，画的是两个人站在海边，如果高坤在他的身边，他起码会看一看他再继续画。所以我觉得最后出现的高坤应该是灵魂。"

小悠悠悠悠 回复 @昆仑君："卧槽您是戴着显微镜的魔鬼吗？？？"

土斤七 回复 @昆仑君："我的心脏要被您戳成蜂窝煤了！我不听您不是人！"

一瓶上天的可乐 回复 @昆仑君："你说！你是不是编剧的小号！！！"

甜甜的甜甜："肯定是 BE 了，桐桐的身边放着一个乌木小盒子，应该是高坤的骨灰盒。"

金豆子银豆子："骨灰盒呜呜呜呜呜呜，我的小狼狗高坤怎么可以就这么走了！我不信！那不是骨灰盒那是颜料盒！！！"

白亦言："@那个可爱的编剧小哥哥，出来挨打，算了我有点舍不得……"

我就是旺仔啊："呜呜呜呜编剧小哥哥怎么这么残忍，您是 BE 狂魔吗？？？"

在网友们的自发讨论下，"《跟踪》到底是 BE 还是 HE"也上了热搜，许其琛的微博下面全是网友的留言，一大堆想发又舍不得发的刀片，他真是哭笑不得，只好发了一条微博转移注意力。

@许其琛：这个结局大家愿意怎么理解都可以啊。反正现实是 HE 就好了嘛。

最精分的就是现实和电影差距实在太大，电影里的江桐和高坤有多虐，现实生活中的自习就有多甜。

《跟踪》上映第三天时，剧组主创人员一起参与了北京场的路演，原本他们预计来的人并不会太多，只准备了一个中等大小的场子，谁知来的人完全超出预计，许多观众没有地方坐，只能坐在过道的地上。

夏习清跟在周自珩的后面进场的时候，看到满满的人不禁有些惊讶，粉丝看到他们，尖叫声几乎快要掀翻房顶。他们依次走到台上，昆导站在最中间，旁边是周自珩，夏习清挨着周自珩，站在最左边。

整场路演大部分时候都是昆导在说话，夏习清没怎么拿话筒。许多粉丝向周自珩提问，有关于银熊奖的问题，还有关于转型之类的问题。

有一个女孩子站了起来："自珩，我记得你上次在上综艺的时候说，如果《跟踪》的票房破10亿，你就会答应我们一个要求的，现在《跟踪》已经快8亿了，10亿很快就可以达成，愿望还算数吗？"

周自珩握着话筒："算数，但是你们想要什么愿望呢？"

台下立刻出现各种各样的声音。

"直播！！！"

"Vlog！！！我要看 vlog！！！"

"再合作一次！"

"上综艺！！"

"拍杂志！！"

"秀恩爱！！"

台上一众笑了出来。昆导特别会来事，抓住周自珩的手腕对着话筒说："不然这样吧，自珩给你们做一期 vlog，习清给你们直播画画？"

"好！！！"

"导演我爱您！！！"

"导演是自习男孩！"

夏习清隔着周自珩拍了一下昆城的肩膀："昆导，你是不是太不仗义了。"

"这怎么不仗义了？"昆导朝着台下的自习女孩使了个眼色，"众望所归嘛，是吧。"

台下激动得不行，一副周自珩不从就逼良为娼的架势，没办法，周自珩无奈又宠溺地笑了一下："那就这样吧。Vlog 和直播。"

"耶！！！"

"宠粉神仙剧组！！！"

气氛热烈极了，台下的粉丝一个问题接着下一个。老实说，看到这一幕，站在台上的夏习清心情有些微妙，隐约间感觉自己就坐在第一排，仰望着站在台上的周自珩。

想到这里，他不禁侧过脸，明亮通透的灯光洋洋洒洒地打在周自珩的脸上，他的睫毛闪动，触碰着梦境里才会出现的美好光圈。或许是心灵感应，那么嘈杂的环境之下，周自珩竟然一秒就反应过来，也侧过脸看他。

光线敛在他的脑后。

"怎么了？"

"没什么。"夏习清轻微摇了摇头。

他只是忽然发觉，缘分这种事真是玄妙。像他们这样的两个人，原本应该是毫无交集的。

童年时的初遇如果是一次随机事件，那么《海鸥》发布会上的第二次相遇，应该无法再定义为巧合了。

如果没有第二次的邂逅，如果他不曾出现在那场发布会，他永远是那个沉迷于游戏人间的浪子，周自珩也永远惦念着那朵消失在时光里的纸玫瑰。

夏习清不敢相信，自己竟然在回忆。

人在开始回忆的时候，背后隐藏的往往是一颗珍视的心。

没想到他也会有这一天。

自习女孩自带显微镜，看到两人对视的一幕，立刻爆发出土拨鼠群的尖叫声，嗑糖嗑到神志不清，完全没有发现其中一个正主正在发呆。

"我想提问习清。"

听到音响里传来自己的名字，夏习清微微抬了抬头。周自珩已经把话筒递到了他的面前。

夏习清接过话筒，半眯着眼睛看了一眼台下，看见了一个站起来的女孩子。

"你好。"他礼貌地笑了笑，那个女孩子有些激动，推了推自己鼻梁上的眼镜："习清哥哥你好！"她伸手轻轻拍着自己的胸口，试图让自己冷静下来。

"我想问你一个问题，你为什么会愿意出演这部电影呢？"

夏习清的眼睛往下看了看，是他思考时候会有的小动作："谢谢你的提问，可能在大家的心目中，我是一个充满了争议的人，无论是我的性格，还是我的家世，都和江桐没有相似之处。但事实上，除去他物质上的匮乏，江桐这个角色的经历我全部都有过。"

他已经可以很坦然地说出这些，脸上甚至带着笑意："拍这个戏对我来说是一种自我剖析，让我去正视过去的自己。"说完，他看了一下身边的导演和其他演员，"当然，大家都给了我很多的帮助。"

说完，他的视线在周自珩的身上停留了几秒，嘴角微微弯起。

这个停留来得意味深长。

导演也举起话筒："习清能出演这部电影，有很大一部分功劳是自珩，他当时替我说服了很久，习清才同意过来试镜的。"

听到导演这么说，台下的自习女孩都沸腾了。夏习清哭笑不得，导演完全是在出卖他们嘛。

主持人站在一边："还有人要提问吗？"

台下一个男孩子疯狂举手，导演指了指他："这个穿蓝色毛衣的男生吧。"

那个男生一拿到话筒，还没等大家准备好，他就激动无比地对着话筒大喊："夏习清我爱你！！"

夏习清被他吓了一跳，下意识伸手扶着身边周自珩的肩膀大笑，周自珩直接夺走夏习清手里的话筒，一脸严肃地看着台下那个男生："不好意思我没听清，你再说一遍？"

那个男孩子傲娇地歪着脑袋："夏习清！我爱你！！！"

你还真敢说啊……

全场爆发出巨大的笑声，连导演和其他演员都跟着笑起来了。杨博拿着话筒笑道："哎！保安快来人！"

下面那个男生吓住了，谁知下一秒杨博又道："保安快拉住珩珩，别让他冲下去打人哈哈哈哈。"

下面的粉丝疯狂开启嘲笑模式。

周自珩又气又笑，感觉自己的尊严遭到了莫大的挑衅，他努力地维持着自己身为一个公众人物的修养，在心里不断地默念着：别生气别生气，别人生气我不气，气出病来无人替，为了小事发脾——

"夏、习、清！我——爱——你！！！"

周自珩："闭嘴。"

"哈哈哈哈哈哈哈哈哈哈哈哈哈哈哈好绝一男的。"

"周自珩疯了哈哈哈哈哈哈！！"

"哈哈哈哈哈哈珩珩气死了！我第一次看到周自珩生气哈哈哈！"

"哈哈哈哈哈哈抢亲现场吗这是？？"

"哈哈哈哈哈哈沦落到跟一个粉丝吃醋哈哈哈哈！"

"珩珩！干他！！！"

你们还是不是 CP 粉了？？？

周自珩还想说，一只细白的手伸过来直接拿走他手里的话筒。周自珩一脸不高兴地转过头看向夏习清，却见他憋着笑对台下那个男生说："谢谢你，但是我真的觉得没必要。"

那个男生一下子打了鸡血似的疯狂表白："习清哥哥！！我真的可以！我可以！！！"

习清哥哥？？？周自珩简直要七窍生烟。

灯光师直接给我头上来道绿光，谢谢。

《跟踪》票房破10亿的当天，正巧就是《逃出狼人镇》直播的那一晚，狼人杀里的精彩表现加上北京场路演的被告白视频，夏习清的微博再一次爆炸了。

醒过来的时候已经是上午九点，周自珩不在家，夏习清揉了揉眼睛，确认了一下床头的课表，今天是周五，早上八点周自珩有一节大课。躺在床上刷了一下微博，满屏幕都是粉丝在求直播。

没办法，为了兑现承诺，夏习清还是决定给大家直播试试看。洗漱完毕的他从周自珩的房子里出来，锁好门，回到自己的家里，换了件耐脏的军绿色卫衣，坐在工作室的椅子上打哈欠。

发了一会儿呆之后，夏习清翻出之前拍风景的摄像机，用三脚架架好放在桌子上，调整了一下角度，对准工作台边的画板，再连上微博直播平台。

做好一切准备工作，他给自己倒了杯美式放在工作台，打开了摄像头。

那些正在微博疯狂留言的粉丝就像是一大群吵吵闹闹的小土拨鼠，挤在门外不停地敲门，谁知门忽然打开了，所有小土拨鼠一下子都愣住了，你看我我看你，呆了没两秒就一口气冲进房间。

直播间一瞬间变得热热闹闹。

夏习清坐在椅子上，笑着对摄像头打了个招呼："早上好。嗯……可能也不算早了。"戴上无线耳机，眼睛看了一眼笔记本上的弹幕。

"啊啊啊啊啊啊新鲜的习清哥哥！！！"

"习清好好看！！"

"哥哥早上好！"

"习清上午好！珩珩呢？？"

夏习清伸了个懒腰，随口便回了："他上课去了。"

"上课哈哈哈哈哈哈。"

"为什么每次说自珩上课我都觉得好好笑。"

"习清哥哥吃早饭了吗？"

"早饭？今天没吃，平常会吃的。"瞟见桌上放着一颗薄荷糖，夏习清伸手拿过来剥了糖纸扔进嘴里，冰凉清爽的气息猛地冲上来，脑子都清醒了不少，"做早饭的人今天差点迟到，来不及做饭。"

"啊啊啊啊啊做早饭的是珩珩吗？！"

"天哪自珩做早饭？？脑补一下我就不行了！"

"他很会做饭的，中餐西餐都很会。"也不知道为什么，夏习清心里有点小得意，明明会做饭的又不是自己，但他就是抑制不住想炫耀的心，"哦对了，他最近还在学烘焙，上次做了一排 cupcake，很好吃。"

"天哪这狗粮该死的甜美！！！"

"嘤嘤嘤我酸了～"

"柠檬树上柠檬果，柠檬树下你和我。"

"每天都在为自习的绝美爱情哭泣！呜呜呜呜。"

什么绝美爱情啊，好笑。夏习清低头笑了笑："我先去拿一下工具。"说着他便站了起来，走到工作室的长排立柜那儿拿出颜料和画笔。

"天哪习清有一柜子的颜料。"

"不愧是有钱人……这个牌子的颜料超级贵的。"

"画画就是烧钱啊。"

"我们今天画什么呢？"夏习清自言自语，感觉自己的语气就像是一个幼儿园美术老师，瞄一眼屏幕全都在刷"周自珩"，他不禁笑了一下，"别，我已经画了太多他了。"他拿出一张素描纸放在画板上夹好，"其实我之前有专门的一个房间，里面放的全是给他画的画。"

"天哪！！！"

"太浪漫了吧，好想看啊！！！"

"习清哥哥！！可以展出吗？？？"

夏习清眯着眼睛看了一眼屏幕，然后低头削铅笔："展出？我考虑一下吧，如果他愿意的话。"不过说完他又抬起头，"不对，我为什么要管他愿不愿意？"

"哈哈哈哈哈没有地位的珩珩！"

"哈哈哈哈哈哈哈为什么要管他哈哈哈。"

"家庭地位可见一斑。"

"也不是，主要我都送给他了。"夏习清利落地削着铅笔，垂下的额发随着削铅笔的动作一晃一晃，"现在那些画的所有权都是周自珩的了，所以还是象征性地问一下吧。"

"象征性哈哈哈哈哈哈哈！"

"可见平时珩珩有多宠习清啊啊啊！"

削完了一支，夏习清把铅笔顺手别在了耳朵后面，像别烟那样顺手，他喝了一口咖啡，感觉状态回来了点："我最近头发又长长了。"他用手指拨弄了一下额发，"有点挡眼睛了。"说完夏习清低头，在桌子上找到了一根绑画笔的橡皮筋，随手扎起刘海。

"啊啊啊啊啊啊苹果头！"

"苹果头好好看！！！"

"习清哥哥是素颜吗？？？好好看啊。"

"怎么好像画了眼线一样，好好看睫毛好长！"

"当然是素颜。"夏习清把自己的脸怼到镜头跟前，"我头发和睫毛都很黑，也比较密。"他闭上一只眼睛，"所以隔远一些看起来有点像画了眼线。"

"绝了这颜……"

"妈妈我看到了天使！"

"其实我有点没精神……"夏习清看了看自己在镜头里的黑眼圈，"我今天起晚了，昨天晚上睡得太晚。你们看我的黑眼圈。"

"仙子的黑眼圈不是黑眼圈！是自带眼影！"

噗，这彩虹屁吹的。

"是不是纵欲过度！！！"

"纵欲过度的别跑哈哈哈哈哈！"

"姐妹天秀！！！"

"我也想和习清哥哥纵欲过度！！！"

"周自珩：？？？你们当我不存在？？？"

"哈哈哈哈哈哈哈哈惨还是珩珩惨！"

夏习清看着弹幕笑个不停："鸡笼警告了啊。"他把笔从自己的耳后取下来，半转过身子准备画素描线稿。

"我要是在这儿画一个小时画你们会不会很无聊？"手握着铅笔在纸上定了个框架。夏习清的手很漂亮，是那种修长的、骨节分明的手，握住画笔的时候手指上劲，筋骨凸显。

"习清哥哥的手真的太好看了，prprprpr！"

"这个手！！！我完事了！！！"

夏习清静静地打好大致的线稿，转过身子喝了一口咖啡，他实在是不习惯这种直播的模式，一回头发现大家都在刷礼物。

"别刷礼物啊。"夏习清把咖啡杯搁在桌上，像哥哥教训小孩子一样，"不许刷礼物。我又不是靠这个赚钱的。"

"我不靠这个赚钱，我有的是钱。"

"哈哈哈哈哈扎心了楼上的。"

"习清哥哥：你们再刷礼物我可就包场请你们看电影了！"

"富二代被迫直播营业哈哈哈哈哈哈。"

这帮小姑娘。夏习清低头，无奈地笑了笑，转身开始画素描稿的细节："今天画最后江桐在江边画的那幅画吧，不过我可能会画……"夏习清仰着头想了想，"很久。总之画完之后，我会在微博抽奖送出去，给看过电影的粉丝。"

"啊啊啊啊啊啊习清哥哥的画！"

"习清哥哥怎么这么宠粉呜呜呜呜呜。"

"好想要啊可是一直都很非，让我欧一次吧！"

"得把画布拿出来。"夏习清弯腰在工作台的下面抽出一张干净完整的画布，搁在工作台的角落，"等会儿呢，我们要把素描稿誊到画布上，其实平常我会省略这一步，但这幅画是要送出去的……"他仔细地勾线，勾完上半身退后一些，端详着画纸上的线稿，续道，"……所以要仔细一点。"

夏习清认真画画的样子和平时那副轻佻随意的作态完全不同，很安静，很沉稳，所有的注意力都放在画上，可直播的时候要一边聊天一边作画，这对他而言是一个挑战。

他自言自语的时候声音很轻，因为语气不确定而显得柔和，没有锋芒，是难得的和这张脸非常契合的时刻。

线稿渐渐地成形，夏习清转过身子，看向笔记本上的弹幕。

"习清哥哥也太温柔了吧，好想让习清哥哥做一次画画的 ASMR 啊。"

"对对对！我也想听习清哥哥做 ASMR，光是听习清哥哥自言自语我都颅内高潮了。"

"声音好苏，又苏又温柔，平时在家也是这么对珩珩说话的吗？"

看到这一条，夏习清忽然笑了出来："不是。"

脑子里不禁浮现起一些奇奇怪怪限制级的画面。

他和周自珩的相处模式实在是不便在大众面前展现出来。

"想听习清哥哥唱歌，习清哥哥的声音好好听！"

"我也想听！！！习清哥哥唱首歌吧！"

"唱歌！！唱歌！！！"

夏习清无奈地笑起来："不是画画吗？怎么还附带唱歌这种业务啊？"

"习清哥哥唱歌吧～人家直播都唱歌的！！"

"想听！！！想听！"

"习清哥哥我今天过生日，你可以唱一首歌吗？"

看到这一句，夏习清又有点心软："你生日啊，生日快乐。唱什么呢……"他拿出手机，"这样吧，我从歌单里随机播放一首，放到哪首就唱哪首吧。"

"好！！！"

"啊啊啊啊啊习清哥哥要唱歌了！"

点击了随机播放，出现了一首歌。

"这首很冷门，你们可能没听过。"夏习清把手机屏幕对准摄像头，似乎也没照清。他转过身子面对着画板，一边画画一边唱，声音不大不小，咬字很轻，听起来就像是自己随口哼出来的歌。

"所有的我像一个你

文艺复兴的沉迷

谁拥有字和字的距离

交换着一点点清晰

所有的你像一个我

后现代斑驳沉默

谁抛弃字和字的秘密

丢勒与犀牛的共鸣……"

半低着头的夏习清正在画最下面的海滩，军绿色卫衣后领口露出一截白皙的后颈，唱着唱着他转了过来，从工作台上找了块橡皮，顺便对着镜头笑了一下，一双桃花眼弯起来，有种鲜活又迷人的冲击力。

"就让我们永远灿烂

用纯洁的诗句哭喊

游行队伍意象充满

王尔德看不见 恐惧创造的爱……"

"习清哥哥的声音好好听！！天哪为什么长得这么好看这么有才华唱歌还好听！"

"这首歌的歌词好美啊。"

"歌词和习清哥哥好搭。"

唱完，夏习清转过来看了一下弹幕。

"这首歌！！！陈绮贞老师的《犀牛》！！妈呀我超爱！"

"没太看懂歌词的意思，为什么叫《犀牛》？"

看到弹幕上的困惑，夏习清解释道："这首歌的歌词里写到的丢勒与犀牛，事实上是指文艺复兴时期，一位板画巨匠丢勒创作的木板画《犀牛》，这里有一个很有趣的故事。

"1515年的时候，正是欧洲国家凭借航海技术向外部扩张的时期，那时印度苏丹赠予葡萄牙总督一件礼物，一头印度犀牛。当时在欧洲是没有犀牛这种生物的，这头宝贵的犀牛经历了120天的航海，来到了葡萄牙。

"后来葡萄牙总督借花献佛，又想把这头犀牛送到意大利，但很可惜，途中发生海难，这只犀牛也丧生于大海了。所以，生活在意大利的丢勒事实上并没有见过真正的犀牛，但他根据一幅绘画着犀牛的素描画，加工创作出一幅木板画，这幅画后来一版再版，在欧洲大量卖出，以至于大家都以为这幅画上的犀牛就是真正犀牛的模样。"

"画上是什么样子的？"

"好魔幻啊哈哈哈，热衷于东方动物的欧洲人民。"

"我记得我有收藏一个拓板，迷你的。"夏习清站起来，在工作室的柜子里翻找了一阵，从一个纸箱里找到了那幅画，他将画拿到镜头前，看了看板画，又扭头看了一下镜头里的影像，"是不是差很多？披着盔甲，脊背上全是角，看起来像是《数码宝贝》里升级过的犀牛。"

他将画放下来："虽然和真正的犀牛相差巨大，但当时的人们却非常狂热地追捧这幅画，喜欢里面的犀牛。这种过程其实反映了一种很真实的心理现象，怎么说呢……"

夏习清思考了一下："很像喜欢一个人时候的样子。有时候，我们迷恋的并不是事物本身，而是一种超出真实以上的虚幻。"

"夏老师好温柔。"

"为什么我没有这样的美术老师呜呜呜呜。"

"习清哥哥的声音太温柔了，讲解艺术的时候闪闪发光。"

看着弹幕，夏习清微不可闻地叹了口气，又笑了笑："其实我一点也不温柔。你们也掉入了这种犀牛的陷阱。"

他半低着头，蹭了一下小拇指沾上的石墨，垂下的眼睫像是脆弱的一碾就碎的蝶翼："老实说，最开始上《逃出生天》的时候，我表现出来的那个形象其实并不是我。"

他面对镜头，表情很坦然："说白了，那就是个人设，当然，我也有份参与维持那种人设。事实上我没有大家想象中那么美好，我有过很灰暗很荒唐的时期，性格残缺。"说着，他勾了勾嘴角，"和大家想象中这副面孔应该匹配的人格不同。"

"习清哥哥，为什么我心好痛……"

"我们喜欢的是你，不是人设。"

"不全是吧。很多时候大家喜欢一个人，其实喜欢的并不是真正的那个他，而是添加了自我的主观臆想之后的他，那是一种再加工。"这层窗户纸被夏习清戳破，捅得彻彻底底，"人们会用自己的期待和幻想美化你心中有好感的那个人，你越是喜欢，越是会给他添加各式各样的滤镜。"

说完，夏习清抬眼看向镜头："我说这些，并不是要求大家喜欢真正的我，只是想把真实的我给你们看，坦诚一点。"

我虚伪了这么久，只是因为从小到大的我被灌输的理念就是没有人会爱我。没有人会爱真正的我。

但现在，有一个人给我抛下一线生机。我也想试试，面对真正的自己。

弹幕一下子变得很感性，很多粉丝开始刷哭脸和爱心。夏习清觉得自己说得太多了，说得太直接，有时候粉丝听不进去这些。他又笑了笑："你们为什么要难过啊，我现在挺好的，很自由。"

说完，他又想起些什么，笑着的双眼里闪动着光："不过，周自珩不是的。"

"他展现出来的人设也好，你们看到的周自珩也好，都无法和真正的他相提并论。他是世界上最真诚最优秀的人。"

夏习清的咬字很肯定，很确切。无论什么时候他都是这么认为，有时候甚至笃定到，认为自己仍旧是配不上他的。

"你们肯定觉得，你们眼中的周自珩已经非常美好了，其实远远不止，那都只是冰山一角。"手掌撑着下巴，夏习清低着头，用右手手指一圈一圈地描摹着那幅木板画的线条，沉沉自语。

"他是比虚幻更美好的真实，是无法复制的犀牛。"

"突如其来的表白！！！"

"神仙太太在线吹老公！！！"

"啊啊啊啊啊啊啊我不是我，为什么你们这么好！"

"不知道为什么看到习清说这些好想哭哦。"

"这是什么神仙爱情啊！！！"

回过神来，夏习清才忽然发现自己做了什么，说了什么。

他居然在成千上万的直播粉丝面前说出这些话，耳朵莫名其妙开始烧灼起来，这完全不是平时的他。慌乱间想喝一口咖啡压一压，却不小心呛到自己，连连咳嗽。

"习清不好意思了！"

"耳朵都红了！！！"

"咳咳……"夏习清又匆忙剥了一颗薄荷糖塞进嘴里，转换话题，"反正我就是那只脱离真实的犀牛，并不是你们想象中的样子，一点也不温柔，不善良，浑身都是缺点。"

为了转换气氛，也为了赶紧摆脱刚刚的表白尴尬，他又道："其实我平常的状态和《狼人杀》直播的时候比较像，你们那天还在弹幕说我像变了个人，那个才是我。"他转过去继续画画，"我平时和朋友们在一起就是那种状态的，爱骗人很嚣张。"

"可是我喜欢那个时候的你！特别酷！！"

"对！又坏又可爱！！"

"习清哥哥无论什么样子我都喜欢~"

"《狼人杀》的时候简直帅爆了！盘逻辑那段我反复看了十几遍！真的帅炸！"

"习清骗人太溜了，我一个上帝视角都被说服了！"

"骗弟弟唬朋友坑侄子盘全场哈哈哈哈。"

夏习清低头解锁手机想看一下时间，完全没有发现身后，从工作室门口走进来一个人，一双长腿已然入镜。

"啊啊啊啊啊那是谁！！！"

"是自珩吗？？？"

"这腿绝壁是周自珩！！！"

"卧槽天降狗粮！！"

只有夏习清一个人还对着手机喃喃自语："我是一个没有感情的《狼人杀》玩家。"

说了一句又是一句："《狼人杀》这种游戏就是比谁更豁得出去，比谁脸皮厚……"

下个瞬间，头上被人蒙上一层白色的画布，没等夏习清反应过来转身，就被一个人从脖子那儿抱住，温热的气息浸透画布，低沉的音色酥麻了整个耳畔。

"天黑请闭眼。"

那股电流一瞬间击中夏习清的心脏。

周自珩的声音带着调笑，是介于狡黠少年气和成熟男性荷尔蒙之间的一种魅力。

他的手从后面抬起夏习清的下巴，迫使他的头向后仰，另一只手从他的脑后缓缓将画布扯下来。漂亮的下颌线、微张的嘴唇、鼻尖痣，依次缓缓暴露于天光下。

画布还未来得及离开他的双眼，沉浸在错愕中的夏习清便被站在身后的周自珩俯身吻住。

嘴唇相触的瞬间，画布才迟缓地被完全抽离。那只宽大温暖的手仍旧轻轻握着夏习清的下颌骨，如同握住一件白瓷花瓶脆弱的瓶颈。

天旋地转，视线倒错的一个吻。

分明是蜻蜓点水，可这一瞬间的唇齿相依倒像是被慢放的镜头，一帧一帧定格在夏习清的眼里，直到被他松开都无法顺利回神。

得逞的周自珩笑了笑："天亮了。"他又弯腰亲了一下夏习清的耳朵，"我是预言家，昨晚验的是夏习清，夏习清是……"

说完，他双臂环胸背转过去倚靠工作台，望着夏习清笑："我喜欢的人。发个粉水吧。"

什么啊，这家伙。

夏习清整个脖子红得发烫，扯了周自珩手里的画布扔在摄像机上。

"你干吗？"周自珩不明所以。

"我还要问你干吗，为什么不敲门？"夏习清两只手捂住自己的脸，仰过头去自暴自弃地大声叹了口气，"我在直播啊周自珩。"

"直播？？？"周自珩这才反应过来，"不、不是吧？"

夏习清白了他一眼，下巴冲他身后的笔记本扬了扬："你自己看。"说完，他把两腿屈膝，脚跟踩在椅子面上，抱住自己的膝盖把头埋上去，闷着声音抱怨他，"完了完了完了我又要上热搜了……"

周自珩转过身子，看见笔记本一片黑，上面全是滚动着刷屏的弹幕。

"啊啊啊啊啊啊啊啊啊啊啊啊啊啊我疯辽！"

"啊啊啊啊啊啊啊啊啊啊啊啊我在哪儿我是谁！"

"周自珩牛逼！！！周自珩总攻！！！"

"我在看什么神仙偶像剧！！！妈妈救我！！！"

"我的天哪周自珩撩到我浑身发软……"

"你们快给我结婚啊啊啊啊啊啊！妈妈今天就要看着你们洞房！！！"

"背后吻杀我！！！我的妈苏得我在屏幕前面就地飞升！！！"

"啊啊啊啊啊啊自习绝美爱情！！！珩珩还背着书包呢！年下太好吃了！！"

"这是什么神仙情话预言家！！！我验了你你是我爱的人！！！"

"天哪……周自珩日常这么苏的吗……"

"啊啊啊啊啊啊啊啊啊啊我说不出话！"

事情既然已经发生了。

周自珩当机立断地关了直播，半跪在夏习清跟前，讨好似的揉着他的手掌："我下次肯定敲门。"

"画画了，手脏。"夏习清要抽出来，周自珩偏不让，反倒像是发现宝藏一样："你居然也有不好意思的时候。"他拽着夏习清的手往自己怀里拉，"看起来就像是在撒娇。"

"你才撒娇。"夏习清一下子翻了脸，抽出自己的手，"你做梦吧你。"

"再撒一次娇吧。"

"我没有撒娇！"

"求你啦。"

"做梦。"夏习清站起来就要走，下一秒却被一只手抓住，巨大的力量将他拖拽到工作室的柜子上，后背抵上冰凉的玻璃柜面。周自珩的手臂将他围于这狭小的空间中，压缩的距离变得胶着。

"撒个娇嘛。"他的嘴角勾起，声音低沉，明明是请求的话语，说出来却充满了调情的意味。

见周自珩完全变了个人，夏习清的心底忽而燃起胜负欲。他彻底抛却心动过后难以启齿的羞赧，抬头对上周自珩的双眼："怎样才算撒娇？"

说话间，他的双手缠绕住周自珩的脖颈，如同神话故事里罪恶的藤蔓，散发着迷人的植物清香。

身体贴近，夏习清用自己侧脸的皮肤缓慢地磨蹭着周自珩的侧颈，发丝与耳垂擦出转瞬即逝的花火。

如同两只亲昵交颈的天鹅。

"这样？"

他疑问的语气微微扬起，拖得很长，像是拂过面孔的丝巾。

说完，夏习清又抬起脸去看他，仰着那副清纯的面孔。

"……这样呢？"

下一秒，他用自己的鼻尖轻柔地蹭了几下周自珩的鼻尖，微微张开的嘴唇又软又红，像是饱经蹂躏过的玫瑰，只要再吻上一下，便淌出漂亮却苦涩的汁液。

周自珩维持着最后的冷静，浑身的每一个细胞都被撩拨到沸腾，攀升的温度逼近着危险的临界点。

他在对自己进行残忍而缓慢的谋杀。

钝刀子磨着神经，生着天使躯壳的恶魔。

"还是……这样？"

夏习清凑到周自珩的耳边，温热潮湿的鼻息氤氲在燥热的皮肤，特地放软的声音带着黏腻的鼻音。

"自珩，我想听你说喜欢我。"

软刀子终于刺入心脏，刀尖温柔残忍地搅着里面腥甜的一池春水。

夏习清一脸乖觉地抬眼，睫毛扫过黏滞的空气，单纯的眼神藏匿擦枪走火的硝烟气。

"进来，再说。"

果然不出夏习清所料，直播结束不到五个小时，微博就已经炸开了。

"夏习清直播""夏习清周自珩直播接吻""周自珩背后吻"等词条纷纷上了热搜，完整的直播和特意剪辑的高甜片段都上了热门。

尤其是周自珩蒙画布背后吻的那一幕，被一个微博娱乐大 V 截成动图发了出来。

@一片鸡毛要上天：我的天哪你们品一品周自珩这个吻，苏到我合不拢腿！这一对真的是神仙了，人间太苦了，谢谢你们下凡撒糖555。

下面的评论数已经超过三万。

自习女孩人生赢家："我这辈子没有见过这么苏的人！！！周自珩！！！我一辈子都记得你！！"

四个的冰块："周自珩绝了，什么神仙颜值！什么神仙氛围！这真的不是偶像剧吗？？？"

宇宙第一 Alpha："不愧是被我看上的男人！！虽然他已经是别人的男

人了。（心痛）"

水树雪 xx："啊啊啊啊这一幕慢放真的太美了，倒错的吻，我就是那块画布！！！"

我的心上人是个小画家："呜呜呜呜我的小画家怎么可以这么美，简直是蒙着白纱的小天使！！"

Luringlove："路人，单纯觉得这两位的脸好配啊，娱乐圈情侣顶配了，看着太心动了。"

几禾少女："没人发现周自珩还背着书包吗？我天神仙年下攻！！！"

Shooting："啊啊啊啊啊姐妹们快去看直播那个视频！！！周自珩说的话更苏！！！我是预言家，验了夏习清是我喜欢的人！！！还发了个粉水！！"

自习女孩的本质是土拨鼠："对对对直播更苏，周自珩蒙住习清哥哥在他耳边说天黑请闭眼的时候我一个托马斯回旋升天爆炸！！！因为习清哥哥戴着耳麦，周自珩凑近的时候声音超清晰，低音炮杀我！！"

Cantfocus："真的不是炒作吗？"

不留遗憾 回复 @cantfocus："不是炒作，习清是因为《跟踪》票房破10亿兑现承诺才答应给粉丝直播的，周自珩是放学后回来，不小心进了习清的工作室，才被大家看到的，后来他们就把直播关了，而且这一段是习清正在和粉丝说《狼人杀》的话题，自珩进来才用画布蒙住他的脸说天黑请闭眼的。"

呼山风来 回复 @不留遗憾："啊啊啊啊啊《狼人杀》那期我也看了！！！我可以看他们玩一辈子《狼人杀》！！！"

Silverwine 回复 @不留遗憾："放学后回家这几个字也太戳萌点了吧！！！我永远爱年下！！"

墨雨如画 回复 @不留遗憾："我看到了重点！！！他们把直播关了！！！关直播要做什么！"

自习女孩冲鸭 回复 @不留遗憾："《狼人杀》撩人真的超级超级甜！！！

情话预言家！！”

饭最甜的 CP："今天我是一颗柠檬精，要是我的 CP 有自习十分之一甜就好了。"

与此同时，夏习清在直播间唱歌和科普的那一段视频也被发到了网上，引来许多网友的热议。

生存妄想者："老实说，不是特别关心明星情侣的事，不过看了夏习清的直播之后有点惊喜，他解释犀牛这一段真的很戳我，建议全网粉丝进来看一下这一段，关于明星、人设和粉丝滤镜的理解简直真理，还有很多沉浸在迷恋中的少女。BTW，夏习清长得是真他娘的好看啊。"

思无邪："犀牛那段绝了，不愧是艺术家，好想和艺术家谈恋爱啊！！！"

为君起松声："这一段说得很诚恳。很多人喜欢的并不是那只真正的犀牛，只是自己心中的幻想。"

Go："这番话说得好通透啊，BTW 夏习清的声音真的好好听，唱歌也太温柔了。"

朋友搞自习吗："其实说完犀牛的时候习清哥哥一直在贬低自己，一直强调他的人设是伪装出来的，光是这些话就没有几个明星敢说，'其实我一点也不温柔，你们也掉入了犀牛的陷阱'，这句话一出来我就泪目了，习清哥哥真的很坦诚，看他一直说自己的缺点我就好心痛。"

我爱上自习 回复 @朋友搞自习吗："对对对，超级心疼。但我觉得他自己的性格比人设还要迷人啊。最绝的是他那样贬低自己了，看得那么清楚明白，最后却说'周自珩不是的，他是比虚幻更美好的真实，是无法复制的犀牛'。这一句简直了，而且他一直低着头说的这句话，心里是很不自信的吧，泪目。"

山海难平："看到这一段觉得他真的挺爱周自珩的。明明自己这么清楚喜欢一个人是一个自欺欺人的过程，但又很坚持地认为周自珩就是超出虚幻的真实。"

两个被外面的世界热议纷纷的主角，现在却仍旧在自己的小天地里相偎相依，直播过后的一场撩拨终归是擦出燎原之火，燃烧殆尽的生命被午后蓬松温软的棉被慰藉。

恍惚间，夏习清睁开双眼，发现自己不在卧室里。准确来说，不在公寓的卧室里。

他坐起来，低头看了看自己的手。

好小。

这张床也好小。

从床上下来，看见摆在床边的蓝色条纹棉拖鞋，也好小。

他这是怎么了？

迟钝地穿上拖鞋，他才发现，自己竟然回到了儿时的房间，那间封锁着他所有痛苦和绝望的房间。心里的恐惧一下子就蔓延开，潘多拉的盒子被人踢翻，流出黑色的液体，从他的脚下一点点爬上来。

窗外原本明媚的阳光忽然间消失，天地通通掉落进一片沉寂的黑暗之中。

怎么会这样。

他感觉自己就像是一只迟钝笨拙的提线木偶，拖着脚步往门外走。伸出那双小小的手用力地捶动着房门。

"有人吗？外面有人吗？"他感觉自己的声音有一丝丝颤动，可他控制不了，"没有人吗？我要出去。"

这扇紧闭的大门在黑暗中如同一张严肃的面孔，无论你如何哀求，它都没有一丝一毫的动容。

他不记得自己敲了多久，只感觉那双小小的手已经痛到麻痹。这样的感觉太熟悉了，他好像经历过无数遍，唯一可以做的就是瑟缩在一个小小的角落，抱住自己发抖的双臂。

时间是黑暗中流淌的沙漏，听不见流逝的痕迹，可他忽然听见门口有声音，有人在说话，他激动地站起来趴在冰冷的门上，用力敲打着门板，祈求有人能够听见他的声音。他真的很害怕，非常害怕。

"有人吗？这里好黑啊。"

门外的声音开始变得清晰。

"除非我死！你休想和那个女人在一起！习清的抚养权我也不会给你！"

"你以为我很想养他？他有你这样的疯子当妈妈过不了多久他也会变成疯子！"

"你去死！"

"你真是疯了，我当初怎么会看上你？没人会爱你这种疯女人！"

争吵，无休止的争吵。

父母的争吵是孩子们人生中看过的第一部恐怖电影。

无论是声音，还是画面，都会永久地文刻在他们稚嫩的海马体上，永远无法忘记。

我会变成疯子吗？

没人会爱疯子。

老师课堂上布置的作文，他是唯一得零分的小孩。作文的题目是《父母的爱》，夏习清拿着那张作文纸，小手紧紧地攥住笔，在自己的小椅子上坐了整整一节课。

只写下一个开头。

"我的爸爸妈妈很爱我……"

可是他的胳膊很痛，还有被皮带抽过的紫痕，他的后背是被高尔夫球杆打出的瘀青，一条一条的，好像他那双小小的拖鞋的条纹花纹，所以他睡午觉的时候只能趴着，不可以躺下。

六月份的天气，他必须穿着长袖长裤，才能遮住这些伤疤，才能不丢人。

这样的他，也是被爱的吗？

连老师都把他叫去办公室，问他为什么没有写完。

"我不知道怎么写……"

老师的表情好像是疑惑："为什么呢？习清你平常都写得很好呀。"她摸了摸夏习清的头，"爸爸妈妈是这个世界上最爱你们的人，对不对？"

可是他们从来没有对我说过这三个字。他想反驳，却又委屈地咽回去，因为他被告诫，不可以在外面提起爸爸妈妈。

"……对。"

恍惚间，他又出现在住院病房，他躺在小小的病床上，他的袖子变成蓝白条纹的样式，熟悉的条纹。

一侧头，他看到踩着板凳趴在窗边的两个小孩，那是小时候的夏知许和陈放，他们好像在哭，又好像没有。

他掀开白色的棉被，私人病房里的沙发上坐着保姆阿姨，她睡着了。小小的夏习清忍着痛悄悄走到窗户边，踩在椅子上，隔着一块玻璃窗对他们笑。

"你什么时候才能好啊？"夏知许的小虎牙一说话就会露出来，除此之外和他很像。

小习清摇了摇头。

旁边的陈放死死地扒着窗户："那、那你现在难受吗？"

他又摇了摇头，可一摇头，眼泪就开始流。他用小小的手将眼泪抹去："我的肚子有点痛，但是我已经快好了。"他笑了起来，用自己小小的食指和大拇指分开比画了一下，"我的肚子上有这么长的疤，缝着线。但是我不能给你们看，我的、我的椅子不够高。"

说完，他在玻璃上呵了口气，雾气凝结，将孩子们天真的脸庞变得朦朦胧胧。他伸出小小肉肉的手指，在上面画了一条线，又在那条线上画了一道来来回回的波浪线。

"就是这样。"他的眼睛亮了亮，"你们看。"

可他们没有看，他们好像没有看，他们在哭。

看着他们哭，他也好想哭。

其实我好痛，我快死了。

我死了以后就不能跟你们一起玩了，不能在陈放的饭盒里放小蚯蚓，不能和知许一起玩纸飞机。

想到这些，他又想哭了。

老师……如果……如果爸爸妈妈并不爱我。

那么还会有人爱我吗？

房间再一次沉没在无止尽的黑暗之中，那些黑色的流体沼泽般毫不留情地将小小的他吞噬殆尽。

谁来救我。

伤口发出无声的求救讯号。

门忽然间打开了，一束光投进来，光的形状笔直，像一把利剑那样。应激反应让他害怕，他站在那张小小的椅子上，一动也不敢动。

一个高大的身影出现，他的影子好长，长长地追到自己踩着的椅子下面。小习清抬起头，紧紧抓住窗户的边缘，黑暗中仔细去看看那个人的脸孔，光在他的身后，像是母亲收藏的雕塑。他的手里捧着一束玫瑰花，静静地走进来，带着光而来。

他不由分说抱起自己，用那双温柔而有力的手臂将他从黑暗中解救出来。带着他穿过充满讨厌的消毒水气味的医院，抱着他穿过林荫路，穿过围了一群小女孩的音乐喷泉，来到一个小小的草坪上。

柔软的草坪用青草香气将他包围。

他依旧有些害怕，怯生生地望着这个陌生人的脸。这个人很奇怪，将手里的玫瑰花塞进他的怀里，轻轻地摸着他的后背，一遍一遍温柔地抚摸着，他的掌心像是有种奇妙的治愈力，他好像没那么痛了。

就连那个伤口也是暖融融的，有些痒，就像青草尖尖触到脸蛋那种程度的痒。

这个人长得很好看，在他尚且稚嫩的审美里，和洁白雕塑相似的人就是很好看的，因为妈妈总是用那种珍视的眼神看着那些一动不动的雕塑。

可他又是鲜活的，他会笑，笑起来的时候他深邃的眼睛会变成两道弯弯的月亮。

天忽然黑了，黑得好快。小习清害怕起来，像一只常年受到太多惊吓的流浪猫那样缩着身体。可这个人却抱住他，轻轻地说着别怕，一遍又一遍。他的怀抱是暖的，有种太阳晒过之后的温柔味道，是黑夜之中的温暖源。

他伸出一只手，在这只小流浪猫的面前摊开手掌。

掌心里躺着一颗微小的星光，璀璨的光束沿着他的掌纹弥散开来。

"这是什么？"

他的声音低沉又柔软："这是给你的礼物，谢谢你降生在这个世界。"肉肉的小手小心翼翼地拿走那颗星光，捏在手指间。

好亮。

只要有一颗星星，就不是纯粹的黑暗了。

星星是太阳掉落的碎屑。

"这是给小习清的一岁生日礼物。"他又一次摊开手掌，掌心散发着淡绿色的荧光。黑夜中自在飞舞的一只萤火虫。

小习清伸出手，抓不住它，但它也没有飞远，围绕着他的小脸蛋一圈一圈缓慢地飞行，像是飘浮星际之中一颗孤单公转的小星球。

"还黑吗？"他搂着小习清。

小习清回头去看他的眼睛，愣愣地点了点头："有一点点。"

"还有一点点黑啊……"他又伸出一只手，握成拳头放在小可怜的眼前，"砰——"他小声地在耳边说出一个拟声词，五指一下子张开，从他宽大的手里绽放出一个耀眼的小烟火。

灿烂的火花映照在那双胆怯的瞳孔中，星星点点，璀璨闪烁。

"这是给习清的两岁礼物。"说完他亲了亲那个小小的后脑勺，"还怕吗？"

小机灵鬼转过脸，并没有回答他的问题，而是奶声奶气地问："还有吗？"

"你怎么这么可爱啊。"他的脸上露出无奈又宠溺的笑容，想紧紧地抱住他又害怕把他弄疼，"小坏蛋。闭上眼睛。"

小习清听话地"嗯"了一声，可悄悄地又留了一条很小很细的缝，眼睫毛心虚地闪动。在那个小小的缝隙里，他看见那双搂住自己的手合着，好像虚虚地捧着什么。

"睁开眼睛吧。"他说。

手掌打开的瞬间，里面跑出一只小蝴蝶，它的翅膀上沾满了淡蓝色的磷粉，在黑夜里闪着微弱的光，它飞舞地打了个转，停在小习清鼻尖的小痣上。

"这是给你的，三岁礼物。"从后面抱住他的手拍了拍他的小肚子，"我们习清三岁了。"

没等到这个心急的小机灵鬼再发问，他就抓住那只小小的手，将自己握拳的右手放上去。

"给你，小宝贝的四岁生日礼物。"

小习清愣愣地摊开手掌，等待礼物的降临。

一朵柔软的白色小花掉落在他稚嫩的掌心。

"这是什么花？"

那个人吻了吻小宝贝的头顶："玫瑰。纸叠的玫瑰。"

"我会用纸叠飞机。"小家伙转过脸，一本正经，"我叠的飞机是飞得最远的，可以、可以……"

"可以什么？"他摸了摸他的小脸蛋。

"可以飞出我家的花园，可以飞出去。"他忽然扁起了小嘴，像是有什么心事。

"你也可以飞出去，我带你飞出去。"他轻轻地捏了捏小习清的下巴尖，"你还没到五岁生日对吗，五岁生日我们一起过好不好？"

小家伙转过脸，小蝴蝶在他的耳朵边上扑腾扑腾，弄得他好痒，脸上露出疑惑。

他将小可怜抱起来，面对自己，吻了吻他的脸蛋。小家伙很疑惑："你为什么要送我礼物？"

他刮了一下小习清可爱的鼻尖。

"奖励你，这么勇敢地长大。"不知道为什么，这个陌生人的声音有点颤抖，"……这么勇敢地等着我。"

"你要哭吗？"小手摸着他的双眼，轻轻地摸着他薄薄的眼睑，"不要哭。"

他一下子笑起来："我没哭。"他垂下眼睛，"对不起，我来晚了，只能补偿给你这么多。"

"以后我会一直陪着你。"

以后……

他会一直在吗？

为什么会出现呢？为什么他会出现？

"你是谁？"小小的脸庞仰起，瞳孔黑得发亮。

天上的星星好像都跟着亮了亮，凉凉的星光流淌下来，赖在这张好看的面孔上，让他的笑容也闪闪发亮。

"我是为了爱你而出生的人。"

梦境忽然间坍缩。再一次睁开沉重的双眼，夏习清急促地呼吸了几下。

他惊慌地伸手，触到熟悉的体温。说不清是什么感觉，太复杂了，难过、委屈、慌张、恐惧，还有沉在最底下的心安。

纷繁的情绪混在一起，搅和搅和，变成凉凉的泪水，在他的脸颊完成一次毫无意识的梦游，最终跌落到棉被里。

沉在梦中的周自珩感觉到怀里的人动了动，迷糊地开口："怎么了？"手臂更紧了些，闭着眼睛盲目地去吻他，吻了好几下，忽然皱眉，睁开双眼。

"怎么哭了？"周自珩有些慌，"做噩梦了吗？"他一下一下拍着夏习清的后背。

夏习清摇摇头，钻进周自珩暖热的怀里："不是噩梦。"

是一个带着青草香气和星星碎屑的美梦。

他的胸膛紧紧地贴着周自珩的胸膛，两颗心亲密无缝地挨在一起。

"幸好。"

周自珩不太明白，手伸进他的衣服里，指腹温柔地摩擦着他出了薄汗的皮肤，抱住他细细吻着他耳上微凸的软骨："幸好什么？"

幸好我坚持下来了。

幸好你来救我，虽然迟到了一小会儿。

但你还是来了。

窝在他肩膀的夏习清忽然闷闷地开口："你可以再送我一些生日礼物吗？"

周自珩一下一下摸着他的后背："什么生日礼物？"

"前面二十五年的生日礼物。"夏习清把自己冰凉的脚伸到周自珩的小腿取暖，"二十五个，随便送点什么，小花小草都可以。"

周自珩笑起来，像是被夏习清逗笑了，亲了好几下睡醒后红彤彤的嘴唇："好啊。"

夏习清松开手，隔开一点距离看着周自珩："你怎么不问我为什么？"

周自珩笑了一下："还用问吗？"他啄了一口夏习清的嘴唇，"补偿你呗。"

夏习清愣了一下，以为自己还在做梦。他伸手掐了一把周自珩的胳膊，听见他抽了口气："好痛。"

不是梦。

他忽然间委屈起来，在想哭之前搂住他的脖子。

"谁让你来得这么晚。"

"对，都赖我，我半路走丢了。"周自珩摸着他的后颈。

"谢谢你等我。"

周末的时候，周自珩破天荒一大早就开始叫夏习清起床，可夏习清贪睡得很，把自己捂在被子里不愿意出来，周自珩没办法，连哄带拽地才把他从床上拽得坐起来。

"干吗啊……"夏习清眼睛都不带睁开的，"今天不是周六吗……"

"对啊，有事。"

"有事你昨晚不睡觉，"夏习清闭着眼抓了一个枕头砸在周自珩的身上，"折腾到三点……我困死了。"

"哎哎哎别睡。"周自珩把他抱在怀里，拍了两下他的后背，"那谁让你昨晚非得勾我。"

"你还说？"

"不对不对，是我不行，我顶不住。"周自珩笑着把他的腿盘在自己的腰上，手臂绕上自己的脖子，像抱小孩一样抱起来。

"哎我真……我不想起……"

"起吧，真有事，有大事。"周自珩把他抱到浴室，"我牙膏都给你挤好了，你看。"

被放下来的夏习清还是不看，歪在周自珩身上闭着眼睛，也不说话，困得站着都能睡着。不过周自珩已经很满意了，想当初夏习清的起床气可是一被吵醒就骂人的。

"乖，先洗漱，我一会儿给你做好吃的。"说着，他把浴室门口的拖鞋给夏习清穿好。

被这么一闹，夏习清也清醒了大半，拿起漱口杯刷牙洗脸，满脸水珠的时候一抬头，看见周自珩正准备涂须后水，他抓了一把周自珩的手腕："你胡茬都没刮干净。"

"哪儿？"周自珩侧着脸在镜子里查看了一下。

一滴水进了眼珠，夏习清皱着一张脸，用冰凉的手指戳了一下他的嘴角上缘。

"这儿。算了我给你刮吧。"说完，他推着周自珩的胸口，一路把他推到马桶上，"坐这儿。"

周自珩听话地坐下来，看着夏习清拉开镜子边的柜子翻找出剃须刀和泡沫剃须膏，他身上穿着一套浅灰色的棉质睡衣，洗脸的时候袖子挽到小臂，拿东西的时候手伸出来，露出一截白皙的胳膊，侧脸乖巧。

"电动的就是刮不干净，用手动的吧。"夏习清拿着工具走到周自珩的身边，先是蹲下来，可周自珩太高，坐着也高，于是站起来躬下身子抬起他的脸，可自己也很高，弯着腰费劲。

周自珩憋着笑伸手将他拉到自己的怀里："还是这个姿势方便。"

又来了，夏习清拿手动剃须刀的刀柄敲了一下周自珩的头，跨坐在他的身上，周自珩两手交叠搭在他的后腰，眼睛像是粘在了夏习清的身上。

视野里的面孔放大了许多，他甚至可以看见夏习清白净脸庞上细小的绒毛，还有他专注时会习惯性抿起的嘴唇，抿起的这个动作会让它们显得更加柔软，就像积压在一起的两颗樱桃，再使一点力气，一点点，就足够让汁水四溢。

夏习清的动作很轻，将剃须膏在掌心揉出泡沫再抹到他的脸上，握着刀柄的手力度很轻，轻轻地刮着很难剃干净的部分，他的眼神专注于那一点，眉头微微皱起来，纤长的睫毛被浴室暖热的光打亮，在他眼下薄薄的皮肤上投射出长长的颤动的影子。

所有细微的小细节，粘结成心动的诱因。

"好像干净了一点……"夏习清侧了侧头，想再仔细地看一下，可就是这么一侧头，就被周自珩顺势吻了上来，"唔……唔！"

他打了一下周自珩的肩膀，可周自珩却没有松开他的意思，那双交握在他后腰的手抚上他的后背，怀抱收得更紧。泡沫里弥散出来的柑橘香气掺着一丝丝草本的清苦，从一个人的脸上蹭到另一张脸，像是被传染的欲望的实体。

夏习清并不想这么快让周自珩得手，于是恶意地紧闭牙关，谁知周自珩一面看似耐心地细细吻他的嘴唇，一面用自己的手沿着夏习清微凸的脊骨向下，直到最底端，力度缓慢地揉了一下他的尾椎骨。

"唔……"被抓到命门的夏习清一不小心松开了嘴唇，被周自珩一瞬间乘虚而入，舌尖抵入湿润柔软的口腔，残留的薄荷气息被缠绵的唇舌焐热。夏习清干脆放弃抵抗，剃须刀掉落在地，发出的声响变成亲密交战的号角。他的手指亲昵地摩挲着周自珩的发根，舌头舔舐着他柔软的上腭，气息越来越沉，抱得越来越紧，发烫的胸膛紧紧贴在一起，暧昧地蹭动。

嘴唇松开，窒息感稍稍松泛，周自珩搂着他精瘦的腰肢，连绵的吻从嘴角一点点向下，延伸至夏习清滚动的喉结。他的上身不自觉地后仰，细长的脖颈，微微挺起的胸膛和柔韧的腰身弯出一个情潮涌动的弧度。

夏习清不喜欢他这样的撩拨，隔靴搔痒的快感令人心焦。他摁住周自珩的肩膀，自己低头吻住他的嘴唇，湿湿地吻他，仿佛在展示一个饥饿过头的人对于食物的根本渴求。

气温愈发升高，两人融化在这个氤氲湿气的浴室之中，如鱼入水，晨间的旖旎随着喘息声蒸发殆尽。

进了衣帽间，周自珩才告诉他早起的真正原因。

"我跟我爸妈说了，今天带你回去。"周自珩轻描淡写地脱了睡衣，光着身子找着自己想穿的那件卫衣，自从两个人在一起，什么东西也都混在了一起。

夏习清被他这话吓得愣了一下："你说什么？"

周自珩转过身子："带你回家啊。"

"开什么玩笑。"夏习清脑子蒙了一下，一屁股坐在衣帽间的懒人沙发上，"回什么家。"

"没开玩笑。"周自珩终于找到了自己那件灰蓝色卫衣，麻利地往身上一套，试图拉起夏习清，"你快换衣服啊，我跟他们说好了上午就到。"

"我……"夏习清欲言又止，"不是，非得去吗？"

"当然了。"周自珩蹲了下来，亲了他一口，"怎么了？"

"要是……"

要是你父母不喜欢我怎么办？夏习清忍住没说出口，但是心里又很肯定，"家"这个词对他来说太遥远了，不仅遥远，还是一个禁区。

像他这样的人，应该不会被周自珩的家人喜欢吧，感觉那种家庭出身，应该不会对同性恋抱有好感，尤其是他，一点也不乖巧，不温顺。周自珩被他们教得这么好，一定是他们最宝贝的小孩，最宝贝的小孩被他这样的坏孩子拐带走了，一定很生气。

越想越慌，夏习清咬住后槽牙，一言不发。周自珩也没有逼他，只是和他面对面坐下来，玩他的手。

老实说这一点也不像他，他夏习清从来没怕过谁，遇到什么事都没有退缩过。

可现在他退却了，非常真实地退缩了。并不是害怕他的父母阻止，而是害怕周自珩圆满的家庭关系因为自己的介入产生裂缝。

"我觉得，你的父母可能不会喜欢我。"沉默了好久，夏习清终于还是十分平静地开口，"理智点说，我这种人应该没有几个家长会喜欢。"

周自珩明显地能感觉到，夏习清对自己越来越不自信，是那种很明显流露出来的不自信，但他又很清楚，这是真正的夏习清，他从来都是自卑的，只是过去他习惯性用自傲和矜贵掩饰他的内心。

那层漂亮的硬壳剥落后，那个伤痕累累的小孩子就会很害怕，手脚蜷缩，不敢见人。

"不会的。"周自珩牵着他的手，"他们不是那样的人。而且你本来就很优秀，你很好。"他摸了摸夏习清的脸颊，"你在我眼里是最好的。"

夏习清最终还是抬起头，勉强对他笑了笑，站起来换衣服。周自珩理解不了他心里的慌张和无措，他不懂自己对于"父母"这两个字天然的恐惧。但是没关系，他爱周自珩。他愿意为了周自珩踏出舒适圈。

"那我现在是不是应该去洗个澡？"夏习清忽然觉得自己这样太不郑重，"我很快的，五分钟。"

"不用了。"周自珩拉住他，扶着他的肩膀让他面对那一排衣服，"换好衣服我们就走吧。"

夏习清忽然开口："穿什么呢？"他的手翻过一件又一件，"我是不是应该穿得简单一点？你父母喜欢什么颜色？他们……"

他太焦虑了。周自珩从背后抱住他，声音温柔："习清。"

"他们不会因为你穿的衣服而评判你这个人，同样地，他们也不会因为外界的评价来断定你的品性。"周自珩的手环着他的腰，"我这次带你去，只是介绍一下，我们见个面，别紧张。"

他的怀抱有种奇妙的安抚力，夏习清感觉那个慌乱的自己渐渐地沉下来。

天气还很冷，两个人最后穿了同款的羽绒服出门，周自珩是黑色，夏习清是白色，小罗已经在车里等着他们。

上车之后的夏习清格外安静，一句话都没有说，连小罗都看出来反常，从后视镜里望过去："习清怎么了，怎么脸色这么差？"

夏习清愣了一下，下意识抬手搓了搓自己的脸："我脸色很差吗？"

"不差。"周自珩忍不住笑出来，捧起他被搓红的脸颊，他的鼻尖出门的时候冻得有些红，配着这张人畜无害的脸蛋，看起来可爱得要命，"我看看，明明这么好看。"

小罗一副"我做错了什么为什么要让我吃狗粮"的表情："习清怎么了，感觉不在状态啊。"

"没怎么。"周自珩直接替他回答，"他太喜欢我了，喜欢到不敢见家长了都。"

夏习清一把推开周自珩，撇过头，本来想说"停车我不去了"，可话到嘴边又打了个转。自从跟周自珩在一起，他连一开始的嘴炮都渐渐没了。

舍不得对他说一句重话，舍不得发脾气。

就像周自珩说的，自己的确是太喜欢他了。

抵达周自珩本家的时候，夏习清紧张中透着一丝尴尬，毕竟上一次来这个地方还是通过某种不法手段。

开门的是一位戴着一副银框眼镜、气质出众的阿姨，夏习清第一眼就认出这一定是周自珩的妈妈，他们长得很像，都是骨相绝佳的美人。

"来了？"周妈妈笑了笑，她说话的声音很柔，"我正想给珩珩打电话，问问你们是不是堵在路上了，快进来吧。"说话间她轻轻地拉了一下夏习清的胳膊，"外面是不是很冷？"

夏习清局促地笑了一下："还好。"

"这是我妈。"周自珩大大方方地牵着夏习清进门，"妈，这是习清。"

"我知道。"周妈妈笑得很温柔，"我看过你们的节目呀。"

"阿姨好。"夏习清弯着腰，"打扰了。"

"不打扰，我们一直等你来。"周妈妈领着两个人进来，夏习清的眼神落在客厅沙发上坐着的中年男人身上，他的上半身坐得笔直，原本拿着报纸在看，一看见人进来了就站了起来。

看来周自珩的长相是继承了父母的优点，还有爸爸的身高。

不过周父的长相和周自珩一样，都有些令人生畏的距离感，还没靠近，夏习清就道好："叔叔好。"

"嗯。"周父点了点头，两只手背在身后，"你们坐啊，坐。"说完，他自己坐了下来，"我给你们沏的茶凉了，正好刚刚又沏了一杯。"他正准备端起来，又顿了一下，"习清喝不喝茶？要不我让红姨给你煮咖啡？"

夏习清受宠若惊地摆摆手："不用了叔叔，我就喝茶。"说完，他就端起一杯，小小的裂纹青瓷杯捧在手里。

"你别紧张。"周父一下子就戳穿了他的表现，他对着周自珩说，"你去厨房帮你妈，她今天要亲自下厨做午饭。"

周自珩被他支开，只留下夏习清和周父两个人，面对面，中间隔着一个茶几。

"不用害怕。"周父的脸上带着笑，"其实你来之前，周自珩就对我们坦白过了，关于你和他的事。"

夏习清猜得到，毕竟周自珩不是那种任性到不告诉父母就直接在颁奖礼那样的场合公开出柜的人。他喝了一口茶，将茶杯轻轻放在茶几上，静静地听周爸爸说话。

"其实我和他妈妈，我们把你们叫过来，就是简简单单吃顿饭。"周父拿起茶壶，又给他添了些茶，"你是他现在的恋爱对象，我们总不能只在电视上看你，你说是不是？"

夏习清点点头，他已经很久没有跟年长的男性这样坐着说话了，这种陌生的感觉令他有些不安。

"你脸色不好，生病了？"

他摇了摇头："没有，没生病。"他强撑着露出一个笑容，"您说，我听着呢。"

周父很快察觉出不对，看了看他们周边空荡荡的客厅，又朝厨房那边望了望，有些反应过来："是不是我让你有压力了？要不我还是把那小子叫过来……"

"不用。"夏习清忽然觉得奇怪，"您怎么知道……"

"我听他说过，关于你家庭的事。其实不应该一上来就讨论这些话题，我知道说出来你会不好受。"

夏习清抿了抿嘴唇："没关系的，我已经好很多了，挺好的。"

"你很坚强，那样的环境下长大，换作是另一个人可能早就撑不住了。"周父的眼中流露出肯定的目光，"坚强好，坚强很难得，而且你也很优秀。"

突然间被周自珩的父亲所肯定，夏习清不禁有些意外。周父也看出了他脸上的意外："你是不是以为我会为难你？我为什么要为难你，是我儿子喜欢你，我真的不满意，也只会去为难我儿子。"

夏习清张了张嘴，往常的牙尖嘴利在这个时候通通失效，面对他所爱的人的父母，他只想真诚恳切地说出自己的想法："我以为，像您这样的家庭，可能接受不了您的儿子和我在一起。我和他一样是个男人，而且出生在一个残缺的家庭，导致我在人格上也有很大的缺陷，但是……"

他的眼睛垂了垂，又抬起来："叔叔，我已经改变了很多，是因为自珩我才改变的，我很爱他，这一点我可以向您保证。"

这句话太苍白了，说出来的瞬间夏习清就有些后悔，谁都可以说爱他，张张嘴的事。

周父没想到夏习清会这么直接地剖白，他看过他上的节目和访谈，知道眼前的这个孩子有多聪明，所以他没想到在这一刻他会选择这么简单甚至笨拙的方式去争取好感。

"我知道。我活了这么多年，别的不说，看人的眼光是准的。"周父笑了一下，"我不瞒着你，一开始周自珩向我坦白的时候，我是发脾气了的，主要是我没想到，没想到他居然会喜欢上一个男人。他从那么一点点小就在那个圈子里摸爬滚打，那么多诱惑，可是他没有跟谁纠缠不清，也没有喜欢的人。"

周父皱了皱眉："我当时就纳闷，他怎么会跟你上了个节目，就喜欢上你了呢？"

"后来我查了很多有关你的信息。你的确很有才华，很聪明，也是一个有魅力的孩子。但是说实话，我查过之后是有些反对的，因为你的童年经历实在是太……"他忽然不说了，夏习清垂着眼睛，也没有说话，"在我看来那是一个定时炸弹。"

"不过后来，我和他妈谈了谈。"周父叹了口气，"我又觉得自己这样的看法不对，这是带着偏见的。"

夏习清忽然觉得，这父子俩还真像，说话的语气和措辞都如出一辙。

"我从小这么教他，最后我自己戴着有色眼镜去看人，那我还教个什么劲。"周父摇了摇头，"所以我就仔细地思考了一下，也挣扎了很久。后来他哥哥来找我，跟我说了一件小时候的事。"

"他说，'爸你还记得自珩小时候，在院子里捡到一只断了腿的小麻雀吗？他把它当个宝一样，又是喂水又是用各种粮食供着，可最后那只小鸟还是飞走了，他一直哭，还是爸爸你跟他说，这只鸟不是他的附属品，它是独立的，不能因为他心里喜欢它，就强迫它留在他身边'。"

周父感慨地笑了笑："他哥哥说完这些，我就觉得挺惭愧的。我当初既然可以告诉周自珩，这只麻雀是一个独立的个体。那我为什么到现在，都不能把我的儿子当作一个独立的个体呢？"

夏习清的心被撼动了一下，他忽然好羡慕周自珩。到这一刻他也终于明白，为什么周自珩可以那么优秀，那么正直，归根结底都是源于家庭的滋养。

"他虽然是我的孩子，但他首先是他自己。"周父看着夏习清的眼睛，"他喜欢你，想要和你在一起，这些都是他本就该有的权利，即便是作为父母，也没有权利可以干涉，所以你不用担心，我不会做出什么阻碍你们的事，这些事没有意义。身为父母，保护和引导是必要的，但是放手更加重要。"

夏习清鼻子有些酸，他努力地抿了一下嘴唇，扛着所有的情绪露出微笑，他这个时候该说些什么，但他又找不出合适的话语。

周父又道："当然，最后的结果也由他一个人承受。"

这句话是对他们结果的合理质疑，但夏习清的心还是不可避免地抽了一下。他没有想过会有坏的结果，他更舍不得给周自珩一个坏的结果。

"叔叔，我不是一个可以给别人信任感的人，光是口头上说一些话，可能也没有什么说服力，也不能向您证明什么。"

夏习清抬头直视周父，眼神坚定："但他是我唯一爱的人，二十五年来的第一个。我比任何人都知道这份感情来得多么不容易，无论对我还是对他。所以我想，您可不可以再给我多一点点信任，不要因为我的问题让他有压力？我一直希望他可以在一个被父母祝福的状态下和我在一起。"

他想了想，说道："自珩和我不一样，他值得拥有父亲母亲的爱。"

这句话一说完，周母就从走廊走了出来："你这个人真是，把人孩子吓的。"她走到夏习清的身边坐下，摸了摸夏习清的背，"可怜的孩子。"说完，她又抓住夏习清的手，手指冰凉。

周母嗔怪地看了一眼周父："你周叔叔其实想说，他是理解你们尊重你们的。而且我看得出来，自从自珩和你在一起，他整个人都活起来了，就像他在颁奖礼说的那样，是因为你，他才填补了自己在感情上的空白。"

周母拍了拍他的手，笑着对他说："还有一点，阿姨要告诉你，你说错了，每个人都值得拥有父母的爱。如果没有，那也绝不是孩子的错，是父母的失职。"

夏习清咬着牙，硬生生把眼泪逼了回去，红着眼睛对周母说了一声谢谢，声音很低，哑着嗓子。

正在这时，周自珩走进客厅，看见夏习清情绪不对，立刻上前坐到他的身边，对着自己的爸爸说："爸你说什么了，你天天嚷嚷着让我把习清带回来。"他有些着急，"你都快把他弄哭了。"

夏习清抓住周自珩的手腕："不是周叔叔，我没哭。"

周爸爸委屈得不行："我没说什么啊，习清你说，我吓唬你了吗？"

夏习清被逗笑了："没有，是我太紧张了。"

周妈妈忽然抱住夏习清："唉我一看到你就好心痛，阿姨真的很心疼你。"说着说着妈妈还哭了起来，弄得夏习清手足无措："阿姨……"

"我妈又来了，我第一次跟她说你的事，她就哭了好久。"

周妈妈越哭越伤心，抱着夏习清一直摸他的后背，摸他的后脑勺，眼泪直往下流："怎么会有这么狠心的人，你是怎么长到这么大的啊……你受苦了孩子……"周自珩不停抽着抽纸隔着夏习清的肩膀给他妈擦眼泪。

这种感觉太陌生了，他几乎记不得被母亲拥抱的感觉了。

夏习清回过神，小心翼翼地回抱住周妈妈，轻轻地顺着她的后背："阿姨，我没事的。您别哭了，伤身体。"

"以后会好的。"周妈妈努力止住了眼泪，摸了摸夏习清的脸，"你们以后都会越来越好的。"

夏习清笑着点了点头，替她抹去眼角的眼泪。

他也终于理解，周自珩天性里温柔的悲悯心来源于哪里。

直到坐上餐桌，周自珩还在数落自家爸爸，周爸爸还在回忆反省，小小声地念叨："哪句话说错了呢，不是，我觉得挺好的啊……我还想了好久呢……"

“吃饭吃饭。”周妈妈夹了一筷子菜放到夏习清的碗里，“多吃点，你太瘦了。”

周自珩立刻争宠：“妈，我呢？”

“你都长这么高了你还吃什么，想长成巨人啊。”

周自珩换了目标，开始拉着周父一起说妈妈的坏话：“妈最近是不是做研究遇到什么问题了，情绪波动这么大。”

“你妈不是一直那样吗，一会儿哭一会儿笑的。”

“也是。”

看见两个大老爷们在桌子上叽叽歪歪，周妈妈也懒得搭理，凑到夏习清的跟前，低声开口：

“习清，我看过你那个直播。”

夏习清忽然侧过脸，表情有些微怔。

周妈妈笑了笑：“我看得出来你很爱他，我很放心的。唯一有一点，是阿姨对你的请求。”

夏习清愣愣地点了点头，郑重地放下了手里的筷子：“您说。”

“像爱他一样爱自己，好吗？”

元宵节的那天，在许其琛的一再邀约下，夏习清带着周自珩去了夏知许家。到的时候许其琛正在包汤圆，夏习清放下带去的红酒就开始吐槽："琛琛，你也太贤妻良母了，连汤圆都自己做啊。"

"我觉得外面做得不好吃。"许其琛低头揪了一块糯米粉团，"其实我也就是看着菜谱试试看。"

周自珩叹了口气："我什么时候能吃到习清给我做的饭啊？"

夏知许给他递了个眼神："只要你不怕被毒死，随时可以。"

两人在夏习清的背后击了个掌。

"当初是谁跟我说我这双手拿来做饭是暴殄天物的？"夏习清一脚踹上周自珩的腿，周自珩笑嘻嘻地要去拉他，夏习清说了句"边儿去"，就走到了餐厅，坐到许其琛的身边，"我帮你吧。"

"我可不吃你做的，你放一边去。"夏知许怼了一句，拉着周自珩去了客厅，"我最近新开发了一个游戏，要不要试试看？ VR 游戏，枪战类的，琛琛不喜欢，平时在家都没人陪我玩。"

"好啊。"一说到射击，周自珩就来了兴趣。夏知许拿出两套设备，给了周自珩一套，然后不知道对着哪儿说了句："0901，打开地图。"

"0901是谁？"周自珩穿上装有感应器的一个黑色马甲，戴上眼镜的瞬间，眼前的客厅完全消失，变作硝烟弥漫的战场。

调整好耳机之后，他再也听不见客厅里许其琛和夏习清的声音，到处都是枪炮的轰鸣，一个没什么感情色彩的声音出现。

"周先生您好，元宵节快乐。初次见面，我是人工智能管家，编号0901，我将作为您的游戏管理系统带您体验本次游戏。"

周自珩忽然间热血沸腾起来，可他又有些疑惑："那知许的系统呢？"

"管理员的系统也是我，您放心，我的并行操作量最高可同时执行200人的命令。"

"好酷啊。"

"现在我将帮您接入管理员的信号，你们将成为队友，祝你们好运。"

坐在餐厅远远看着两个玩起游戏就变成高中生的家伙，许其琛不禁笑起来："幸好客厅够大，不然都不够他们玩。"

"完了完了，这下周自珩被夏知许一带，真的要变成网瘾少年了。"夏习清学着许其琛的样子把手里的糯米团子合拢，可怎么弄都往外露馅，索性在掌心团了团，就这么自暴自弃地搁在盘子里，"不行，我是真的没有做饭的天赋。"

许其琛笑起来："你可以包没有馅的，也很好吃。"

"算了。"夏习清把盛着花生红豆糖馅的大碗拿过来，"我帮你把馅团成小球，你可以直接包。"

两个人一边包一边聊最近发生的事，聊着聊着，许其琛忽然开口："对了，有件事我一直挺好奇的。"

"什么？"夏习清认真地团着糖馅。

"你跟周自珩……"许其琛压低了声音，"到底谁是1啊？"

一紧张，手心的糖馅一下子被他压扁了，夏习清转过脸去看他："你、你干吗问这个啊？"

许其琛不好意思地笑笑："我就是好奇啊，你以前不都只做1吗……"

夏习清哽了一会儿，觉得自己这样太矫情了，叹了口气，干脆直接地承认了："他在上面。"

"真的？"许其琛莫名开心地握了握拳，小声说了句，"Yes！"

"你高兴什么？"夏习清一下子反应过来，"你们俩该不会是拿我打赌吧？！"

许其琛心虚地笑了一下："我们猜了好久了，一开始我也觉得你不可能会……做下面那个的。"

夏习清放下手里的糖馅，两手一摊趴在桌子上，长长地叹息了一声："没想到吧，我也有今天。"

许其琛憋着笑："没有，我就是觉得很可惜，世界上又少了一个1。"他很快又正色道，"你怎么会同意的啊，而且我觉得你们俩轮流那什么也可以啊。"

"算了。"夏习清后脑勺的头发翘起来了一根，他自己没发觉，可说话的时候会一动一动的，他压低了声音表情也很好笑，"太他妈疼了卧槽，第一次的时候我差点下不来床，两条腿直打战，坐都没法坐。"

"我这么皮实这么扛打的人都疼成那样了，你想想。"夏习清摇了摇脑袋，"算了算了，还是我来吧，周自珩应该受不住。"

许其琛有点惊讶："所以你愿意在下面是因为你心疼他？"这不是有一点惊讶，简直是大吃一惊，"天……"

"其实也还好啦，习惯就好了。我想着反正我都习惯了，就没必要让他再试一次了，谁在上谁在下没所谓。"

这样的话以前的夏习清是绝对说不出来的，许其琛比谁都清楚，夏习清是一个多么骄傲的人。

他小声地感叹了一句："原来世界上还真有为爱做0的……"

夏习清坐直身子："不许告诉夏知许。"说完，他又补了句，"还有周自珩。"他洗了个手拿出手机开始刷微博。夏习清习惯性看到一个有趣的粉丝评论会点进她的首页，有时候又从她的首页点进别人的微博，就这样刷下去，有时候能看一晚上。

许其琛正要跟他说话，看见夏习清的表情有些扭曲，于是好奇地凑过来："你看什么？"

夏习清一脸疑惑地看着他："什么是泥塑？"

"泥塑？"许其琛摇了摇头，"你不是应该比我清楚吗？"

"但是我感觉这好像……"夏习清的表情更奇怪了，"不是我理解的泥塑。"

"什么啊。"许其琛凑过去看着他的手机屏幕，那是一条微博，他把上面的微博配文念了出来，"绝色美人的心必定是冷的，连同她雪白的肌肤、被蕾丝遮蔽的双目还有纤细柔弱的手指，都是冷的，但她的嘴唇鲜活如玫瑰，美得脆弱又精致，让人忍不住……"

他咳嗽了一声，念不下去了，下面的配图是上次夏习清和周自珩一起拍双人刊杂志时躺在玫瑰浴缸里的那张内页图。许其琛尴尬地抬起头，满脸问号地望着夏习清的眼睛："这……这是不是小黄书啊？"

"我怎么知道？"夏习清退出了微博，皱着眉头，想着刚刚那条微博的形容，浑身都起鸡皮疙瘩，"现在的小女生都怎么了……"

许其琛一直都知道，夏习清不喜欢别人把他和任何女性化的形容放在一起，因为他实在是长得太漂亮，从小到大都被人议论。

虽说不介意，但是夏习清还是想不通，为什么会有人发那样的微博，下面还有那么多人转发评论。

@夏习清全网唯一一个老公：只有这等颜值才有资格泥塑好吗，亲亲我的美人儿。

类似这样的评论数不胜数，还有更夸张的。他觉得好奇，查了一下什么是泥塑，才知道原来泥塑粉也是粉丝的一种，谐音"逆苏"，喜欢对自己的爱豆进行性别转换。

"我堂堂一个……"说了一半夏习清又改口，"我堂堂一个当了二十五年1的男人，怎么会有这么多逆苏粉？这没道理啊！”

许其琛忍不住笑了出来：“你去照照镜子，看看有没有道理。”

夏习清撇了撇嘴，发出了一个嫌弃的声音。

“我真情实感地说一句啊，”许其琛不怕死地火上浇油，“上次那张白裙子小女孩的照片，真的很好看。”他努力地憋着笑，“很仙。”

“仙个锤子！”夏习清无语死了，“不许提我的黑历史。”

“哎，知许妈妈的那件裙子上次也跟着那堆杂物拿过来了欸，她说就你一个人穿过，放着也没人穿了，你要不再——”

“闭嘴。”

夏习清直接用自己的手捂住了许其琛的嘴，餐厅一下子没了声，倒是客厅吵吵嚷嚷的。

“左边左边！卧槽我快没子弹了给我一点！！”

“我去这游戏怎么这么真实，我中弹的地方好疼啊！”

“给，纱布！”

急需找个理由逃离许其琛这个暗示狂魔身边的夏习清站起来：“我去看看，弄得我都想玩了。”

刚走到周自珩的身边。

“趴下！”戴着眼镜的周自珩突然趴在了地上，身边的夏知许也是一样，吓了夏习清一大跳。

“搞什么……”夏习清坐到被挪开的沙发上，双臂环胸一动不动地看着忙得要命的周自珩，越看越觉得他好有趣，像个小孩。

过了十几分钟，游戏好像结束了，两个人气喘吁吁地摘下眼镜，周自珩一偏头就发现夏习清坐在沙发上，累得直直地扑倒在他身上，砸得夏习清喘不过气：“卧槽……你压死我了。”

周自珩嘿嘿笑了两声，抱着夏习清的脑袋超大声地亲了两下：“我赢了！”

“赢了赢了。”夏习清生无可恋地敷衍着，“给我起开。”

"啧。"夏知许嫌弃地看了他们俩一眼，本来想说一句"电子竞技没有爱情"，一看到坐在餐厅乖巧包汤圆的许其琛就忘了，脱了马甲跑过去找他。

周自珩翻了个身子躺在夏习清的身边，喘着气道："那个马甲是会模拟痛感的，刚刚我中弹了，好痛！"

夏习清瞟了他一眼："哪儿中弹了？"

"这儿。"周自珩抓住他的手放在他的胸口，"这里疼。"

夏习清往下躺了躺，挨着周自珩："那你怎么没死啊？"

"快死了，差一点。"周自珩开启了胡编乱造模式，"后来我感应到了一股强大的信念感，支撑着我获得了胜利。"

夏习清冷哼一声："你幼不幼稚。"

周自珩偏过脑袋看向他的脸："你怎么不问我什么信念？"

夏习清没辙："什么信念？"

"爱情！"说完，周自珩抱住他一通狂亲，亲得夏习清眼睛都睁不开，假装要推开他，事实上一点力气也没使，装装样子陪着他幼稚。

"咱俩打一局吧。"

"好啊。"夏习清擦了擦自己的脸，给了他一个眼神，"我干翻你。"

吃完饭两人准备回家，夏知许还想送一套游戏装备给周自珩，被夏习清拒绝了，这要是真的上瘾了他可怎么办，许其琛也拿了个袋子出来："这里面是我昨天烤的小面包和饼干，还有知许妈妈炸的藕丸，我都装好了，你带回去吃吧。"

夏习清接过吃的，怕夏知许又卖安利，拽着周自珩就跑。

两个人开着车回到家，坐电梯的时候周自珩笑着说："我吃的汤圆全是露馅的。"

"谁让你吃了？"

"我爱吃，露馅的才甜。"

"边儿去。"

回家之后夏习清直接进了浴室，外面冻得慌，他想洗个热水澡暖暖身子。周自珩在沙发上坐了一会儿，想到是不是该把许其琛给的吃的放进冰箱，于是拿了袋子进了厨房。

等到夏习清洗完澡出来的时候，发现客厅没人，他喊了一声周自珩，没人应，只好上楼，看看他是不是在卧室的浴室里。

刚推开卧室的门，夏习清就被拽了进去，都没缓过劲来就被周自珩压倒在床上。他也洗了澡，头发没擦湿漉漉的。夏习清一脸莫名其妙："你搞什么，一天压我好几次。"

"我倒是想一天压你好几次。"

对白一下子又陷入某种哲学的误区。

周自珩发丝上的水珠滴在夏习清的脸上，惹得他开始教训："头发这么湿，去吹头发。"

"不。"周自珩左右甩了甩，水珠甩得到处都是，像只刚洗完澡的小狗。

"烦死你了。"夏习清嘴上这么说，但表情却是憋着笑的，他推了一把周自珩，"起来啊，你真想压死我啊。"

"我可以起来，你得答应我一个要求。"

夏习清挑了挑眉："什么要求？"

"你先答应。"

"你先说。"

两个人就这样僵持了好久，弄得夏习清半边身子都麻了，心想管他的，他还能有什么要求，来来去去不就是那些事吗，于是心一横也就松口了："行行行，你先起开。"

"真的！你不许反悔。"周自珩从枕头下"嗖"的一下拿出一件衣服。

操。

操操操。

看清究竟是什么之后的夏习清只想两眼一抹黑当场死过去。

这不就是之前他被夏知许和陈放逼着穿的那件白裙子吗？！居然到周

自珩的手里了！！这他妈是什么神展开！！

"我要跟许其琛绝交，现在就绝交，马上，立刻！"

"乖，穿上再绝交。"

麻了半边身子的夏习清被周自珩拽着半强迫地扒光了衣服。老实说，夏习清本来就喜欢周自珩这样的脸，虽然以前没有料到他本人的性格和外形有这么大的反差，但现在能看见他做出强行扒光衣服这种禽兽不如的事，还是有一点激动的。

他忽然觉得自己好像点亮了某种奇怪的属性。

但是周自珩实在是太他妈性感了，夏习清躺在床上看一次感叹一次。

自己的眼光怎么能这么好，这么绝的小狼狗怎么就被他搞上了。就这脸这身材，谁看不发情？

一时发情一时爽，一直发情一直爽。

精神上得到满足的夏习清忽然忘记了自己正被周自珩逼着穿女装的事实，加上周自珩一边脱他的衣服一边吻他，吻得他七荤八素的，自己搂着周自珩的脖子就坐起来了。

虽然夏习清不清醒，但周自珩可太清醒了，不仅清醒还特激动。他试探性地把裙子拿到夏习清的头上，准备套下去。这是一条无袖的圆领吊带裙，又长又大的裙摆，布料不是棉质的，有些滑手。

等到周自珩要把那条无袖的裙子强行给他穿上的时候，夏习清忽然又有些反悔了，一直做着抵抗："我不穿……"

可他越是这样抵抗，周自珩心里越激动，就越是想让他穿："你穿一次嘛，就一次。"他看着夏习清的眼睛，在他抿起的嘴唇上亲了又亲，露出一副苦苦哀求的表情，"就一次。"

僵持了半天，夏习清最后还是妥协了。实在是拿周自珩没有办法。

得了他的首肯，周自珩高兴得就差飞起来了，尽管夏习清一脸的不开心，他还是像给小孩穿衣服一样把那条白裙子套在了他的身上。

"有点紧。"周自珩抱着夏习清，手绕到后面想帮他拉上拉链，可不太顺利。已经羞耻到了头的夏习清低头趴在他肩上，闷声闷气道："你这不是废话吗，我是个男的啊。"

夏习清虽然个子高挑，但并不是周自珩这样的大骨架，身材瘦削精瘦，这条裙子套上并没有太大的障碍，但拉链实在是拉不到头。

"就这样吧。"夏习清抬起头，表情有些难堪，耳朵通红，"别拉了……"

这副可怜的模样一下子就戳中了周自珩的心。当初那个让他惦记了那么多年的白裙子小姐姐好像回来了，就在他的面前任他宰割。

或许是夏习清实在不喜欢做那个被动者，又或许是他想要快点用别的情绪掩盖被迫穿上女装的羞耻，他直接搂住周自珩的脖子吻他的嘴唇。

"快点……少废话了。"

周自珩将他两条光裸在裙下的腿盘在自己的腰上，抱住他的大腿把夏习清从床上抱起来抵在卧室和阳台之间的玻璃门上湿吻，宽大的裙摆顺着垂了下来，覆盖住他的双腿。夏习清搂着他的脖子仰着脸，周自珩的舌头深入他的口腔，搅得他浑身发烫，周自珩鼻腔里湿热的气息喷洒在他的脸上，像是带着春药的迷雾让夏习清神志不清，恍恍惚惚。

"周自珩……你他妈别勾我了……"夏习清推搡他，头靠在玻璃门上张开嘴仰着脸喘息。这副样子落在周自珩的眼里，简直让他着了魔。

"到底是谁勾引谁啊，你看看你现在的样子。"

那副裹在纯白长裙里的身体随着喘息一起一伏，锁骨处的凹陷很深，被裙子的领口衬得漂亮极了，周自珩忍不住俯身舔吻他的锁骨，双手掐住变得柔软的细腰，他的吻又湿又热，在夏习清细长的脖子上留下红色的印记，吻着吻着他开始听见夏习清带着鼻音的哼叫，黏黏糊糊的，他那双修长的手指扣住周自珩的后脑，用力地摩挲着，这是他情动时最喜欢的动作。

"快点……"

周自珩仍旧残忍地不紧不慢，手臂抱着他把他的腰往前往上抬，让夏习清的胸口拱起来，然后低下头隔着布料去舔咬他的胸口，那两粒小小的乳尖在情欲的催使下凸起，一眼就能看到。

"别舔那里……"夏习清有些抗拒，"我……我又不是女人……"

"我知道。"周自珩安抚地吻了吻他的嘴唇，"我只是想让你舒服。"说完，他再一次去舔咬夏习清胸口的凸起，布料已经完全被唾液浸湿，变得半透明。他的舌头在上头打着转，夏习清忍不住轻轻颤了一下，说不出是种什么感觉，不像是难受，可也不那么舒服。

倒像是羞耻心和饥渴杂交出来的一种罪恶的折磨。

周自珩用手指掐了一把被他舔得发硬的乳头，听见夏习清毫无防备地哼叫出声："啊……"这声音和他平时说话时那种勾人的尾音不太一样，带着一股子被欺凌之后的柔弱，又颤又喘。听见这一声周自珩的脑子都热了，后背冒出的热汗粘住了睡衣，他索性将自己的衣服脱下来扔到一边，从床头柜拿了润滑液，抱住夏习清又一次深深地吻了吻，舌头伸到最里面，模拟性交的动作一进一出，夏习清浑身难受，吸着他的舌头不让他退出去。

"唔……唔……"

口水多得从嘴角溢了出来，夏习清仰着头靠在门上大口喘气，周自珩蹲下来跪在地上，撩起他的裙摆钻了进去。

"你！你干什么……啊……"羞耻心几乎冲到了头顶，夏习清想推开他，却反被周自珩握住藏在裙底的阴茎，他早就硬得不行了，被他这么一握都差点射出来。

"你下面的东西长得好看。"周自珩的声音从裙底传出来，"和你一样好看。"

"少废话……啊……"自己的性器忽然被湿热的口腔裹住，夏习清下意识咬住嘴唇，可还是不小心泄露出呻吟，周自珩的双手握着他的底端，残忍地玩弄着他的囊袋，快感一波接着一波袭来，他几乎要窒息，双手无力地垂在两边，抓住了周自珩宽阔的肩膀，"哈……啊……自珩……"

周自珩吞吐着夏习清的性器，但他并不想夏习清这么快就射出来，所以每次深入吞吐几次又停下，放着它不做任何动作，这样的玩法几乎把夏习清逼疯了："你他妈……快点……"周自珩就这么跪在裙底里看着夏习清磨蹭自己的两条腿，硬挺的阴茎轻轻地随着他的动作甩动。这一幕简直太诱人，他光是这样看着都能射出来。

把润滑挤在手上，周自珩一面舔吻着夏习清的大腿根一面把润滑剂往他的后穴抹："乖……放松点……"

夏习清努力地放松括约肌，让周自珩的手指伸进去，润滑挤得太多，穴口黏糊糊的，让人难受。等到两根手指开始顺畅起来，周自珩便多加了一根，并在一起抽插着那个湿热的甬道。夏习清几乎放弃了挣扎和隐忍，每被他的手指插进来一次便颤着声音叫出来，放浪地仰着头呻吟："啊……啊……啊……"

"……不要弄了……直接进来……快点……"

裙底又闷又热，周自珩忍得难受，出了一身汗。听到自己的爱人开始放浪地叫出来，他终于忍受不了，站起来将他翻了个身抵在玻璃门上，扶着自己的阴茎从后面戳了几次那个滑腻的小穴。光是这么戳几下，夏习清就已经开始啊啊叫起来。

真正吃进去的时候仍旧有些艰难，刚把硕大的龟头顶进去，夏习清就开始有些痛苦地呻吟，下面的小穴不自觉缩紧，周自珩扳过他的脸吻他，吻得他浑身发软，趁他放松的时候周自珩便一口气插了进去。

"啊……好胀……"

"一会儿就舒服了，宝贝。"周自珩扶着他的腰慢慢地往里送，隐忍着强烈的欲望缓慢地抽插着，白色的裙摆像是一块遮羞布，遮住了两人结合的私隐，却让周自珩更加心猿意马，他能感觉到那条湿热的甬道已经开始吸附他的性器，夏习清的声音也开始从痛苦转向食髓知味的哼叫："啊……啊啊……周自珩……快点操……"

"你说的。"兽欲一下子上了头，周自珩狠命地往里顶着，啪啪的水声回荡在安静的卧室里，连带着夏习清放浪的叫喊。

周自珩从后面舔吻他的耳朵，舌尖有意无意往里伸，他的声音被情欲磨得又低又沉："习清，你下面好热，好湿，像女人一样。"

"你……你给我闭嘴……我他妈不会放过你的……啊——"还没放完狠话的夏习清被周自珩狠狠往里顶了一下，几乎顶到了最底，他的声音忽然变得尖细，"啊……太深了……太深了……"

看到夏习清想躲，周自珩握住他的腰拖着他一起跪在地上，从后面把夏习清的两腿分开放在他的膝盖两边，身体全部贴上玻璃门，体位变换时滑出来的阴茎被再一次顶在夏习清的穴口，周自珩哑着嗓子在他的耳边喘着："习清，坐下来。"

夏习清已经昏了头，浑身没有半点抵抗的气力，试着往下坐，一点一点把周自珩尺寸惊人的性器吃了进去："哈……哈……"他的喘息喷在玻璃门上，凝成一片白茫茫的热雾。周自珩抱着他的大腿狠狠往上操弄，操得夏习清抵在玻璃上的脸一上一下地蹭着，将那片并没有持续太久的白雾通通蹭花。

"太深了……这个姿势啊啊……啊……啊……不行……"夏习清混乱地叫着，穴口的嫩肉都要被他操得翻出来，太深了，实在是太深了。他的手扒在玻璃上，试图向上想要逃出去，却被周自珩一下子拽了回来，重重地落回到那根可怕的性器上。

"啊——"

"不许逃。"周自珩额角的汗滑到了下巴，他抓住夏习清的两只手臂，逼迫着他向后反折。夏习清后背的裙子拉链在挣扎中滑到了腰上，周自珩低着头舔吻着他的后背，留下深深浅浅的吻痕。这个姿势的夏习清几乎没有任何逃脱的可能，周自珩的下身狠狠地钉在下面，每一下都戳到最里面，最可怕的是周自珩还在他的耳边说着从来不曾说过的露骨情话："你知道吗，我第一次自慰的时候才15岁，那个时候我就是想着你做的，满脑子都是你穿着这条裙子的样子……呃……每一次都是你……"

"啊……啊……"夏习清浑身打战，被他操得说不出一句完整的话，口水溢出来让他连呻吟都变得口齿不清，"啊啊……自珩……啊……"他忍不住扭动自己的腰，那是他唯一可以控制的地方，彻底被情欲操控的他放浪地扭动着，像一只发情的动物，那根又硬又烫的东西戳上了他的前列腺。

"啊！啊——"没有两下，他就大叫着射了出来，整个人像是一条艳丽的濒死的鱼，汗津津的躯体一下一下地抽搐着，下面的小穴急速地抽缩，整个人沉溺在高潮的余韵之中。

周自珩并没有就这样放过他，反而是借着他无力反抗的时机更加用力地向上颠簸操弄，挺着腰撞得越来越快。

"好爽……习清……"他沉重沙哑的喘息成了夏习清的催情药，把他变成了一个摇摇欲坠的花蕾，只能无力地呻吟，只能顺着他的动作惨兮兮地扭动。

连着撞了不知多少下，撞得下面几乎要着起来，夏习清终于感觉到周自珩抱着他的手开始有些颤，喘息声越来越急促，越来越沉，他用力地收紧肌肉，奄奄一息地转过脸，头发全都汗湿贴在额角："射进来……"

"可是……"

"快点……"夏习清皱眉的样子实在是太性感了，周自珩痴痴地吻着他的侧脸，按住他的腰狠狠地撞了几十下，终于射了出来，黏稠的精液全数射在那个湿热的甬道中。

他从后面抱住夏习清，趴在他的肩头笑着喘息："求着我射进来……是要给我生孩子吗……"

夏习清像是在笑，又像是喘气，转过头吻周自珩的鼻梁，迷了汗的睫毛无力地抬了一下，湿漉漉的眼神又软又欲，带着一丝诱人的轻蔑。

"就一次……能中吗？"

《跟踪》的票房在口碑效应下不断地攀升，打破以往沉重题材剧情片的票房纪录，成为现象级剧情片被广大网友讨论，尤其是其中的两个主角江桐和高坤，成为同人圈新的产粮目标，许多大神级别的同人画手绘制了很多同人漫画。

本职工作就是画画的夏习清每天上网看着大家画的同人画，觉得很有意思，但他也没有忘记自己的使命。宅在家里画了一整天，终于完成了上次直播说过的粉丝福利，夏习清发了条抽奖微博，附上了他拍下的画的照片，不管是夏习清唯粉、自习 CP 粉还是电影粉都疯狂转发这条微博，分分钟就破万。

到了抽奖的当天，这条微博的转发已经超过了十万。

"你说，到时候我要不要亲自把画裱好？但是我怕裱好不方便邮寄。"夏习清接过周自珩递过来的一杯猕猴桃汁，喝了一口就皱起眉，"好酸。酸死我了。"

"我尝尝。"听见周自珩这么说，夏习清立马把手里的杯子递还过去，谁知周自珩直接拉着他的毛衣领口把他拽过去吻上来，稀里糊涂又被他亲了，夏习清真觉得自己情场老手的地位不保。

"挺甜的啊。"周自珩憋着笑挨着夏习清，靠在他身上。

夏习清用手背擦了擦嘴："那么大的沙发非得挤我，你是不是存心跟我过不去。"越说周自珩越起劲，两只胳膊一伸把夏习清抱在怀里，抱得紧紧的："过得去过得去，要过一辈子的。"

这话说得夏习清脸上发烫，拿手推了一下又推不开，干脆懒得动弹任他抱着："哎我刚刚说的话你听见没？"

"抽奖送画的事？"周自珩扁了一下嘴，"你也太宠那些粉丝了吧。你什么时候也宠宠我？"

我还不够宠你啊，我他妈都为爱做0了好吗。

"那就不裱了。"夏习清背靠进周自珩怀里，脑袋倚在他锁骨那儿，舒舒服服地歪在他的身上玩手机。

"我想去旅游。"周自珩忽然开口，"我们俩都没有一起出去玩过。"

夏习清一边看评论一边回他："去哪儿都是人，咱俩一出门准跟猴子似的被人盯，拿手机咔咔咔拍照。不想出去。"

"我们可以去国外啊。"周自珩两只手轻轻捏着夏习清的耳朵尖，"去大溪地？你喜欢海吗？"

夏习清没回答，还在认真地看手机，这弄得周自珩有点不开心："别看手机了。"伸出两只手捧着他的脸逼着他抬头，"看我。"

这个姿势不禁让夏习清想到了上次直播时周自珩进来吻他的场景，心尖动了动，就这么倒着盯着他那双深邃的眼睛。

周自珩见夏习清眨了眨眼，正准备说话，夏习清却伸着脖子就着这个姿势亲了他一口，然后翻过身子躺倒在沙发的一端，笑得很甜："我可以带你去个地方。"

他用的不是"和你一起去"，而是"带你去"。周自珩觉得有些奇怪："什么地方？"

"好地方。"夏习清坏笑着把光着的脚蹬上他的胸口，还屈着腿晃晃悠悠地蹬了两下，"去不去？"

周自珩不说他，他就越蹬越起劲，笑得像只坏透了的狐狸。周自珩抓住他的脚踝慢条斯理地揉了两下，隔着薄薄的白皙皮肤揉捏圆润的踝骨，夏习清眼看着他抓住自己的脚往上抬，便顺势绷直了脚，手倚着头笑着用脚尖钩了钩周自珩的下巴。

就这么一个动作，周自珩脸上软绵绵的笑终于没有了，抓住他的脚猛地一拽，原本枕着沙发的夏习清被他拉住往下，倒在沙发上，任他松手之后，膝盖搭在周自珩的肩膀。

周自珩的手顺着大腿滑下来，似笑非笑地望着夏习清："我喜欢这个姿势。"

躺倒的夏习清也跟着笑起来："我好像找到你的开关了。"

从奶狗变成狼狗的开关。

休假期间的周自珩每天换着花样给夏习清做好吃的，夏习清一开始还钻厨房帮他打下手，可自从打鸡蛋时连着三次把蛋壳打进碗里，周自珩就再也没有让他进过厨房了。

"啊，要开奖了。"夏习清自言自语地走到餐厅，拉开一张椅子坐上去查看微博抽奖的结果。

微博抽奖平台自动发布了中奖人的名单，抽中的 ID 名字有些奇怪。

"我最讨厌楞次定律……这是什么鬼 ID 名啊？"

他该不会是抽中假粉了吧。夏习清皱着眉头点进那个 ID，一开始没觉得怎么样，看清头像的时候愣了愣。

这个头像……他点击显示大图。

照片上是并拢的手指，无名指的内侧上有一朵黑色的用签字笔画上去的小玫瑰。

这、这怎么可能……

他一下子抬起头，扒在桌子上去看厨房里的周自珩。当时他随手那么一画，能拍到的人只有周自珩啊。

操。这不会是周自珩的小号吧……

这个抽奖平台是开过光吗？

手机被他搁在餐桌上，夏习清两腿屈起坐在椅子上，焦虑地思考了一分钟，决定还是把这条微博删掉，装作无事发生，重新抽一条。

对，就这么办。

夏习清再一次打开微博的时候，这条开奖微博的下面已经有一千多条评论，转发也快一千了，他看也没看赶紧删了，也没有发什么解释的微博，直接进行第二轮抽奖。好在这一次抽奖抽中的是一个普通的粉丝，ID 叫作"夏习清和周自珩什么时候结婚"，一看就是 CP 粉。

短短一分钟内经历了大风大浪的夏习清同学赶紧转发了这个开奖微博。

@Tsing_Summer：恭喜这位小朋友，请把你的地址和联系方式私信给我。谢谢大家的参与~

很快评论区就被占领。

一盒糖："不对呀习清哥哥，刚才第一个抽中的不是她！"

一只垃圾人 回复 @一盒糖："对！我也看到了我还截图了！为什么后来删掉了呢？（分享图片）"

自习女孩冲鸭："今天的我又酸了……但还是要恭喜呀！这个小天使好幸福啊。"

一个叫明霁的姑娘 回复 @一只垃圾人："这个人的 ID 好可爱啊哈哈哈，为什么要讨厌楞次定律，是个学渣吗哈哈哈。"

今天也自习了 回复 @一只垃圾人："这个头像……怎么觉得那么眼熟呢？"

幕阿姆 MUMU 回复 @一只垃圾人："啊啊啊这个头像！我记得自珩出席活动的时候手上也有一个这样的玫瑰花！我去找找照片！我看到过！"

海盐奶盖阿华田："珩粉小声逼逼一下，自珩的手上好像也有一个这样的小玫瑰花，在手心那面的无名指上。"

幕阿姆 MUMU："啊啊啊啊啊我找到了！！！就是这个小玫瑰花！妈妈看我发现了什么！（分享图片）"

98K 给你 回复 @幕阿姆 MUMU："啊啊啊啊啊啊啊啊啊啊啊啊啊啊啊啊啊啊这是文身吗是文身吧！！！"

爱自习的曼曼 回复 @幕阿姆 MUMU："天哪这个文身和这个头像一模一样！就是颜色不同，一个黑色一个红色。"

自习女孩一飞冲天 回复 @幕阿姆 MUMU："姐妹你发现了华点！！！所以这个号是不是自珩的……"

自习女孩绝不认输 回复 @自习女孩一飞冲天："姐妹你跟我想到一块去了！！所以习清哥哥才会在第一时间删掉开奖博，不然他为什么要删掉而且完全不解释，一定是他发现了中奖的是自己老公的小号！！！我这个逻辑盘得对不对？！"

墨晨 回复 @自习女孩绝不认输："秀儿！！请您坐下！！"

方笑笑笑笑 回复 @自习女孩绝不认输："我刚刚看了一遍那个小号，资料上的生日是10月20号，所在地是北京，有一条微博好像带了定位，显示的是 P 大，而且这个号发了很多物理相关的微博，和周自珩有百分之九十九的吻合度！"

优秀的弹弓选手 回复 @ 方笑笑笑笑：“姐妹你太优秀了！我要去看小号了告辞！”

自习怎么还不结婚 回复 @ 方笑笑笑笑：“啊啊啊啊啊我的天哪！真的是珩珩吗？？？”

就这样，周自珩同学藏了三年半捂得严严实实的小号因这次乌龙抽奖事件曝光了。小号里一共有八百多条微博，三分之一跟他的大学生活和学术研究有关，还有一部分是讨论时事，也有吐槽拍戏时候遇到的事。不光网友在看，夏习清也跟着看了起来。

@ 我最讨厌楞次定律：打完篮球赛的第二天，抬不起胳膊。

@ 我最讨厌楞次定律：怎么回事，今天的实验器材没有一个顺手的，难不成泡利效应找上我了？？？（配图：生活 rua 弄我这只小猫咪 .jpg）

@ 我最讨厌楞次定律：如果我今天能把期中 pre 的 PPT 赶出来，我就奖励自己……算了我能赶出来才是有鬼了。

@ 我最讨厌楞次定律：其实物理学家都长得挺帅的（年轻的时候），但是每次看到他们老了之后的照片我就非常担忧我的头发，尽管我的发量一直很多，但是谁不知道物理使人丑陋的至理名言呢？这坚定了我不能靠脸吃饭的决心。（配图：今天也要加油鸭 .jpg）

@ 我最讨厌楞次定律：月球被地球潮汐锁定——单恋，冥王星和卡戎相互潮汐锁定——双箭头。总结，地球这个小渣男。

什么啊，这小家伙也太可爱了吧。从后往前翻的夏习清看了一眼时间，这些都是周自珩18岁的时候发的，光是看文字，夏习清都能想象到周自珩当时的样子。

@ 我最讨厌楞次楞次定律：有很多理想算不算贪心？会为之努力应该就不算了吧。

果然一直很贪心。夏习清笑着翻了翻，翻到了一张纯配图，无文字的微博。

@ 我最讨厌楞次定律：（分享图片）

照片上是一束用纸叠成的玫瑰花，被插进一个花瓶里。夏习清抬头看了看餐桌，和照片里的一模一样。原来大二的时候他就已经搬进来了。

@我最讨厌楞次定律：遇到了一个很可怕的人。（配图：溜了溜了 .gif）

@我最讨厌楞次定律：深夜灵魂拷问——为什么会有人的外表和内在这么不符？

嗯？

夏习清看了一眼时间，三月份。

是说他吗？

@我最讨厌楞次定律：不理解为什么大家都会真香，难不成真的和墨菲定理一样这么神奇？

@我最讨厌楞次定律：录一次节目死大半脑细胞，但是这不要紧，要紧的是一再掉坑。吃一堑长一智啊。

@我最讨厌楞次定律：忽然 get 到了艺术存在及发展的必要，科学是推动世界不断向前探索发展的动力固然没有错，但是艺术是人类内心深处本能的对于美的追求，如果仅仅只是扩张型探索外部世界，而忽略对内心的开垦，那人类也就真正成为内在一片荒芜的碳基生物了吧。

还有这种觉悟呢。夏习清不自觉笑了出来，觉得周自珩实在是太有趣了。

@我最讨厌楞次定律：原来我也有内心这么不坚定的时候。

中间隔了很长一段时间都没有微博，时间大概是录制完第一期《逃出生天》后。

删了吗？

再往后翻，看到下一条的时候，夏习清愣住了。

@我最讨厌楞次定律：成了共犯。

共犯……他看了一眼时间，是第二期《逃出生天》录完之后，他隐约记得商思睿还叫他们俩一起喝酒，玩真心话大冒险……

@我最讨厌楞次定律：小王子忍受不了玫瑰的任性和高傲，所以离开了他的星球，地球上开满了玫瑰花，却都不是他想要的那一朵，意识到的时候再回去找，被抛弃的小玫瑰已经等到枯萎了。不要让自己后悔，拥抱一朵玫瑰需要耐心。

@我最讨厌楞次定律：这个剧本光是看看都觉得难过，可是如果他不和我一起演，我就更难过了。

@我最讨厌楞次定律：为什么他穿什么衣服都那么好看？真是奇怪。

@我最讨厌楞次定律：武汉的小吃很好吃，长江大桥很好看，武汉的民国建筑也很棒。最重要的是，xxq 说武汉话的样子真的太生动了，原谅我贫乏的措辞。

@我最讨厌楞次定律：力的作用是相互的，感情一定也是这样。只要我付出得够多，总能得到回报。

看着看着，夏习清的眼睛忽然模糊了。他只要稍稍想象一下周自珩当时的状态，就觉得心脏好难受。其实那个时候的自己也很痛苦，不想害了他，不想再把他拖进泥沼里，可又沉溺在他的温柔里走不出去。

自私又残忍。

@我最讨厌楞次定律：！！！！！！！！！！！！！！！！！！！！！！！！

还没来得及从悲伤里走出来，下一条微博忽然变成一连串的感叹号，还有几条评论，之前的微博都是他一个人自娱自乐而已。夏习清好奇地点进去，发现还是周自珩在自说自话。

@我最讨厌楞次定律：我要记住这一天！

@我最讨厌楞次定律：怎么克制过于亢奋的心情，沉迷爱情，无心工作。

@我最讨厌楞次定律：为什么他这么快就杀青啊……想回北京……

@我最讨厌楞次定律：明天回北京！！！

夏习清整个人都暖洋洋的，偷偷摸摸自言自语的周自珩太可爱了。

@我最讨厌楞次定律：真香定理诚不我欺。

@我最讨厌楞次定律：坐在自习室里的我无心学习，周围都是疯狂刷题的小伙伴而我只想回家。明天一定要好好看书。

@我最讨厌楞次定律：今天 zzh 好好看书了吗？没有。

@我最讨厌楞次定律：早上第一节课是魔鬼！我不想起床，早晨的 xq 抱起来又软又热乎，我不想上学！！！

@我最讨厌楞次定律：天台上冻得我头掉，想拍张照片怎么这么难？全息投影也很难搞，不过还是没有 xxq 难搞。

"你才难搞……"夏习清自言自语，谁知周自珩忽然端着炖好的砂锅牛肉走到餐厅："你说什么呢？"

"啊？"夏习清心虚地放下手机，"没什么，没什么。饭好了？"

"差不多了。"

夏习清不知道应该怎么告诉周自珩，他的小号已经被所有人围观了的事实，但躲得过初一躲不过十五，而且……

他盯着周自珩的脸，把他和小号里那个小可爱一挂钩，觉得又可爱又好笑。于是忍不住站起来勾住周自珩的脖子，在他脸上亲了好几下。

周自珩不由得笑起来，两手搭在他的腰上："你怎么了，这么开心？"

"没有。"夏习清压着嘴角，但嘴角还是疯狂上扬。

"明明有。"周自珩低头咬了一下他的嘴唇，"说不说？"

"真没有。"

"快说。"

"嗯……"夏习清眼睛转了一下，松开了自己的手，"自珩啊……"他为着措辞犹豫了好久，但还是不知道怎么跟他解释，于是一屁股坐回椅子上，淡定地舀了一勺牛肉塞进嘴里，轻描淡写地开口，"你自己去微博看一下吧，事先声明，跟我没关系。"

是你自己非得拿小号转发抽奖的。

周自珩不明所以地坐到了他的对面，拿出放在口袋里的手机打开了微博，条件反射地去看热搜排行榜。

"卧槽……"

夏习清发誓，这是他第一次听见周自珩爆粗口。

今天八卦了吗："周自珩小号被网友扒出。大家来品一品，这是什么可可爱爱大男孩啊！理工男式吐槽，不想上学，超级真实了！"

一只直立行走的骆驼："好绝一男的。非粉，就是感觉这种男生好可爱啊，完全不是娱乐圈第一 Alpha 的总攻人设啊。"

刀夭夭："天哪这个 ID 名好戳我的萌点，周自珩是什么超绝可爱小天使啊！"

自习少女："你们从后往前翻他的微博，会收获一个'从一心只读物理书到日渐恋爱脑'的小可爱！今天的我也为绝美爱情而哭泣！！！"

有钱大可爱："'地球这个小渣男'哈哈哈哈哈这是什么理科小天使才能说出的冷笑话啊，又可爱又苏这个男人简直绝了。"

萝北萝北："天哪我酸了，理科小男友的即视感，后面变得越来越恋爱脑简直甜哭我！"

眉中星月："他说习清哥哥怎么看都好看的时候真的太苏了，今天也是柠檬精了5555还有他的简介——我有一朵小玫瑰。说的是习清哥哥吗，天哪珩珩怎么这么甜哪。"

自习女孩绝不认输："我的妈呀怎么可以这么甜，一个逐渐真香的过程呜呜呜。周自珩真的很爱夏习清。"

结衣衣衣："不想上学无心工作，简直看到了我自己。可是我的床上没有一个又软又热乎的习清哥哥呜呜呜呜呜，酸了。"

昆仑君："看他的微博中间有一段消沉期，大概是求而不得的那段时间？还有楞次定律这个 ID 好微妙啊，楞次定律不是指电磁学里面'来拒去留'的规律吗？结合一下他发的微博，大概是想说讨厌恋爱时候那种欲拒还迎的拉锯感？这样一想觉得他真的蛮喜欢夏习清的，还有他的头像，有没有可能是夏习清给他画的花，后来他把这朵花文在手上了，只是猜测。"

按着自习的头让他们拜天地 回复 @昆仑君："卧槽大佬！！呜呜呜周自珩真的好绝，谁会不爱上周自珩？？这是什么神仙爱情啊！！！"

珩珩超 A："'物理使人丑陋''我不能靠脸吃饭''真香定理诚不我欺'，哈哈哈哈哈哈周自珩怎么这么一本正经地沙雕啊，还好意思说'怎么会有外表和内心这么不符的人'，求求你看看你自己好吗？"

娱乐圈第一总攻 回复 @ 珩珩超 A："哈哈哈哈哈哈哈哈哈哈哈哈求求周自珩睁开眼睛看看自己。"

周太太是也 回复 @ 娱乐圈第一总攻："姐妹你应该改名字叫娱乐圈第一小可爱哈哈哈哈。"

自习上天了："关键是这个掉马的过程也很沙雕啊哈哈哈哈，大帅哥居然用小号转发自己男朋友的抽奖博，而且还他妈中奖了哈哈哈哈哈，藏得好好的小号就这么被自己男朋友给捅出来了哈哈哈哈哈，这个梗我能笑一年。"

搞自习我们就是姐妹："珩珩就是吃醋吧，他就是不想让习清哥哥的画落到别人手上！抽奖博转了几十条笑死我了哈哈哈哈！"

习清哥哥我可以："你们去看他的点赞，全是点赞的和习清哥哥的 CP 博，还点赞了一条 diss 三清 CP 的微博，哈哈哈哈什么东亚醋王啊哈哈哈哈，让你吃醋啊，翻车了吧。"

周自珩"哐当"一下把手机倒扣在桌子上。

"完了完了……"

一世英名就这么毁于一旦。

谁能想到他的人设竟然是以这种离奇的方式崩塌的？这谁能想到？？？

夏习清憋笑憋得肚子疼，扶着桌子到周自珩的身边趴在他的肩膀上笑个不停，周自珩又气又尴尬，这下自己做的那些事被所有人知道了，实在是太丢人了。

"你还笑。"周自珩仰天叹了口气，悔得只想拿头砸墙，"你能不能不笑了。"

"好好好，不笑不笑。"夏习清拍了拍自己的脸，努力地调整表情，手伸过去扳周自珩的脸，刚扳过来对着他，又忍不住"噗"的一下子笑出来，

“哈哈哈哈哈哈哈……”

“你……”

“对不起对不起。”夏习清捂着肚子向他道歉，眼泪都笑出来了，“你太可爱了，真的，你怎么这么可爱。”他重复着周自珩在小号里的话，“遇到了一个很可怕的人，我有那么可怕吗，嗯？”

“你别说了。”周自珩根本不忍直视。夏习清凑到他跟前亲了他一口：“讨厌楞次定律的小天使，喜欢做我的共犯吗？”

又来了。又是这种撩拨的语气。

周自珩感觉自己回到了刚遇到夏习清的时候。

“你怎么这么奶啊～”夏习清抱着他的脖子，笑个不停，“每天都不想上学，每天还是认认真真背着书包去上课了，不行，我要笑死了，你真的太可爱了。”说完，他又开始笑起来。

“你是觉得我幼稚吧……我有时候是很幼稚。”

五岁的年龄差一直是周自珩的一个心结，他努力地抹平他们因为年纪而产生的各方面落差，努力地更成熟一些。但时间是客观的，不为意志而转移。

夏习清捧着周自珩的脸，额头抵上他的额头，眼神温柔。

“别人都说，永远不要陪着一个男孩子长大。浪费时间，浪费感情，为他人作嫁衣。”

他的声音像是跌入香槟里的一枚冰块，落在了周自珩的心里。

“他们骗人。”

夏习清缓慢地眨了一下眼，睫毛轻轻地颤动：“11岁那年在公园遇到你的时候，我就应该把你偷走。”

“好后悔呀。”

掉马事件发生后，“周自珩人设崩塌”的词条就没有离开过微博热搜，小号围观的人越来越多，周自珩慌得一批，连课都翘了。

蒋茵知道这件事又气又好笑，打电话把他骂了一通："你知道我们多不容易才让你这个总攻人设立得这么深入人心吗？我真是服了你了，真的。"

"我又不是故意的……再说了，我本来就不想立这个人设。"

"不立这个人设你在大家的心里永远是那个童星，一直是一个小孩子。"蒋茵无奈地叹口气，"算了算了，好在现在大家都只是在笑你。"

好在？？？笑我还是好事吗？周自珩感到了极大的耻辱。

蒋茵又道："公司这边会帮你盯着，你的小号暂时不要更新了，恋爱相关的删掉，以防万一。"

"我不想删。"周自珩皱着眉头，听见门外有动静，于是从沙发上起来走到玄关，看见刚从外面回来的夏习清，鼻尖冻得发红，二话不说就上去抱住他，用自己暖和的脸去贴夏习清的脸。夏习清见他拿着手机好像在打电话，也就没有说话，任由他捧着脸。

"那你把账号给我，我给你删。明星小号曝光后续都没有好事的，很容易被人利用。"

夏习清隐约听到了"小号"两个字，又忍不住笑起来，抓着周自珩的肩膀靠在他身上笑个不停。

周自珩觉得自己身为攻的尊严一点点都没有了。

"你之前不是准备了 vlog 吗，你现在发出来，我买个热搜抬上去，把小号的事压一压。小号的事我和团队再讨论一下后续引导方案，就先放那儿。"蒋茵叹了口气，"你怎么这么不让人省心啊你。"

周自珩扁了一下嘴权当无声的抗议，笑够了的夏习清凑上来轻轻啄了两下他的嘴，学着蒋茵的语气对口型：你怎么这么不让人省心啊你。

挂断电话之后，周自珩把手机塞兜里，一下子抱起夏习清。

"哎哎你干什么啊！"

"你还笑！"周自珩抱着他转了好几圈，走到沙发边把他放倒，自己也跟着压在夏习清的身上，"还笑我吗？"

夏习清一点也不怕他，仍旧笑个不停："笑怎么了，我就要笑。"

周自珩丧气地压着他，像个巨型石板一样压得夏习清喘不过气："快起开，咳咳，我都能演胸口碎大石了。"听他这么说，周自珩又有些不舍得，于是自己翻了一下滚到了羊毛地毯上。

"哈哈哈哈哈你干吗啊。"夏习清坐起来拿脚蹬了一下像尸体一样趴在地毯上的周自珩，"没事，人设崩就崩呗，又不是什么大事。"

周自珩的脸贴着地，声音闷闷地传来："这回丢脸丢大发了。"

这委屈劲，夏习清又差点没绷住笑他。他伸脚轻轻踩着周自珩的背："没有，大家觉得你可爱。"想到刚才蒋茵的话，夏习清赶紧转移了注意力，"对了，你嫂子不是让你发 vlog 吗？你快去发啊，别在这儿磨蹭半天又给忘了。"

周自珩不情不愿地上楼去了书房，把自己的笔记本电脑拿下来。夏习清正在和策展人通电话，他就自己坐在沙发上，把已经剪辑好的 vlog 用微博大号发了出去，同时也分享在了 B 站。

"等会儿要去参加 × × 奖的颁奖礼对吧。"夏习清挂掉电话，走过来从茶几上拿起咖啡喝了一口。周自珩这才想起来："对，我们得去做造型了。"

本来还准备看一下弹幕的，没时间了。

其实 vlog 也没有什么特别的内容，主题就是"周自珩的一天"，用视频记录下他从早到晚的生活。录制 vlog 的内容也是经过蒋茵挑选过的，之前签了一个顶级蓝血代言，为了让 vlog 出来的时候可以为这次代言做隐形宣传，蒋茵特意让他把 vlog 安排在去拍品牌宣传广告的那一天。

B 站的弹幕多到几乎糊住整个屏幕。

视频的第一个镜头是床头边的闹钟响起来，周自珩伸手去关掉，又把手拿回来盖在自己的脸上，转过身子手脚并用地抱住一大团"被子"，抱了好几分钟才坐起来。

"啊啊啊啊啊啊啊啊珩珩抱的一定是习清！！"

"啊啊啊啊啊啊啊上来就是狗粮我的妈耶！"

"习清睡觉喜欢蒙着头吗？"

"说不定是周自珩为了拍视频把他藏在被子里的。"

"哈哈哈哈哈哈哈哈哈哈藏被子里那个笑死我了。"

"好甜啊啊啊啊啊我的自习怎么这么甜啊啊啊啊！"

下一个镜头是周自珩站在浴室洗漱。头发睡得翘了好几缕呆毛，他就这么闭着眼睛低着头刷牙，仔仔细细刷了好久。洗完脸之后的周自珩用手拿起摄像机，对着镜头照了一下，很小声地说："我的头发怎么……这么乱。"

"呆毛才是本体哈哈哈哈。"

"上次习清直播的时候也是有一小撮呆毛，超级可爱。"

"呆毛夫夫哈哈哈哈。"

等到他走出房间，声音才变大了："大家好，我是周自珩。"

"刚刚声音那么小是不是怕吵醒习清哥哥啊？"

"嘤嘤嘤好甜，珩珩是不是太宠了一点。"

"自习的糖已经多到我吃不过来了真的。"

他一边扶着楼梯下楼一边拿摄像头对着自己："其实我也是第一次拍vlog，答应了大家的10亿福利。"他的眼睛偶尔撇一下地面，生怕自己踩空台阶，"然后现在是……"他眯着眼睛望向客厅的时钟，"早上六点十五分，我等一下有一堂课，八点上课。对。"

"哈哈哈哈哈哈哈哈又要上学了啊哈哈哈。"

"哈哈哈哈哈周自珩逃不掉的上学梗哈哈哈哈哈哈。"

"早上的第一节课是魔鬼！早晨的习清又软又热乎我不想上学！！！"屏幕刷满了这一条。

"哈哈哈哈哈你们再刷珩珩要哭了。"

这时候，视频里的周自珩已经自言自语走到了餐厅："我一般早上是自己做早饭的，早饭很重要。"说完，他直视镜头，一本正经地重复了一遍，"早餐真的很重要，知道吗？要好好吃早餐。"

"这是什么爸爸口吻啊好可爱！"

"妈粉女儿粉无缝对接，我爱周自珩！！"

"我得去准备一下食材。"他用手遮住镜头。

　　屏幕再次亮起的时候，周自珩已经站在了厨房的流理台前，正在切培根，切好了六片之后，他将剩下的整块培根放回到保鲜盒里，拿出一个牛油果。

　　"这个你们会切吗？我可以教你们。"他一手握着牛油果，一手拿刀放在它的中间部分，"在这个中位线整个划开，"他很快又蒙蒙地反问自己，"中位线？"

　　"哈哈哈哈哈哈哈哈中位线是什么鬼啊理科男！"

　　"中位线我笑爆哈哈哈哈哈。"

　　"周自珩是我见过最可爱的理科男，太可爱了。"

　　不管了。周自珩绕着整个牛油果划开之后，把刀放下来："然后抓住两边，这么一转，看，中间这个核就出来了。"说完，他把牛油果放在菜板上，用刀切成片，一边切一边小声地自言自语，"其实我不是很喜欢吃这个，而且……"他转过脸对着摄像头，"牛油果的营养价值也没有很高。我在网上看到很多减脂餐的菜谱里都有牛油果，当时我就想……"他的脖子有些酸，仰了仰头又低下来，"这玩意能减肥才是有鬼了。"

　　"名台词哈哈哈哈哈有鬼了。"

　　"我能赶完才是有鬼了哈哈哈哈哈哈又想到了小号里的珩珩。"

　　"我也不喜欢牛油果，但是珩珩切得好好看哦。"

　　"不喜欢为什么还要吃呢？"

　　"因为某个人喜欢啊！"

　　"某个人喜欢的别跑！姐妹你真相了！！！"

　　说完，他又开始絮絮叨叨："牛油果的脂肪含量比榴莲还高，营养成分也没有很特别的。之所以会这么火，都是营销炒作，给了它一个低脂高营养的……果设。"周自珩似乎还挺满意自己新发明出来的词，笑得很开心，"反正，这个营销案例成功得让本来卖不出去的牛油果在全世界走红了，堪比世纪骗局钻石。"

　　"好一本正经地在科普啊哈哈哈哈。"

"地球是个小渣男，牛油果是个小骗子哈哈哈哈。"

不过很快他又小声逼逼："啊，辱钻了……"

"辱钻了都会哈哈哈哈哈，这是什么可可爱爱网瘾少年啊！"

"辱钻了哈哈哈哈哈哈哈这是什么饭圈用语啊哈哈哈。"

"牛油果黑粉——周自珩。"

"我每次想科普都会被骂不够浪漫。"周自珩抬头笑了笑，另一个锅里的水煮开了，他用勺子搅和了一下，搅出漩涡之后在中心磕了个蛋，"这是水波蛋。"

"肯定是想给习清科普，然后就被小画家嫌弃哈哈哈哈。"

"小画家：我就是喜欢牛油果，你想怎样？珩珩：喜欢喜欢，吃还不行吗？"

"脑补出了画面哈哈哈哈哈哈哈哈。"

"叮"的一声，面包片烤好了。周自珩拿出烤好的两片吐司放在两个盘子里，放上三片煎到焦脆的培根片，煮到半凝固的蛋放上去的时候一晃一晃的，白嫩中隐约可见黄色的溏心，再摆好牛油果片和对半切开的圣女果，撒上薄薄一层胡椒粉。最后把洗好的蓝莓和草莓丁放进早就倒好的酸奶里。

"我的妈呀看一个明星日常 vlog 我居然能看饿。"

"好饿，我去泡个面。"

"周自珩居然这么会做饭！！！神仙小男友！！"

"好了，这就是早餐。"周自珩端起其中的一盘放到餐桌上，"其实我来不及的时候也会下面条或者吃麦片，但是今天要录视频，得有排面一点。"

"哈哈哈哈哈哈很真实了小老弟！！"

"哈哈哈哈哈哈有排面有排面！！！"

"还有一盘呢？"

"还有一盘一定是给习清哥哥的！！！"

"想到习清哥哥上次直播的时候说'做早饭的人差点迟到'，哈哈哈说的就是珩珩吧。"

"呜呜呜呜呜我酸了，这是什么绝世好男友啊呜呜呜。"

镜头切换的时候，周自珩已经在穿外套了。

"现在是七点二十八，我准备出门了。"他拿起放在玄关柜子上的包，侧面的保温瓶掉了下来，周自珩赶紧捡起放回去，"这是咖啡，早上听课比较困，容易睡着。"

"哈哈哈哈和我一样。"

"上学的时候不能没有咖啡哈哈哈哈。"

"这个书包上次直播的时候也出镜了！！！"

再下一个镜头则是周自珩从驾驶座出来，背着书包关上车门："我其实也不愿意开车来学校，但是我试着坐过一次地铁，被认出来了很尴尬。我的身高实在是太好认了。"

"一米九二的路人也很少啊哈哈哈。"

"谁能想到这个总攻身高的小朋友每天偷偷摸摸想的是不想上学呢哈哈哈。"

进了教室，周自珩自动地坐到了教室的后排，把摄像机放在桌子的一角，从包里拿出一个眼镜盒，把里头的黑框眼镜取出来戴上："我平时不会戴眼镜，上课的时候要戴。"

"好乖啊！！！黑框眼镜太乖了！！"

"妈呀这个课件看着就好难……完全是天书。"

"珩珩你看！你们教授的头秃了！！！"

"哈哈哈哈哈过分！珩珩发量多着呢！"

上课的部分全程都是加速的，算下来大概只有一分钟的时间。

"下课了。"周自珩看了一眼手表，"我现在要赶去拍摄地，有一个新的代言要拍一组宣传照。到时候应该还要飞去国外拍宣传视频，好像是新西兰，还没定。那一会儿见。"周自珩的手掌再一次遮住屏幕。

镜头切换，周自珩已经做好了造型："今天是狼奔头，都吹上去了。"

"啊啊啊啊啊啊狼奔帅炸！！！宇宙第一 Alpha！！！"

“卧槽连狼奔头都知道？！真·网瘾少年哈哈哈哈。”

“这个发型最 A 了！！！”

他摸了一下自己的发际线，身后的发型师笑道：“没有后移没有后移，放心哈哈哈。”

“发型师是不是也偷偷看了小号！！！”

“发型师看小号的别走哈哈哈哈哈。”

“珩珩说了不能靠脸吃饭！！秃头就秃头嘛哈哈哈。”

视频里的周自珩也跟着发型师笑起来，用镜头展示了一下他的上衣，一件灰色的衬衫。

“这件的领口是专门设计成这种松松垮垮的样子，不是我不好好穿衣服啊。”造型师又拿来一条很细的黑色领带，搭在周自珩的脖子那里，简单打了一个结，然后给他戴上了一副金丝眼镜。

“卧槽好帅！！！我可以！！！”

“姐可妹亦！！！”

“总攻！！！禁欲系！！！”

“你们想想他的小号哈哈哈哈还禁欲吗哈哈哈哈哈哈哈哈哈哈，我不想上学！！！”

“这是我的第一个造型，等会儿可能要拍五套。”周自珩站起来，拿着摄像机从化妆室走到摄影棚，“这个摄影棚很酷吧，红色的灯。”他来到摄影师的身边，这次的摄影师是法国的著名摄影师，四十出头的一位金发男人。周自珩拿着摄像机开口：“Hey Lucien ~ ”

“英文好苏！！”

“英音！！！我喜欢！！！”

“卧槽这口英音和他这套造型也太搭了吧，无敌绅士了！！”

“Hey！”摄影师侧头，周自珩调整了镜头变成自拍模式走到 Lucien 的身边，两个人一起入镜，用英文聊了一会儿。

“周自珩的英语真的好好，口语好正！”

"怎么说也是 P 大的啊，而且他高中成绩就很好！"

"毕竟是英语也可以拉分的牛逼理科生！"

"嘤嘤嘤太苏了，听说习清哥哥是佛罗伦萨美院的，想听习清哥哥说意大利语！！"

"啊啊啊啊啊脑补了一下意大利语！！！好苏！！"

周自珩和摄影师的聊天被 Lucien 的助理打断了。

"我其实一直想学法语。"周自珩独自走到一边，化妆师帮他调整着造型，"但是没有时间。"不远处有人叫他的名字，周自珩抬起头，"要拍了吗？好。"

"妈妈不允许你学法语！去找夏习清学意大利语！！！"

"哈哈哈哈哈好刚一珩母。"

"哈哈哈哈哈哈哈学意大利语！！！"

"一会儿见。"

拍摄过程并没有录在 vlog 中。下一个镜头直接是周自珩坐在车上吃饭，他的头发和刚才的发型又不太一样了，变成了括号刘海。

"啊啊啊这个造型好嫩！！小奶狗！！"

"珩珩妈妈爱你！！！多吃一点！！！"

"这是我的下午餐，刚刚拍摄来不及吃饭，连续拍了三个半小时。"周自珩展示了一下自己的手机锁屏，"现在是下午两点半。"

"辛苦了我的儿！！！"

"卧槽锁屏！！！"

"锁屏是什么？！"

"倒回去看了好像是一个人的侧脸，太糊了，好像是在飞机上拍的，是飞机的小窗！"

"啊啊啊啊啊是习清哥哥吧！！！飞机上睡着的习清哥哥！！"

"这个侧脸很像！！构图好漂亮哦光线特别美！一束光正好打在习清哥哥胸口！！"

“珩珩！！！快把妈妈儿媳妇的私房照放出来！！！”

视频里的周自珩还在继续吃饭："因为我最近在健身，所以吃的都是这些。"他调整了一下镜头，碗里是切成条的牛排、水煮西蓝花和白煮蛋，切成块的胡椒煮土豆和一盒水果，"很难吃，但是我必须吃完，为了我的腹肌。"

"哈哈哈哈哈儿子咱不是说好不靠脸吃饭的吗？"

"哈哈哈哈说一套做一套的男人！"

"人家的腹肌有别的用处好吗！！"

拍摄结束后卸了妆的周自珩回到了 P 大。

"现在是晚上六点，我回学校了。"周自珩脸上戴着口罩，夜幕将至，校园里的路灯已经亮起来，"我现在要去二教，因为过两天有一个课程论文要交，我写了一半，今天准备写完再回家。"

"这一幕好盐啊！！！看起来就像是小男友带着逛校园的样子！"

"妈呀工作完还要回学校自习。"

"不愧是自习 CP 哈哈哈哈。"

"哈哈哈哈哈哈身体力行上自习！"

"啊啊啊啊啊我现在就在二教！！！"

找了间空教室的周自珩独自坐在一个角落，口罩和帽子都没有摘，但是戴着帽子很挡光，他又从书包里拿出了一个充电宝，在充电宝上插了一个手指那么长的小夜灯，专门对着书，插完他还觉得很好笑，笑了好一会儿才把笔记本电脑拿出来。

"哈哈哈哈哈哈哈哈自带打灯哈哈哈哈哈。"

"戴着帽子打小夜灯哈哈哈哈哈我的儿子为什么这么可爱！"

"啊啊啊啊啊日常的珩珩真的好奶，奶到流泪！！"

字幕显示了一行字：我要开始学习了。保持安静是自习室必备美德。

又是一段倍速播放，由于没有台词，配上了一段音乐。周自珩全程认真地翻看着书，写着自己的课程论文。中途偶尔站起来一下，喝口水继续。

"啊啊啊啊啊啊 BGM！！！"

"卧槽 BGM 是《犀牛》！！！天哪我要哭出来了！！"

"自习女孩头顶青天！！！是习清哥哥唱过的《犀牛》！！！"

"周自珩肯定看了好多遍直播！！天哪这是什么神仙爱情被我搞到了！！"

字幕：两小时后。

"我现在准备回家了。但是我准备在学校旁边买点烤串。"周自珩走到一家很小的烤串店门口，"老板，十串羊肉五串腰子，还要五串面筋。"

"哈哈哈感觉在看美食博主的 vlog。"

"我真的饿了珩珩。"

"要辣吗帅哥？"

"嗯，多放点。"周自珩举着摄像机拍摄烤串的过程，"再放点。"

"？？？周自珩不吃辣的啊！他有一次上节目吃辣吃得差点流眼泪。"

"？？？这么多辣椒，周自珩你干吗！"

"这么能吃辣啊？"

周自珩笑了笑，没有回话。

"啊啊啊啊啊我知道了，是给习清买的！！！"

"啊啊啊啊习清哥哥是武汉人，口味重！！！"

"我的天哪我真的酸得一塌糊涂，下自习回家之前还给男盆友带夜宵，真的又乖又宠，这是什么忠犬小可爱啊！！"

"难怪习清说周自珩是比虚幻还美好的真实，日常的珩珩真的太可爱太好了。"

"今天也为自习的绝美爱情流眼泪了。"

镜头再次切换的时候，周自珩已经在浴室里，头发湿漉漉的："我刚刚洗完澡，准备睡觉，现在已经是晚上十一点半了，不过明天早上没有早课，我可以多睡一会儿。"

"啊啊啊啊啊珩珩的深蓝色睡衣好奶！！！"

"头发要吹干啊宝贝！！"

他举着摄像头从浴室走出来，坐在床上想拍一下卧室，结果门口忽然出现一个身影，但是很快又闪开，像是本来准备进来又退出去了。

弹幕一下子炸了。

"卧槽！！！"

"刚刚是习清哥哥吧！！！"

"啊啊啊啊啊啊啊啊啊啊啊啊习清哥哥！！！"

"肯定是的！！！啊躲起来了我的习清哥哥！！！"

"习清哥哥我爱你！！！"

"表白习清哥哥！！！！"

镜头一下子切掉，可弹幕还在刷。

"这算是事故吗哈哈哈哈哈哈哈。"

"周自珩都没有剪掉这一段欸！！！好狡猾哈哈哈哈哈！"

"所以习清哥哥和自珩真的每天睡一起！！！"

"睡一起那个你想笑死我吗哈哈哈哈你这不是废话吗哈哈哈哈。"

"呜呜呜呜我想睡他们两个中间！！！"

最后一幕是周自珩躺在床上，手举着摄像机："晚安。这就是我的vlog，结束，收工！"旁边忽然传来很小的一个声音。

"啊啊啊啊啊我听到习清哥哥的声音了！！！"

"习清哥哥好像说了一句 Good Night！"

"啊啊啊啊啊习清哥哥的古耐！！！"

"这个 vlog 过甜了！！我的牙好疼，我的心好酸。"

这支 vlog 一播出，立刻被转发到微博的热搜榜上。之前的奢侈品代言也特意在这个视频发布之后进行了代言人的官宣，发布了第一波宣传照。可这并没有把周自珩小号的事压下去，不仅如此，网友还顺着他的小号扒出了他在 lofter 的账号，看到他在同人网站关注了三十多个自习 CP 的写手大大，还有一大堆来不及删除的评论。

我最讨厌楞次定律："大大还更吗？"

我最讨厌楞次定律："大大文笔很好，剧情也很不错。BTW，不是杠，我真的觉得 zzh 是攻！"

我最讨厌楞次定律："求更新 [可怜][可怜]！！"

我最讨厌楞次定律："可以不加情敌吗？？我觉得他们俩没有情敌比较好，PS 里面那个公式好像写错了，掉了一个多项式。"

我最讨厌楞次定律："不要发刀片啊姐姐，求 HE ！！！"

此时的夏习清和周自珩已经做好了造型，为了走红毯，造型师不得不给他们穿西装，两个人都穿着高定，夏习清是白色周自珩是黑色，助理在后面帮他们拿着大衣，红毯签字拍照结束之后可以及时披上。

两个人一起走上红毯，签好名字站定等待记者拍照。

周自珩刚摆出一个很酷的表情，就听见下面一个女粉丝的尖叫，音量堪比自带话筒。

"珩珩！！！妈妈不允许你穿这么少！！！"

"哈哈哈哈哈哈……"在场的记者、粉丝都笑了起来，连站在一边的夏习清都没能绷住。

周自珩也笑了，但一秒后又立刻正色，继续拍照。

"珩珩！！！好好学习！！！少看点同人文！！！"

"哈哈哈哈哈哈哈哈姐妹你是个狠人！！！"

周自珩吓了一跳，夏习清也低着头笑个不停，太搞笑了这些粉丝。

两人艰难地拍了照，准备离开红毯，夏习清仍旧笑个不停，一直开周自珩的玩笑："你这次丢人丢姥姥家了哈哈哈哈哈哈哈。"

谁知下一秒，人群中出现了一个震耳欲聋的声音。

"习清！！！婆婆爱你！！！我的儿媳要好好吃饭！！"

天道好轮回。

老天饶过谁。

婆婆粉？怎么还有婆婆粉？？？

夏习清觉得又好笑又丢脸，他算是知道什么叫掣力回馈了，自己这么些天嘲笑周自珩的劲都反弹到自己身上了。

周自珩想挨着他走，被夏习清小推了一把："告诉你的妈粉，我可不是什么儿媳妇。"

"那我管不着，我妈可太多了。"周自珩笑得一脸得意，"我的妈妈们享有言论自由。"

两人在后台候场，人很多很杂，来来往往全是明星。周自珩刚斩获银熊，人气高流量大，在圈子里可谓一下子成了香饽饽，无论谁来了都要跟他打招呼，亲热得很，光是握手周自珩都忙不过来，旁边又有那么多媒体的摄像头对着，夏习清觉得很是麻烦。

如果是以往的他，这个时候的第一反应一定是找个清净的地方自己待着，可现在他却不想那样，只是紧挨着周自珩，跟着他在拥挤的人群里。

因为他看得到，周自珩每鞠一次躬每握一次手，都会下意识地回头，看自己还在不在。

该打招呼的都打过了，周自珩和夏习清还有助理们找了个不显眼的地方坐下等待进场。趁人群混乱，周自珩悄悄拉过夏习清的手。

"你的手好凉。"他搓了两下，"冷吗？"

"刚刚冷，现在好多了。"夏习清靠在椅子上，仰头望着天花板，"当明星好累。"

周自珩把夏习清的手放进自己的大衣口袋里："你以后可以推掉的，如果不想出来的话。"

夏习清头偏过来看向他："我是说你。我又不是明星。"他皱了一下鼻子，手在他的口袋里戳了一下周自珩的腰，眼神温柔，又透着那么一点点使坏的意思，"我们珩珩每天累死了。"

他几乎没有这么叫过周自珩，这两个字对于周自珩来说并不陌生，粉丝每天都这么叫他，他已经觉得没有什么特殊感觉了。但是夏习清用这么可爱的表情叫他珩珩，让周自珩的心猛地跳了两下。

好想吻他。

夏习清所不知道的是，每当这种时候，才是周自珩真正觉得身为明星很辛苦的时候。

颁奖礼开始前半个小时，两人一起进场，找座位的过程中周自珩被主办方叫走，因为他将作为最佳新人奖的颁奖嘉宾进行颁奖，夏习清则跟着助理找自己的座位，粉丝已经进场，看见夏习清开始疯狂尖叫。

"习清哥哥！！！"

"习清哥哥看这边！！！"

一个又一个站姐架起了大炮对着他，夏习清相当宠粉地转过头对她们微笑。

"习清！！妈妈爱你！！！"

"妈妈也爱你！！习清要多穿一点！！！"

"习清！！！我昨天去艺术馆了！！！"

"习清我爱你！！！"

粉丝实在是太热情，夏习清的脸上露出无奈又宠溺的笑，把手放在胸前弯腰朝她们鞠了一躬，找到了自己的位置这才坐下。

"啊啊啊啊啊习清是什么小王子啊！！"

"好绅士！！！"

"我的白马王子！！！"

"不是你的！！是周自珩的！！"

突然内讧。

"周自珩的小玫瑰！！！"

"啊啊啊啊啊啊小玫瑰！！"

这个称呼因为周自珩的小号而被暴露出来，夏习清之前也没觉得怎么样，可现在被粉丝在大庭广众之下叫出来，实在是有点羞耻。夏习清转过头比了一个噤声的动作。

粉丝乖乖地捂住嘴，夏习清朝她们比了爱心，还顺便俏皮地挑了挑眉。

刚转过头没多久，夏习清又听见粉丝的声音，不大但可以听见。

“习清哥哥，转过来~”

连续叫了好多声，夏习清不忍心装傻，于是转了过去，发现十几个粉丝都举着各自的手机，屏幕上显示着超大的三个字：小玫瑰，完全是自制电子版手幅，玫瑰色的字一闪一闪，超级显眼。

真是服了这群小女生了。夏习清低头无奈地笑。

粉丝却觉得超级开心，认为自己撩到了习清哥哥。谁知没过五分钟，夏习清转了过来，举起了自己的手机。

他的屏幕上滚动播放了一句话，每个字都占满屏幕——

叫哥哥，乖。

“啊啊啊啊啊啊啊啊啊啊啊啊啊！”

“啊啊啊啊啊我的妈呀习清哥哥好撩！！！”

“哥哥！！！哥哥我可以！！”

连别家的粉丝都忍不住感叹：“卧槽看看人家的正主，我的妈呀真是太会了。”

夏习清收回手机，另外一个方向的粉丝又开始叫他的名字。

抬起头，听见粉丝问道：“习清哥哥你知道珩珩看同人文的事吗？”

夏习清笑着摇了摇头。

“真的吗？？”

夏习清笑得又酷又可爱：“他都是背着我偷偷看的。”

“哈哈哈哈哈……”

跟粉丝聊完，夏习清低头整理了一下自己的领带。周自珩从台上的一角走下来，四处张望。夏习清都没看见，后面的粉丝倒是先看见了，一个赛一个地大喊提醒。

“珩珩！！！你老婆在这儿！！！”

“这边！！！珩珩！！！”

在一堆粉丝的“热心提示”下，周自珩笑着走到了夏习清的身边，没有直接坐下，只是站在他身边跟他说话，一边说一边伸手捏他的后脖子。

本来也不算什么太亲密的动作，可下面的粉丝却激动到不行，端着大炮"咔咔咔"一通拍。

后面过来了另一位明星，周自珩侧身让了让顺便坐了下来。

"第几个是新人奖？"夏习清看向周自珩。

"嗯……第六个。"周自珩有点累，下意识把头靠在夏习清的肩膀上。

"哎，这么多人看着呢。"

"看着就看着。"周自珩满不在乎地笑着，"我出柜就是为了秀恩爱，就怕他们看不到。"

他的语气幼稚得很，像个撒气的小孩。可夏习清就是觉得很开心，心脏被愉悦的情绪填满，像是一个在烤箱里缓缓膨胀的小面包。

"我想让全世界的人都知道，你是我的。"周自珩的语气变得平缓，然后他忽然笑了一下，"虽然小号曝光不是我的本意，但是从结果论的角度来看，也不是坏事。"他抬起头，侧过脸去看夏习清，"至少现在很多人都知道，我有多喜欢你。"

这些温柔的情话落在耳朵里，像是小小的星火落下来，点燃一片情感充沛的神经。

夏习清有些不好意思，趴在前座的座椅靠背上，把自己的脸埋在交叠的双臂上，缓了一会儿，才侧过脸去看他，脸上依旧是狐狸一样狡黠的笑。

"可是你的小号真的很好笑。"

甜蜜的报复。

颁奖礼开始之后，两人就停止了聊天嬉笑，十分端正地坐在自己的位子上等待奖项的一一颁发。这一次的颁奖礼在国内算不上多么有含金量的奖，但是因为和微博联动，到场的明星非常之多，热度不小。

到了颁发年度新人奖的时候，周自珩作为颁奖嘉宾走到舞台上，和他一起颁奖的是一位四十出头的男演员冯成，演喜剧成名，非常会来事。两人的形象差距很大，周自珩刚在颁奖台站定，正调整话筒，冯成就开玩笑道："我这么凑近一看，我和自珩长得还是蛮像的嘛。"

台下一阵大笑鼓掌，周自珩也跟着笑。冯成又道："别人都说我是喜剧界的周自珩。"

"不不不，您比我帅多了。"周自珩谦虚地笑着。

"那是~"

台下又是一阵大笑。

"我们今天要颁发的是年度新人奖。"冯成捏着信封背过手问周自珩，"自珩啊，你还记得你新人时期的感觉吗？"

周自珩笑着想了想，最终摇了一下头："不记得。"

下面一个粉丝大叫："他那个时候才6岁！！！"

"哈哈哈哈哈哈哈……"

全场都跟着笑起来，周自珩笑着舔了舔自己的嘴角，一脸无奈。

"那你有没有什么给新人的建议？"冯成自己先抛砖引玉，"我的话，我觉得新人啊，不要着急，你越着急呢，你就会越长越着急。"说完他指了指自己，"像我这样哈哈哈。"

周自珩抿了抿嘴，一本正经地开口："我有三个建议：第一，不要给自己立人设。"

"哈哈哈哈哈哈哈哈……"

"第二，不要开小号。"

"哈哈哈哈哈哈哈哈哈哈……"

这个自黑逗得台下所有人都笑个不停，简直比看相声还精彩。

周自珩清了清嗓子："第三，不要用小号转发抽奖。"

"哈哈哈哈哈哈哈哈哈哈！"

"好绝一男的哈哈哈哈哈哈。"

镜头给到了夏习清，夏习清只能低头憋笑鼓掌，抬头的时候保持最后的风度和镇定。

冯成在一边带头鼓掌："好久没有听到这么有建设性的建议了。"说完他把信封拿出来，"那我们来颁奖吧。"

　　颁奖完毕，周自珩理了理西装领口，迈着长腿走回到自己的位子上，靠近夏习清说了些悄悄话。两人只要一靠近，后面的粉丝就克制不住地尖叫。没办法，正主疯狂撒糖，不接都对不住。

　　晚会结束的时候，夏习清和周自珩一同出来，由于场地的特殊性，明星的保姆车都不能直接停在场馆外。粉丝早早地就围在场馆外，等到两人一出来的时候就一拥而上。四个保镖把他们俩和粉丝隔开，但距离还是很近，有粉丝开玩笑道："珩珩你比保镖大哥还高，谁保护谁啊哈哈哈！"

　　"哈哈哈哈哈哈哈……"

　　另一个粉丝大声喊道："珩珩！！！妈妈不是让你多穿点吗！！不要为了耍帅穿这么少！"

　　夏习清笑个不停，学着妈妈粉的口吻教训周自珩："听见没，不要为了耍帅穿这么少。"

　　嘚瑟没超过十秒，另一个粉丝大喊："习清！！！你也要听婆婆的话！！！"

　　周自珩超大声地笑起来，还朝着刚才的那个粉丝比了个大拇指："奈斯！"夏习清拿胳膊肘拐了一下周自珩。

　　"哎呀呀呀我的儿媳妇怎么这么傲娇~"

　　"哈哈哈哈哈哈哈傲娇受！！"

　　夏习清脑门跳了两下："我不是受……"

　　周围的粉丝都笑起来，有一个忽然大喊："对，你是0！！！"

　　"……"

　　夏习清的脸上露出和善的微笑："……这一届的粉丝真是太难带了。"

　　"我觉得挺上道的啊。"刚说完这句话，周自珩就立刻被打脸。

　　"周自珩你被同人文太太挂了！她说她就是要逆你的CP！！！"

　　"哈哈哈哈哈哈哈她说她不喜欢小学鸡攻！！"

　　"哈哈哈哈哈哈哈小学鸡攻绝了！"

周自珩冷酷道："开除粉籍！"

"谁允许了？"夏习清痞笑起来，"不许开除。"

"开除！"

"不许。"

"哈哈哈哈哈哈哈我的 CP 为什么吵架都这么甜！"

突然，人群之中冒出一个男粉丝的声音，熟悉得很。

"习清哥哥我爱你！！！"

周自珩一下子就反应过来，顺着声音望过去，果然不出所料："怎么又是你！"

"哈哈哈哈哈哈哈哈该来的还是来了？"

"How old are you ！"

上次在北京场路演疯狂表白的蓝毛衣小哥骚包地晃了晃脑袋，一副你能把我怎么样的表情继续大喊："习清哥哥看看我！我可以1！可以0！可以为习清哥哥不消停！"

"哈哈哈哈哈哈绿光小哥！"

"哈哈哈哈哈哈哈哈哈小老弟太牛逼了！"

周自珩假装发火，一脸发狠的表情摸了一把后脖子撸着袖子就准备上："我看你消不消停……"

小哥掐着嗓子："保镖大哥们拦住他！"

"保镖大哥的存在就是拦住周自珩哈哈哈哈哈。"

夏习清笑了一路，快到车子跟前才终于缓过来一些。

"习清哥哥是我的！！！"

这句话总算是触到了周自珩的死穴："我让你看看是谁的！"他超级孩子气地伸手抱住夏习清的头，吧唧一口亲上他的脸蛋。

夏习清被他的突然袭击弄得当场愣在原地，瞪大了双眼不可置信地看着他。

"卧槽！！！亲脸了！！！"

“啊啊啊啊啊啊啊啊啊啊啊啊我死了！”

“啊啊啊啊啊啊啊！”

小罗拉开车门：“自珩，习清，上来吧外面冷。”

周自珩抓住夏习清的手，拉着他一起上了车，和粉丝挥了挥手，车门一下子拉上。

绿光小哥还在垂死挣扎，活像只被人疯狂踩踏的尖叫鸡：“啊啊啊习清哥哥看看我！周自珩真的太幼稚了！！”

车子很快就要开动，窗子却摇下来一些，露出一双笑意满满的桃花眼，在粉丝的尖叫声中，一只细白的手握住手机屏幕放在车窗的缝隙间，上面滚动播放一行字：

我喜欢他这么幼稚。

颁奖礼的各种糖被现场的粉丝搬到网上之后，自习CP的热度每天高居不下，成了CP界当之无愧的霸主。周自珩在颁奖礼上"给新人的三个建议"的自黑式发言也被传到网上，脱去总攻人设之后的周自珩忽然间圈了一大批粉，人气一再攀升。

《逃出生天》第二季筹备期间，节目组的微博每天都被节目粉和嘉宾粉攻占，上一次的《狼人杀》直播获得了超高的人气和反响，为了满足粉丝的期待，也为了给尚未筹备完毕的第二季造势，节目组决定进行第二期的《逃出狼人镇》直播。

白了杯开水："啊啊啊啊啊啊啊所以是要做成连载的形式吗！！！好期待！！！"

你来亲我一下："啊啊啊啊啊《狼人杀》！！！！"

甜甜的小菇："期待！！快开直播！"

节目组联系了九个嘉宾凑档期，调整了几天，终于在周六晚上七点开始了第二期《逃出狼人镇》的直播节目。

为了节省时间，大家都做好造型才去到直播现场，路上堵车，夏习清和周自珩是到的最晚的两个，但是一进场直播间的弹幕就炸成了无数朵烟花。

"啊啊啊啊啊啊啊啊啊啊啊我看到自习了！！"

"卧槽！！！习清哥哥！！！珩珩！！"

"等等！！！习清哥哥和珩珩的毛衣！！！好像是情侣的！！"

"那个火眼金睛的姐妹！！！你真棒！！"

夏习清穿的深灰色毛衣事实上是周自珩的，国外的一个潮牌，但是肩膀那儿有点窄了，于是夏习清就拿来穿了。周自珩第二天又下单了一件，深灰色已经售罄，他只好买了件黑色的，但是花纹和夏习清身上那件一模一样。

"习清哥哥什么时候再留一次长发吧，长发太美了！！"

"什么时候习清哥哥懒得剪头就是长发了哈哈哈哈哈。"

"自珩的肩膀！！！太平洋宽肩好苏！！"

所有嘉宾落座，座位和上一次的狼人杀顺序一样，1号夏知许，2号许其琛，3号阮晓，4号杨博，5号夏习清，6号商思睿，7号赵柯，8号夏修泽，9号周自珩。大家按照顺序依次对着摄像头打招呼，趁着阮晓说话的时候，夏习清瞄到夏知许给了许其琛一把旺仔奶糖，便笑眯眯地伸出手在桌子上敲了敲，冲许其琛使了个眼色。

"啊啊啊啊习清的小动作！！"

"xxq 每次挑眉都好苏！！！"

"习清哥哥要吃糖吗？？我这里有啊！！"

许其琛看到了夏习清的暗示，正准备抛一颗糖给他，谁知身边的夏知许直接照着夏习清的脑门扔了一颗，所幸夏习清反应快，往后闪了闪用手抓住了糖。

马上就轮到夏习清打招呼，他也没时间教训夏知许，笑了笑对着镜头挥手："晚上好～我是5号夏习清。"

招呼打完，夏习清瞥见周自珩拍了一下夏知许的肩膀，神情严肃地说："不许欺负我媳妇。"

"卧槽！！！珩珩牛逼！！！"

"我的鹅子今天怎么这么刚！！！"

"啊啊啊啊啊啊啊啊啊我刚刚是听见媳妇这两个字了吗？？？"

"是的！！！官方盖章媳妇了！！"

夏习清一颗糖砸在周自珩脑袋上："瞎说什么呢！"

一旁的夏修泽也学着夏习清的样子："就是，瞎说什么大实话呢！"说完还站起来跟奶糖受害者周自珩一起击了个掌，"yeah～"

"真是……"夏习清无语了，这一个个的怎么都站到周自珩那个小崽子那边了。

闹了一阵，游戏才算是正式开始，每个人都确认自己抽到的卡牌之后，节目组熟悉的旁白声响起。

"天黑请闭眼。"

一阵阴森的音乐声响起，灯光变成深红色。

"《逃出生天》和《逃出狼人镇》的音乐都特别瘆人。"

"deideidei！《逃出生天》我晚上都不敢看！明明不是恐怖真人秀，但就是看得心里发慌！"

"我都是一个寝室一起追的哈哈哈哈。"

"丘比特请睁眼。"

阮晓睁开眼睛，伸了伸手。

"嗷嗷嗷晓晓！！！"

"啊啊啊啊阮妹子是丘比特！！"

"丘比特请选择两名玩家连成情侣。"

阮晓仔细地观察了一下低着头的众人，犹豫了一会儿，对着节目组的镜头比了一个"9"，比了一个"2"。

"什么？？？珩珩和编剧小哥哥？？？"

"晓晓和赵柯都是拆CP大队的吗哈哈哈哈哈。"

忽然，阮晓又向节目组比了个叉，示意重新选择。两秒后，她比了一个"9"，又比了一个"5"，弹幕一下子刷爆了。

"啊啊啊啊啊啊啊啊啊啊啊啊自习是情侣！！！"

"自习是真的！！！自习真的是情侣！！！"

"阮晓果真是自习女孩第一粉头哈哈哈哈哈。"

"阮晓太上道了！！！"

"人狼恋人狼恋人狼恋拜托了拜托了，玉皇大帝王母娘娘观世音菩萨大罗神仙，我想看人狼恋啊啊啊。"

"丘比特请闭眼。"旁白顿了顿，"情侣请睁眼。"

夏习清感觉到有工作人员拍了一下自己的肩膀，心里还觉得有些刺激，自己这一把被连了情侣，那可有的玩了。谁知一睁眼，看到的却是周自珩。

他当场的表情完全可以截成表情包。

"哈哈哈哈哈哈习清好逗。"

"丘比特：嘿嘿嘿想不到吧？"

"夏习清：难不成节目组是让真的情侣睁眼？？？"

周自珩也有些吃惊，吃惊之余还有些兴奋，嘴角疯狂上扬，根本不受他的控制。

"珩珩快高兴死了哈哈哈哈哈哈。"

"珩珩：妈耶这叫我怎么演哦，我跟媳妇连一起了！"

待两人确认完毕之后，旁白再起："情侣请闭眼。"

"狼人请睁眼。"

夏修泽、周自珩和杨博在提示声中抬起头，睁开眼睛。

"狼人请确认你的同伴。"

"卧槽这次珩珩是狼！！！"

"珩珩和底迪是狼！！！天使组是狼！！"

"要是编剧小哥哥是第三匹狼就好了，三个天使狼哈哈哈哈。"

"卧槽周自珩是狼！！！所以这次真的是人狼恋！！"

"刺激啊啊啊啊啊啊！"

"狼人请杀人。"

杨博率先比了一个"5"，因为在他看来，只要夏习清不是自己的同伴，都是很大的变数，就像周自珩说的，夏习清这种不按套路出牌又聪明透顶的人，就是所有游戏里最大的不确定性，要想赢就必须消除这种不确定性。

可这个举动遭到了夏修泽的反对，他疯狂摇头，比了个"2"，是许其琛。

"哈哈哈哈哈底迪太忠犬了。"

"底迪：就算哥哥骗我也不可以首刀哥哥！！！"

"珩珩心想：有底迪在我就不担心了哈哈哈。"

"狼人队三分之二都是夏习清的死忠哈哈哈哈这怎么玩啊！"

两人僵持不下，周自珩比了个"1"，想杀掉夏知许，夏修泽看了一眼，也妥协了，反正只要哥哥不死一切好说。杨博考虑了一下，觉得夏知许也是一个会玩的，于是同意杀1号。

"狼人请闭眼。"

"知许好惨哈哈哈哈哈。"

"夏知许被小小叔叔和婶婶卖了哈哈哈哈哈。"

"婶婶是什么鬼哈哈哈哈哈哈哈哈。"

"婶婶那个别跑！！逆我 CP 了你！！"

"女巫请睁眼。"

听到提示的许其琛抬起头，揉了一下眼睛。

"啊啊啊啊啊许编是女巫！！"

"这次的身份牌都好牛逼啊！！"

"这个女巫肯定会救人哈哈哈哈。"

"昨晚死的是他。"

看到导演比的手势，许其琛有些吃惊，死的竟然是知许。

"哈哈哈哈许编惊了。"

“我老公死了？？？”

“女巫，你有一瓶解药，请问是否使用？”

许其琛心里盘算着，上一次夏习清已经玩过自刀了，不至于再玩一次，从节目的可看性上来说也不太可能，而且自刀一向不是夏知许的风格，他是典型的冲锋狼。

还是救吧。许其琛对着节目组点了点头。

“编剧小哥哥竟然不是立刻就救人的哈哈哈。”

“还考虑了好久哈哈哈哈可怜的知许小哥哥。”

“跟上次弟弟救习清哥哥一比，弟弟真的好忠犬哈哈哈，全然不顾游戏体验！”

“你有一瓶毒药，请问是否使用？”

许其琛摇了摇头，闭上眼睛。

“预言家请睁眼。”

夏习清抬起头，朝着镜头歪了歪嘴角。

“卧槽！！！习清哥哥是预言家！！”

“这回丘比特阵营牛逼了！！！神狼恋！！！”

“我已经脑补十万字同人文了怎么办！！！神狼恋是什么神仙设定啊！！！”

“预言家请验人。”

夏习清毫不犹豫地比了个“9”。

“果然要验情侣吗哈哈哈。”

“习清每次玩游戏的状态好酷哦！！超级喜欢看他玩游戏！！”

“对！！！富二代真的没有组电竞队的想法吗？？？再不济当个游戏主播？？”

“他的身份是……”导演组对着夏习清举起狼人提示牌，“这个。”

看到提示板，夏习清的脸上立刻露出意味深长的表情。

“xxq：我就知道我老公是狼。”

"你老公是真·小狼狗哈哈哈哈。"

"预言家请闭眼。天亮了。"

灯光恢复明亮，所有的玩家都睁开了眼睛。

"现在开始'警上'竞选，请所有参与竞选的玩家按下面前的圆形按钮。"

一水的玩家都摁了按钮，尤其是夏习清，特别用力地拍了上去。

"哈哈哈习清哥哥玩得好卖力。"

"这盘我 carry 我老公！"

"卧槽三神两狼！！"

"参加竞选的玩家有2号玩家许其琛、3号玩家阮晓、4号玩家杨博、5号玩家夏习清、9号玩家周自珩。下面请从2号玩家开始发言。"

许其琛的表情非常之平静，调整了一下耳麦后开口："话不多说，我是可以自证身份的'强神'，如果后面有预言家'对跳'，警徽一定要飞给我。'强神'过。"

"怎么突然觉得许编也很酷 hhhh。"

"许编是那种严肃起来有点冷淡的性格欸，但是温柔的时候真的超温柔，特别是跟习清一起的时候，超级可爱。"

"习清哥哥是又坏又可爱的酷！"

"3号'强神'，"阮晓接过话，"'强神'防'对跳'，警徽可以考虑给我。过。"

"阮晓姐姐也好简短哦哈哈哈。"

"晓晓拿的是丘比特，言多必失容易暴露啊，一开始肯定不能说太多，说得多了许编还会以为晓晓想穿他女巫的衣服。"

杨博跟在阮晓的后面，脸上带着笑："我这一轮终于不是闭眼玩家了啊，我是预言家，昨天验的是习清。"说着，他转过来冲着夏习清笑。

夏习清用手托着下巴，也侧过脸对着杨博笑。

"哈哈哈哈哈哈哈上来就查预言家哈哈哈哈哈绝了！"

"xxq：我看你怎么演？小样你验我？？你拿什么验我？"

"上帝视角实在是太有趣了哈哈哈哈。"

所有人的关注点都放在夏习清和杨博的身上，夏习清甚至故意冲他挑了一下眉，引得桌上的人都忍不住笑起来。杨博两手放在桌子上，吊了长长一口气："他……是个'金水'。哈哈哈，真是可惜没能直接查出一匹狼来，不过验出习清是好人对我们好人来说也是好事，起码有了一个很会玩的队友。"说完，杨博开始报自己的"警徽流"，"下一轮我会验……"他看了一眼"警上"竞选的几个人，"前置位的其琛和晓晓都是跳'强神'的，我挑一个验吧，我验其琛。女巫如果还能救我一轮的话，我会验一下后面的自珩。"

"再说一遍，我是预言家，这一把给5号夏习清发个'金水'，警徽一定要飞给我。过。"

"杨博的发言意外地很稳欸~"

"真的，但是给真的预言家发'金水'这个操作还真的是有点骚哈哈哈哈。"

"习清的表情好帅啊啊啊我超级喜欢看他这样一肚子坏水地笑！"

夏习清漫不经心地托着腮，手指轻轻地在自己的侧脸点着。

"我是预言家，昨晚'查杀'4号杨博，铁狼一匹。今晚必须跟我把他投出去，警徽给我，下一轮我验9号周自珩，下下轮验夏知许。"说完，夏习清看向杨博，脸上的笑容自信又张扬，"如果我是你我现在就自爆，爆掉这一轮就没有警徽，你们也可以直接进入黑夜。"

"卧槽上来就这么刺激的吗？？？"

"习清哥哥要不要这么帅！他是抿出杨博的狼面了吧！"

"这个反水太跩了！！！习清哥哥我可以！！！"

"xxq：就算我验的是我老公我也要'查杀'你！"

夏习清眉尾微抬，嘴角上扬，语气轻柔。

"爆吗？"

夏习清刚说完，弹幕就炸开了。

"xqgg 我爆！！！我爆还不行吗！！我可以！！"

"xqgg 我爆给你看！我为你炸成一朵烟花！！"

"看看我啊哥哥，我爆了！"

杨博倒是胆大心细，直视夏习清，完全没有要爆的意思。夏习清见他没反应，耸了耸肩："心理素质还挺好。估计还想着刚一刚？"他轻松一笑，"那你刚着吧，这个情况很明显了，一个给我'金水'的预言家我都敢反水，除非我本身就是预言家，否则是个人都不会做这种事。这一局必须出杨博，他是我的铁'查杀'。警徽飞给我。过。"

"习清哥哥好酷哦！"

"这一波反水真的6，杨博很难自保了。"

"事实证明对于 xxq 这种玩家，'悍跳'发'查杀'都比发'金水'好哈哈哈哈，发'金水'分分钟反水，直接咬死你哈哈哈。"

到了"警上"最后一个发言人周自珩，他脸上没有太多表情，十分冷静地开口："9号民及民以上，我'警上'竞选只是想说一下话，因为像我这样的玩家，很容易被首验首刀，我有点担心所以想说两句。刚好我这次又是末置位。我想提醒一下归票的玩家，现在场上的情况比较复杂，又是两个预言家'对跳'，上票一定要慎重。我隐约觉得两个跳预言家的都带身份。"

"珩珩一玩游戏就 A 了！瞬间变 A！"

"他一玩游戏我都不想叫他珩珩了哈哈哈，又冷静又正直哈哈哈哈。"

"真的这一对太好笑了，特别是装不认识夏习清这一点啊哈哈哈，感觉回到了《逃出生天》时期～"

周自珩续道："警徽很重要。虽说这一局是屠城局，但是好人如果一开始拿不到警长，很容易追不上刀。何况还有丘比特这个变数。不论是谁拿到了警长，归票的时候也要谨慎，看警长归票也可以看出警长是好的还是坏的。这种浑水局好人一定要仔细观察。我上来就是想说这些话，这个警徽我是不拿的，我'退水'。"

"6666666太会做身份了。"

"周自珩好厉害，玩狼人都可以站在好人的角度来说话，发言太做好了。"

"xqgg的预言家打得像条冲锋狼，珩珩倒是装得超级像好人，戏精夫夫哈哈哈哈哈。"

"自珩上来竞选不拿警徽，就是想替好人发言，这个动机是真的6，要是我是场上的玩家，我估计会觉得珩珩是现在身份最做好的。"

旁白响起："所有竞选玩家发言完毕，'退水'的玩家可以按下面前的按钮。"

"3号玩家阮晓、9号玩家周自珩'退水'。"隔了三四秒，"下面请'警下'的玩家投票。"

"1号夏知许、6号商思睿、7号赵柯投票给2号许其琛，8号夏修泽投票给5号夏习清。2号玩家许其琛当选警长。"

"卧槽弟弟投给了哥哥！"

"底迪真的是小忠犬了哈哈哈哈哈不管怎样我都要投给哥哥！"

"不是，底迪这么做有可能也是想做好杨博的身份，做好自己的身份，现在捞一把杨博的话，杨博和弟弟的身份都不做好了。"

"昨天晚上是平安夜。"

"下面，请警长指定发言顺序。"

许其琛指了一下自己的左手边，阮晓点了一下头，开始发言："刚才'警上'我'退水'了，因为我觉得警长应该是真的'强神'，屠城局嘛，'强神'跳出来拿警徽是非常正确的玩法，我留在场上会分票，所以我'退水'，这个警徽就可以到其琛的身上。"

"晓晓果然认民。"

"留在场上搅混水嘛，自习女孩加油！！！"

"史上最美丘比特！！"

　　"平安夜，应该是有人被救了，我觉得可以说一下，毕竟是屠城局，说出'银水'可以帮好人玩。我这次会重点听一下杨博发言，因为我觉得他这次的玩法突然有了很大的进步。至于票谁……"

　　阮晓扫视了一遍全场："我这个位子，第一个发言也看不出太多。但是'警上'五个人里面，老实说两个预言家的问题比较大，警长这个'强神'我站边，因为再没有第二个跳'强神'了，自珩'退水'了。我觉得'警下'肯定有一狼，我等会儿会重点听'警下'发言，看能不能排出狼坑。过。"

　　"4号发言。"杨博接过话，"我没'退水'说明我就是真预言家啊，我不知道习清究竟是什么打法，我验到'金水'本来还蛮开心的。"他看向夏习清，"我知道你是好人，好人就应该有好人的玩法。你这么污我我不知道意义何在，难不成你连了人？"

　　"哇博哥简直是踩雷达人啊啊啊！"

　　"杨博这么做是对的，他给 xq 发了'金水'，不能反他的身份，不然他自己的预言家也做不住了，只能咬牙承认夏习清是好身份，但是可以泼丘比特的脏水，可以可以，这一局感觉很精彩。"

　　"xxq：卧槽你穿我预言家衣服就算了还他妈揪出我的链子，你才是真预言家吧。"

　　"杨博这一局嘴开了光哈哈哈，说的都是真的。"

　　杨博续道："我觉得可以合理怀疑，但是他确实是'金水'。我是真预言家，今晚我不验警长了，警长这个'强神'我认，我验知许。过。"

　　到了夏习清发言，他半低着头，盯着自己面前的那个圆形按钮，声音不高不低："杨博这一盘玩得好啊。"说完，他转过头笑看杨博，"可以啊，回去是不是偷偷找人练过？"

　　他顿了顿，抬头道："杨博就是铁狼。我才是真的预言家。你们不信我可以，但是你们想一想，以他玩狼人杀的经验，他能说出这些话就足以说明他不是一个闭眼村民，绝对是带身份吃信息的。假如，我们退一万步讲，他是预言家，给我发'金水'，我为什么要反水？我既然敢反水就说明我才是真正验到'查杀'的，他这个'金水'是假的。他的身份也是假的。很简单的道理。"

"xq 说得很对啊，杨博的发言跟上一次差太多了。"

"xqgg 最大的麻烦来源于他自己，因为他太会玩，花招太多了，拿到神牌别人也会怀疑他是不是'悍跳'哈哈哈哈。"

"高玩的苦恼哈哈哈哈！"

"再说他污我是链子，预言家是最危险的，很容易被狼人刀，我真的连了情侣我怎么敢随便说出我的预言家身份，这样一死就是死两个啊。"说完，夏习清小痞子似的往椅子背上一靠，"不是，你们真觉得我夏习清会犯这种低级错误吗？"

"因为你老公是狼啊哈哈哈哈哈。"

"不光你老公是狼，你弟弟也是狼哈哈哈哈！"

说完，夏习清又转过脸看向杨博："你用这种方法污我，就是没法反我的好身份。是吧狼博？"

"哈哈哈哈哈哈狼博。"

"杨博：？？？突然改姓？"

"你的验人也有问题，验夏知许？夏知许都没有发过言我不明白你验他的点在哪儿。这一看就是假预言家的验人。我甚至怀疑你昨晚刀的是不是夏知许。"

"卧槽习清6666666，他还真就刀的夏知许哈哈哈哈。"

"xqgg 好帅！！"

"xqgg 还有一点很吃亏，他给了杨博一个'查杀'，那他就不能分析太多杨博的狼面，因为他已经是'查杀'了没必要分析，其实看得出来习清哥哥可以说的话很多，但是为了坐实'查杀'就不能说出来，只能咬死。"

"行了，不说了。我这个预言家谁都拍不走，狼队今天晚上可能想要污我身份不把我刀走，那我第二轮还是会验自珩，虽然他'警上'发言做好，但是我觉得他装也可以装得很好。警长一定要票'查杀'，4号不走我每一轮都会上给他。过。"

下一个发言的是商思睿，他沉默了几秒没说话，然后忽然笑了起来，一边笑一边看着夏习清："自从上次被习清搞出去还被他穿狼队友衣服，我现在看见习清跳预言家都有阴影了哈哈哈。"

"哈哈哈哈哈哈可怜的三三。"

"三三：？？？我去 xxq 怎么又是预言家？"

"哈哈哈哈三三好可爱。"

其他玩家都跟着笑起来，夏习清却伸手挑了挑商思睿的下巴，笑眯眯道："放心我这回不搞你。"

弹幕也一下子沸腾。

"不搞你哈哈哈哈，xxq 绝了真的。"

"啊啊啊啊啊我还是觉得三三和习清好配，对不起让我做个梦吧！"

"zzh 控制你的表情啊啊啊啊啊啊，你可是个演员！"

"zzh 握拳干什么哈哈哈哈，东亚醋王 zzh ！"

"zzh 你放心，你老婆只搞你只搞你！"

"不过话说回来，我虽然对习清有阴影，但是这不是我没有上票给习清的原因。"商思睿正色道，"我是民，没有任何信息。场上有两个预言家'对跳'，一般来说是一真一假，但是也不排除两个狼互踩的可能，尤其有习清这种会玩的玩家，那我就更不能放心上票给预言家了。"

"还真有可能哈哈哈哈。"

"习清这个真预言家骨子里也是坏的哈哈哈哈。"

"警长这个'强神'目前没人拍得动，就算我后置位再跳'强神'我也不信了。昨晚是平安夜，所以女巫开药了，其实我本来觉得不救也可以的。但是我刚刚想了一下，被刀的很可能是一个厉害的玩家。而且屠城局狼人本来就很不占优势，自刀几乎赢不了。"

"三三分析得很对啊。"

"听了三三的我就明白为什么许编会开药了，其实狼队是真的不敢自刀，屠城局自刀等于死局。”

“三三拿平民还这么厉害！！我爱三三！！！”

“至于预言家，我觉得可以留一轮，目前好人是占优势的，排水排出狼坑不难，只要好人好好发言。跟票警长吧，我觉得许编可以 carry 我们的。过。”

到了夏修泽，他笑嘻嘻地两手捧着自己的小脸蛋：“我‘警上’投票给哥哥了，不是因为我是他弟弟。”

场上的玩家都笑起来。

“就是因为你是他弟弟！”

“哈哈哈哈哈哈哈哈底迪你好意思说吗哈哈哈哈哈哈！”

“兄控太可怕了哈哈哈哈哈！”

“是这样的。”夏修泽解释自己投票给夏习清的理由，“我个人觉得，预言家给警长是对好人最好的。预言家拿警徽，帮所有好人排水，女巫根据信息下药，我觉得这个就很完美，然后这两个预言家里我信5号不是因为他是我哥哥，真的。”

虽然大家又开始笑他，但是夏修泽还是非常严肃认真地继续解释：“杨博哥哥一开始跳预言家我就觉得有种强行穿衣服的感觉，不确切，像玩似的，而且哥哥反水让我更加确信杨博哥哥的身份不是预言家。那也没有别人跳预言家了，屠城局预言家没必要藏对吧，哥哥又有‘查杀’，那我肯定是相信哥哥的。所以我上票给哥哥了。”

“其实底迪这个打法很聪明啊，逻辑完全自洽。”

“底迪跟哥哥越看越像，夏家是什么基因啊一个个都那么好看！！嘤嘤嘤沉醉于看脸没有认真听发言的我。”

“底迪太可爱了～喜欢底迪～～”

“那我是觉得这一轮可以把杨博哥哥推出去的，当然还是看警长怎么说，前面的发言，我轻踩一下阮晓姐姐，虽然她‘退水’了，但是我总觉得晓晓姐的打法是保守派，如果真的是平民身份她应该不会随便上来竞选的。思睿哥哥应该是好人，发言很做好。就这样吧，我是民大家也不要被我影响，我只是说一下我的看法，过。"

"感觉这一轮大家都比上一轮玩得好了。"

"对对对，也有可能是上帝视角的原因哈哈哈哈，看得明白了。"

"到我了。"赵柯开口，"我上票给其琛的原因和思睿是一样的。他的‘强神’身份坐得很稳了，一轮下来也没有人拍，那我更相信警长了。我是民及民以上的好身份，绝对的好人，那站在我的角度来看，两个预言家里必有一狼，既然习清敢反水敢‘查杀’，我相对信任他多一点，不过习清这个人玩游戏的打法飘忽不定。"

这四个字一出来所有人都笑了，连夏习清自己都忍不住笑。

"所以我觉得杨博说链子也不是没可能，而且最奇怪的是，没有一个人上票给杨博，我当时就想难道他真的没有团队吗？一个捞他的都没有，全场踩，有点害怕。这一轮我的建议是留下两个预言家，当然了看警长怎么抉择。我相信警长的能力。"

说完，他看了一眼夏修泽："刚刚修泽弟弟轻踩阮晓，我其实不是特别明白，因为我觉得阮晓应该是好身份，她的发言也没有太大的问题，警长也确实在她的‘退水’下顺利地给到了真的‘强神’手上。不过这也只是我的看法，我不站队，只站警长。过。"

"赵柯的发言看似有内容实际就是在高级划水啊哈哈哈。"

"没办法呀他是真的闭眼村民哈哈哈哈，能说这些已经很不错了。"

"他还捞了一把杨博呢。没办法村民的信息太少了，如果是我，看到全场踩一个人也会怀疑的。"

"啊啊啊啊啊啊终于到我的珩珩了！！"

"9号发言。"周自珩沉着开口，"我‘上警’的时候说过，好人要慎重考虑，所以我很认真地观察了‘警上’竞选的票型。"他的眼神——落在了投给许其琛的人身上，"当时是知许、思睿和赵柯投给了其琛，然后修泽上票给了习清。在我看来，修泽敢在这个时候上票给两个预言家中的一个，我反而觉得他是好身份，而且他刚刚的发言也说明他的确听了我的建议，慎重考虑过对好人最好的玩法是什么。"

"卧槽这把捞得666！"

"我倾向于觉得上票给警长的人里是有狼的，'警上'一共只有五个人，三狼'上警'的可能太小了，台下一定有狼。假如两个预言家里有狼，应该是不敢随便上票给自己的队友的，尤其在其琛拿警徽的倾向很大的时候，狼一定会为了洗身份跟票给警长。那这三个上票给警长的人谁的身份比较不做好呢？"

周自珩的眼神落在了发小赵柯的身上："我倾向于赵柯，首先他跟了思睿的思路，一般说我也是怎么怎么样，这种都是狼的惯性发言。其次他捞阮晓，这个行为很奇怪，修泽其实没有猛踩阮晓，但是是想投杨博出去的，没必要捞阮晓，何况我是好人我也看不出来阮晓是什么身份，这样贸然捞她，像是在污阮晓的身份。"

"这脏水泼得哈哈哈哈哈，《狼人杀》没有感情哈哈哈。"

"发小：？？？我做错了什么？？"

"不过鉴于知许一直没有发言，我还是持保留态度，有可能知许发言会改变我的看法，这一局我肯定是跟警长的。女巫开解药了，那之后就救不了人了，大家都说好人占优势，我其实不觉得，不要忘了还有丘比特，他们究竟是好是坏谁都不知道。还是那句话，好人一定要慎重再慎重，不要被带节奏。过。"

"周自珩不愧是演员啊，太会代入视角了，发言完完全全站在好人的视角来打的，点狼，教好人打，我要不是上帝视角我都觉得他应该是一个铁好人。"

"这一局情侣太厉害了，不愧是自习啊啊啊啊！"

"啊啊啊啊啊好久没看到这么 A 的珩珩了！！妈妈爱你！！"

"终于到我了。"夏知许笑了一下，小虎牙十分张扬。

"夏知许是真的帅！！！虎牙简直不能更戳我！！"

"为什么夏家人都他娘的这么帅！！"

"我是民及民以上，有可能是个神，也有可能是个民，你们猜吧。"他笑着冲夏习清扬了扬下巴，"我说老实话，夏习清我是一贯不相信的。他玩得太脏了在我这儿基本没有任何信用。但是呢，话说回来夏习清玩什么身份都玩得特别脏。"

全场都笑了起来，夏习清笑着摊开手。

"这话是真的哈哈哈哈哈，大侄子说得对啊。"

"拿到真预言家都发假'查杀'哈哈哈哈，是真的脏。"

"所以不能直接因为夏习清跳预言家否定他的动机，他这个人干什么都有可能，夏习清的人生永远没有合理性。"

"哈哈哈哈哈哈哈这句话绝了！！"

"夏习清的人生没有合理性哈哈哈哈哈，金句 get！"

夏知许话锋一转："不过有一点我觉得夏习清说得对，前面的也都忽视了这一点，杨博肯定带身份啊，不然以他的玩法他不会跳预言家的。"

说完这句话，夏知许又点出另一个点："但还有一点你们也都忽略了，我不相信夏习清第一晚验的是杨博，不合逻辑。他绝对不会验杨博，他也没有说明这一点，可能连他自己都忘了，是吧？"夏知许冲夏习清使了个眼色，夏习清也冲他笑了笑。

"我做一个合理的怀疑，有可能夏习清的确是预言家，但是他第一晚验了别人，是'金水'，浪费了验人，后置位听发言的时候抿出了狼面，临时反水。"

"卧槽大侄子6666找到了习清发'查杀'的逻辑点了！"

"说得太对了习清第一晚不可能查杨博的，但是大侄子应该也没想到习清是连了情侣而且首查情侣！"

"首查情侣很好啊，查一查究竟是人狼还是人人恋，才可以制定计划啊，习清查到自珩是狼之后肯定是从头到尾按人狼恋打，这样才会赢。"

"建议警长留一轮预言家们，不过如果警长有分析到谁的狼面更大也可以，我这一轮的票会慎重选择。"

到了许其琛，许其琛的眉头微微皱着，眼睛没有看镜头，盯着面前的某一点在看。夏知许很了解他，他这样说明在思考。

"警长发言。"许其琛开口，"一轮听下来，身份最做好的是自珩和知许，发言阳光，提出的点都是好人忽略的点，而且一直帮好人找狼。"

"杨博'警上'发言有一点让我很介意，他说他留的'警徽流'是我和自珩，'警上'一共只有五个人，最保险的做法是'警上'验一个'警下'验一个，真正的预言家会这么玩，可是杨博全留'警上'。"

许其琛顿了顿："另外，杨博的发言和他第一次玩的时候差距很大，吃身份是肯定的，那他究竟是什么身份，我们来推一下。"

"许编的发言真的很有逻辑，又冷静又有逻辑。"

"编剧小哥哥我可以！！！我好喜欢这一型啊！！"

"假如他是真的预言家，验了习清，这是合理的，谁拿预言家都会考虑验习清，那么他验出来是'金水'，所以他们两个就都是好人。那既然习清是好人，他为什么要给真预言家杨博一个'查杀'呢？这不是习清当好人会做出来的事。

"即便像杨博说的，习清连了情侣，那第一轮就咬死给自己发'金水'的预言家，对情侣也没有益处，他自己可能都不知道自己的情侣是什么身份，这种情况下是不可能轻举妄动的。尤其是习清这种高玩，更不会犯这样的错误。逻辑走到这儿，走不通了。"

"许其琛真的是文科生吗？为什么逻辑这么顺！"

"这个警长真的选得好！"

"那如果杨博是狼人，'悍跳'预言家，给习清发'金水'做好身份。这里又有很多情况了，一是习清真的是预言家，也真的刚好验了杨博，他就是狼。但是就像知许说的，习清首验杨博不太可能，我倒是觉得他可能首验自珩、知许或者我。"

"哈哈哈哈高玩们的担忧，首刀首验战战兢兢。"

"要不然，习清是预言家但是没有验杨博，抿出他是狼所以'查杀'，这也是有可能的。至于情侣，我其实也不相信，预言家这么容易死，带情侣不敢这么跳出来，那他的情侣要随时做好殉情的准备。"

"此处 @zzh。"

"哈哈哈哈哈哈哈随时殉情。"

"zzh：其实我真的做好这个准备了。"

"哈哈哈哈哈哈他可是夏习清欸，不能用正常人的逻辑分析他啊，他让情侣殉情太正常了好吗哈哈哈哈。"

"不管怎么分析，杨博的狼面都是大于习清的，三狼局狼踩狼的可能性不大。综上，我觉得推杨博最合理，而且他身上还带一个'查杀'。发言完毕，投票吧。"

旁白的声音响起：" 9位玩家发言完毕，下面请开始公投。"

玩家们同一时间比出自己心目中想要投票出局的对象。

"1号夏知许、9号周自珩弃票，其余玩家跟票警长投出4号玩家。4号玩家杨博出局，请留遗言。"

杨博紧紧皱眉，露出非常不解甚至有些愤怒的表情："首先我必须说，我是神走的。你们真的相信习清吗？他怎么可能验我，还那么刚好我就在他的前一个，他就刚好验了我我还是'查杀'。"

他自己点了两下头："算了我承认吧，我的确是穿预言家衣服了，但是我不是狼，我是丘比特。"

"卧槽博哥不愧是演员！"

"现在跳丘比特有人信吗？"

"丘比特本来就搅混水啦，跳一跳扰乱视线也很好。"

"幸好我还有遗言，其实我还在思考我连的情侣究竟是什么身份，跳预言家就是想试试抢警徽，因为我知道没人会把警徽给丘比特。现在倒好，我自己还没看清楚就被夏习清带节奏弄出去了，到这一步我也只能说一点，我连的两个人你们大部分人应该猜不到。就这样吧我自己都不清楚。我走了，好人一定要相信我的话啊。"

"他还是想污习清吧？可能他自己也不知道习清是人狼，就是想污真的预言家。"

"反正习清的预言家身份拍不动，他只能这么污他了。而且晓晓暂时也不会暴露自己的丘比特身份。"

"但是习清真的是链子啊，好险啊这一局！"

场上的玩家神情各异，旁白声再一次出现："天黑请闭眼。"

天黑的音乐声结束后："狼人请睁眼。狼人请杀人。"

周自珩看了一眼夏修泽，夏修泽在犹豫。

按道理来说，杀预言家是最好的，因为预言家可以验人，但是这个警长也太厉害，又是"强神"，预言家反而没有警长这么可信。尽管许其琛没有像之前的人说的那样讲出女巫身份和给出的"银水"信息，但是周自珩可以断定，许其琛就是女巫。

他朝着夏修泽比了一个"2"，夏修泽最后点了点头，也对着镜头比了个"2"，不管怎么说，撕警徽没有错。

"完了完了，好人阵营最牛逼的神走了。"

"自珩是有多想赢啊哈哈哈，下手这么狠。"

"就看知许小哥哥能不能 carry 了，但他怎么说都是民……"

"要是底迪试一下刀哥哥应该能及时发现人狼恋，但是怎么说留一个女巫警长都挺可怕的，底迪也没办法。"

"狼人请闭眼。"

"预言家请睁眼。"

夏习清睁开眼睛，对着摄像头比了一个"8"。

"卧槽习清哥哥太厉害了！"

"两次都是'查杀'666666，要不是 xq 人狼恋了，这种神预言家绝对 carry 好人啊！"

"太聪明了吧！首验情侣来布置策略，二找最后一狼确定全场玩家定位，简直是开天眼打法。"

"这对情侣真的可怕哈哈哈哈哈！"

在"警上"投票的时候他就已经怀疑夏修泽了，虽然他逻辑自洽，但是在夏习清看来他就是利用自己做好身份。

杨博铁狼无疑，周自珩也是狼。夏习清只想查出最后一匹狼是谁，他只有两个怀疑对象，一个是夏修泽，一个是赵柯，但在他看来夏修泽明显狼面更大。

只要验出夏修泽，他就等于知道了场上所有人的身份。屠城局，杀人也得有个先后顺序。

"他的身份是……"导演组举起一张狼人提示板，"这个。"

果然。夏习清点了点头，闭上眼睛。

"女巫请睁眼。"

许其琛睁开眼睛，导演组开口但没有指出被刀的人："今晚死的是他。你有一瓶解药，请问要使用吗？"

"亲亲，今天晚上是你死了呢。"

"编剧小哥哥：好的，我死了。"

"许编应该猜到自己会死吧，表情好平静。"

"许编得开药，不然浪费了。但是我觉得他不可能毒到自珩，自珩在许编眼里简直是全场除了'银水'知许之外最做好的身份。"

"你有一瓶毒药，请问需要使用吗？"

许其琛凝眉思考了一会儿，他在犹豫要不要用这瓶药，可如果他不用，这瓶药就此作废，现在面临的是屠城局，宁可错杀一个平民也不能放过毒死一头狼的机会。

赵柯踩夏修泽拉阮晓，夏修泽"警上"投给了夏习清，阮晓……

阮晓发言实在是不太像平时的她，许其琛很清楚阮晓的能力，无论是《逃出生天》里面她惊人的计算能力和逻辑推理，还是上一局狼人杀作为闭眼平民的表现，她都不应该玩得这么混。

如果阮晓不是狼，起码是丘比特。

许其琛比了一个"3"，闭上了眼睛。

"天亮了。"

所有的玩家都睁开了双眼，等待旁白宣布结果。

"昨晚死的是2号玩家许其琛、3号玩家阮晓。没有遗言，请移交警徽。"

许其琛摘下身上的警徽，递给了身边的夏知许，也给了他一个眼神。相恋十年的默契让两个人在短暂的交接之下心领神会。夏知许轻微地点了点头。

"啊啊啊啊啊知许向上望着编剧小哥哥的眼神。"

"他的手！他好自然地摸了一下编剧小哥哥的腰！！！绝壁是情侣！！"

"好配！！这真的不是相亲节目吗？？？真的不是恋爱节目吗？到底有多少对啊？"

"警徽移交给老公了！Yes！！！"

"不是 KY，我觉得编剧小哥哥长得好像西亚大大，蒙住下半边脸简直一毛一样！"

"抓住西亚粉！！我永远喜欢西亚大大！"

"玩家离场。警徽移交给1号玩家夏知许。"旁白顿了顿，"下面请警长选择发言顺序。"

夏知许朝着夏习清扬了扬下巴，夏习清对着他就是一记白眼。

"哈哈哈哈哈叔侄简直天敌。"

"不知道为什么我有一、、吃叔侄，珩珩我对不起你！"

"吃叔侄的 Fong 了吗？这比骨科还骨科啊！"

"行吧我发言。"夏习清趴在桌子上，下巴尖抵着胳膊，笑起来像只讨喜又乖张的小猫，"我昨晚临时起意，验了夏知许，因为我怕琛琛会把警徽交给你，他不是给你就是给周自珩，他自己也说过了，你们两个在他这边身份最做好。保险起见，我得知道警长候选人是不是自己人，果然被我猜到了，他真的把警徽给你了。"

　　说完，夏习清侧过头看了看自己的左手边："你们都没死，你们中间至少一匹狼，或者两匹。"他又看向许其琛的空位，"但是有一点，我其实在想，我本来是不想抿神的，但是琛琛已经死了，说一说也没什么。在我看来琛琛是女巫，可是他为什么不跳身份，为什么不报自己的'银水'？不怕有人穿他的衣服吗？这一点我有点想不通。但是没关系，我当他是女巫走的。"

　　"剩下的狼坑我直接点了，杨博铁狼走的，阮晓大概率是一匹狼，她玩好人不是这么玩的，剩下我觉得只有一匹，要么赵柯，要么夏修泽，你们互踩，夏修泽'警上'投给我，验一推一，推了哪个我就验另一个，警长从这两个里面选。"说完，夏习清冲夏知许 wink 了一下，"你应该看得出来吧，这两个里面绝对有狼，我不多说了。过了吧。"

　　夏修泽扁了扁嘴，一脸委屈："我真的是民啊，就因为我一开始上票给真预言家了吗？我不懂为什么我给哥哥上票，哥哥还要推我。"

　　夏习清用手托腮，侧着身子对着他，一副"看你表演"的表情。

　　"哈哈哈哈哈哈你哥哥跟你本来就不是一路的啊哈哈哈。"

　　"他就算不是人狼恋也不是你这一边的啊弟弟！"

　　"底迪你清醒一点！！！"

　　"我真的是好人。"夏修泽解释道，"我觉得我既然'警上'敢给你投票就说明我不是狼了。虽然赵柯踩我，但是我还是要说，我觉得不是说赵柯拉过两个走了的人就一定是狼。难道阮晓就一定是毒死的？万一是链子呢？"说完他眼前一亮，"说不定许其琛并不是女巫，所以他走之前也没有报'银水'，因为他根本没有。他和阮晓说不定是情侣，人狼恋也有可能。"

　　上当了。夏习清不禁勾了勾嘴角，稍稍偏过头，对着夏知许扬了扬眉尾。

　　"卧槽感觉习清在下套！"

　　"完了完了，底迪聊爆了，xqgg 这是连环套啊，一套套俩！"

　　"所以我真的不是很清楚为什么一直针对我。我是好人是好人。"夏修泽叹了口气，"过吧。"

商思睿开始发言："我是民，就是一个普通村民，但是我觉得阮晓是狼走的，她上一场的发言，我在后台听过，非常有逻辑。这一场感觉她有点反常，带身份而且不是很阳光的身份。我也相信预言家说的杨博是铁狼，这样场上就只有一狼，我觉得是在赵柯和夏修泽里的，夏修泽刚才的发言老实说没什么内容，但是他捞了一把赵柯，我觉得他的好人面多一点。"

说完，他看了一眼自己左手边的赵柯："嗯……我觉得你等会儿好好发言，我会着重听你的发言。过。"

"感觉这一轮好险，如果推弟弟就是人狼恋打平民组，如果推赵柯，好人很难赢，狼和人狼恋搏一搏。"

"三三皱眉头的样子好可爱！！我可以！！"

到了赵柯发言，他的表情满是纠结，又十分不解："我不明白为什么祸水引到我这里了，难道就是因为我捞了一下阮晓和杨博？不是，你们想啊，如果我真的是狼，我敢那么捞人吗？"

"这话倒是真的，狼到这种时候是不敢随便捞人的。"

赵柯又道："阮晓我到现在都觉得她不像是狼走的，那在我的视角来看，现在场上应该是有两狼，夏习清这个预言家没人反，他给夏知许发了'金水'，这两个铁好人，我自己也是好人，我觉得夏修泽和周自珩、商思睿有可能有两狼。自珩的发言太做好了，商思睿和夏修泽吧，今天必须从这两个里面推。情侣也没有露面，我觉得现在局势挺明朗的，如果情侣你们发现彼此应该是好人就跳出来打吧，消除嫌疑。过。"

"自珩的身份太好了，到现在都没有人反他。"

"影帝当倒钩狼就是不一样啊。"

"到我了。"周自珩的表情仍旧没有太大的波澜，仿佛一个开了上帝视角置身事外的玩家，"我之前就说过，好人就要有好人的玩法，杨博很明显是狼走的，应该没有人会相信他是丘比特，阮晓都说过了我就不分析了，她狼面很大。"

"如果是这样……"周自珩微微皱起眉，眼神冷淡。

"我的妈周自珩这样的表情太他妈 A 了！！！"

"我的珩珩怎么可以又 A 又奶！！这是什么神仙宝贝！！"

"珩珩一皱眉我的心都颤了！"

"最后一匹狼和丘比特都在场上，现在身份不确定的人有夏修泽、赵柯、思睿还有我。赵柯和修泽狼面最大，但是如果让我选，我觉得是夏修泽，因为所有人都在点狼坑，只有你一个人，全程只聊自己，说自己是好人，理由很苍白。"

"卧槽开始卖底迪了！！"

"倒钩影帝狼在线卖队友！"

"底迪：嫂子你怎么可以酱紫？！"

"情侣我认为也在场，其琛我认为他是女巫走的，毕竟到目前为止没有人穿他的女巫衣服，当然，如果警长一会儿穿的话，当我没说。"说完，他看了一眼夏知许，夏知许的手把玩着那枚许其琛留下的警徽，抬眼和周自珩对视了一下，笑了。

"卧槽两攻对峙！！气场好强！"

"虎牙小哥哥笑得好邪啊！之前明明超级阳光的！夏家人怎么都有这种气质？"

"虎牙太戳我了嘤嘤嘤，三三对不起我就爬一秒！！就一秒！"

"警长认女巫的话，之前的推理都要重来了。不过我还是会跟警长的票，毕竟警长是预言家给的'金水'。但是说不定警长是丘比特，毕竟现在场上没有丘比特。过。"

夏知许拿警徽敲了两下桌面："警长发言。这把推夏修泽。"

夏修泽的表情突然委屈。

"嘤嘤嘤底迪好可怜！"

"虎牙小哥哥绝对是攻，气场真的强。"

"我来告诉你为什么。"夏知许对着夏修泽，"你刚刚聊爆了你知道吗？你说许其琛不是女巫，他和阮晓可能是情侣一起走的。你觉得阮晓是狼，那我想请问，第一天走了一个‘查杀’，夜晚只剩两只狼，其中一个是你口中被连了情侣的阮晓，她怎么可能任由另一匹狼刀死自己的情侣许其琛？”

“卧槽这个漏洞！”

“难怪当时底迪刚说完习清就笑了！！！我懂了！！！”

“天哪我鸡皮疙瘩起来了，习清当时的发言是故意的！他故意在自己发言的时候说为什么许编不认女巫身份，其实是为了给底迪挖坑！本来底迪应该是没想到污许编是情侣的，结果哥哥这么一说底迪就想到了，顺嘴说了出来！结果就聊爆了。天哪 xqgg 太腹黑了！”

“最可怕的不是 xqgg 给底迪挖坑啊，最可怕的是 xqgg 借着坑弟弟的同时坑侄子，现在把修泽弟弟推出去，就只剩下人狼恋和好人组了。”

“卧槽 xqgg 这一手一石二鸟太厉害了，自己愣是半点都没有暴露！”

“而且自珩也补刀弟弟，做好了自己的身份又推出去最后一个狼队友，绝了这对夫夫。”

夏知许接着说：“我知道，你一听到习清晚上会验你就慌了。发言不堪一击，全场只有你一个人没有排狼坑，又污许其琛是情侣，他怎么可能和阮晓是情侣？”

“虎牙小哥哥：他明明和我是情侣！”

“哈哈哈哈哈哈哈虎牙小哥哥在线抢人！”

“他之所以不穿女巫的衣服走，就是想再诈出一匹狼的身份，就算没有狼穿他的衣服，也一定会有狼跟着杨博的思路，污他是情侣或者丘比特。他如果不是女巫，那还有谁敢认女巫？”夏知许笑起来，不经意间露出虎牙，“而且你们狼人第一晚刀的是我吧，许其琛会把警徽交给我，不是因为别的，只是因为我是他第一晚救过的那个人。”

“天哪虎牙小哥哥和许编的默契。”

“突然迷上这对 CP ！！！”

“不知道为什么最后一句话脑补了一部完整的小说！！！阳光张扬攻

× 冷静内敛受！嗑了嗑了。"

"行了，跟我全票出夏修泽吧，谁不投他我就认谁是他狼队友。我觉得阮晓应该不是狼，八成是个丘比特走的。过。"

"场上的四大高玩，周自珩，夏习清，虎牙小哥哥还有许编。"

"公投开始，请各位玩家投票。"导演组看了一眼票型，"所有玩家均投给了8号玩家夏修泽。夏修泽出局，没有遗言。"

"弟弟要是看出人狼恋应该自爆的。"

"他应该没看出来，这个时候就算自珩不是人狼恋也不能捞他，不然倒钩就无效了。"

"天黑请闭眼。"

灯光再一次变换，所有玩家闭上双眼，等待第三夜的降临。

"狼人请睁眼。"

周自珩独自一人抬起了头。

"卧槽这个画面好帅！全场唯一——匹狼！还是双面间谍！！"

"妈耶这个抬头 A 得我腿软！！我可以！！珩珩我真的可以！！"

"只有 zzh 可以让我在女友粉和妈粉之间无缝转换。"

"狼人请杀人。"

毫无悬念，周自珩比了一个"1"。

"肯定撕警徽了。"

"zzh：我是1。"

"此处可截表情包哈哈哈哈，我是1。"

"狼人请闭眼。女巫请睁眼。"

旁白照旧念完了所有女巫的台词，然后叫醒了预言家："预言家请睁眼。"

夏习清抬起头，懒洋洋直视镜头。

"我的妈自习为什么都这么 A ！！！"

"我永远喜欢玩游戏的自习！！！我可以看他们玩一辈子的游戏！！玩

游戏的时候实在是太有魅力了！高智商的魅力！"

"天啊这对情侣是活到最后的夜间玩家。可怕。"

"预言家请验人。"

夏习清缓缓摇头，没比数字直接伸出手遮住双眼。

"xxq：还验什么验。"

"xqgg：你们这个游戏的预言家好没有意思哦。"

"这个小表情又踮又可爱！！"

"天亮了。昨晚死的是1号玩家，请移交警徽。"

夏知许比了个叉。

"1号玩家选择撕掉警徽。"

"我就知道虎牙小哥哥会撕警徽的，他不会给 xqgg。"

"给 xqgg 这一局就结束了。"

"从死者右手边开始发言。"

夏习清坐直了身子："昨晚我验了周自珩，是个好人，那我就纳闷了，现在游戏还没结束，起码还有一头狼。"他看了看自己的左手边，"那只能是思睿和赵柯你们俩之间了。思睿……你这局发言可以啊，难不成又是你最擅长的倒钩？毕竟你在《逃出生天》里就特别能装蒜。赵柯我之前觉得挺不做好的，但是我现在又改主意了。"

"老实说，我觉得狼人想污我情侣的身份，所以一直不杀我，因为他们知道杀我也没意义了。剩下的水排一排就出去了，留我这个预言家反而可以帮他们搅乱视线。"夏习清看了一眼周自珩，"我在想，周自珩不会连了情侣吧，你一直打得这么谨慎，难道连了好人？那你们到时候说一下啊，免得我们把你们推出去，这样狼就赢了。"

"如果你不说，我就当你连的人狼。"夏习清嘴角勾了一下，"那我就推你。"

"卧槽太脏了哈哈哈哈哈哈哈！"

"zzh：跟我老婆当情侣真是心惊肉跳。"

"但是我相信听这两个人发完言我就知道谁是最后一头狼了。可以啊这一局，狼人藏得好啊。过。"

商思睿一副从深思中抽离的表情："习清的话我觉得有道理。但是我的的确确是好人，我觉得现在在我看来很明显了啊，预言家点情侣，那他肯定没连，他从一开始就跳得那么活跃，不像是有情侣的人。赵柯是狼，而且和周自珩连在一起了。推完他们我们好人就赢了啊。反正赵柯是狼，把他推出去吧这一轮，好人稳赢啊。"

"上套了！！三三你被夏习清骗了！！！"

"我说为什么 xqgg 拿预言家打得这么花，原来是想消除别人对他连情侣的怀疑。"

赵柯的脾气都快起来了："不是，怎么我就是狼了。我不懂啊，预言家说什么你都信啊，万一预言家跟周自珩连了呢。哎不对，"他的思路开始乱了，"那就是人人恋，那你商思睿是狼啊，你是不是想白天推我，晚上刀情侣？完了全场就剩你一个人，狼啊你。"

"完蛋了哈哈哈哈赵柯也上套了，妈呀 xqgg 全程挖坑，看着好人一个一个往里跳！"

"赵柯着急了！赵柯没想到 zzh 的好人身份是 xxq 给的啊！这个地方想透了就明白了！"

"自习 CP：我就静静地看着你们民踩民。"

"投商思睿吧，他肯定是最后一匹狼！过。"

最后一个发言的是周自珩，他许久没有开口，场上一度气氛沉寂。

过了好一会儿，他才抬起头："我的确连了情侣，但是就在昨天我都以为自己是连的人人恋，因为和我连的那个人发言太像村民了。但是现在我开始怀疑了。思睿。"他忽然看向商思睿，商思睿一脸蒙逼。

"三三：你要干什么！！！我不认识你啊！！"

"妈耶三三快气哭了哈哈哈哈哈。"

"zzh 腹黑的样子太他妈迷人了！！！天哪我爱死自习了！！双腹黑！

黑吃黑！”

“你是狼吧。”周自珩续道，“我现在觉得你是隐狼。我都蒙了我一直按人人恋打的。”

商思睿疯狂摇头。

“三三：我不是！我没有！你瞎说！！”

“哈哈哈哈哈三三断头式摇头。”

“这一轮我弃权。我打得都没斗志了。”周自珩丧气地往椅子背一靠，“我真一直以为是人人，结果这个反转弄得我直接蒙逼了。投票吧投票吧。”

“周自珩你还演！！！你真的太戏精了哈哈哈哈！”

“xqgg 居然可以不笑场哈哈哈哈哈哈我要笑死了！”

“开始公投。”

“5号玩家夏习清、6号玩家商思睿投给7号玩家赵柯，9号玩家周自珩、7号玩家赵柯投给6号玩家商思睿。”

“哈哈哈哈哈哈哈哈这个票型！！赵柯一脸蒙逼！！！”

“赵柯：哎哎哎我以为你们都投商思睿的啊！！怎么回事？！”

“这一局各种蒙逼哈哈哈哈哈。”

“连商思睿都蒙了哈哈哈哈。”

“卧槽我要不是上帝视角我真的看不懂这一局了。所以 zzh 假装自己的情侣是赵柯，刚才假装给 ssr 泼脏水，xxq 假装看出了 ssr 是被脏的，所以投了另一个人。这两个人怎么这么会演啊。”

“自习不能让别人两个平民好好地走吗？不能给人保留最后的尊严吗？”

“平票，6号玩家商思睿和7号玩家赵柯上 PK 台。”

“哈哈哈哈哈哈哈哈哈哈哈哈两个无辜平民 PK 什么啊，巴拉巴拉说一堆，最后挑一个投死，神狼恋都赢了啊。现在的投票权全部在神狼恋的手上。”

“节目组不在这个时候喊游戏结束就是为了娱乐效果吧，节目组也好坏。”

“啊哈哈哈哈哈平民上 PK 台，神狼恋情侣决定他们的生死，这是什么局啊！”

“我觉得自习早就知道自己能赢了，所以现在在玩弄这两条无辜又弱小的小生命！简直杀人狂魔情侣哈哈哈哈！”

“天哪这两个可怕的变态！！细思极恐哈哈哈哈哈哈！”

商思睿先发言：“不是，周自珩肯定是污我身份啊，习清你看出来了对吧，人狼恋你们交牌吧。不行，习清你没有警徽，你们两个人平票怎么办。”说完商思睿看向周自珩，“你不是说你弃票吗？你怎么这么不讲信用？”

“哈哈哈哈哈三三急了！”

“三三太可爱了！你不讲信用！他是狼啊宝贝。”

“我不知道，习清肯定是信我的。”

夏习清对着商思睿认真地点了点头。

“这一局不投赵柯就输了，习清你千万要坚定立场。我不知道说什么了。过吧。”

赵柯也很莫名：“怎么我就跟周自珩连了，他都说他连你了。他投你就是因为他不想玩了啊，投你你们俩一块出局，游戏就结束了啊。这么简单的道理，习清你到底怎么在玩啊，投商思睿啊。”

“哈哈哈哈哈哈太有意思了，节目组还不如直接告诉他们好人已经输了哈哈哈哈！”

“习清你一定要投商思睿，你睁开眼看清楚啊，他就是最后那匹隐狼。”

“xxq：我老公才是。”

“投商思睿投商思睿投商思睿，过。”

“现在开始公投。”

自习默契地同时举起食指和拇指，比了一个“6”。

“6号玩家商思睿出局，游戏结束。”

节目组故意停顿了很久，赵柯拍着桌面：“你们倒是快点啊啊！！！”

"丘比特阵营获胜！！"

"哇！！！太精彩了这一局，神狼恋超神了！！！"

"天哪上帝视角完全是爽文即视感！！我的 CP 怎么这么666！"

"许编和虎牙小哥哥估计看最后一段会吐血。"

"不可能啊我擦，"赵柯指着商思睿，"他不是最后一匹狼？那谁是？"

周自珩站起来，两手插兜，微微一笑："我啊。"

"卧槽。"赵柯抱住自己的头，"那……"

他还没说，商思睿先恍然大悟："我天！！！习清和自珩是情侣！！！"

赵柯浑身鸡皮疙瘩都起来了："卧槽卧槽卧槽……我从头到尾都被骗了。"

其他的玩家都一一上场了，夏知许气得不行："我在后面急死了，你们投周自珩啊，你们俩投周自珩还有的玩，互踩一点活路都没有啊！周自珩最后的发言那么脏你们看不出来啊！！真是服了！"

"哈哈哈哈哈果然虎牙小哥哥气死了。"

琛琛温和地笑着："其实我出局之后，还没走到监控室，就发现不对劲了。习清这种打法是逆向思维，就是不想让我们把他和情侣联想到一起。我给忽略了。"

杨博也接道："别说你了，连我都没想到自珩是情侣，我还以为狼队会赢，太天真了，这对情侣太厉害了。"

商思睿双手掐住夏习清的脖子："啊啊啊你就不能让我痛痛快快地死吗？？为什么最后还要让我上 PK 台！你好残忍啊习清清！"

夏习清笑个不停，捧住了商思睿的脸蛋揉了一把："你俩最后快笑死我了，我差点绷不住。"

赵柯一脸回不了神的虚脱表情："周自珩……枉我跟你一个院长大，我们从小可是穿一条裤子的……我替你挨过多少次打……我那么信任你……你怎么可以这样……你这个骗子……"

"哈哈哈哈……柯子疯了。"

阮晓得意地看着他："你输就输了别这么丢人。"

"你果然是丘比特！"赵柯腾地一下子站起来，然后又心痛地捂住胸口，"我居然被兄弟和女友同时插刀！天理何在啊……"

"卧槽赵柯小哥哥和晓晓是情侣？？？"

"这节目有毒吗？？？赵柯！！夺妻之仇不共戴天！！"

"我的晓晓不是单身了？？？"

"哈哈哈哈哈赵柯小哥哥好可爱啊。"

周自珩的手仍旧插在兜里，笑着看赵柯在那儿闹腾，视线越过他，看见了夏习清的侧脸，说不上算不算心灵感应，就在那一刻，和商思睿说话的夏习清忽然转过脸，对上了周自珩的眼神。

夏习清的眼神忽然间柔软起来，笑得很甜。

"天哪我的习清哥哥好甜！！！"

"笑得好可爱啊。"

"zzh虽然很攻，可是笑起来眼睛是弯弯的，是月牙笑眼啊。太甜了我的情侣组。"

"其实我也很胆战心惊啊。"周自珩忽然开口，所有人都看向他，"习清打得这么外放，随时可能死，我都做好心理准备了。"

"啊啊啊啊啊啊啊太甜了我酸了！！！"

周自珩走到了夏习清的身边，伸出手，轻轻拨了拨夏习清长到有些挡眼睛的额发。

"思睿自动避让了哈哈哈哈单身狗的自觉。"

"不过……"周自珩再一次开口，声音沉沉的，仿佛可以随着空气缓缓坠落下来一样。

夏习清歪着脑袋望着他，眼睛里透着澄澈的光，静静地等着周自珩的下文。

"没能陪你殉情，也有点可惜。"周自珩弯下腰，凑到了他的耳边，他的声音很轻很轻，就像蝴蝶闪动了一下翅膀，却在夏习清的心里卷起一阵吞没山河的海啸。

"有什么可惜的。"夏习清假装不经意低下了头，他也说不清是为什么，心脏跳得好快，"我只想和你一起赢。"

在《逃出生天》里没能做到的，终于得到了补偿。

"赢也很好……"周自珩直起身子，手指慢慢下移，抚上夏习清后颈微微凸起的脊骨，从毛衣的领口露出来，被薄薄的皮肤包裹住，有一种难以言喻的性感。

"但我毕竟是一个不成熟的理想主义者。"

夏习清抬头去看他，像是要故意使坏把周自珩的手夹起来似的，嘴角带笑。周自珩的手顺着去碰了碰他的脸颊。

"我偶尔也想和我的理想一起死去。"

时间的尺度总是变幻莫测。

缓慢的时候像是放慢的镜头，每一帧都在感官中停留。可一旦加快速度，就像流沙一样无法捕捉。

夏日被聒噪的蝉鸣催促着抵达。

临近毕业，周自珩推掉了所有工作，每天一门心思在学校埋头写论文。原本他还觉得自己这样有些冷落夏习清，可奇怪的是，夏习清最近也忙了起来，几乎天天早出晚归，两个人连忙碌期都撞到了一起。

就这么头昏脑涨忙活了几个月，终于顺利完成答辩，周自珩也有了时间补之前的一些工作。五月的最后一天，从苏梅岛拍完广告回来，周自珩给夏习清打了电话，问他晚上有没有时间一起吃饭。

"吃饭……"夏习清那头似乎在忙，说话断断续续的，"我可能要晚一点。不然你先定地方，八点之后我就有时间了，到时候我去找你。"

周自珩"嗯"了一声，挂断电话的时候顺便看了眼时间，已经是下午四点多。他交代小罗帮他在一家非常私密的西餐厅订了位置，自己回了趟本家。晚上七点半的时候就出发去了餐厅，在包间里等了半个小时，终于等到了夏习清。

他的样子很是匆忙："我没迟到太久吧？"

"没有。"周自珩拉了一下他的手，发现他手掌缠了一圈纱布，心一下子揪起来，"这是怎么了？你受伤了？怎么弄的？"

"就一点小伤口，没事，过几天就好了。"夏习清揉了一把周自珩的耳朵，自己走到对面坐下。

"怎么弄的？"周自珩又问了一遍。

"嗯……"夏习清的表情有些犹豫，"没什么，就是艺术展的事，不小心割到了。"

"小心一点。"

夏习清眨了下眼，语气轻快："我知道。"他习惯性用右手撑着脸侧，但刚支起手肘，就换了一只，眼睛望着周自珩的脸，"你瘦了。"

还没等周自珩接他的话，夏习清又补充了一句："我好想你。"

像他这样游戏人间的秉性，极少用诚恳直白的表述，所以即便是周自珩都不由得愣了愣，不知道该如何给予反馈。

他也好想夏习清，闲下来的每分每秒都在想他。

许久没有好好聊天的两人趁着等菜的时间好好说了会儿话，等到服务生推门进来上前菜的时候，周自珩的手机响了，是他老师的电话。

"我出去一下，很快回来。"

站在包间外打了十分钟的电话，大部分都是在说申请研究生之类的事，挂断电话之后，周自珩转过身推门进去，刚带上门，就看见刚才还和他谈天的夏习清竟趴在桌上睡着了。

他的脸埋在桌子上，左胳膊垫在额头下面，右手则垂了下来，浑身都透着疲倦。

究竟在忙什么，累成这个样子？

周自珩放轻脚步，缓缓走到他的身侧，蹲下来伸出手轻轻地解开他手掌上的纱布。

纱布一圈一圈被取下来，夏习清掌心的伤口也终于暴露在他眼前，像是被什么东西割伤了似的，虽然不是很深，但是多少有些发炎。

周自珩的一颗心就像是被一双无形的手给攥住了，想替他把伤口再缠好，却看见他垂下的手指动了一下。

夏习清醒过来了。

他先是抬头看了一眼对面，是空荡荡的椅子，然后迷茫地转过头，迟钝的目光在空气里探寻了好久，在看见蹲在身侧的周自珩时才缓慢对焦。

"你怎么在这儿……"他半醒时的声音比往日软了许多，眼睛里像是蒙了雾似的，水汽迷蒙。

周自珩站起来，摸了一下他的头："怎么这么困啊？"

夏习清没说话，只是把脑袋贴上周自珩的小腹，手臂环住他的腰，完完全全一副撒娇的样子。周自珩宽大的手掌从他的头顶抚摩到他的后颈，一下又一下，温柔得要命。

"你怎么像在撸猫。"夏习清的声音闷闷的，带着一点没睡醒的鼻音，在周自珩听来可爱极了。

你比猫还可爱。

比世界上任何一个小动物都可爱。

一想到这样柔软任性的夏习清只有自己可以看到，这种特殊又极端不符合夏习清本人的性质就被他肆意打上了"周自珩专属"的标签，心情一瞬间抛上云端。

"先吃饭，等会儿我们就回去睡觉。"周自珩拍了两下他的背，走过去把椅子拉到了夏习清的身边，把自己的餐具也都挪过来，吃顿饭隔这么远，他早就觉得不自在了。

夏习清发现自己手上的纱布被他拆开，只是低头仔细地绕了回去，周自珩没有问，他也就没有解释。

吃完饭，两个人从餐厅出来。夏天来得匆促，湿答答带着一身火热的潮气闯入这个干燥的城市。两个人并肩走到停车场，就在夏习清拉开车门的时候，周自珩忽然开口。

"我这周五毕业典礼。"

夏习清的手顿了顿，他的脸上并没有惊讶的神情，但嘴里却说着："这么快？"

周自珩觉得疑惑，但还是绕到驾驶座那边："我开车，你手受伤了。"夏习清拗不过他，只好自己走到副驾驶座。

"感觉你才刚答辩完。"夏习清捏了捏自己的鼻梁，"太忙了，每天过得都不记日子。"

"我这两天要出差，去一趟美国。"没等周自珩说话，夏习清自己先开口，"不过我一定会在你毕业典礼开始之前赶回来，放心。"

夏习清说放心，周自珩就不怀疑。

他的确连续好几天没有回家。

毕业典礼的当天，周妈妈特地来找他，大清早就催着他去了学校，明明是周自珩毕业，妈妈倒是比他还激动："我特意带了相机给你录像。"

周自珩兴致不高，低头看着自己的手机。

"你怎么了？"等绿灯的时候周妈妈看了他一眼，"是不是病了？"

"没有。"周自珩把手机关了，后脑勺一下一下点在座椅靠背上。

"是不是等习清啊？"

周自珩愣住，僵硬地转过脸去看妈妈："你怎么知道？"

"你还能瞒过我？"绿灯了，周妈妈一脚踩上油门，"习清刚刚还给我打了电话，说一会儿来找我们。"

"那他为什么不给我打电话呢？"周自珩像个孩子似的，侧过身子抓住妈妈的胳膊，"他还说什么了？"

"别的就没说什么了。"周妈妈专注地开着车，突然想到了什么，"哦对了。"

周自珩靠在座椅上的头立刻抬起来，以为是有关夏习清的事。

看见儿子这样积极，周母不禁笑了出来："不是习清，是你们主任。刚刚他也给我打电话了，你到了先去趟主任办公室，应该是有事找你。"

　　在心里默默叹了口气，周自珩转过身子望向窗外。阳光散漫地从柔软的云层倾泄下来，穿透葱郁的林荫，遥遥下落，隔着玻璃抵达他的肩头，把他黑色的学士服晒得发烫。

　　他无比渴望夏习清可以见证这一天，从很久很久以前就这样想。尽管他很清楚，这个日子只是在自己的心目中稍显特殊，于夏习清而言，充其量不过是恋人的毕业日。可毕业日，意味着一个阶段的顺利结束，也意味着成长。

　　周自珩希望自己可以在夏习清的心中毕业。

　　不是为了能保护他，也不是要强于他，这些周自珩不期待，夏习清也不喜欢。

　　他只想成为一个在任何方面都足够与夏习清势均力敌的爱人，即使有着无法跨越的岁月鸿沟，也可以称得上是一个成熟的爱人。

　　来到学院，许多一起毕业的同学都前来和周自珩合影，很多都是周自珩并不熟悉的面孔，大概是想把握住最后的机会和明星同学留下纪念。周自珩虽然一贯独来独往，但其实根本不是可以轻易拒绝别人的性格，所以一直很认真地跟大家合照。

　　现场大部分都是毕业的学生，只有少部分一路跟着周自珩的粉丝。一开始周自珩就已经在小号上说过，不希望太多的粉丝来到学校，怕会影响到其他的同学。

　　看着儿子被困在与人合影的窘境之中，站在一旁的周母轻声提醒："珩珩，你别忘了去找王主任。"听到母亲的话，周自珩才想起来，一面说着抱歉，一面从人群中抽身："妈你和我一起去吗？"

　　"你自己去吧，我就在这儿等你。"

　　周自珩点了点头，独自一人走到主任的办公室，他觉得奇怪，无论有什么事，主任都不应该在毕业典礼当天找他，可既然是妈妈说的，肯定没有错。他抬手叩了叩门："主任，我来了。"

刚给自己倒了一杯茶的王主任抬头看向门外，见到周自珩的第一时间脸上便浮现出笑容。

"自珩来了，进来吧。"

周自珩自觉地准备在主任对面坐下，可谁知主任却拦了他一下："哎等等，我们长话短说就不坐着聊了，等会儿我还得领着你下去。"

他的脸上不禁流露出一丝不解，主任笑道："是这样的。你是一个非常优秀的学生，为学院也传播了很好的价值导向，不管是学校还是院里都一直以有你这样的优秀学生为荣。"

"谢谢主任。"周自珩礼貌地笑了一下。

"学院也非常感谢你的捐赠，其实像你这种刚毕业就进行校友捐赠还是头一回，不过……"

周自珩怔了怔，眉头皱起："捐赠？主任您刚刚说什么？我没听明白。"

王主任突然笑了："自珩你怎么还装傻呢。"他忽然又反应过来，"难不成你不知道？不对啊，那个文件上就是写的你的名字啊。算了算了，你跟我来。"说罢，王主任就带着周自珩来到了新楼。一路上周自珩都在回想刚才主任说过的话。

捐赠？他想到了刚才嘱咐他来找主任的母亲，难不成是父母偷偷以他的名义替他为学校做了捐资？

"到了。"

空旷的一楼大厅难得地围了许多人，听见主任说到了，周自珩从思索中抽离，视线随着主任的示意看过去，在大厅的正中央，从天井式上庭悬空垂下一个巨大的白色幕帘，四面包围，一直落到地面，似乎是为了遮蔽什么而被人悬挂起来的。

"这是……？"

"你先看，一会儿咱们还要合影。"王主任叫开了周围的学生，令人将幕帘放下来，"这个展品的寓意很不错，很符合我们学院的风格。听办理捐赠的老师说，这是不久前纽约时代艺术展的金奖作品。学院很感谢你的捐赠……"

艺术这个词出现的第一时间，周自珩的大脑就开始停止运转。

后面的话，他再没听进去了。

只一瞬，四面相围的白色幕帘从上至下地坠落下来，在周围人的惊呼声之中，里面藏匿的神秘捐赠终于展露无遗。

视线触及的那一秒，他疯狂跳动的心脏就几近骤停。

那是一尊现代主义公共雕塑，看起来有六米高。远远看，最外层是无数颗大小不一的细小球状体，颜色大多是蓝色和金色，在大厅的强光之下泛着漂亮的金属光泽。

所有微观的小球环绕成一个放倒的椭圆体，每一颗都拖着一道光一样的尾巴，里面有光，从无数粒子的缝隙间透出，这些粒子像是灵动的，像是统一地飞溅开，像是……

"大爆炸……"

所有的粒子离开我飞奔向你。

周自珩喃喃自语，步伐被渐沉的意识带领，一步步走向那件巨大而恢宏的展品。被人群遮蔽的视野逐渐清晰，他看见了更多。

大爆炸只是最外层的一个"壳"，飞散开来的两个半边围出一个空心的区域。

外壳的右下角，有一个手掌大小的金色铭牌，上面写着创作者的名字。

创作者：Negative particles。

负粒子。

这个词组对周自珩的心脏完美地完成了怦然一击。

捐赠人：周自珩。

下面还铭刻了一句寄语——

浩瀚宇宙无法私有，却可以寄存于追寻理想的眼中。

迈入"大爆炸"中心的他如同踏入真空宇宙，喧闹的议论声一瞬间收束，消失在周自珩的耳畔，脚步变得缓慢，心脏被失重感欺骗，飘浮起来。

外壳里面，是一个铜铸的小男孩，胸口的上衣口袋里插着一朵小小的玫瑰。他的双手捧着一本书，书页连接着两股旋转上升的螺旋体，一股由许许多多的白色粒子组成，另一股则是黑色。完全相反的两个力量在吸引中相斥，对抗中交融。

正粒子与负粒子在银河系纠缠共舞。

捧着书的小男孩抬着他的头颅，周自珩也抬起头，视线随着这美丽的螺旋体一点一点上移。

在大爆炸的中心，在正负粒子相撞交融的顶端，悬挂着一颗星球。

在周自珩仰视的温柔眼眸中，沉静地闪闪发光。

"物理学院的优秀毕业生，我想请教你一个问题。"

身后传来一个熟悉的声音，那是周自珩在看见这个雕塑之前预计的最低概率。

从这个鲜活美丽的空间站发射出的无线电讯号，穿越亿万光年，拂开飘浮弥散的璀璨星尘，闯入他孤独寂静的宇宙。

回过头，视线搭上追赶光速的飞船，降落在那张比星云更美的面孔上。

悬浮的心脏，在他的微笑中抵达目的地。

夏习清伸出背在身后的右手，那只缠着纱布的手握着一枝红玫瑰，递了过来。他抬头，指了指那颗发光的星星，眼神天真而温柔。

"它为什么会发光？"

"这是你什么时候做的？"周自珩脸上的欣喜溢于言表。这种透着青春和阳光的笑容在夏习清看来珍贵无比。

他爱极了周自珩身上一尘不染的少年气，不来源于外表，而是从骨子里透出来的干净和坚定。毕竟在这个物欲横流的世界，连纯粹的怀抱理想都被迫变成一腔孤勇。

"在你忙着写毕业论文的时候，我就已经在准备了，好几个月呢。"夏习清走到那个小男孩的面前，指着他手里的书，"你也看看细节啊，理科生。"

周自珩也跟着走过去，低下了头。原来书上也刻了字，在旋转上升的正负粒子风暴的附近，刻着周自珩曾经对他说过的那个故事，是非常隽秀的英文手写体。

"你真的……好厉害。"周自珩感觉自己突然间失去了表达能力，像个小学生一样只会使用最低级别的措辞。可他的眼睛里却亮亮的，比得到全世界还要快乐。说完那句话，他又低下头，手指细细地抚摩着书上的字迹。

夏习清站在一边，凝视着欣赏雕塑的他。

周自珩无疑是灿烂的，拥有千千万万人炽热的爱。

但面对理想的时候，他才真正发着光。

而此刻，夏习清是这个世界上唯一一个知道他为什么会发光的人。

这件作品从设计到完工，花费了近四个月，夏习清几乎是在年后就开始着手设计稿，满世界寻找合适的材料。每一颗小小的"粒子"都是夏习清在工作室一个人独立完成的，从打磨到上色，每一道工序都倾注着他对艺术的热忱，对周自珩的爱。

"你做了多少颗？"周自珩抬头，伸手摸了摸小小的黑色粒子，提出了他一直想问的疑问。

夏习清还来不及回答，就看见王主任带了个新闻社的小学妹走过来，要和周自珩一起合影。夏习清自觉地退了出去，周自珩的目光追随着他，看见他远远地站到一边，伸手朝自己比画了四个数字。

1、3、1、4。

一千三百一十四颗对撞的正负粒子。

太俗套了，夏习清想。他原本不想告诉周自珩的。可是自己就是这么俗套地做了，违背美学中常见的随机性也好，矫情地刻意而为也罢，他就是想。

起码在看到周自珩为此微笑的瞬间，他内心得到了极大的满足。

远远望着周自珩的夏习清忽然间发现自己真的变了好多。以前的他总是不太愿意创作公共雕塑，总觉得自己那些孤寂黑暗的作品并不适合暴露在大众的视野之下，格格不入的结果就是在不理解的目光中融化，化成一摊污水，流到见不得人的地方去。

可现在的他却希望自己的心血可以尽可能地好，尽可能地充满希望，让所有人看到的时候都不禁为之驻足，为之振奋鼓舞，这样他才能放心地在这件作品上署上周自珩的名字。

合影完毕，周自珩从主任的手中接过捐赠证书，鞠了下躬，面带笑容地朝夏习清走来。倚在大理石柱子上的夏习清打趣道："你比你们主任高那么多，真是为难人家拍照的小姑娘。"

"那有什么办法。"周自珩抬了抬眉毛，捏着手里的玫瑰花跟着夏习清一面朝楼外走去，一面低头看着捐赠证书上自己的名字。

"喜欢这个毕业礼物吗？"

走下台阶的一瞬，阳光落在夏习清的脸上，让他说话的时候微微眯了些眼睛，是个可爱的小动作。

"当然。"周自珩大大方方地牵起他的手，"谢谢你。"

这个世界上能有几个人，可以获得孤傲艺术家的青睐。

仅凭这一点，周自珩都觉得自己无比幸运。和他牵手的时候感觉到粗粝的纱布在掌心磨着，周自珩又开始心疼起来："这是你做雕塑的时候弄的吧。"

"我想事情入了迷，想拿刀切割材料，结果握了刀刃那头，就被割了一下。"夏习清说得轻描淡写，可周自珩却很心疼。他完全可以想象出夏习清把自己关在安静的工作室，沉默地完成每一个细节的情形。

就很心疼，很想抱住他。

"你最后那几天说出差，是真的去美国了吗？"

夏习清点头："嗯，我去纽约领奖。"

原来主任说的是真的。周自珩不禁感到奇怪，在他看来夏习清从来不是一个会追逐奖项的人，他对于艺术的观点永远独立，从不主动追求别人的评价和赞誉，主动参奖的事完全不是他的处事作风。

"是不是觉得理解不了？"夏习清完全读懂了周自珩眼中的念头，他笑了出来，"毕竟是要以你的名义捐赠出去，总不能随随便便弄件雕塑，虽然我不觉得艺术品的价值应该用所谓奖项来衡量，但是面对普罗大众，这是最快让他们信服和崇拜的方式。"

"一个匿名创作者的作品，虽然没名气，但如果有金奖的光环……"夏习清侧过脸去看他，"还是配得上我们珩珩的。"

他又用这样的称呼了。

"那就……"周自珩的胳膊搭在他肩上，揽着他一起走在隐蔽的中庭小路，抬了抬手腕，抚摩他的侧脸，"谢谢习清哥哥咯。"

"真乖。"

两人走到之前周自珩和母亲分开的地方，看见周妈妈和穿着学士服的赵柯正站在树下聊天，旁边是穿了一条红裙子的阮晓，她最先看到周自珩和夏习清，胳膊伸展兴奋地朝他们挥手。

周妈妈笑眯眯地看着他们俩："看了习清给你的礼物了？"听见妈妈这么问，周自珩才恍然大悟，原来一早妈妈就在给他做铺垫了。

"你早就知道了。"周自珩无奈地笑道，"就瞒我一个人。"

赵柯笑得贱兮兮的："惊喜嘛，说出来就失效了，哎呀你说你什么好福气啊，那么大的一个雕塑。"说完他捂住胸口，摇头感叹，"今天的我也真实地酸了。"

阮晓拿手提包砸了一下赵柯的后背："你说什么？"

"没什么，没什么。"赵柯一把揽住阮晓的腰，"我可甜了。"

"不要脸。"周自珩无情吐槽。

周妈妈想起什么似的："哦对了。刚刚你嫂子给我打电话，问你有没有空做个直播，你的很多小粉丝都听你的话没有来，小茵说做半个小时直播让大家开心开心。"

周自珩倒是没有太大的意见，他不想让粉丝来只是害怕扰乱秩序，但和她们分享自己毕业的这一天，对他来说也是意义重大的一件事。

因为之后还有统一组织的毕业典礼，周自珩只能现在就开直播，不过他并不希望太多人看到，也不想让这一次分享变成一个明星的宣传，所以他用自己的微博小号开了直播。

不到三分钟，直播间的弹幕就已经刷到飞起，他把玫瑰花递给妈妈，手机放在自拍杆上，拿得远远的，让所有人都一起入镜，除了不愿露脸的母亲。

"你们好啊。"周自珩对着镜头笑了一下，"今天是我的毕业礼，我相信你们应该早就知道了。"

"啊啊啊啊啊啊 zzh 穿学士服怎么这么好看！"

"恭喜珩珩毕业！珩珩以后就是踏入社会的大人了！"

"啊啊啊 xqgg！！！天哪我就知道 xqgg 一定会参加珩珩的毕业礼，xqgg 怎么这么好，好感动呜呜呜呜呜呜！"

"还有晓晓和赵柯！对啊赵柯也毕业了！恭喜恭喜呀！"

"珩珩毕业！妈妈好欣慰！！珩珩是最棒最棒的毕业生。"

"啊啊啊啊啊啊啊啊自习！我的 xqgg 今天也好好看！呜呜呜搞到真的就是不一样，自习女孩真是糖尿病高发群体。"

"其实本来准备录一个 vlog，"周自珩边走路边说话的时候顾不上看镜头，在屏幕里看起来倒有种通视频电话的感觉，很是亲切，"但是 vlog 要剪辑，就不像直播可以实时，对吧。"

"dei！dei！dei！我喜欢直播！可以提问可以和你聊天！不过 vlog 我也好喜欢！"

"直播还可以互动！"

"珩珩！妈妈想看儿媳妇！！！快让妈妈看看儿媳妇！！"

"哈哈哈哈儿媳妇那个你别跑！！"

"我也要看儿媳妇！！！"

弹幕实在是太逗，周自珩取下手机，就差怼到夏习清的脸上："她们都吵着看你呢，你的婆婆粉。"

夏习清皱眉嗔了他一句："你才婆婆粉。"

周自珩歪着嘴角得意一笑："我是老公粉。"

"啊啊啊啊啊啊啊啊啊啊啊啊啊骚话现场！！"

"啊啊啊啊啊啊这是什么骚话小狼狗攻啊！"

"到了我最喜欢的环节了哈哈哈！"

"老公粉！！！ zzh 牛逼！！（破音）"

夏习清就差在镜头面前翻白眼了，看看现在的周自珩，他不禁怀念起十几分钟前收到礼物时的那个小奶狗："不是，刚刚是谁一口一个习清哥哥的？"

"啊啊啊啊啊啊啊啊叫 xqgg ！！！"

"我真是不敢想象他们私底下有多甜。"

"啊啊啊啊啊啊自习让我疯狂！！！"

"叫哥哥怎么了。"周自珩不以为然，"叫你哥哥会改变我是你老公的事实吗？不会。"

"卧槽！！！ zzh 你怎么这么牛逼！！！"

"亲亲这边建议您会说话就多说点！啊啊啊啊啊 zzh 你绝了！"

"卧槽原来我看的不是 zzh 的毕业礼，是看他直播和老婆打、情、骂、俏！"

"啊啊啊啊啊啊不会！！你就是他老公！这是事实是定理！！！"

夏习清强忍着在广大直播观众面前家暴的念头，露出一个和善的微笑，伸手轻轻拍着周自珩的脸："你很会说嘛，再说点啊。"

"哈哈哈哈哈哈性感 xq，在线发怒！！！"

"卧槽习清的语气好欲啊啊啊啊啊！脑补了一场车！！！女王受！！！"

"女王受遇到狼狗攻！谁输谁赢？？"

"狼狗吧，做起来没人性的。"

"哈哈哈哈哈哈哈没人性的那个姐妹你是狼人吗！！"

"没人性哈哈哈哈哈哈我爆笑！"

“我错啦。”周自珩讨好地摸了两下夏习清的后脖子，“不说了不说了。”

“看来人前还是忠犬哈哈哈哈。”

“xqgg 的表情都好诱啊，翻白眼都这么诱！这谁顶得住！！！”

“反正周自珩顶不住！！”

“哎，你们的话题不要跑太偏啊。”周自珩拿手指着屏幕，“到时候直播间被封就完了。”

夏习清低头笑出来，又抬起头对着屏幕里的那些粉丝补充了一句：“对，互联网并非法外之地。”

“哈哈哈哈好有梗！！！”

“好好好我这就脱下品如的衣服。”

“哈哈哈哈哈哈哈太骚了小姐妹！”

周自珩举着手机绕着学院外面转，给大家看他的同学们，还有学院特地为毕业生布置的场地，夏习清就这么不紧不慢地走在他的后面，微笑着看他的背影。

“年下太美好了呜呜呜呜呜。”

“xqgg 是什么宠溺眼神啊，太甜了我的妈！”

“年下为什么这么好吃？？？”

“我盛装出席，参加你的毕业礼。”

“啊啊啊啊啊大大们快写文啊！！”

“自珩！”赵柯在前头朝周自珩招了一下手，“过来，咱们兄弟几个拍一张啊！”

“来了。”周自珩把手机给了夏习清，“我过去一下。”

夏习清点点头，跟着走过去，站在周自珩拍照的那面红墙旁边，低头看了一眼镜头。

“妈呀 xqgg 的颜太能打了！！这个角度怼这么近都好看得要命！！”

“prprpr！！！ xqgg 我爱你啊！ xqgg 看看我！我真的可以！！”

“呜呜呜 xqgg 在阳光底下白得发光呜呜呜，太好看了嘤嘤嘤。”

"嗯……你们是看我还是看周自珩拍照？"夏习清无比体贴地征求意见，好看看究竟该不该把镜头翻转过去。

"看你！！！"

"好久没有听 xqgg 说话了！！！"

"xqgg 我想你！！我们有好几个月没见啦！！！"

"对啊，我有两个半月没露面了吧。"夏习清思考的时候会不经意眼睛上抬，然后又低下来微笑，"想我吗？"

"想！！！"

"xqgg 以后多发自拍多直播吧！想看你画画！！！"

"xqgg 是不是忙艺术馆的事啊？"

"感觉 xq 瘦了，辛苦了！我爱你哥哥！"

"没有吧，大概是镜头畸变。"夏习清转着脸看镜头里的自己，"不过最近的确在忙。也谢谢你们一直去艺术馆，我有看到你们在网上发的攻略，还有游记，很感谢你们。"

"xqgg 我爱你！！！"

"我是为了去看艺术馆才去北京的，能看到习清和那么多艺术家的作品，我觉得超级值得，下一次一定还要去。"

"谢谢 xqgg 愿意给我们这么多好的作品！以前的我都觉得艺术离我好遥远，并不是日常必需品，但是我现在完全改观了，是你让我明白艺术是美好生活里必不可少的部分。"

看到这句话，夏习清的心里忽然间涌出好多感慨，他从没想过自己可以改变什么，更不觉得他是一个合格的传道者。

"一直很想问习清哥哥一个问题，你觉得艺术对你来说是什么呢？"

这个问题来得突然，倒有些难住了夏习清，因为他从没有思考过。他的家庭让他从小就接受了这些，不，并不是家庭，应该说是骨子里传承下来的基因。

"其实……我一直觉得，艺术对于大家日常生活而言，大概算是一种养分。"他的声音像是夏天温润的风，柔柔的，飘浮着，"对我来说，它其实就是生活了。"

那边已经拍完了合照，几个嘻嘻哈哈的大男孩笑着击掌，赵柯跑到专属摄影师阮晓那里查看着拍摄出来的成片。周自珩则朝他走过来，带着盛夏饱满的流光。

"那习清哥哥，你的养分是什么呢？"

我的养分……

夏习清抬起头，越过手机屏幕，看到了冲他露出灿烂笑容的那个人。

寂静宇宙里，闪闪发光的一颗星星。

小小的屏幕那头，所有的粉丝等待着夏习清的回答。可她们并没有听到他的声音，只有悠长的蝉鸣。

几秒钟之后，她们看见屏幕翻转，视野里原本那张好看的面孔变成了一大片青草，蔚蓝澄透的夏日晴空，茂密叶片的缝隙下流窜闪动的光。

还有朝着她们走过来，温柔眼神却给了镜头背后那个人的周自珩。

我的养分。

"他。"

　　六月的第一个星期五，夏习清突然向周自珩提出要带他出国旅游。那时候周自珩在给他削苹果，红红的卷曲的长条果皮就那么断了，让他觉得有些可惜。

　　"去哪儿？"周自珩自己咬了一口苹果。清脆而充满汁水的声音令夏习清心动，拿过他手里的苹果，也跟着咬了一口，含含糊糊道："Firenze。"

　　他说的是意大利语，这还是周自珩头一次听他说意大利语，觉得新鲜又充满魅力。耳熟的音节让他一下子反应过来："佛罗伦萨？"

　　夏习清点头："你不是一直想我们两个一起去旅游吗？正好我想回去看看我的老师，有些事要麻烦他。"

　　自从得知了这个计划，周自珩每天都处在极端兴奋的状态，他本来就是一个无论做什么事都一定要事先花费大量时间做好规划的人，比如演戏，又比如写论文，严谨理科男的典型处事法则。可夏习清却恰好相反，他散漫自由无秩序，走到哪里算哪里。看见周自珩收集的资料，夏习清觉得好笑又无奈。

　　"哎，你是跟我去我母校，又不是自由行。"夏习清拿手指戳了一下周自珩的脑门，"干吗把自己弄得像导游一样？我难道不认路吗周小少爷？"

周自珩抓住他的食指，拉到嘴边亲了亲，像蜂鸟亲吻纤细花蕊："我知道啊，但是我也想了解一下你上学的城市嘛，这样不至于太无知。"

"没事。"夏习清盘腿坐到了他的对面，故意逗他，"反正我也不是喜欢你的内涵。"

话刚说完，周自珩就直愣愣地扑到了夏习清的身上，脑袋搁在他的肩膀上，侧了侧头轻轻吻了一下他的侧颈，吻都不够，还张开嘴咬了一下他的皮肤，还咬皮肤下隐约跳动的血管。

"你是狗吗？"夏习清嘴上这么说，两只手臂却自动地环住周自珩的后背。

"疼吗？"

"还行吧。"

于是他又咬了一口，疼得夏习清倒抽一口气，两只手捏着他的脸把他揪起来，在那张好看的脸上又揉又搓的，然后莫名其妙又接了个吻。

他也太喜欢周自珩了。吻到呼吸不畅的夏习清这样想。

工作日的第一天，他们两个人就低调地飞往了意大利。经历了十几个小时的飞行，抵达佛罗伦萨的时候已经是凌晨。由于工作的特殊性，周自珩从来没有独自外出旅行的经历，每一次都是小罗和其他工作人员跟着，去哪儿都是好些人。可夏习清却不是，他从来都是独来独往，尤其在国外的时候更是如此。

"我们的酒店在哪儿？"把行李箱放到出租车的后备厢里，周自珩钻进车里跟夏习清挨在一起，"近吗？"

夏习清自然而然地往周自珩肩头一靠："我没有订酒店。"

"没订酒店？"周自珩不相信，"那我们住哪儿？"

"露宿街头吧。"夏习清的声音带着笑意。坐在驾驶座的司机是一个五十多岁的意大利大叔，肥胖的身形被小小的座位挤压着，可笑声却十分爽朗，他看见两位亚裔面孔的年轻男人，第一反应是用他蹩脚的带着浓重意大利口音的英语和他们说话，但夏习清却直接用意大利语回答："您可以说意语。"

大叔不禁有些惊讶："你的发音真地道。"

"我以前是佛美的学生。"夏习清笑了一下，把头抬起来，告诉司机他们要去的地址，巧的是这位热情的大叔家就住在附近，两个人聊了好一阵，他才踩下油门，在深夜驶向他们家的方向。

周自珩坐在一旁，眼睛望着夏习清，他说意大利语的样子和他说普通话时完全不一样，脸上有许多鲜活的小表情，咬字发音的时候总是不经意间抿唇，很快很轻地抿过去，藏在里面的小舌头和齿龈碰撞，发出俏皮的颤音，有时候还会做出一些手势，眼角眉梢都是笑意。

"这里的房子都很漂亮，你很有品位。"临下车的时候大叔非常诚恳地称赞。

"我也这么觉得。"夏习清朝他笑了笑。

"你们有租车吗？"大叔把胳膊搭在车窗，替他操着心。

"No。"夏习清摇头，"但我明天会考虑租辆小车。"周自珩站在他的身边呆呆地看着。他觉得夏习清说这句"no"的时候简直太可爱了，不像是英文里干脆利落的一个否定句，带着很重的鼻音。最初始的发音部位并不是口腔，也不是声带，而是鼻腔。

他的鼻子微微皱起，鼻腔中发出类似"em"的黏腻共鸣，肩膀缩了一些些，配上轻轻摇头的动作，最后柔软的舌面抵上上腭又飞快离开，所有的小细节组成了这么一个小小的"no"。

太可爱了，像一只拒绝被人抚摸的小猫。

"那就祝你们玩得愉快，漂亮的东方男孩们。"

司机开车离开，把他们放在了一条安静的巷子里，两边都是充满意大利风情的漂亮房子，一轮尖尖的上弦月挂在巷子口狭窄的天空，发着莹莹的灰白的光。

周自珩开口，学着刚才夏习清的语气："你刚刚是不是在说 no？"

夏习清的右眉挑起，脸上露出惊讶的笑，不愧是优等生，可他偏偏想逗一逗周自珩，于是耸了耸肩膀："boh ~ "

又是一个可爱的语气词，周自珩的心又躁动地跳了跳，从夏习清的嘴里蹦出的陌生语气词，就像是路边小小的三色堇一样招人疼。

"这又是什么意思？"

周自珩所不知道的是，相比一个简单的否定句，boh 这个语气词则更加俏皮，表示"我不知道呀"的意思，什么时候都可以说。夏习清也格外喜欢在口头表达的时候使用这个词。

"boh。"

"到底什么意思啊？"周自珩提着行李箱跟在他的后面。两个人从一座米黄色房子外侧的绿色铁艺楼梯走上去，Z 字形的楼梯来回拐弯两次，终于到了顶层，夏习清的脚步停在洋蓝色门前，转过身子，对着周自珩说了最后一遍："boh ~ "

说完，他顺势吐了吐舌头。这种恶意卖萌简直是对周自珩的会心一击。夏习清还没来得及得意，就被周自珩抵在了蓝色的房门上，手臂揽住他的腰身收紧，隔着薄薄的棉质上衣，带着温暖体温的两副身体贴在一起。

冷白色的月光越过周自珩的耳畔，照亮夏习清的脸庞，把他脸上狡黠的笑都打磨得柔和。周自珩低下头，挺直的鼻梁缓缓蹭着夏习清的鼻尖，他的声音很沉，被夜色泡得醇美。

"你是不是太坏了点？"

夏习清仰着头，饱满的嘴唇微微张开，湿软的眼神望着周自珩垂下的双眼，两手松松垮垮地搭在他胯骨上。任他这样暧昧地蹭。

直到周自珩抬眼再看他的时候，夏习清才开口，用那张看起来最善良最干净的面孔对他说出诱惑的话。

"你现在要是不吻我，我会变得更坏。"

这句话夹杂太多柔软的气音，把周自珩的心都染得潮湿，正当他低头想要吻住夏习清的时候，却被他笑着躲开："太迟了。"

他从牛仔裤口袋里找出钥匙，低头打开了那扇一年多没有触碰的门，手伸进去率先将里头的灯打开。暖黄色的灯光顷刻间充盈了这小小的套间，米色的墙壁被映照得温馨漂亮。

"boh 到底是什么意思？"

夏习清对他勤于钻研的爱好表示无奈，提了行李走进房间："我不知道。"

"你怎么会不知道？"周自珩把另一个更大的行李箱也拿了进来，和他的挨着并排放在墙角，随即牵起夏习清的手。

"boh 就是'我、不、知、道'的意思啊。"夏习清拽着周自珩的手把他拉到客厅的小沙发上坐下，疲惫的身体陷入柔软沙发的瞬间，他由衷地发出了一声惬意的喟叹，仰着头望着天花板。

这间小屋子的装修很是有趣，客厅的家具都是漂亮的意大利古典风格，连咖啡杯都精致得仿佛雕刻艺术品，砖红色的天花板像是红木板一块一块拼接成的，可仔细一看又好像是画的。吊顶的水晶灯折射出五彩的琉璃光，在一个一个小吊坠上结出大大小小的光圈。可这房子偏偏又充满了烟火气，米白色墙面上贴了许多画，一部分是色彩浓重的油画，可大部分都是随性的线稿，贴得有些乱，还有不知从哪儿撕下来的书页，跟画一块用小小的银色图钉钉在墙上。

这些生活的小细节完完全全是夏习清的风格。

"这是你以前上学住过的房子？"

"没错。"夏习清把头歪在周自珩的侧颈，"去年二月底的时候我还住在这里。"

周自珩其实想过夏习清应该是在学校外住的，可他没想过是这么小的一个一居室小套间。可他转念一想，他又觉得这很像夏习清该住的地方。

"你走的这一年多，房东没有把房子租给别人吗？"

夏习清摇了摇头："房东是一个人很好的老奶奶，我特地让她替我留下房子，我会定期给她付房租。因为那个时候我没觉得自己能在国内待太久，我总是要回来的。"说着说着，夏习清就开始放空，"那个奶奶七十岁了，和他的老伴生活在一楼，他们还有一个很可爱的小孙女。每天早晨的时候老奶奶都会在一楼的门口，坐在小板凳上给小孙女梳头。遇到我下楼的时候会很热情地举手，ciao～"他学着房东奶奶打招呼的样子，又笑了。

周自珩喜欢听他说这些，自己贫乏的想象力在这个时候就突然可以产生效用，想象出夏习清背着包飞快下楼，和老奶奶打招呼的模样。

"他的老伴以前是一个修理皮鞋的鞋匠，手艺很好，很多人都找他，所以他经常提着他的小工具盒四处上门。回来的时候总会给奶奶带朵小花，有时候是鸢尾，有时候是玫瑰。"

"每当我看到他给奶奶插花的时候，我就想，活着真好啊。"夏习清笑着感叹，然后侧倒下来枕着周自珩的大腿，眼神望向天花板，又从天花板飘到周自珩深邃的双眼。

他伸出手指，顺着他高挺的鼻梁轻轻抚摸，一直下移到周自珩的唇峰，如同笔触最最温柔的画笔，细细描摹他的唇形。

"只要活得够久，总会遇到能和自己相爱的人。"夏习清喃喃自语。

周自珩的心猛烈地跳了跳，好像被这修长手指轻轻戳了一下。他低下头，吻了吻夏习清薄薄的眼睑。

在客厅歇了一会儿，夏习清带着他进到自己曾经的卧室，浴室还算大，洗完澡出来之后的两人换上宽大的 T 恤，夏习清盘腿坐在床上，陷入了沉默，周自珩站在床边帮他吹头发，手指轻轻拨弄着发丝，温柔地拂过头皮。

"幸好房东奶奶总是请人帮我打扫，可以直接睡，不然光是打扫房间就得一晚上。"夏习清看着墙壁，"不过墙上这些太乱了。"

他说的是卧室墙壁上贴满的画，那些其实并不能算作是夏习清的作品，都是一些发泄情绪的半成品，有的甚至连半成品也不是，只是一团杂乱无章的线条。听他这样说，周自珩也把注意力放在了墙上的画上，老实说，这些画大部分都很抽象，甚至阴暗，他自遇见夏习清起，几乎很少看见他画过这样的风格，大部分都是精致高雅的古典派。

正对着床的正中间贴着一幅很大的油画，比其他的完成度高许多。画上的人脸看起来像是人脸，却又被线条分割成好多块，就像打碎的镜子里的面孔，眼睛是红色的，脸颊是黑色的，嘴唇是苍白的，每一个碎片都着了不同的颜色，有种诡异的感觉。

他消瘦的脸庞下，有一颗黑色的心脏，这是整幅画中最写实的部分，连接心脏的血管流淌着黑色的血液，如同毒液一样浇灌着心脏。

夏习清的眼睛静静地看着那幅画，一句话也不说。

周自珩能够感觉到他的情绪变化，这其中的原理连他自己都不清楚，就好像他们两个人的心脏被一根细细的红线拴住了一样，只要夏习清的心稍微有那么一点点小动静，这根线就会被拽一拽，扯动他的心。

好像在说，哎，你喜欢的人难过了。

周自珩关掉了吹风机，揉了一把夏习清的头发，亲了两下他的头顶。"怎么了？"他看得到夏习清的眼睛一直望着那幅画，于是试着问道，"那是画的什么？"

夏习清的声音没有太多的情绪，好像在回答今天天气如何一样："我的自画像。"说完，他补充了一句，"过去的自画像。"就好像添上这句话，可以少让周自珩心疼一些。不过连他自己也感觉这完全是无用功，于是自己转过去钻进夏凉被里，侧躺着闭上眼睛。

"我好累啊。"夏习清的声音很轻，"我们睡吧。"

周自珩躺到了他的身边，轻轻地拍着他的肩膀，想哄他睡着。

可过了很久，夏习清也没有睡着，他的睫毛在床头灯的映照下，投射出颤动不止的影子。周自珩把他抱在怀里，给他足够的安全感。

"你知道我为什么租这间房子吗？"夏习清仍旧闭着眼睛，他总是在某种地方莫名地倔强。

"因为它很小，小房子就不会太空。"

"嗯。"夏习清继续道，"我来意大利，几乎就是为了逃避过去，可我发现来到这里之后，我又变成了一个人。我是班上唯一一个中国学生，那时候的意大利语也不算好，很多时候别人在背后骂我，我都只能依靠眼神来辨别。"

周自珩皱起眉："骂你什么？"

"怪胎，长得像女人之类的……"夏习清叹了口气，"但其实我没那么介意，比起小时候的事，这都不算什么。而且后来我也成了这个圈子的社交中心，说起来也挺讽刺的。"

"不过那个时候，我的老师非常担心我，他觉得我有很严重的心理问题，如果一直用作画来表达自己扭曲的内心，只会把我自己推到更危险的境地。"夏习清嘴角扯了扯，"他一度不让我画画，让我四处游学，在欧洲打转。"

周自珩想到那幅画："所以，这幅画就是那个时候的你画的？"

"嗯。"夏习清忽然抬眼，"那个时候的我就是那样的，我不骗你。"

我当然不希望你看到我的阴暗面，我当然希望能遮掩那些疮痍、那些丑陋破败的区域，还有所有我软弱腐朽的孤寂时光。可我怎么能说，这些不是我呢？

我有那么多虚伪的时刻，但起码在你面前，我不想伪装下去。

因为你出现了，给我从未有过的爱。你告诉我，我是美好的。

那我就……姑且相信一下吧。

夏习清的意识逐渐落入一个柔软的地方，像是云层，却比云层更深。隐约感觉身边的人离开了，可他不知道是梦境还是现实，觉得慌乱，又无法伸出手抱紧他。意识就这样瓦解，一点点流逝。

第二天醒来的时候，阳光已经洒满了整个小小的卧室，洒在他们盖好的淡青色夏凉被上。夏风撩拨着窗帘，借一缕重瓣月季的香气敲开玻璃窗。夏习清醒过来，抬手用手背遮了一下阳光，等到意识逐渐回到松软的躯体，他才睁开眼。

周自珩还在睡，睡脸很好看。以前在家的时候他总是匆匆忙忙起床，夏习清很少能看到他的睡脸，所以他侧躺着看了好一会儿。他睡着的时候每一个棱角都变得柔和，像起了大雾的远山。

夏习清想着自己是不是应该去给他买一些当地的特色早点，于是他坐了起来，转了一下脖子，准备下床洗漱。奇怪的是，他发现床边的桌子上有一盒彩色铅笔，散了满桌，还有好几个废纸团。

原本没有太放在心上，可当他直视对面墙壁的一瞬间，不由得怔在原地。

那张自己的自画像没有了，贴满了画的墙壁中心，贴着一张技巧拙劣，甚至有些好笑的画，上面画着一个男孩的脸，笑得灿烂极了，彩铅的色彩软软的，像是小孩子画出的儿童画一样。

他满心疑惑地走过去，仔细地看了看。原来最下面还写了一行字，漂亮的字迹衬得画风更加幼稚。

夏习清的肖像画——by 周自珩。

等到周自珩醒过来的时候，第一反应是伸手臂，床空荡荡的，夏习清已经不在房间里。倒时差的感觉不舒服，但对于他这样一个明星来说也早成了家常便饭。周自珩坐了起来，阳光充沛得让他不禁眯起眼睛。对面的画还挂着，这么一看还真是画得不怎么样。

小时候报兴趣班的时候就该报个画画班的。周自珩心想。

他想起昨晚取下来的那幅自画像，于是从床上下来，掀开自己这边的床垫，发现那幅画还在，于是松了一口气。周自珩一转身，看见靠在墙边的自己的行李箱。

这幅画他要带回去，偷偷藏起来。抱着这样的念头，周自珩把画布收起来，放在自己箱子的最底层。

等他洗漱完出来的时候，看见客厅的小茶几上摆着一杯咖啡，还有一个浅褐色牛皮纸包住的面包卷。周自珩抿了一口咖啡，拿着面包卷准备开门，刚拉开那扇蓝色铁门，就听见夏习清的声音，原来他在楼下，和他口中的房东奶奶站在下面聊天。

周自珩走到栏杆边，咬了一口面包卷，静静地看着楼下的夏习清。他总是很享受这样看着夏习清的时刻，尤其是看他神采飞扬的样子。

老奶奶和他形容的一样，穿着一条深绿色带黄色印花的裙子，头发花白，笑起来很是慈祥。夏习清对着她说话的时候两条长腿会叉开很多，手撑在大腿上，歪着脑袋用那双漂亮的眼睛看着奶奶，加上他穿的浅蓝色条纹短袖衬衫和深蓝色及膝短裤，看起来就像个可爱的高中生一样。

没过一会儿，一个穿着粉色连衣裙的小丫头忽然跑出来，像一只扑腾的小云雀，一下子就抱住了夏习清的腿。夏习清开心地笑着蹲下来，抱住小女孩用自己的脸左右贴了贴她的小脸蛋。

夏习清真是好看，无论看多少遍他都这么觉得。这么一想周自珩就起了不能给他丢人的念头，他想到自己刚才的头发睡得有些翘起来，于是把面包卷放进嘴里咬住，腾出手压一压头发，又理了一下自己的浅绿色 T 恤，低头拍去上面的面包屑。

谁知就在这个时候，在夏习清怀里的小女孩突然抬起头，指着天上大喊了一句周自珩听不懂的语言，这下子三个人都一起抬头。老奶奶惊讶的小表情有趣极了，手伸到嘴边，发出了一个可爱的语气词，然后低头和夏习清说话，听语气像是询问。

失策，失策。周自珩慌慌张张把塞在嘴里的面包拿好，尴尬地朝着下面的人露出一个笑，手又很不放心地压了压翘起的头发。

夏习清抿着嘴笑，小女孩也学着奶奶的话又问了一遍。他捏了一下小女孩的脸蛋，用英文回答。

"My boy."

他的声音太温柔，很轻很轻，可还是被六月的暖风送到了周自珩的耳边。

不知道为什么，他甚至觉得，"my boy"比"my boyfriend"更令人为之心动。

夏习清仰着头，朝发愣的周自珩喊了句："下来啊。"

“哦。”周自珩顺着楼梯走下来，顺便把面包全部吃完，他听见小女孩用不是很熟练的英文缠着夏习清问道：“那……那我是你的女孩吗？”

夏习清听了抿起嘴：“嗯……这样吧，在你找到你的男孩之前，你都是我的小女孩。”听完这句话的小家伙高兴极了，跑到自家门口的小盆栽那儿揪下一朵红色迷你玫瑰，跑过来送给夏习清，夏习清不要，可她就是要给，还踮着脚把花插到夏习清的耳边。

“Now you are my boy.”小女孩一板一眼地说着，逗坏了站在一边的房东奶奶。

周自珩走过来蹲在夏习清的身边，也用英语和她说话：“虽然这个家伙收了你的花，但他还是我的，不是你的，记住了吗？”

夏习清拿肩膀撞了一下周自珩，用中文说：“你怎么还跟小孩较真啊。”

周自珩不理，直接对着小女孩一本正经地说：“Get it？”

小女孩噘了噘嘴，思考了一会儿，又跑去摘了一朵小雏菊，踮着脚把花别在周自珩的耳朵边。

“And you are my boy!”

夏习清和周自珩看了一眼彼此，然后都忍不住大笑起来，房东奶奶也乐得不行，对着自己的小孙女说：“你可不能看见一个漂亮男孩就对他说这样的话啊。”

两人在门口和房东奶奶聊了会儿天，夏习清看了一眼手表，和教授约好的时间快到了，于是暂别房东一家，带着周自珩去往美院。周自珩把耳边的小雏菊取下来，捏在手上转着细细的花茎，另一只手去牵夏习清的手，将他往自己的身边拉。

夏习清瞥了他一眼，似笑非笑，回握住周自珩的手。他心里头的开心是压都压不住的，就像是被人猛烈摇晃过的汽水，“砰”的一下顶开瓶盖，甜蜜的气泡疯狂地往外涌，毫无补救的办法。夏习清觉得现在的自己简直被周自珩传染了，像个十几岁的愣头青似的，一看见他朝自己笑，浑身都觉得暖洋洋，想抱他，想亲他。

他甚至想，如果能和周自珩一辈子窝在那个小小的出租屋，应该会很幸福。

路上遇到一个卖手工曲奇的小男孩，周自珩买了一大盒，一个接一个往夏习清的嘴里塞，夏习清摇头说不吃了，他就塞自己嘴里。

这个小房子离美院并不算远，走了没多久就到了，刚从门口进去，夏习清就接到了导师的电话。导师的办公室在二楼，楼下是一个小花园，周自珩一个人坐在长椅上等待夏习清。

当初夏习清离开学校回国实际上也是导师的建议，这一次回来一方面是想带走一部分寄存在教授这里的作品，另一方面也是想和他正式地道别。

Bianchi 教授在一见到他的时候就站了起来，绕开办公桌给了他一个拥抱："好久不见，清。"他是一个45岁的中年男人，穿着打扮十分讲究，每天的领口巾都是不同的颜色。

"好久不见。您最近一切都好吧？"

Bianchi 教授笑着耸肩："当然。不过如果你在身边帮我的话，我可能会更好。"

意大利的男人无论老少，都非常会说话，夏习清早已习惯，他笑了笑："上帝保佑，我这种 trouble maker 还是别给您添麻烦了。"

两个人聊了一会儿，夏习清向他提出想取回自己当年的部分作品，教授欣然同意，他手里握着钢笔，在一个空白的本子上戳着，眼睛却盯着夏习清的脸，夏习清知道他想说什么，果然，没过一分钟，教授就开口问道："尽管我一直知道你很受欢迎，但我还是忍不住想问，你是不是恋爱了？"

夏习清用手蹭了一下鼻尖，表情一开始是吞吞吐吐的，可很快就把两只手放在桌上，耸了一下肩膀："没错。"

"天哪。"教授不敢相信，"你过去可从没承认过。"他笑着摇头，"你在这里待了五年，我从没见过你这样……一次都没有。"

夏习清低头盯着他办公桌上的一份公文，上面的手写字体很是漂亮，他抬了抬眉毛："是啊，我也想不到会有这么一天。"

“那个人一定是天使。”教授大笑起来，“否则怎么可能迷住你。”

还真被你说中了。夏习清的耳朵尖开始烧烫起来。

“我不得不说，你的状态和之前很不一样了，你以前太忧郁了，而且明明内心充满了消极的情绪，还要刻意地笑，我一直很担心你。”教授长长地叹息了一声，“不过现在好了，我能看出来你很幸福，你脸上的笑是真诚的，我真为你感到高兴。”

夏习清心里有些动容，当初的自己只是把阴郁的一面反锁在心里，虽然外表看上去合群又受欢迎，但他的画却骗不了人。

“我现在……很幸福。”夏习清的脸上浮着浅浅的笑，如同微风拂开涟漪，“是他改变了我。”

救了我。

“不，是你值得。”教授的眼神很坚定，令夏习清感到意外。

“你并不是被人拯救了，是你的坚韧让你等到他。”

夏习清鼻子一酸，他受不了自己越来越容易波动的情绪和脆弱敏感的心，可他不得不承认，这样的话令人感动。

他忽然间很想给教授介绍一下，尽管他认为这样的做法稍显幼稚，好像在炫耀什么。可他希望教授能看一看，看看周自珩是多么美好的人。

一番纠结之下，夏习清站起来：“他就在下面，您要看看他吗？”

“当然了。”

两个人一同走到办公室的窗边。从上往下俯瞰那个郁郁葱葱的小花园，夏习清都不禁愣了愣，坐在长椅上的周自珩摊开手，三五只白色的鸽子飞到他手上，啄咬他的掌心，还有两只愣头愣脑的小鸽子飞到了他的肩膀上，小小的爪子攥紧了他的薄荷色上衣。

周自珩的脸上满是耐心温柔的笑，等小鸽子吃完了，又从盒子里拿出一块曲奇，揉碎了放在手掌。光把他本来就不算深的发色照得柔软，闪闪发亮。

“他真的是天使。”教授完全是一副“我就知道”的表情，可很快，他的脸上又露出欣慰的笑，"清，看到你现在的样子，我很开心。"

夏习清转过头，眼神清澈："谢谢。"

下楼的时候，鸽子已经走了大半，只剩下一只小的站在长椅上，来回踱步，很忙似的。周自珩盯着那只小鸽子，怎么看怎么好笑。听见脚步声的他转过头，看见夏习清的瞬间立刻站了起来："完事了？"

夏习清点头，走到他身边，见周自珩拿起那个空掉的曲奇盒子，顺嘴逗他："饼干呢？"

"啊？吃完了啊。"周自珩揽住他的肩膀，"我还以为你不喜欢吃呢。"

"我不喜欢吃，你就给鸽子吃啊。"

被他戳破刚才的事，周自珩有些惊讶："你看到了？"

夏习清指了指上面，周自珩顺着他手指的方向抬头望过去，二楼的窗户那儿站了一个中年男人，正对着他们俩微笑。

有种见家长的感觉，周自珩尴尬地抓了抓后脑勺，仰着头朝他的导师笑。

"早说要见人，我应该做一下造型的。"

夏习清瞟了他一眼："你偶像包袱还真重。"不过很快他又补了句，"还想帅成什么样啊。"

这句倒是受用。周自珩直接用揽住他肩膀的手摁住他的头，在夏习清的侧脸上亲了一口。

夏习清假装嫌弃地擦了擦脸，推开周自珩，可脸上的笑容却藏不住。迎面走过来一个年轻高大的意大利男孩，夏习清没太在意，谁知下一秒对方竟然叫出了他的名字。

"Hey, Tsing!"

脚步顿住，夏习清循声望去，还没来得及说话，一头棕发的年轻男人就快步走上来，热情地抱住他，说着好久不见，满脸都是惊喜。

"好久——"话没说完，手就被一股力量拽住，转脸看向身边，周自珩的表情突然间就变了，完全不是刚刚那样又甜又乖的样子，充满攻击性，敌意全摆在脸上，就怕对方看不见。

还真是毫无预兆的狼变。

"这位是……"年轻男人看了看周自珩，气氛有点尴尬，可他仍旧在笑。

"Lucas，他是我男朋友。"夏习清果断干脆地开口，然后转头对着周自珩用中文介绍，"这是我硕士期间的同学，Lucas。"

周自珩用英语向 Lucas 打了招呼，即便夏习清这么说了，他还是不放心，看向他的眼神里还是满满的防备。

"长得真帅。"Lucas 完全忽略了周自珩幼稚的独占欲，一门心思扑在他这张兼具东西方美感的面孔还有超乎寻常的好身材上，"比例也很好，很适合画人体。是混血吗？还是和你一样？"

尽管之前和 Lucas 的关系还算不错，但夏习清还是受不了 Lucas 用这种露骨的眼神上下打量周自珩，尤其同为学美术的，他很清楚彼此都自带透视人体的能力，这么一想他就更觉得不舒服了，像是被人动了很宝贝的东西。

他从没想过自己也会有这么强烈的独占欲。

于是夏习清立刻转移话题："你从外面回来？"

"对，我刚刚去教堂了，带着两个新来的家伙去写生。"

说起这个，夏习清低头看了一眼表："我有事，要先走了。"他拉住周自珩的手准备离开。

"晚上一起吃饭吗？最近新开了一家不错的小酒吧。"

"我有约，下次吧。"夏习清伸手对着身后的 Lucas 挥了两下手。

"Hey！我可以给你的小男友留个号码吗？"

"休想。"夏习清头也没回，抓紧了周自珩的手。周自珩听不懂两个人在说什么，但总觉得怪怪的，于是试探性地问道："他是在骂我吗？"

夏习清"噗"的一下笑出来："对啊，他说你长得难看。"

"我哪里难看了！"周自珩平时一点也不在意别人的看法，尤其是对他外表的评价，可今天他格外在意，想着又用手压了压头上的呆毛，"我觉得我比这里的大部分人好看啊。"

怎么这么可爱啊。夏习清笑个不停，伸手摸了摸他的下巴："不是大部分人，是所有人。"

说完，他又轻快地补了句："我们珩珩是最帅的。"

夏习清带他出去的时候一直看表，似乎在赶着什么。太阳渐渐地上移，到了天空的正中间，把整个佛罗伦萨照得通明，深灰色的地面，弯弯绕绕四通八达的小巷，还有满城砖红色的屋顶，不远处矗立着一座很高的建筑，威严庄重。穿梭在这里，周自珩忽然有种罗马假日那样莽撞的浪漫感。

看着夏习清的背影，他忽然觉得，夏习清就是应该生活在这种地方的，这种感觉他在武汉的时候也曾经有过那么一回，无论是在烟火气十足的喧闹夜市，还是在充斥着艺术气息的翡冷翠街头，夏习清的存在总是那么地恰如其分，自然而然。

"我本来想带你看一看美院的大卫，那可是真迹。"夏习清拖着他的手腕，步伐放慢了些，快到了，眼前已经是圣母百花大教堂砖红色的圆顶。

"那为什么又没看呢？"周自珩跟在他的身边，这座近百米高的哥特式教堂几乎已经吸引了他的全部注意力，外层鱼刺式的大理石装饰有种华丽的堆砌感，奶白的大理石，暗绿的釉彩，无处不在的古典雕塑。实在太精致了，完全不像是教堂，像是某种珍贵无比的艺术品。

"真迹很震撼，但是我更想让你看看这个。不对，是听听这个。"

夏习清的脚步突然停止下来，在一个极高的高楼前停下脚步，他低头看了一眼手表。

"这是哪里？"周自珩也抬头看向这座高楼，他之前做过旅游功课，试图将他在网上看到的和现实对应起来，"是……乔托钟楼？"

听见周自珩这么说，夏习清不禁笑起来："你很厉害嘛，小周同学。"

"那是。"

周自珩还想说话，忽然间，悠长的钟声敲响，金属碰撞的轰鸣被拖拽拉长，穿云裂石，直击心脏，他感觉自己的躯壳不再自主，被这庄重震撼的古老钟声凝固，浑身仿佛被电流穿透，连灵魂都跟着震荡的音波颤动不息。

就在他愣怔的时候，夏习清吻住了他。一个轻柔绵软的吻，仿佛被钟声剥落的一片云，悠悠然飘在他的唇上。

夏习清望着他的眼睛，阳光慷慨地洒在他白皙的脸上，像极了教堂上精心雕刻的洁白天使。

"其实，在我们刚认识不久的时候，我就迷上了你的声音。"他的眼睛里满是柔情，像春雪融化后微凉的山涧，"好多次我都想告诉你，听你说话的时候，我总是想起百花大教堂的钟声。"

他没有告诉他，是因为这实在太玄妙，而且是的的确确由衷的联想与感叹。不像其他撩拨时说出的话，这是无意识的，如果告诉他，就好像把心捧着给他看似的。

好危险，太真实。

夏习清说这句话的时候，周自珩不经意间想到了当初他对自己做过的类比——罗丹的吻。无论是刻意撩拨，还是真情流露，夏习清总是能用这些珍贵无比的艺术品来描述自己，让他觉得何德何能。

周自珩低头，手掌细细抚摸夏习清的后颈，沉沉的充满磁性的声音和回荡在古城的钟声产生了一种和谐美妙的共鸣。

"哪里像？"

在整点的最后一个钟声留下绵长尾音的时候，夏习清用最温柔的声音告诉他。

"都……让我心动。"

就在夏习清和周自珩在佛罗伦萨休假的第四天，网络上突然间开始疯狂转载一张路人的抓拍生图，照片的背景是庄严华丽的圣母百花大教堂，高大的乔托钟楼前，夏习清身子前倾，吻在周自珩的唇上。

拍摄者只是一个刚好在佛罗伦萨旅游的路人，起初只是觉得这两个亚洲男生的外表很出众，也很眼熟，在钟声中接吻的这一幕实在太美，出于这种单纯的目的才拍下这张照片。可回国之后分享给朋友，才得知原来这两个年轻男人就是网上大热的国民CP。

爱旅游的兔子："我想了想，还是决定把这张奇妙的抓拍po出来，你们无法想象亲眼看到这一幕的我当时觉得有多美好，大概这就是爱情最好的样子吧。"

这条微博本身并没有带任何tag或者姓名，但自习女孩的基数实在太大，而且又被很多微博大V转发扩散，很快，微博下面就有将近万条评论。

娃娃forevergirl："啊啊啊是我的自习！！！呜呜呜这一幕太美了吧！羡慕博主！！"

Chalametroye："珩珩和习清哥哥在翡冷翠？？？现在订机票还来得及吗呜呜呜。"

－寒时－："天哪我好爱他们，这一幕简直像画一样。"

灯塔上的小女巫："简直像电影截图一样，这两个人的颜值和气质简直太能打了，私服也好清新。"

Tufted－："我永远爱自习！！！习清哥哥怎么可以这么好看，珩珩怎么这么苏啊！"

我不喜欢你："我是路人，但是这一幕真的美，这两个人怎么这么配啊，净化眼球……@耽改剧导演，以后请按照这种颜值来选角好吗？"

自习女孩冲鸭："我枯了我的眼泪流成大海了呜呜呜呜呜，我要看到活的自习！！！"

深海冰蓝："所以xqgg是带着珩珩去他的母校了吗？我真是三生有幸饭到这样的CP，人生都圆满了。"

千秋一枕："不行！！！我好想他们俩！！我要看他们的旅游直播，我要去他们俩的微博闹了！"

纯情又生动_回复@千秋一枕："姐妹你怎么这么优秀！！事不宜迟

我们现在就去闹吧！"

温泉酱 回复 @ 千秋一枕："哈哈哈哈哈哈这位姐妹你怎么这么可爱！完全是仗着他们俩宠粉啊哈哈哈。"

雪凤夏落："我的自习绝对是 CP 界的瑰宝了，还有比自习更绝配更浪漫的 CP 吗？"

sss 不知 回复 @ 千秋一枕："姐妹等等我！！我也要去闹！！（撒泼 .jpg）"

就因为一个粉丝的带头作用，成千上万的自习女孩都跟风跑去了两位毫不知情的正主微博底下疯狂留言，要看两个人的旅行直播。周自珩和夏习清已经好多天没有上微博，根本不了解网上的盛况，直到周自珩收到了自家嫂子的微信。

嫂子："你登一下微博。"

如此简洁明了的一句话，让周自珩不得不感慨，嫂子真是越来越像哥哥了，难怪别人都说相爱的人在一起久了总会趋同。

现在的佛罗伦萨是中午十一点，阳光正好，两人起了个懒床出来觅食，可惜选择的餐厅过于火爆，周自珩和夏习清只能空着肚子坐在靠窗的座位上等菜。

"嫂子让我登一下微博，估计是有什么事。"周自珩跟坐在对面的夏习清说了一声，自己低头打开微博界面。

夏习清一听到微博这两个字，总觉得有什么不好的事发生，没办法，他的体质实在是太腥风血雨，每次上微博都是全民瓜田。

"那我也看看吧。"说完他也解锁了手机。

十几秒后。

"我去。"

"卧槽。"

两人无比默契地异口同声，并且同时抬起头。

"你的评论底下也是那张接吻图吗？"周自珩问道。

夏习清点点头，直接把手机举起来给他看："好像是被旅游的路人拍到了，意大利的中国人实在是太多了。"说完他又看了看手机，"评论里都嚷嚷着要看直播。"

"那就播呗。"周自珩两手放在桌面上，十只手指轻快地在桌上弹着，"播吧我们，用我的小号。"

看见周自珩这么自觉，夏习清觉得又好笑又无奈："不是，你怎么这么积极啊？"

"秀恩爱当然得积极。"周自珩笑得比落地窗外的阳光还灿烂，"而且是我的粉丝们想看我秀恩爱啊，我这个人吧和别的明星比起来没什么太大的长处，就有一点好，特别宠粉。"

夏习清冷笑两声："嘚瑟死你算了。"

周自珩嘿嘿笑了两声，飞速切换了微博小号，打开了直播平台。夏习清实在是没话说了，平时让他发个自拍跟催命似的，这会儿倒是上赶着了。

直播间的大门刚一敞开，成千上万眼巴巴守着的粉丝顷刻间都涌了进来，一时间直播间卡得不成样子，一直卡在周自珩微敞的黑色 polo 衫和锁骨上。

"啊啊啊啊啊啊啊啊啊啊啊这是谁的锁骨！！！卧槽一进来就是福利！！！"

"我的屏幕好湿……"

"这是珩珩吧！习清哥哥的锁骨更深一些，皮肤也更白一些！！"

"隔着屏幕已经传来了荷尔蒙的味道！"

"我能听见声音但是画面卡住了，我听见珩珩说话了！"

"哎好了好了，动了！"

周自珩的脸突然怼到了镜头跟前，屏幕另一边的粉丝只能看见一只眼睛，睫毛扑闪扑闪的："哎？好像不卡了。"他拿开了手机，整张脸露了出来。戴着白色棒球帽的周自珩朝屏幕前挥了挥手："好久不见。"

"啊啊啊啊啊啊啊啊珩珩这一身好好看！！！"

"卧槽我儿子怎么这么帅！素颜又苏又干净！！"

"珩珩！！！妈妈好想你！！！"

"珩珩！妈妈要看儿媳妇！！儿媳妇在哪儿？"

看到刷了满屏的儿媳妇，周自珩乐不可支，笑着把屏幕翻转过去，夏习清正低头给许其琛发消息。

"她们要看你，媳妇。"

"媳妇你大爷。"夏习清下意识回怼，抬头的时候才发现周自珩举着手机，"开始了？"

"啊啊啊啊啊习清哥哥！！！"

"xqgg穿粉色T恤怎么这么好看啊！！还扎着小鬏鬏！苹果头也太可爱了吧！"

"呜呜呜呜我的小玫瑰今天是粉色的！"

"xqgg今天是人间水蜜桃啊，xqgg我可以！！！"

"今天自习CP的穿搭真的是攻受分明啊，习清哥哥的苹果头太可爱了。"

"我也想要xqgg这么甜的媳妇呜呜呜呜，xqgg我可以！"

"这两个人的颜我能夸一万遍，太他妈的好看了！"

虽然直播来得猝不及防，但夏习清还是相当宠粉的，一看到镜头就笑眯眯地挥了挥手，对着屏幕那头的自习女孩打招呼："你们好呀，晚上好。"

"啊啊啊啊啊习清哥哥好暖！知道我们现在是晚上特地跟我们说晚上好！"

"xqgg午安！！"

"xqgg的无名指上有什么东西？好像是文身……"

"我好像也看到了，有手快的姐妹截图吗？"

"我们现在在等菜，这里的上菜速度很慢。"周自珩的声音成了背景音，镜头仍旧对着夏习清，可夏习清不知道，见他一直说话，还以为他已经把摄像头翻转过去了，于是伸手叫来了侍应生，用意大利语跟他交流："不好意思，我们等了很久了，你们是不是漏掉我们的单子了？"

金发碧眼的男侍应生表示非常抱歉，立刻转头去检查。

"天哪，xqgg 说意大利语好苏啊！"

"发音好好听，心都酥了我想听 xqgg 给我录 ASMR！！！"

"自珩的声音也好好听，攻音超苏！"

"那个服务生也挺好看的 BTW。"

"xqgg 的气质真的超级好，说意语的时候更温柔了，今天也想和艺术家谈恋爱啊！"

"想和艺术家谈恋爱加1！"

"想和艺术家谈恋爱加10086！！！"

弹幕的走向越来越奇怪，周自珩翻转了镜头，伸出一只手指对着屏幕里各种想和夏习清谈恋爱的假 CP 粉警告道："你们不许有这种非分之想。"

"哈哈哈哈 zzh 你是三岁小孩吗？？？ 怎么会有跟粉丝吃醋的明星啊！！你清醒一点！"

"zzh 真的是醋精本精哈哈哈哈！"

"小学鸡攻诚不我欺。"

"hahahaha 小学鸡攻笑死我了！！"

"不跟你抢不跟你抢（说得好像我们抢得到似的）。"

"zzh 每日一酸，达成。"

"柠檬男孩周自珩，每天都被粉丝绿，绿出一片大草原，又酸又气脑阔疼。"

"哈哈哈哈哈楼上的姐妹太优秀了！给我坐下！"

"受不了你们。"周自珩摇了摇头，"我一点都不酸。"正好这时候菜上了上来，夏习清对着服务生说了谢谢，把 T 骨牛排推到了周自珩那边，顺便对着手机摄像头介绍道："这是佛罗伦萨最有名的 T 骨牛排，他这份是三分熟的。"说完，他又向粉丝展示了自己点的菜，"我要的是龙虾天使意面，我很喜欢吃这种细细的意面。"

周自珩准备放下手机，可放下手机镜头就录不到画面，看他在这边纠结了半天，夏习清又伸手把他的牛排挪到自己跟前，二话不说就开始给他切牛排。

"啊啊啊啊啊 xqgg 怎么这么苏啊，男友力爆棚！！"

"切牛排呜呜呜呜，我酸了。"

"大家好我要开动了。（吃柠檬 .jpg）"

"为什么 xqgg 的男友力比 zzh 还强哈哈哈哈哈，周自珩你可是1啊！！！你能不能给妈妈争点气！"

"因为周自珩是纯情少女攻啊。"

"哈哈哈哈哈哈哈哈哈纯情少女攻！！！"

"哈哈哈哈哈少女攻别跑！！！"

"你们再这么欺负小奶狗一会儿他狼变了啊！"

"看不下去了，我没有你们这些粉丝。"周自珩把手机扣在桌上，夏习清顺手用叉子给他插了一块牛排条送到他嘴边。吃到夏习清亲手喂的牛排，周自珩一下就高兴起来。

"哈哈哈哈哈小学鸡生气了！！"

"您的主播因为经不起粉丝调戏而离开直播间。"

"妈妈不逗你了！！快回来！！"

"珩珩你在我心里已经是妥妥的少女攻了，不要抵抗！"

画面再一次出现的时候，镜头里已经是夏习清特写放大的脸。

"啊啊啊啊啊啊啊习清哥哥真的太好看了！"

"xqgg 的颜太好看了！！！所有的美受都有了脸！！"

"我喜欢 xqgg 的鼻尖痣，想亲！"

"这个意面还蛮好吃的，我很喜欢芝士所以多加了一份。"夏习清左手拿着手机，右手用叉子卷了一团面，红色的浓郁酱料和浓厚的芝士裹在面上，看起来美味无比。

"好饿！我要去泡泡面！"

"正好是晚饭时间欸，姐妹们一起吃饭吧！"

“我正在吃火锅！！！有种和自习跨时空约饭的感觉！好幸福！！”

“习清哥哥我想看你的无名指内侧！！！”

“对！！我也要看！！”

“附议！！！”

夏习清咬着叉子看着刷了满屏的弹幕，想了想，还是点击了翻转屏幕，镜头对准了自己的无名指内侧。

“看得到吗？”

他的手指内侧，文了一对可爱的小翅膀，翅膀的上面不是光环，而是一个小小的皇冠。

“啊啊啊啊啊啊啊啊真的是文身！！！”

“天哪好可爱！！！这个画风有种莫名的幼稚感哈哈哈哈。”

“请容许我大胆地猜测一下，这该不会是周·灵魂画手·小学鸡·自珩的大作吧哈哈哈哈！”

“真的跟自珩手指上的玫瑰画风不一样啊！哈哈哈肯定是自珩画的，然后习清哥哥把他文在手上了！”

“嘤嘤嘤我又酸了，这两个男人是想甜死我吗？”

“我的重点是 xqgg 好亏哦，文了周自珩的画。”

“哈哈哈哈哈哈姐妹的重点好歪！！！珩母不许你们再欺负我儿子了！！！”

“情侣文身都这么可爱，我死了！”

夏习清顺势把镜头对到周自珩那边，他正低头吃着牛排，帽檐下的眉眼深邃又帅气。

“其实珩珩长得是真的很帅很攻。”

“那是，虽然 Alpha 人设已经崩塌了但是帅是真的帅啊！！尤其是不笑的时候，太攻了！”

周自珩似乎感觉到夏习清在拍他，略略抬眼。

“啊啊啊啊啊这个抬眼太杀了！！”

"周自珩的抬眼杀真的无人生还！！"

"妈的攻得我收回之前的话！"

"你在拍我吗？"

夏习清的声音带着笑意："对啊。"

"拍我干什么？"周自珩也不由得笑起来，手指抹了抹嘴角。

"拍你就拍你，还要挑时候吗？"

"卧槽！！！我最期待的双 A 时刻！！！"

"我可以脑补出习清哥哥挑眉的样子了！！！"

"我永远爱双 A！！！"

"这两个人怎么可以又 A 又温柔又可爱啊！！"

一顿饭边吃边聊，吃了近一个小时，两人离开餐厅之前，之前的侍应生还特地叫住夏习清，送了他一朵鸢尾花，夏习清笑着收下，可周自珩就不高兴了，眉头一下子就皱了起来，变脸比翻书还快。

"卧槽狼变了！！！"

"猝不及防！！！"

侍应生以为周自珩是觉得自己被怠慢了，于是又从柜台的花瓶里抽出一枝鸢尾，递到周自珩的面前。夏习清笑着替他拿了，说了声谢谢，把花插到周自珩的领口里。

"哎。"周自珩把领口的花拿出来捏在手上，一边出门一边对夏习清低声道，"你别对别人那样笑。"

"笑还不行，你怎么那么事儿呢。"夏习清笑道。

周自珩倒是急了："你笑起来这么好看你自己没点数啊！"

夏习清一脸莫名地站在原地，被他这话呛得一时失语。

"哈哈哈哈哈哈哈 zzh 是什么神仙妈的笑死我了！"

"辱骂式赞美！！！"

"哈哈哈哈哈哈哈哈哈你没数吗！！"

"xxq：？？？我是不是还得说谢谢您？？"

周自珩一路上都在嘱咐夏习清，夏习清只当听不见似的，拿着手机沿路拍着佛罗伦萨老城的各种著名景点，像个认真负责的小导游，顺带科普了一大堆的艺术常识。午后的佛罗伦萨风景明媚，阳光下，高高低低的红瓦房像是被刷上了一层亮晶晶的糖浆，闪闪发光。

"叫老公。"周自珩拿胳膊肘撞了一下夏习清，"快点。"

"叫你大爷。"

"叫一个嘛。"

"不叫。"

"叫嘛～"

"你叫我就叫。"

"老公……"

夏习清满意地捏了捏周自珩的脸，甜甜地叫了一声："老公～"

两人兜兜转转，又来到了圣母百花大教堂。夏习清举着手机，向粉丝们介绍了教堂独特伟大的穹顶，还有华丽无比的"天堂之门"，走到另一面的时候，发现有一个乐队正在即兴表演，站在键盘边的主唱正演唱着一首非常经典的意大利情歌。

看到这一幕，粉丝可坐不住了。

"我要听习清哥哥唱歌！！！"

"我也举手！！！ xqgg 求求你了！！！"

"求求 xqgg 满足我这么一个卑微的愿望吧！！！"

"xqgg 看看我！！！ 我今天过生日，可以给我唱首歌吗？？？ 求您了！！"

"又来了哈哈哈哈哈哈。"

虽然这个很像是套路，但夏习清还就是吃这一套："真的过生日吗？生日快乐。"

"想听哥哥唱歌！！！"

周自珩也开始在旁边怂恿起来，怂恿还不够，他还趁主唱唱完一曲主动上前用英语跟他们沟通，希望他们可以让自己的恋人唱一首歌。乐队的人欣然同意，甚至开始鼓掌起哄。夏习清没办法，只能硬着头皮走过去。周自珩接过手机，隔开几米对准了在键盘前站定的夏习清。

夏习清调整了一下立麦，笑了一下，特意躲避周自珩的镜头，低下了头，修长的十指放在键盘的琴键上，悄悄吸了口气。

教堂前，朴素简单的音响设备里开始流淌出悠长的音符。

"啊啊啊啊啊习清哥哥还会弹琴！！"

"太苏了我的天，xqgg 的手太好看了！"

他垂着眼睛，在前奏的最后一小节结束时，开始唱歌，唱的是一首意大利语歌，他的音色原本就温柔，配上节奏舒缓的音乐，显得更加深情。尽管周自珩听不懂，但光是这样静静地站在远处看着他，听着他的声音，心就为之颤动。

"Prendimi cos ì , prendimi cos ì dal niente.

请你就这样带我走，一无所有的，就这样带我走。

Tienimi cos ì , tienimi cos ì per sempre.

请你就这样抱着我，永远这样抱着我。

Notte prendi i sogni infranti, E fanne stelle scintillanti,

你在黑夜带走破碎的梦想，将它们化作璀璨星辰，

Fammi guardare le mie rose Arrampicarsi fino al sole, ora che piove…

让我在下雨之际看见我的玫瑰，看它们一直向太阳延伸……

E l' alba verr à fino a me,

太阳将会升起，来到我的身边，

si, arriver à anche per me.

是的，它将会为我而来。

e quando verr à lei mi dir à :

而当它来到时，它会对我说：

'ero gi à qua, io ero gi à qua.'

'我已经在这儿，我已经在这儿。'"

歌声穿透了教堂前的大片空地，将往来的行人游客都吸引过来，每个人都为这个美丽的东方少年驻足，静静地欣赏。

最后一个音符消散之际，教堂前成群的白鸽忽然飞散开来，夏习清抬起头，看着它们离开，自由地飞往翡冷翠的澄澈天空。

许多人为他鼓掌，夏习清这才回过神。他虽说有些紧张，但总归不是怕生的性格，于是低头浅浅地笑了笑，朝着大家略微鞠了一躬，两手插兜洒脱地走到周自珩的身边。

"你唱歌真好听。"

夏习清对周自珩这样直白诚恳的赞美总是十分受用，于是扬了扬眉尾："那是。"

"我听不懂好可惜，想学意大利语。"周自珩长叹一口气，又像是想起什么似的，问道，"有几句词一直重复，比如……"他试着念出那句歌词的发音，"ero già qua，是什么意思？"

夏习清笑了笑，眼神干净而纯真，他望着周自珩缓缓道："我已经在这儿了。"

周自珩的心猛烈地跳动了一下，盛夏的光将他的胸口灼烧得发烫。

"那……开头的 Prendimi così 是什么意思？"

教堂的整点钟声巧合又微妙地响起，仿佛是心跳失控的预兆。

夏习清朝他伸出一只手。

"带我走。"

高二（3）班新来了一个转学生。

那天正巧下了大雨，原本想着翻墙翘课的夏习清被这场大雨堵在了教室，手撑着下巴无所事事地望着窗外的倾盆大雨。紧闭的窗子让信息素的气味混杂在一起，搅和成某种诡异的气味，让他头晕。

班主任推开门，又加进来一股子檀香味，简直像是进来一佛爷，坐在最后一排的夏习清两手一伸，趴在了桌子上，想睡觉。

可就是那么一瞬间的事。

他直起身子。

这味道……太他妈好闻了。

这是夏习清闻过最香甜可口的气味。比顶好的香草蛋糕还要浓郁，被外面的雨水那么一浸，湿乎乎的，又纯又欲。

最棒的是，这是 Omega 的腺体气味。

动了邪念的夏习清左右歪了两下脖子，眼睛锁定了敞开的门。

"给大家介绍一位新同学。"班主任推了推鼻梁上的眼镜，转过头看向门外，"进来吧。"

在这之前，夏习清一直觉得他们的校服相当失败，最失败的不是难看，而是平淡无奇，白色短袖衬衫，黑色长裤，毫无亮点可言。

可当这位转学生走进来的一瞬间，他挑剔苛刻的审美居然得到了极大的满足。

来人怎么着也有一米九，一双长腿裹在黑色校服裤里，对于夏习清这种自带透视能力的美术生来说基本等同于毫无遮掩，虽说盘靓条顺个子高，可走进来那两步端正极了，不像那种走台步的模特，倒像是天安门跟前一板一眼踢正步的。这哥们的侧脸也是真的绝，鼻子高眉骨挺，跟个混血儿似的。

转过来的一瞬间，夏习清不禁挑了挑眉尾，在心里吹了个口哨。

这哥们是老天爷指着他的口味送上门的吧。

他的头发湿了大半，发丝的末端蓄着水珠，从额角顺着往下淌，淌到他棱角分明的下颌线，摇摇欲坠。白衬衫被雨淋湿，和盛夏潮乎乎的空气一起粘在身上，隐约透着胸膛和腹部的肌肉线条。

就看了这么一眼，夏习清竟然已经在脑子里描摹出这个人在某种微妙场合大汗淋漓的模样。

作为一个 Alpha，夏习清最喜欢的不是那种柔弱娇软的 Omega，那对他来说一点吸引力也没有，他喜欢碰撞，喜欢征服。说白了，喜欢带劲的。

"大家好，我是周自珩。"他从班主任的手中接过一根粉笔，在黑板上写下了自己的名字。

他的声音很好听，沉郁，富有磁性，在安静的教室里一层层推开，像是投石入湖，涟漪撞进夏习清的心里。

班主任补充道："周同学是跳级来的，所以比大家的年纪都要小一点，你们以后要多帮助他，尽快融入我们三班。"

啧，还是个小弟弟。夏习清更满意了。

周自珩露出一个还算友好的微笑，弯腰朝坐在下面的同学鞠了一躬："请大家以后多多指教。"

就在他准备起身的瞬间，"砰"的一声，不知什么东西砸落地面，哗啦啦的散落声把教室的宁静打破。

周自珩直起身子，和所有同学一样，目光循声，落到了最后一排靠窗的座位。

在那个位置上，坐着一个长相几乎可以用漂亮来形容的男孩，他的脸上满是歉疚，抬手尴尬地抓了抓脑后的头发，笑了一下。

他的声音很轻，就像逃出落雨天空的唯一一朵干燥的云。

"抱歉，不小心碰倒了。"他的样子很是恭顺，连连向大家低头致歉，最后一下抬起头，看似单纯的目光对上周自珩的深邃眉眼，"不好意思啊。"

"周同学。"

班主任咳嗽了一声："做事小心一点。"说完，他偏头对周自珩说，"正好，班上就夏习清一个人没有同桌，你就坐在他旁边那个位置吧。你们个子都高，坐后面对其他同学也没影响。"

夏习清……

在心里默念了一遍这个名字，周自珩点头，手抓住挂在左肩的书包，迈着长腿信步走到了最后一排。

呼吸之间，低头一根根捡拾彩铅的夏习清感觉这种绝顶的香甜越来越近，越来越迷人。

直到一双干净的白球鞋出现在自己的眼前，修长的影子变作一团，笼罩住自己。一只修长洁净的手替他捡起地上最后一支彩铅，红色的。夏习清抬头，直起身子坐在椅子上，看见半蹲在地上的周自珩向他递过来那支铅笔，如同递来一朵开得正好的红玫瑰。

"谢谢。"夏习清伸手去接，借着这机会用自己的指腹蹭了一下他的手指，很短很轻的一下，几乎没有滞留。可对方似乎并没有太多的表现，只是简单点了下头，沉默着拉开他身边的椅子，坐下来，安静地把书包拉开，从里面拿出一个黑色的笔袋，还有一个蓝色的笔记本。

他就这么坐在夏习清的身边，清甜的香草味弄得他心猿意马。

“上课吧，把昨天没讲完的周测卷拿出来。”班主任清了清嗓子，“昨天我们讲到第几题了？”

“第13题！”

“不是，第13题讲过了。”

“讲大题了吧……”

夏习清虽然心里蠢蠢欲动，但看得出来这个周自珩不是个好上钩的，虽然他身上的信息素香甜，可和许多Omega不一样，他看起来有些难以接近。

难不成是被搭讪太多次了？

毕竟现在这年头，人口爆炸，无论是优质的Alpha还是优质的Omega，都是百里挑一的抢手货，总是有不少人上赶着往身上扑。

Alpha也就算了，体力的差距摆在那里，再怎么样也不至于被Omega摆布，可反过来就不一样了，一个Omega要是遇到一群难缠的Alpha，跑都没地方跑，只能任人宰割。

所以他完全理解现在一些浑身散发生人勿近气场的Omega，这也不失为一种自我保护。在这种严峻的求偶大环境下，夏习清也利用上自己天生无害的外表，伪装起自己Alpha的身份，以此靠近那些不好下手的Omega。

不过……夏习清侧目看了看身边的人，Omega长这么高的……好像也不多吧。

为了尽快和周自珩建立起基本的友谊，好为以后的攻城略地打好基础，夏习清又拿出自己百试不爽的伪装功力，将自己跟前的试卷推到两张课桌的中缝。

“我们一起看吧。”这张貌美小天使的面孔浮现一个甜甜的笑，极尽友善，极尽乖巧。

周自珩毫不避讳地直视眼前这张脸，他觉得奇怪，觉得疑惑，这个展现友好姿态的Omega总让他觉得哪里不对劲，可他说不出哪里不对劲。他生了张漂亮的脸蛋，皮肤白皙，重睑很深，眼尾微微上挑，深黑的瞳孔泛着水光。视线顺着他精致挺直的鼻子滑落，到他的鼻尖。

有一颗很小很小的痣，刚才隔着全班远眺时，没有发现。

这个叫夏习清的人，他的信息素是玫瑰味的，十分浓郁。虽说这个气味在 Omega 里并不算罕见，可和他之前闻过的玫瑰都不一样，周自珩说不清究竟哪儿不一样。

"你不看吗？"夏习清的嘴唇微微张开，饱满得像一颗熟透的红色浆果，里头颜色艳丽的湿润小舌若隐若现。

周自珩的喉结不动声色地缓缓滚动了一下，露出一个微笑。

"看，谢谢。"

看同一张卷子，自然得靠得近一些，再近一些。夏习清假装不经意地向周自珩身上靠，右脚踩上他椅子的侧梁，手肘支在右膝盖上，手掌撑着自己尖尖的下巴。

他漂亮的桃花眼从试卷上的方程式飘向周自珩的后颈，他的头埋得很低，线条流畅的后颈末端有一节凸起，是一块椎骨。

周自珩感觉他在看自己的后颈，他很确信，可他没有说话也没有抬头，眼睛盯着眼前的试卷。他愈发不明白，一个 Omega，为什么会有盯着别人后颈的诡异癖好。不过他似乎是个很聪明的人，周自珩看着满是对钩的试卷想道。

他喜欢聪明人。

无论如何，聪明人总是有趣的。

"对了。"夏习清像是想到什么似的，低头伸手在自己的抽屉里翻找着什么，他的整个背都拱起来，弯腰探看。目不斜视的周自珩终于把眼神从试卷上移开，瞟向身边的夏习清，这个姿势让他后背的白衬衫被绷紧，凸起的脊骨完全勾勒出来，蝴蝶骨随着他的动作牵动，仿佛下一刻就会破茧成蝶，但又吊着一口气，顺着那线条攀上去，周自珩看到他纤细的后颈。

比很多女性 Omega 的后颈更白皙，更干净。

夏习清起身的瞬间，周自珩移开视线，落回到卷面，心跳的缓冲有些延时，半晌还在躁动。

"给你。"夏习清递给他一包纸巾，见周自珩没有拿，他自己抽出来一张，塞进周自珩的手里，"你擦擦，别感冒了。"

周自珩攥紧了纸："谢谢你。"

"别客气，同桌嘛。"

班主任在黑板上写着冗长的证明过程，窗外的大雨还没有停，反而越下越大。

"刚刚老师说你的名字，夏、习、清……"周自珩一字一句，把他的名字念出了一种特别的味道，令夏习清本就蠢蠢欲动的心更加难挨，不禁舔了舔自己的嘴唇。

周自珩侧过脸："是哪个清字？"

不清不楚的清。夏习清的脑子里第一反应就是这个词。

他笑着，面色温柔如不合时宜的春风："清澈的清。"

周自珩点了两下头："好名字。"

"彼此彼此。"夏习清勾着唇角，笑容却变了味道。

两个各怀鬼胎的人，阴错阳差之下达成了某种默契的共鸣，像火焰跳进海水里，冰川坠入岩浆。

不合理，很刺激。

晚自习的时候，外面的雨才稍稍停下来，周自珩一直认真地低头算题，算了两页草稿纸，终于做完了数学作业。身边的人十分钟前借口去上厕所，到现在也没回来。脖子酸痛，周自珩转了转头，后仰一会儿。前座的男生不小心撞了一下他的桌子，打翻了夏习清桌角的一瓶红色墨水，墨水瓶翻倒。

周自珩反应过来，想到夏习清友好亲切的态度，赶紧扶起玻璃瓶，用他给自己的纸巾按住桌子上将要流淌开的墨水，将一包纸巾通通用上，这才差不多补救回来，只是十根手指全染上墨水，玫瑰色渗透进指纹的缝隙间。

在它们完全干透前，周自珩决定去洗一下手，顺便再补喷一些 Omega 信息素香水。

举手向班长请过假之后的周自珩离开教室，穿过一条走廊，来到了最尽头的男洗手间。刚走近，就听见里面传来熟悉的声音。他一个新来的转学生，可以让他感到熟悉的人并不多。

同桌夏习清是一个。

"我不知道为什么你还缠着我。"他的语气变了，甚至连音色都不一样，和自己看到的那个天使一样温顺友善的人完全不同。不耐烦、不客气，甚至有些尖锐地直接。

"难道我拒绝得还不够明显？你这么赖着我，吃相是不是太难看了一点，嗯？"

他这一声"嗯"，音调转了又转，坏透了。

偷看窃听一向是周自珩最最不齿的行径，可这个时候，如果直接离开，好像也挺奇怪，好像怕他似的。

里头传来另一个人的声音，柔柔弱弱的，光是听都知道是个 Omega。

"可是，我真的很喜欢你……"

"你喜欢我啊。"夏习清学着这人的语气重复了一遍，然后发出一声不屑的嗤笑，"喜欢我，然后跟另一个人纠缠不清，啧，你的喜欢可真是廉价啊。"

"习清，我——"

"滚吧。"夏习清的声音冷下来，仿佛不愿再多说一句话似的，果断而干脆。

再不走就来不及了，周自珩想着。可他的脚步却不受自己意志力的使唤。

下一秒，从洗手间里走出来一个瘦白的家伙，身上一股子甜软的树莓信息素气味，撞见周自珩迅速低下了头，逃似的离开。周自珩没有回头去看他，只听见洗手间里传来潺潺的水流声。

他走了进去，低头仔细洗着手的夏习清抬起头，像一个杀人后收拾现场的细致凶手，抬眼的瞬间眼神是冷的，可见到镜子里的那个人之后，突然变了变，闪过一丝讶异，但是很快就平复。

他笑了出来，又变回了那个友善的同桌。

"真巧啊。"夏习清的声音又恢复了温柔。

周自珩冷着一张脸盯着镜子里的他，一言不发。

"被你听到了？"夏习清镇定自若，仿佛刚才说出那些话的人根本不是他，他抬手，用那双湿漉漉的手给自己扣好被人扯开的领口，一颗一颗扣起来，水珠顺着他的脖子流下来，停在他凸起的锁骨。

"本来还想装一装的。"夏习清转过身，一步一步靠近周自珩，脚钩了一下敞开的门，一使力，将门"砰"的一声关上。

他抬手，摁住了周自珩的胸口，把他推到门板上，淋湿的手在他的白衬衫上留下一个手掌的烙印，贴着左心房，明明是冷的，里头却发烫。

"你应该看出来了吧。"夏习清用那张人畜无害的脸孔说着直白的话，"我看上你了。"

靠近的瞬间，周自珩忽然发现，他身上之前的 Omega 腺体气味忽然没有了，相反地，在急剧压缩的空气里，他嗅到了一股辛辣至极的烟草味，很呛，很冲，混合着馥郁的玫瑰香气。

原来这才是他的信息素气味。

"我是 Alpha，你想得没错。"夏习清直接得可怕，"我只是为了接近那些优质的 Omega，把他们变成我的囊中之物，才会伪装成 Omega 的样子。"

说着，他的脸一点一点靠近，蒙着水雾的眼神游移到周自珩的嘴唇："比如你这种上好的……"

忽然，夏习清的眉头微微皱起。

不对，腺体的味道好淡。

还没来得及说完剩下的半句话，一股巨大的力量将他推上了冰凉的瓷砖墙壁，迅猛得措手不及，周自珩的手臂紧紧地箍住夏习清的腰身，令他无法反抗。

他低着头，嘴角微扬，信息素的气息愈发浓郁。清甜的香草气味并没有消弭，但另一种一直被抑制和掩藏的气味逐渐涌现，包裹住夏习清的身体。

那是开过一枪之后，挥之不去的硝烟气味。

"好巧。"周自珩捏住夏习清的下巴，拇指缓缓磨蹭着他饱满的下唇，手指的玫瑰色墨水染上他的唇角。

"我也是装的。"

夏习清和周自珩的关系一直维持在一个非常诡异的临界范围内。起初的时候，谁都以为自己看上了一个顶好的 Omega，谁知道黑布一掀开，大家都是拼刺刀的 Alpha。

这个社会说正常也正常，说奇怪也奇怪。人口的急速膨胀，使得基因的优劣愈发趋向于正态分布，优质的 Alpha 和 Omega 都成了少数。在巨大的婚育择偶压力下，原本站在歧视链顶端的 Alpha 也成了众多想要改善基因的 Omega 的选择。周自珩从小生活的环境都是 O 多 A 少，从小学开始他就遭到诸多 Omega 甚至其家长的骚扰。不堪其扰的周自珩不愿意仗着自己是 Alpha 对人施压，只得转校，甚至为此掩盖自己 Alpha 的身份，原本想装成 Beta，可后来一想，还是 Omega 吧，一了百了，反正也没有 Alpha 敢随便动他。

一个想骚扰别人才装成 O，另一个是怕被骚扰才装成 O，还都在相遇的第一时间看对眼了，世界上就是有这么巧的事。

可两个 Alpha 怎么在一起？算了吧。

话虽这么说，这两人谁也没想就这么算了。别人只道 Alpha 对自己的 Omega 有征服欲，可对他们而言，两个占有欲十足的 Alpha 碰到一起，征服的快感才是双倍的。

每次在外人面前，身为同桌的夏习清和周自珩总是装得十分友好，面子功夫做得一流，可明里暗里也没少给对方使绊子。

物理课上，夏习清低头伏在桌面上画画，周自珩觉得他特逗，每天都跟没骨头的人似的，坐在桌上不是趴着就是倚着，反正就是不好好坐，课也不好好听，每次考试分倒是不低。

"这一题我找个人来回答。"物理老师站在讲台，眼睛扫过下面的学生，大家纷纷低下头避开老师的视线。

"那就……夏习清吧。"

沉浸在自己的"创作"中无法自拔的夏习清压根就没有听见老师叫他，没一会儿，自己的椅子被人踢了一下，夏习清一脸莫名地转过脸看向坐在自己身侧的肇事者，压低声音道："干吗？"

"夏习清？你怎么还不起来回答问题？"

"啊？"夏习清愣了愣，看见周自珩脸上似笑非笑的表情，又撇过头看见讲台上一脸严肃的物理老师，这才慢悠悠地站起来，良好的心理素质让他临死了还在装蒜，"老师，我刚刚没听见您叫我。"

物理老师一只手背在身后，另一只手拿着物理练习册，一副老花镜耷拉在鼻梁半中央，那双精明的小眼睛从眼镜上缘的缝隙打量着夏习清："那你说吧，这一题选什么。"

我怎么知道选什么？夏习清整个人都是蒙的，甚至连老师说的哪一题都不知道。他的余光瞥向身边的同桌，怎么说刚刚他也给自己通风报信了，不至于在这个时候不多帮帮他，送佛也要送到西啊。

可周自珩偏偏坐得笔直端正，一副清心寡欲好学生的作态面朝黑板，都不带瞧他一眼的。

这人是故意的吧。夏习清心想。

"嗯……"

前座的女生倒是好心肠，半转过头小声提醒他："第56页最后一道选择题。"

夏习清挺感激的，要是连带着答案一起说了他就更感激了。他低头，翻了几页找到了那道题，事实上夏习清的物理学得还不错，可这么短的时间让他做出这道需要计算的题……

丢不起这人。与其被全班人围观，还不如跟周自珩低个头。做完一番心理准备，夏习清伸出脚，踢了踢周自珩的椅子腿："喂。"踢了两下周自珩才回头，侧过脸看他。

"嗯？"

夏习清朝他使了个眼色，手指着那一道题："选几？"

周自珩学着他的样子，手撑着下巴，不紧不慢，一字一句。

"求我啊。"

求？？？

夏习清眼睛都瞪大了几分。开什么玩笑？

求他？

周自珩缓慢地扬了扬眉尾："老师可等不及了。"

真是点儿背。

物理老师催促起来："夏习清，有答案了吗？"

周自珩仍旧优哉游哉地转着一支笔。明明只有不到一分钟的时间，可夏习清却觉得度日如年，时间一下子被拉长，每一帧都晃荡了好久好久。他等不了了。

去他妈的。

周自珩在最后一刻还是妥协了，轻声开口："B。"

夏习清头一扬，理直气壮："我不知道。刚刚走神了。"

物理老师恨铁不成钢地摇摇头："成绩好就可以上课不听讲吗？你最近的态度很有问题，不能因为自己目前的成绩骄傲自满，学如逆水行舟不进则退。"说完一大堆，老师叹口气，"坐下吧，一会儿课间去我办公室一趟。"

夏习清点点头，坐了下来。在老师背过身之后朝周自珩比了个中指。

这梁子算是结下了。

等到周五早上英文课的时候，局势又逆转过来。

"下面请一个同学来念一下这篇课文。"英语老师在讲台上缓缓踱步，目光最终落到最后一排。

"周自珩同学，你起来给大家念一下吧。"

听罢，周自珩站了起来，右手拿起英文课本，左手按在课桌的桌面上，开始朗读。坐在一旁的夏习清饶有兴致地侧身看着他。

长得好看，声音好听，腿长身材好脑子还灵光。哪方面都符合他的审美。

可惜是个 Alpha，真没意思。

念完第一段，周自珩忽然感觉大腿侧面有些痒，稍稍低下头，看见一只细白的手指缓慢地沿着校服裤子的侧边缝滑下去。

就在他低头的瞬间，夏习清也抬头看他，四目相对，他恶劣无比地坏笑了一下，仰着那张天真的脸。

周自珩镇定地继续念着课文，语速不疾不徐，在外人看来根本没有什么问题，可他自己很清楚，他的心已经开始乱了。

那只手指愈发嚣张，游移到胯骨之后又折返，指尖磨蹭着布料的纹理，触及的地方像是着了火，隐隐发烫。

夏习清享受这种撩拨的过程，一想到上一次是他让自己当着全班的面丢了人，他就越发觉得爽快。正当他的手指准备再一次折返时，一只手捏住了他的手腕，将他使坏的手强行拿开，和周自珩笔直的长腿分离。

真能装。夏习清向上看了一眼，周自珩仍旧镇定认真地朗读着。夏习清的腕骨很凸，可周自珩的力度掌握得恰到好处，甚至可以称得上是不太用力。自从和他成为同桌，夏习清发现他这个人很是奇怪，表面上看起来攻气十足，甚至有点冷。可总是在不经意间流露出和他本人反差巨大的善意。周六中午放假的那天，推着自行车离开校园的夏习清还不小心瞧见他蹲在体育馆后头偷偷喂流浪猫。

不忍心让流浪猫饿肚子，所以也不忍心下太大的力气握他的手腕吗？

感觉夏习清老实了一些，周自珩想着松开手吧，可下一个瞬间，自己的手反被夏习清握住，修长手指硬生生嵌进来，从一开始单方面的强制阻止变成了十指相扣的暧昧姿态。周自珩试图挣脱，可夏习清的力气远比他想象中要大，纠缠着无论如何也不撒手。

课堂上的所有人都安静地聆听着周自珩的朗读。周自珩的后背隐隐渗出了汗，衬衫紧紧地贴着后背，就像是夏习清此刻怎么也甩不掉的手。他觉得自己开始出现幻觉了，玫瑰的香味越来越浓，快要弄乱他的脑子、他的眼睛，让他甚至看不清眼前的一个个字母。

六月的风都是烫的，几乎像是要把玻璃窗融化，想涌起来，裹住他。裹住这个危险而禁忌的时刻，把两个暗地执手的少年酿成一枚永恒的琥珀。

念完了最后一句，周自珩有种隐隐松口气的感觉。

"非常好，请坐下。"

夏习清在老师开口的瞬间松开了手，结束了这场性质恶劣的游戏，抬头看向黑板，装出一副乖巧学生的模样。周自珩坐了下来，说不上为什么，他的心跳得有些不正常。他的左手摊开放在桌下的膝盖上，低下头，周自珩不动声色地看着自己的手掌，冷气把握手后洇开的汗液吹得发凉，手指的缝隙间是红色的，玫瑰色，是被紧紧握住之后留下的痕迹。

好奇怪，仿佛被他用力握过的并不是这只手。

是现在这颗受到压迫后猛烈跳动的心脏。

就在这一刻，周自珩脑子里冒出一个疯狂的想法。

想闻他身上辛辣的烟草香。

时间流逝得好快，就像忘了被拧上的水龙头，流失的再也追不上。两个人的关系仍旧维持着表面和平和暗地较劲，谁都把谁放在一个很特别的位置，可看起来，谁都不把谁放在眼里。这样久了，倒成了某种约定俗成的特殊关系。

校内篮球赛成了假日开始前的最后一个活动。周自珩虽说是个转校生，但凭借史上最高 Omega 的外号都被篮球队给瞄上了，篮球队的队长是个长了对虎牙的 Alpha，什么时候都笑嘻嘻的，好像是夏习清的亲戚，信息素的味道很特别，是雪松的气味，他不止一次找过周自珩参加篮球队，可周自珩忙着参加物理竞赛，借口推托了。

没两天，队里那个看着特文静的篮球经理也跑来游说他了，那家伙更有趣了，长得一副 Omega 的模样，结果是个 Beta，信息素的味道几乎淡得闻不到，像是冰的青柠水。

谁都劝过一遍了，唯独队里的主力之一夏习清，死活也不来求他。偶尔在食堂碰上过一次，见这三人坐一块吃饭，周自珩端着餐盘从他们旁边经过，夏习清阴阳怪气道："白长这么高个儿了。琛琛你说是不是？"

许其琛的表情有些尴尬："习清，你别——"

"甭搭理他。"夏知许眼皮都不带抬一下的，"到时候还把你扯进去。"

周自珩瞟了夏习清一眼，走到他们后面的位置坐下。吃饭的时候听他夹枪带棒说了一通篮球队的事，还有高三篮球队那些欺负人的混账，周自珩忽然觉得，夏习清在这两个人的面前好像也是真实的。

这让他不舒服了，心里不舒服。

原本以为这个人的真面目只有自己知道，可现在才发现，其实自己并不是那个唯一，更可笑的是，这两个人是他的朋友，而自己却找不到一个合适的身份来定义。没有定义，含糊不清，简直堪比折磨。

同桌？周自珩想，这算不算一种合适的关系？可很快他又否决了，不是不合适。是他不想。

高二对高三篮球赛开始的那天，正好是周自珩竞赛前的一次校内模拟，物理教学组组长组织了所有的好苗子一起在多媒体教室参加模拟考。去参加考试的周自珩在楼道里遇到了穿着红色球衣的夏习清，正红色衬得他的皮肤在阳光底下亮得发光，他还戴了一个红色的运动发带，看起来有股平时见不到的精气神，连眼睛都是亮的。

真可惜，不是 Omega。

不然说不定能生个漂亮的宝宝。

周自珩被自己的这个念头给吓了一跳，低下眼睛准备走开，却被夏习清叫住。

"哎。"

周自珩停下脚步，转过脸看向他。

"今儿要是输了，"夏习清用那张漂亮到被周自珩觉得可惜的脸冲他露出一个发狠的表情，"我跟你没完。"

可能他觉得自己现在像只小老虎？周自珩差点被他逗笑了。不知道为什么，他只觉得夏习清这副故作强势的模样，实在是太可爱了。

"你不会输的。"

周自珩的声音难得磨去了平日针锋相对的攻击性，变得沉郁，还有一丝温柔。

夏习清的心和感官暂停了一瞬，被他这句话拽走了思绪，拽到那天在体育馆背后看见他喂猫的场景。

他终于想起，为什么自己会对那一幕念念不忘了。因为在那一个黄昏时分，在他看见周自珩蹲在草丛边的时候，学校废弃的钟楼传出了一阵深沉的钟声，撞破暮色，令他浑身过电。

就像现在，听见周自珩开口的瞬间。

这场比赛并不简单，高三全队都是身强力壮的 Alpha，这几个人球技不错，球品和人品一样差劲透顶，尤其看不起 Omega。高二篮球队里的 Omega 不少，上半场上场的就有两个，尽管其中一个是假的。

夏习清是队里的小前锋，身为一个小前锋，他要做的事就是得分。一个篮球队敢把小前锋给一个 Omega，一方面是队长知晓他伪装的内情，另一方面，夏习清也的确是最适合的人选。他或许不是一个命中率最高的小前锋，但绝对是一个打得足够花哨、足够打乱对方军心的小前锋。

比赛刚开始，球就被高二队的队长中锋抢到手，开场没多久就连连开门红，双夏组合人气简直爆棚，连高三的学姐都倒戈为他俩加油。

"夏习清！！！加油！！夏知许！！！加油！！"

“夏习清！！我可以！！”

“你可以什么啊，他也是 Omega ！”

“我不管！！！我就是可以！！”

“他俩有点配欸～”

“队长的正宫就在那儿呢，那个 Beta～”

眼见着高二队连连得分，高三这几个人高马大的坐不住了，开始拿出打街球的架势，直接怼上来不说，还玩阴的，一个假动作引得防守的夏知许跟着起跳，等到对方在时间差之下投篮结束后，夏知许因为惯性直接撞到他身上，被判犯规。

高三的前锋是一个恶心透了的 Alpha，连信息素的气味都是夏习清最讨厌的石楠味，见到运球的夏习清就冲上来，原以为他是要抢球，谁知对方一个假摔，害得夏习清也被裁判吹哨。

比分在对方的脏招下被渐渐追平，夏习清喘着粗气，一连被撞了好几下，胳膊隐隐作痛。

“一个 Omega 打什么球。”

高三队坐板凳的候补学着裁判的样子下流地吹着口哨：“回家生孩子吧。”

听到这句话，夏习清回头，眼神轻蔑。

“我能上场，你能吗？”

“废物。”说完他截走了对方的长传球，用极快的进攻速度闯入对手禁区，单手扣篮。

“卧槽这爆发力！”

“啊啊啊啊啊习清哥哥我可以！！！”

“我天好帅啊夏习清！史上最帅 Omega ！”

双脚落地，夏习清喘着气薅了一把头发，笑着朝那边的冷板凳比了一个中指。这个扣篮极大程度上鼓舞了高二的士气，也更加激起了高三队的怒火。

外面的欢呼声激情飞扬，坐在三楼多媒体室的周自珩都能听见，明明很吵很影响发挥，却让他做题的速度愈发快了起来。

说到底，他还是有点想亲眼看看，打球时候的夏习清又是什么模样。

"妈呀终于下课了，我要去看球。"两个女生路过，其中一个激动地开口，"高二和高三对打，高二帅哥贼多。你知道夏习清吗，长得超级好看，好可惜啊他是 Omega。"

"刚刚我还听说夏习清在底下被打得很惨啊。"

"什么？？怎么可能？"

周自珩现在的心情居然和这个女生一样。

怎么可能。

"高三打球特别脏，一直玩阴招，裁判又黑哨，现在好像开始故意撞人了。这样打下去，指不定要受伤呢。"

"不是吧，我要去给习清哥哥加油……"

两个女生渐行渐远，声音也逐渐听不见。周自珩盯着自己的卷子，最后一道大题还剩最后一问。

心脏猛烈地撞击着胸腔，像是急着挣脱出去一样。周自珩深吸一口气，埋头努力地理清思路。不过是打球而已，就算受伤也都是常事，何况这跟他周自珩有什么关系。

"大家沉下心，写完之后一定要仔细检查。"老师在讲台上来回走动，"不该犯的错误千万别犯。"

捏着笔写完了最后一问，周自珩把卷子翻过来，从第一题开始检查。窗外的欢呼声越来越大，他从无数人的口中听见了夏习清的名字，脑子里那张脸越来越具象化。

今儿要是输了……

那张脸对着自己那么恶劣地放着狠话。

如果输了……

一只站在窗外走廊栏台的鸟忽而扑扇翅膀，一下子飞起来，飞向人群的最中心。持球站在场中的夏习清被两个人前后夹击，他的脖子因剧烈运动变得通红，眼睛来回探看，想找到一个突破防守的合适时机。他伸手，假意传球给中锋，两个防守的对方球员正要拦截，却发现他的双臂一晃，已经带球来到了篮板下。

对方的前锋见夏习清就这么闯进来，眼睛都红了。夏习清抬脚正要上篮，伸长了胳膊，后背却受到了一阵猛烈碰撞，力道大得他几乎晕眩，直直地扑向了篮球架，整个人被撞倒在地，膝盖和小腿前侧全部擦伤。裁判吹了哨，队友上前来扶他，夏习清咬着牙，手掌撑在地上勉强起来，可他的眼前还是一片黑，半天缓不过来，最可怕的是他发现自己的脚踝扭伤了。

"操……"

"换人吧。"夏知许很是果断。

"换什么人？换谁？"夏习清眉头紧紧拧着，情绪一下子收不住了，"这他妈换谁都是输！"

人群中忽然传来一个冷静的声音。

"谁说的？"

循声望去，渐渐恢复清明的视野里出现一个高大身影。

周自珩……

从人群中走过来的周自珩拉开自己的校服外套，脱下来扔在了红队的候补区。坐在候补队员旁边的许其琛倒是反应快，朝他扔去一件红色队服。他伸出左手接住球衣，右手抓住背心下摆抬手一扯，单手脱掉了背心。

看着随他动作牵扯的肌肉，夏习清的心猛地跳了两下。

周自珩迅速套上球衣，举手向裁判示意换人。受伤的夏习清被许其琛搀扶着下场，和周自珩擦身而过的瞬间，听见他开口。

"虽然我挺希望你跟我没完……"周自珩嘴角勾了勾，"但我说过，你不会输。"

"我不会让你输。"

心脏果然出问题了。

夏习清低垂着头，汗水滴在周自珩在地上拖长的影子上。

他控制不了，荷尔蒙和信息素激烈碰撞的时刻，夏习清嗅到了唯一仅有的硝烟气味。

高三队压根没想到高二这边还藏着这么高的候补，尽管看着心里有些发毛，可表面上还是得充样子，何况又是个 Omega。

"操，这年头的 Omega 都他妈吃什么长的，一个比一个高。"

"高怎么了，"站在对面的一个后卫不服气，"发情的时候让他低头他还不就得低头？"

周自珩棱角分明的下颌微微扬起，红得快要烧起来的夕阳照在他的脸上，他右手持球，一下一下在地上拍着："Omega 又怎么样？"

他高大的身形和攻击性十足的面孔无形间凝聚成一股极强的气压。

"照样打得你服服帖帖。"

哨声响起。所有人投入战斗，周自珩的速度极快，在所有人都来不及反应的时候就带球直闯禁区，对方甚至来不及防守。

"回防！快！！"

三步上篮。

进了。

"对了。"欢呼声中，周自珩勾唇笑了笑，"我这人从不低头。"

坐在候补席等待包扎的夏习清静静凝视着周自珩。他的身高优势几乎压制全场，对方的长传球全部被封锁，更何况他强大的体能和爆发力，让对方挡都挡不住。

"这真的是 Omega 吗……"

"高二都是些什么神仙 Omega 啊……"

"卧槽，按在地上打啊。"

下半场越打越激烈，由于夏习清被撞伤离场，高二队个个都带着气，越打越狠，分数在队长和周自珩的带领下拉开差距，剩下的时间不算多，对方好不容易持球准备闯内线，夏知许冲上来防守，正巧周自珩也过来，可他忽然间开口："知许，打伤他的是哪个？"

夏知许蒙了一下，差点被对方钻空子进内线，所幸周自珩直接把球拦了下来。

"12号。"

"明白。"周自珩转身运球，12号就在对方内线里防篮板，原本他是想直接投三分，看见12号就站在篮板底下，于是索性改了计划，直冲篮板。

12号见他准备上篮，一个起跳，伸手准备抢篮板，可周自珩只是假动作，脚尖都没有着地，而是把球甩给了同样在篮板底下的另一个 Omega 队友，队友也很上道，迅速接球补了篮板。12号控制不住自己的身体，在惯性作用下身体前倾倒在地上。

"高三已经赶不上了。"

"你没看见吗，高二队现在指着12号打呢！"

"牛逼！！高二队牛逼！！"

最后几分钟，周自珩几乎是盯着12号一个人，一边防他一边激他，打得12号几乎要抓狂。快要结束的时候，比分已经差了二十多分，根本赶不上来了。对方垂死挣扎，长传球却被站在场中央的周自珩伸手截走，12号就站在他的面前，周自珩几乎都没跳，就这么直直地站着，高举着一只手。12号原地起跳，想要抢走他手里的球。

哨声响起。

"比赛结束。高二校队获胜！"

周自珩仍旧保持着结束前的姿势，倒退着走了两步，单手掌球，照着12号站的位置猛地将球砸过去，一颗篮球被砸得弹起老高，吓得12号连连后退好几步。

"咚——咚——咚……"

篮球越弹越低，最终滚远。

周自珩轻蔑地瞥了一眼，抬手擦了一下额角的汗，离开球场。他原本并不打算和队友一起庆祝，可硬生生被篮球经理许其琛拽了过去："一起合张影吧。"

伤员夏习清也被许其琛死活搀了过去，不准备站在中间的夏习清单脚在地上蹦了一下，几个大男孩挤来挤去，差点把他给挤倒。

"哎哎我去……"

忽然，一双手从后面扶住了他的手肘，夏习清一回头，看见周自珩的脸孔，说来也是奇怪，他身上的戾气好像一瞬间又都没了。为什么一个人可以这么快切换自己的气场？夏习清想不通。扶稳了他，周自珩也自然而然地站到了他的身边。

夏习清转过脸，听见周自珩在他身边压低声音道：

"你味道快变了。"

不用他提醒夏习清也知道。

"看镜头——"

夏习清扯了扯嘴角，露出招牌的虚伪笑脸。

"你也是。"

下晚自习的时候，废了一只脚的夏习清屁股像是粘在板凳上似的，一动不动，周围的同学陆陆续续都走了，连慢吞吞收拾书包的周自珩都准备离开。

"哎。"夏习清拽住他的胳膊，"别走啊。"

周自珩的脚步顿了顿，看向夏习清："你要做什么？"

夏习清笑起来总是很好看，一副理所当然的样子开口："你送我回去。"

"为什么？"周自珩一本正经。

"不为什么，你不是老好人吗？"夏习清的手指紧紧地抓着，"既然都帮我赢比赛了，送佛送到西呗。"

纠缠了半天，周自珩最后还是妥协了，骑着他的自行车载夏习清回家。自行车的车轮磕磕撞撞地驶过不平整的路面，夏习清感觉自己的心跌了一跤又一跤，脑子也晃荡晕了，觉得他身上甜滋滋的香草味格外好闻。

想吃香草味的蛋糕。手抓住座椅下缘的夏习清心想。

不，还是雪糕吧。

行过一个地面上凸起的铁杠，猛地磕了一下，磕掉了夏习清之前的所有思绪，愣怔间，毫无预兆地陷入下坡路的狂风中。风把周自珩身上的香草气息一股脑塞给了后座的夏习清，多到他几乎要被这香甜淹没。

不对，他还是想要周自珩。

按照夏习清的指示，周自珩骑着车进入了一个安静的小区，来到1号单元楼下，这里的路灯似乎坏了，周围黑得很。

"到了。"周自珩停下车，一只脚踩上地面。

"哦。"夏习清抬着一只脚从车上跳下来，背对着他说了声谢谢，蹦了两步，又停了下来。月光照着他的后背，照得他浑身蒙着一层淡淡的光晕。

又或许只是周自珩的错觉。

"你怎么了？"周自珩见他不动，又道，"哦，你上不去是吧。"说完他停好车，"我扶你上去吧。"

他走过去抓住夏习清的胳膊，却没能拽动他。

"喂……"

下一秒，夏习清转过身，吻住了周自珩。

他身上的烟草味已经怎样都盖不住了，愈发浓烈，带着一股子倔劲，勾出了周自珩身上硝烟味的信息素，纠缠在一起。

这味道实在是太烈，像熊熊燃烧的火，又像下一刻就会爆炸的炸弹。

在愈演愈烈的信息素里，夏习清紧紧地抓住周自珩的校服前襟，舌尖蛮横地撬开对方的牙关，脑子里那些疯狂的念头驱使着他，怂恿着他，让他毫无章法地亲吻周自珩。

遭遇这场突袭的周自珩第一反应是推开他，可他很快又意识到夏习清是一个伤员。他预备推开他的手停在了夏习清的肩上，抓着他的肩将他和自己分离开来。

夏习清喘着气，月光下脸色发白，但很好看。玫瑰香气太浓了，在烟草的衬托下又甜又欲，熏得周自珩脑子发热。他见夏习清微张着嘴，似乎是想说什么，可最终还是没说，只是倔强地转过身去，一下一下缓缓跳到单元楼的楼下，月光最终也没能追上他的脚步，由他陷入黑暗之中。

我想要你。

这句话他没说出口。

你不想要我吗？

他也没有说出口。

舌尖好像被咬到了，淡淡的血腥味从口腔弥漫出来。夏习清垂着眼睛，看着第一级台阶，准备跳上去。他真不该这么怂，夏习清想。可没一会儿，他又想，他其实根本不该这么做。

无声地叹了口气，夏习清扶住楼梯的扶手，正要跳上去，却被一股力量拽住。整个人都被拽进一个温暖的怀抱里。香草的气息，硝烟的冲击，青春期涌动不息的荷尔蒙，这一切将他牢牢圈住，深深地陷进去。

周自珩的手臂箍得很紧，夏习清的心跳得快极了，可他隐约感觉，和他紧紧相贴的另一具身体里，那颗心跳得更快，像是直直地往他身上撞似的。

"我好想标记你。"周自珩忽然开口。

夏习清的呼吸一滞，他没问出口的话竟然得到了答案。他感觉周自珩宽大的手掌就这么握着他的后颈，在那一块根本不可能被标记的皮肤上缓慢地摩挲。

他的声音很缓，也很沉，温热的气息喷洒在夏习清的耳畔，硝烟味愈发浓烈："想咬上去，想打开生殖腔，想在你的体内成结。"

最后一句说得又温柔，又下流。

"想弄脏你的玫瑰香气。"

夏习清冷笑一声："你疯了。我又不是 Omega。"

周自珩轻柔地摸着他的脖子："你以后可以只做我一个人的 Omega。"

"凭什么不是你做……"话还没有说完，夏习清眼睁睁看着周自珩低下头，伏在他的肩上，摁住他的头，一口咬上他的后颈。

"啊……"

牙齿刺破皮肤，血液渗出来，玫瑰的气味甜美到令人眩晕。尽管周自珩比谁都清楚，他不可能标记夏习清，他的信息素无法进入夏习清的身体，可咬开后颈的这一瞬，他仍旧感受到了交融的错觉，超越生理。仿佛他怀中的这个灵魂穿透肉体，严丝合缝地融进他的灵魂之中。

夏习清以为自己除开痛楚外再也感受不到更多，他们根本不是天作之合，他们针锋相对，是天生的对手，可被他刺破的这一刻，他竟然感受到了灭顶的快感，周自珩浑身散发出的浓浓硝烟将他埋在欲念的废墟里，他像是死过一次了，痛苦和欢愉一起毫不留情地淋上来，如同他来的那天下的那场暴雨，把他困在教室里，逼着他和周自珩相遇。

直到他的牙齿松开自己的皮肉，夏习清都久久不能回神。他被标记了，好像真的被标记了。僵直的脊柱，颤动的指尖，还有狂跳不止的心脏，从此都属于周自珩了。

周自珩的胸膛微微起伏，他的嘴唇上还沾着自己的血，被他的舌尖舔了舔，卷个干净。他就这么低头望着夏习清，沉默不语。

夏习清的思绪终于从莫大的震撼中回到他的身体，抬眼看向周自珩。老实说，他不知道此刻该说什么，因为他终于看明白自己的心，明白了，所以更慌。

"我喜欢你。"

他愣了一下，睫毛扇动，他其实没有期待周自珩说这句话。可周自珩说了，还温柔地低下头，吻了吻他的鼻尖。

夏习清的喉结上下滚动，这个吻太过了。

他的眼睛看向别处，不安和躁动围绕着他。

"你……"他深吸一口气，看向周自珩深邃的双眼，"你不是说，你这人从不低头？"

周自珩眼里的温柔像是落雨，就快坠入夏习清的心里。

"对。

"除了吻你的时候。"

在佛罗伦萨蜜月游的时候，周自珩就拿着他的相机，一路上拍了很多他们旅行时发生的事，回来的时候剪了好几天，想剪一个双人 vlog。可其间夏习清就坐在旁边，像个甲方大佬一样盯着他剪辑。

"不行，这个接吻要剪掉。"夏习清舀了一勺冰淇淋塞嘴里，"你还想让我上热搜吗？"

周自珩皱起眉："剪不剪这段都是要上热搜的啊。"

"那怎么一样？"夏习清拿手指戳了一下周自珩的脑门，又舀了一勺冰淇淋喂到他嘴边，"'周自珩夏习清 vlog'和'周自珩夏习清热吻'这两个词条的热度能相提并论吗？"

周自珩假装听不懂，咬住夏习清手里的勺子就要拽走。夏习清拍了一下他的脑门要把勺子夺回来，两个人拉扯了一阵，周自珩忽然间松了牙。在惯性的作用下，夏习清身子后仰，被周自珩眼疾手快地搂住，吧唧亲了他一口。

花样还真不少。夏习清把冰淇淋盒往桌上一搁，两手搂住周自珩的脖子，在他耳朵边上吹气："你别剪了。"被夏习清这么一弄，周自珩浑身过电，可他为了能好好地圆满地秀一次恩爱，残忍地拒绝了夏习清的"邀请"。

"服气了？周自珩就为了一破 vlog，居然把我给关书房外边了！"

许其琛听着夏习清在电话那头的抱怨，笑着让他消气："你就让他弄嘛，他弄好了肯定就来陪你了。"

夏习清的脑袋抵在书房门外面，用自己的脑门敲了几下门："放——我——进——去。"

许其琛笑个不停，这两个人怎么一谈恋爱就这么幼稚？

"习清……"

电话那头声音突然大起来："周自珩，你今天不放我进去老子就操得你下不了床！我说到做到！"

许其琛："呃……"

门里头隐隐约约传出声音："您的好友周自珩已失聪，听不见！"

许其琛："……你们好好玩吧，我先挂了。"

夏习清在书房外头转了两圈，决定回自己家画幅画冷静一下。周自珩窝在书房里剪了两小时，准备找个合适的时间放出去。登上那个人尽皆知的小号刷了刷微博，权当放松。他像往常一样点进自习 CP 的超话，结果看到了一条微博。

Makenosense："zzh 和 xxq 是不是分手了？总感觉他们是炒作……最近两人都没影了，微博也不发，别喷我，我就是合理猜测。"

尽管他写了"别喷我"，但下面还是有很多粉丝回复。

ssstarriest："人家谈恋爱是谈给你看的吗？怎么会有这么杠的人啊，我们自习现在可是热恋期！"

自习女孩冲鸭："你这种心态就很好笑欸，发微博才叫谈恋爱啊。"

今天你上自习了吗："说'别喷我'的人十有八九都是杠精，你这么厉害你怎么不去当行星发动机啊，地球靠您拯救呢。"

……

周自珩决定择日不如撞日，今天就发 vlog。于是，着急打脸的他直接用小号发布了新鲜热乎刚刚出炉的双人 vlog，并且同步到 B 站，粉丝简直就像是中了头奖一样。

全网唯——一个珩母："看我刷到了什么！！！"

土星和焦糖星："标题！！！双人 vlog！！！啊啊啊啊啊我竟然等到了！"

灯花燃尽："呜呜呜呜珩珩妈妈来了，我来看你和儿媳妇了啊啊啊。"

Juuuuun-："啊啊啊啊啊啊啊啊我来了！！阿伟等着死吧！"

周自珩的剪辑风格其实很简洁，滤镜也是和原图没太大区别的那种清淡挂。vlog 的开始是在机场的夏习清跨坐在行李箱上低头玩手机，刚剪了短发的他戴着一顶黑色渔夫帽，身上穿了一套很休闲的酒红色运动套装。

"小玫瑰。"没有出现在画面里的周自珩开口。

"啊啊啊啊啊啊啊小玫瑰！！！"

"小玫瑰可还行？！ zzh 的声音能不能不这么苏！！"

"卧槽卧槽上来就这么高能！阿伟死了！"

夏习清抬眼看了看，估计是看见了周自珩手里的相机，下意识把渔夫帽往下拽了拽，然后两只脚踩在地上，手扶着自己的行李箱，费劲地连行李箱带人笨拙地转了过去，背对着镜头比了个中指。

"xqgg 也太可爱了叭！！！"

"这里有个小傲娇！我们一起来欺负他吧！！！"

"我的天哪 xqgg 的脸怎么这么小，我戴渔夫帽根本不能像这样全部遮住呜呜呜，xqgg 穿红色好好看1551！"

"没人发现竖中指被打马赛克了吗？"

镜头拍了一会儿夏习清的背影，同时周自珩清朗的笑声持续不断："暴躁习清，在线傲娇。"

"哈哈哈哈哈哈哈 zzh 又来了！"

"zzh 你还不哄媳妇！你还在这儿玩梗！！"

"哈哈哈哈哈哈哈哈好绝一男的！"

很快，镜头切换，画面中出现周自珩素颜戴着黑框眼镜的脸，他最近也理了短发，穿着一件简单的黑 T 恤。他笑着朝镜头挥了挥手，然后拿着镜头移动到自己的左边，后期配音开始出现："这里我没敢说话，因为他在睡觉。"

画面中出现了夏习清的睡脸，脑袋歪在窗户那一边，身上盖着飞机上的小毯子。

"我的妈呀 xqgg 的睡脸好好看！！！睫毛好长！！"

"这两人的素颜真是让女生自叹不如。"

"他睡着的时候看起来就很乖，但是，你不能把他吵醒了，因为他有起床气。"

"哈哈哈哈哈所以这个 vlog 是《夏习清饲养手册》吗！"

"哈哈哈哈哈哈《夏习清饲养手册》的别跑！！！"

"饲养手册绝了哈哈哈哈。"

"555555zzh 好温柔。"

镜头翻转过来，周自珩对着镜头笑了笑，腾出一只手去扒拉夏习清的脑袋，试图把他扒到自己的肩膀这边。手刚碰到夏习清，就见他皱着眉头躲了躲，周自珩索性伸了胳膊过去，扶着他的肩膀把他弄过来，夏习清闭着眼睛挣扎了一会儿，最后本能地把头靠在周自珩的肩膀上，蹭了两下，找到了一个舒适的睡眠姿势，安心地继续补觉。

"妈呀这也太自然而然了呜呜呜呜我酸了。"

"这狗粮真酸啊啊啊啊！"

"好幸福呜呜呜呜呜。"

举着摄像机的周自珩把镜头一再拉近，拉到夏习清的鼻尖。

"啊啊啊啊啊啊啊放着我来！我要亲鼻尖！"

"是我的嘴先动的手！！"

在轻快的 BGM 下画面再一次切换，穿着薄荷色上衣的周自珩坐在长椅上，身边有好多鸽子："幸好我随身挂着相机。"他对着镜头压了一下头顶翘起的呆毛，"今天头发睡毁了。"说完他将镜头翻转，绕着圈拍了一下周围，

“这里是习清的母校，漂亮吧。”

“啊啊啊啊啊啊带着小男友回母校！！！ xqgg 怎么这么甜！！！”

“天哪好感动哦！！ xqgg 虽然看起来总是很傲娇，但是真的是个小甜心！”

“好漂亮哦这里，想魂穿珩珩身边的鸽子！”

“啊啊啊啊啊珩珩这身衣服是上次那个博主偶遇拍到的图！！我发现了华点！”

“真的！！！就是那个在圣母百花大教堂前接吻的图！！！原来是那一天！！”

镜头一转，变成了夏习清站在一个小厨房里的背影，他身上穿着那天的照片里的蓝色条纹衬衫和短裤。他的身边是一个意大利奶奶，穿着一条可爱的花裙子。夏习清弯着腰帮房东奶奶洗着番茄，洗了一小篮子，又从里面拿出一个不大不小的红番茄，咬了一口，背影就能看出他抖了一下，然后皱着一张脸转过来，把番茄给了周自珩：“好酸。”

镜头后面伸出一只胳膊：“好酸你就给我啊。”

“啊啊啊啊啊我酸了！我和 xqgg 一样酸了。”

“妈呀我的 CP 这么甜是为什么？！我何德何能可以拥有这么绝美的爱情！！”

“不然浪费了。”夏习清又转过去，用意语跟房东奶奶说话。

“你要切吗？你别切你又不会做饭。”

“我可以学啊。”夏习清左手拿过胡萝卜摁在砧板上，右手拿着刀，左摆了摆，右摆了摆，不知道该怎么下手。

镜头不断地靠近，一只手伸出来把他手里的刀拿走：“你别弄了，我来切。拿着。”镜头晃了一下，摄影师完成了交接。夏习清举着摄像机对着周自珩的侧脸：“你为什么要拍下来，该不会是要录 vlog 发网上吧。”

周自珩镇定自若地摇了摇头，专心致志切着胡萝卜：“不是啊，我不会发的。”

“好吧。”

“哈哈哈哈哈哈 zzh 的嘴！骗人的鬼！！”

“xqgg 这么聪明的人怎么会这么轻易地相信他啊！”

“因为爱情啊～”

夏习清并没有乖乖录周自珩，而是拿着镜头四处转了转，嘴里还哼着小曲，好像是首英文歌。

“啊啊啊啊啊啊啊习清哥哥唱歌真的好好听，随便一唱都好好听！”

“我好像听到了一句‘I just wanna kiss you’！！！”

“我也要 kiss you 啊啊啊啊 xqgg ！！！”

突然画面晃动了一下，镜头下移，一个金发小女孩抱住了夏习清的腿，她仰着一张红扑扑的小脸蛋望着，嘴里叽里咕噜说着意大利语，镜头推近，夏习清蹲了下来。

画面后伸出一只修长的手，温柔地摸了摸小女孩的头。BGM 忽然变了。

“啊啊啊啊 BGM 就是刚刚习清哥哥哼的歌！！珩珩好用心啊！”

“xqgg 说意语真的太苏了，好好听！”

“呜呜呜呜我好羡慕这个小女孩啊！”

“我也！！！想抱习清哥哥的大腿！！想被习清哥哥摸头！”

很快，画面再次切换，镜头里是一大桌子人，餐桌上摆满了丰盛的意式晚餐，夏习清坐在靠左边的位置，正给小女孩盛意面，周自珩用英文说了一句看镜头，大家齐齐抬起头，房东爷爷还热情地拿起自己的小酒杯朝镜头扬了扬。

“好温馨哦！喜欢这种感觉！”

“此刻的我依旧在羡慕那个小女孩！”

周自珩坐了下来，镜头放在了餐桌中间，对准了他和他身边的夏习清，小女孩抓起一瓶黑胡椒撒了一点在自己的意面上，周自珩也想要，于是用英文对她说：“给我来点。”小女孩站在了椅子上，夏习清见了赶紧扶住她的小腿，小家伙伸长了胳膊也够不着周自珩的盘子，可又很倔，非要自己给他撒。夏习清只好笑着把她抱到自己的身上坐好："这样就可以啦。"

周自珩把自己的盘子推到了小女孩的面前："Please ~"

小女孩抖着小肉手，撒了许多。

"Hey！"周自珩看着她停不下来的小手哭笑不得，直说够了够了。夏习清也跟着笑，谁知她撒得太多，胡椒粉飘在空气中，惹得夏习清鼻子一痒，转过脸打了个喷嚏。

"啊啊啊啊啊习清哥哥打喷嚏也好萌！！"

"完全是一家三口的即视感啊！！！儿子们！！！妈妈要抱孙子！！！快给我生！！"

"好幸福啊，看着心情就变好了~"

这个喷嚏一打，房东奶奶立刻说了句"Salute！"，周自珩用英文询问了一句什么意思，房东爷爷似乎懂些英文，用带有浓重口音的英文回答："保佑你的意思。"周自珩点点头，爷爷又问道，"你们中国人在别人打喷嚏的时候会说什么？"

他想了想，用英文回答："有人在想你。"

房东老爷爷的眼睛亮了亮，一脸没想到的惊叹："中国人真浪漫！"

"真的欸，这么一想是好浪漫哦，大部分欧美国家都是说上帝保佑你之类的，只有中国人会说，打喷嚏是有人在想你~"

"中文有时候真的很浪漫啊！"

"被意大利人夸浪漫那是真·浪漫哈哈哈哈。"

周自珩也笑了起来，拿肩膀撞了撞打喷嚏的夏习清："不好意思，刚刚擅自想你了。"

"啊啊啊啊啊啊 zzh 太会了！！！"

"这位真的是母胎 solo 的选手吗？？为什么这么会！！！"

"我不行了今天又要为绝美爱情流泪了！"

"我也要打喷嚏！！！"

从喷嚏中回神的夏习清瞥了他一眼，把那个撒满了黑胡椒的意面推到周自珩面前："你给我都吃完，吃不完不许睡觉。"

画面一转，画面里出现周自珩的脸，他靠在沙发上，一脸放松："现在已经是晚上……"他的眼睛眯着，看着对面墙上挂着的一个小小的吊钟，"十点十五分了。"他把镜头翻转过去，对准了对面墙上的手稿，"这些都是习清以前的画，在他上学的时候画的。"他一张一张地拍过去，沿着墙壁，一直走到了夏习清的卧室，里面传来了水声。

"哦，他在洗澡。"

"啊啊啊啊啊啊啊啊啊啊我要看！！！"

"啊啊啊啊啊我要看洗澡！！！"

"xqgg 我来了！！！"

"xqgg 我可以！！！"

周自珩把镜头翻转过来："我知道你们肯定会刷'啊啊啊我要看''习清哥哥我可以'之类的。"他故意掐尖了嗓子学着自习女孩的样子，学得惟妙惟肖，可下一秒他脸上的表情又变得严肃起来，"你们不可以。"他伸出食指比了个 no 的手势，"互联网并非法外之地。"

"zzh 你够了！！"

"少上点网少看点沙雕网友吧珩珩，妈妈求你了。"

"哈哈哈哈哈我要截表情包了啊珩珩！"

他大步流星走到卧室的小阳台，可又好像想起什么似的，镜头和他一起倒了回来，画面中出现了一幅很幼稚的"儿童画"。

"这一幅是我画的，夏习清的肖像画。"

"哈 × 140！"

"xxq：我长这样？？？"

"哈哈哈哈 zzh 你是因为找了个艺术家当男朋友所以也心怀艺术梦了吗？"

"珩珩，有的事就不要勉强了啊哈哈哈哈。"

镜头在画上停留了好久，周自珩的声音还挺骄傲："我熬夜画的。"

下一秒，画面切换，相机似乎被放在了小阳台上，对准了一个彩色的小吊椅，周自珩坐在吊椅上，一抬头，夏习清也从卧室里走了出来，穿着宽松 T 恤的他头发半湿，脑袋上搭着一条毛巾。

"你怎么不吹干？"

夏习清挤到他的身边，挨着周自珩挤在那个小小的吊椅上，一副理所当然的语气冲着周自珩说："你怎么不给我吹？"

"啊啊啊啊啊啊啊习清哥哥撒娇了！！！这他妈谁顶得住啊！！！"

"顶不住顶不住！！"

"太可爱了吧！！！ zzh 你不想日吗？？"

"哈哈哈哈哈哈你不想日吗哈哈哈哈哈哈。"

周自珩立刻笑了，笑得像个小傻子一样，捧着夏习清的脸吧唧亲了好多下。

"啊啊啊啊啊啊啊啊啊我死了！"

"阿伟！！！给我死！！！"

"天哪我的 CP 甜到我原地爆炸！！！"

"你干吗把相机放那儿？"夏习清指了一下镜头，"你不怕掉下去啊。"

"卧槽所以我被放到阳台上了？？？感觉自己摇摇欲坠。"

"哈哈哈哈摇摇欲坠可还行？！"

"没事，这儿又没风，没外力掉不下去的。"周自珩抓着他头上的毛巾给他仔细擦着头发。

"你该不会是在录像吧。"

"我就录着留作纪念啊。"

"留作纪念……"夏习清的表情变了变，伸手勾住周自珩的脖子，轻轻凑上去吻了一下他的嘴唇，一双又纯又欲的眼睛望着周自珩，"你怎么不留点别的纪念？"

"啊啊啊啊啊啊啊啊啊话题逐渐深夜！！！"

"啊啊啊啊啊啊有生之年我可以看到我的 CP 上床吗！！！"

“啊啊啊啊啊啊谁顶得住夏习清！！！”

眼看着话题要跑偏，周自珩赶紧转移了他的注意力，吧唧吧唧亲了夏习清满脸，亲得他都有点发蒙。

“你干什么啊？”

“周自珩妈妈要看床戏！！！”

“zzh！！！你不乖！！你要听媳妇的话！！！”

“妈妈不允许你们转移话题！！！”

“插句话，这个转移注意力的方法真的好好笑啊哈哈哈哈哈（没有不想看自习上床的意思）！”

“你看，星星好亮！”

夏习清拿毛巾擦着自己的脸，也跟着周自珩一起仰起头：“废话，这里又不是北京。”

“北京：……我做错了什么。（此处应有胸口中箭的声音）”

“我喜欢看星星。”周自珩揽住夏习清的肩膀，长腿懒散地一伸，脚蹬住地面，晃动着小小的吊椅。夏习清自然而然地靠在他的肩膀上：“我也挺喜欢的。你知道梵高那幅画吧，《星月夜》。”

周自珩点点头：“当然了。”

“他在创作那幅画的时候，已经住进了圣保罗精神病院，我记得他当时写了一封信给资助他的弟弟，里面有这样一句话。”夏习清仰望着夜空中的繁星，“‘当我望着天上的星星时，常常产生好像地图上代表城镇的黑点的幻觉。我问自己，为什么天空中闪亮的点，不像法国地图上的黑点那样容易接近呢？我们可以搭火车到塔拉斯康或者卢昂，我们却不能到星星上去。’”他说完笑了笑，“我看到的时候，心里有一种说不出的感觉。”

“什么感觉？”周自珩牵起了夏习清的手。

“我也有过这样的想法。”夏习清侧过脸去看他，“你明白我的意思吗？我在仰望星空的时候，也曾经想过，为什么我不能到星星上去呢。不过是在我很小的时候。”他低下头，“星星是我在黑暗中，唯一一个不用哀求就可以得到的灯。”

周自珩不免心酸，将夏习清搂得更紧，吻了吻他的头顶。

“你知道吗？根据热力学第一定律，或者通俗点说，能量守恒定律……”他还没说完，夏习清就戳了一下他的腰：“又来了。”

周自珩笑着捉住他的手：“根据热力学第一定律，宇宙中的能量不会被制造出来，也不会消失。所以在我们死掉以后，我们的肉身会毁灭，但是或许会以另一种形式存留下来。”他指了指天上的星星，“以前电视剧里老说，人死后会变成星星，这是真的，很多很多年之后，我们的确可能变成某颗恒星的一部分，或许是上面的一个小石子什么的。”他把脑袋靠在夏习清的脑袋那儿，“所以，我们死掉之后总可以到星星上去的。”

夏习清像小猫似的蹭了蹭周自珩的脸侧，望着天空，久久沉默。

见他不说话，周自珩问道：“你是觉得死了才能去星星上，有点遗憾？”他温柔地笑着。

夏习清摇了摇头，可又点了一下头：“是有点遗憾，但是……”他仰着脸的样子很乖很好看，“我不遗憾死亡本身。我只是觉得……世界上的人那么多，在极大的概率上我可能没办法和你变成同一颗星星的组成部分。”

“如果我们去到两颗星星上呢，隔着那么多光年……”他叹了口气，“好远。”

周自珩怔住了，他没有想到夏习清会想这些，他的心脏胀得满满的，像一个在温热烤箱里不断膨胀的小面包。

“不会的。”周自珩摸了摸夏习清的侧颈，“我已经摇过号了，就是同一颗。”

夏习清笑起来，拍开他的手：“幼稚。”

“就这么幼稚，在星星上我也要缠着你。”

“随便你。”

休假结束，周自珩接了新戏，中途有三四个月没有回北京。所以杀青后他加休了很长一段时间假期，原本拍戏期间他就一直神隐片场，算上休假的时间，粉丝们几乎有好几个月没有见到新鲜的周自珩了。夏习清则更是如此，粉丝除了偶尔能去艺术馆碰碰运气，几乎看不到夏习清的任何曝光。

于是，自习女孩自发地在网上刷话题，硬生生地把"跪求自习 CP 合体"的话题刷上了热搜，一点开话题，全是粉丝自制的各种可爱沙雕表情包、同人画和视频剪辑，官方不给粮，粉丝只能自给自足。

两位正主其实在家也没什么意思，最近狗仔追得紧，两个人都不愿意出门。休假的前两天周自珩和夏习清在家里抱着睡了两天，后面几天看电影追剧，再后来就真的没事可做，就差在客厅举行游泳比赛了。

盘腿坐在沙发刷微博的周自珩正巧刷到了自习女孩的热搜，腾地一下子跳起来，吓了打盹的夏习清一跳。

"你搞什么？"夏习清懒散地揉了揉眼睛，准备翻个身继续睡。可周自珩却硬生生把他的身子扳过来："别睡了宝贝。"他把手机伸到夏习清面前，"你看，组织在召唤我们！"

夏习清瞟了一眼，又闭上眼睛，想把周自珩拽到他身边："组织希望你睡我，躺下。"

周自珩一时语塞，这样可不行，他忽然想到了一个好主意。于是立刻把夏习清捞起来，好说歹说把他哄醒了，又一顿好说歹说，让他同意和自己一起空降粉丝群。

"你要是能把秀恩爱的这股子干劲用在拍戏上，你一准6岁就成影帝。"夏习清忍不住吐槽。

周自珩毫不 care 夏习清的嘲讽，自顾自乐呵呵地登上了微博小号，点开自己的粉丝群看了一眼，里头好像还热火朝天地聊着关于如何让自习露面的话题。

热浪烟火："好想自习啊15551，想看新鲜的习清哥哥，想看新鲜的珩珩！"

墨雨如画："两个二十多岁的年轻小伙一天天不出门，锁在家里能做什么啊，当然是不可描述的事。"

千江月0v0："啊啊啊别说了想看！！！"

糖醋皈依："我也想看！！！求直播！！！"

夏习清把周自珩的手腕一拉，看了一眼他的手机屏幕，"哼"了一声："瞧我说什么来着。"

周自珩抽出自己的手腕："那也有好多想看我们出现的呢~又不是只想看那个……"

"你还不好意思了，"夏习清简直无法理解，"你那么用力往里怼的时候怎么不害臊啊唔……"

还没说完，被耳朵红透了的周自珩强行捂住了嘴。

夏习清眼睛瞪大，过一会儿又像小猫咪似的伸出舌尖舔了舔周自珩的掌心。太诱了，周自珩抽出手，低头想转移注意力，却不小心在粉丝群的对话框打了个"啊"，还不小心发了出去。

这一个"啊"字，可谓是一石激起千层浪。

温泉酱："啊啊啊啊啊啊啊啊啊啊是珩珩！！"

Akira："啊啊啊啊啊啊啊空降了！！！"

玫瑰与小鹿饼："啊啊啊啊啊啊真的是珩珩吗！！"

去冰三分甜："啊啊啊啊珩珩妈妈爱你！！康康妈妈吧！！"

昵称真的很重要啊啊啊："我的妈呀！！！我的珩珩妈妈来了！！！儿媳妇在你旁边吗妈妈想儿媳妇了！！！"

粉丝群激动得像是捅了土拨鼠老巢，可当事人周自珩却有点郁闷，毕竟这个出场方式一点也不酷。

夏习清看着自己的手机笑道："你是指挥官吗？你发一个'啊'，后面成千上万的自习女孩跟着你'啊'。"

周自珩沉默不语，又在群里发了一个玫瑰的表情。

黄小豆shy："呜呜呜呜呜小玫瑰！！珩珩怎么这么甜！"

粉红果冻绿：“我的小玫瑰呢！！我要看我的小玫瑰！”

没过一会儿。

Tsing_Summer：“你们好呀。”

自习女孩冲鸭：“啊啊啊啊啊小玫瑰来了！”

今天搞自习了吗：“小玫瑰的语气好甜啊！！你好呀～妈妈爱你！”

今天珩珩出现了吗：“zzh 一发小玫瑰的表情 xqgg 就出现了，这是什么神仙情侣！”

“哎，不是你要在粉丝群露面的吗，怎么一出来你又不说话了。”夏习清拿脚蹬了一下周自珩的侧腰，“你再说两句啊。”

“我没想好说什么。”

夏习清笑得仰倒在沙发上。

就在这时候，粉丝群的节奏已经被带起来了。

上自习就是好姐妹：“珩珩我们要看直播！！！”

热爱自习的少女：“对！！！我要直播！！双人直播！！！”

娱乐圈第一小可爱：“直播！！直播！！直播！！（敲碗 .jpg）”

等到周自珩回神的时候，两人已经被粉丝疯狂艾特，在粉丝群里叫嚣着要看直播了。周自珩本来就有点想直播，现在正好，有了宠粉这个冠冕堂皇的借口，可以顺理成章拉着夏习清跟他一起直播了。

夏习清嘴上虽然傲娇一些，可说穿了也是个宠粉的性格，在周自珩的软磨硬泡下，他也松了口：“就一个小时，多了我就撤。”

“没问题！”

安好设备，周自珩打开了自己的直播间，粉丝一下子进来得太多，弹幕和画面都卡住了。夏习清趁着这机会跑去拿了一大盒冰淇淋，走回到客厅坐到沙发上，周自珩则坐在地毯上，摆弄着电脑和摄像。

“终于好了……”

“啊啊啊啊啊珩珩的近距离美颜暴击！！！”

“啊啊啊啊啊我崽的眉眼真的太优越了！”

"我看到 xqgg 了！！！ xqgg 坐在后面的沙发上！！"

"卧槽我发现了什么！！情侣居家服！！！"

"真的！！！姐妹你好棒！！！"

"真的是情侣的！！ xqgg 穿灰绿色也太好看了！！"

周自珩拿了桌上的眼镜戴好，做了个简单的开场白："大家晚上好啊。"

"晚上好宝贝们！！！"

"啊啊啊珩珩戴眼镜真的超级好看的！！"

眼睛盯着屏幕，周自珩的手往后伸，放到夏习清的膝盖上揉了揉，夏习清就从沙发上下来，和周自珩挨着并排坐在地毯上，嘴里叼着小勺，朝镜头扬了扬下巴。

"妈呀这默契。"

"我真的好喜欢他们之间这种亲密的小动作，超级真实超级甜。"

"xqgg 真的太好看了 ×10086！"

周自珩屈起一条腿，胳膊搭在膝盖上："之前拍戏很长一段时间都在片场，好久不见啊。看大家很想看我们直播，正好我们没事就满足一下大家吧。"说完，他侧头看了一眼夏习清，"是吧习清。"

"呜呜呜好甜，我现在看他们做什么都好甜，我受不了了！"

"这种日常我能看一辈子！！！"

"别听他瞎扯。"夏习清又舀了一勺冰淇淋，"不知道是谁一门心思想直播，跟我这儿苦苦哀求半小时。"

周自珩正要说话，就被夏习清笑着塞了一嘴冰淇淋："周自珩，你不学好啊，现在怎么变得敢做不敢当了呢。"说完，他还拍了拍周自珩的脸，"你以前可乖得很。"

"妈呀啊啊啊啊啊啊啊！"

"xqgg 把珩珩治得服服帖帖的哈哈哈哈！"

"所以 zzh 是有多想直播啊哈哈哈哈。"

"请给小号加 V，简介就是直播秀恩爱博主。"

"直播秀恩爱哈哈哈哈哈。"

"总之这一次直播来得非常突然，所以你们要做好准备，这可能是一次非常没有内容的直播。"

夏习清表示赞同地点了点头："你们要是想看什么内容，可以在弹幕留言，没准我就看上了。"

"霸总习清，在线宠粉！"

"想看你们疯狂地……（未成年警告）"

"疯狂地哈哈哈哈哈哈，姐妹怕不是个狼人！！"

"珩珩一会儿又要说口头禅了！"

周自珩才看见那条，立刻正色："互联网并非法外之地！"

"哈哈哈哈哈就知道！！"

"标准结局哈哈哈哈哈。"

"zzh，算妈妈求你了，远离沙雕网友吧，少上网少看同人文！"

"哈哈哈哈又把同人文的黑历史扒出来了哈哈哈。"

"惨还是珩珩惨。"

"不如让珩珩念同人文吧哈哈哈哈哈！！"

"妙啊！！！公开处刑太妙了！！姐妹你怎么这么优秀！"

这个节奏带起来不算完，本来只有周自珩的事，可坐在一旁吃冰淇淋的夏习清也被搅和进去。一时间，弹幕竟闹着要两人互念同人文了。

什么展开？？夏习清莫名其妙，周自珩心情倒是复杂，一方面吧，他觉得当众念同人文实在是太羞耻了，另一方面他又特别想看夏习清念。

"念吧咱们？"周自珩试探性地发问。

夏习清皱起眉："谁跟你咱们，你自己念去。"

周自珩故意撞了一下他肩膀："哦～我就知道你不敢。"

"不是，谁不敢了？我这是懒得跟你这种小家伙同流合污。"

"啊啊啊啊啊啊小家伙是什么神仙昵称啊！！！"

"我的 CP 怎么连拌嘴都这么甜！！"

"自习完全就是互宠模式啊。"

"那你就是不敢。"

"我敢你怎么办？"

"你想怎么办就怎么办！"

"行。"夏习清把冰淇淋搁在桌子上，手撸袖子，"这可是你说的。"

眼看着激将法成功，周自珩乐得差点笑出来，努力憋了回去："对，我说话算数。"

就因为这么莫名其妙的胜负心，夏习清答应跟周自珩一起互念同人文了，粉丝在弹幕推荐了几篇同人圈里的"神文"，还贴心地在微博艾特了两个正主。

"实不相瞒，我还是头一次给正主推文哈哈哈哈哈。"

"谁不是呢哈哈哈哈。"

"我一定是在做梦哈哈哈，我的 CP 要直播给我念同人文了！！"

夏习清随便从艾特里点进去一个打开，这篇好像并不是第一章，大概是在微博上连载的其中一章，热度还不低。

周自珩瞥他一眼："你这么快，都不挑一下啊？"

"挑什么，自习女孩推荐的都是精品。"

"xqgg 也太会了吧！！"

"啊啊啊啊啊被蒸煮夸了！！！"

夏习清清了清嗓子，两只腿盘起来，准备开始念。

"夏习清站到……"他差点笑场，"不是，我念我自己的名字好奇怪啊。"

"NG！重来一条。"周自珩两手一拍，假装打板，"Action！"

"夏习清站到了周自珩的面前，他伸出修长的食指，抬起周自珩的下巴……"一边照着手机念，敬业无比的夏习清同学一边仿照着文中的描写，用食指挑起周自珩的下巴，望着他的眼睛，说出了文中的对话，"你难道不想吻我吗？"

说完，两个人静默地看了对方三秒，突然面对面"噗"地笑出来，彻彻底底地笑场。

"哈哈哈哈哈哈这是什么大型羞耻现场啊！"

"真的又羞耻又甜哈哈哈哈，笑得我头掉！"

"珩珩憋笑的样子太可爱了！！"

"这个台词真的念出来太搞笑了！！"

"你太做作了！"周自珩笑着指控。

"谁做作了？真是，人就这么写的。后面还有一大段话呢。"夏习清翻了翻，然后半抗议地把手机搁在桌上，憋着笑对镜头道，"我对写手大大的文笔一点意见都没有，不过有一点，我是绝对不会说这种话的。"

周自珩无比赞同地点了点头："对。"

"我一般都直接强吻。"

"咳！咳咳咳……"这话呛得周自珩连连咳嗽。

"哈哈哈哈哈哈习清本清！"

"好刚一男的！"

"强吻哈哈哈哈哈，真的是能动手绝对不逼逼！"

"zzh 吓一跳哈哈哈哈。"

夏习清转过头，一边拍他的背一边坏笑："是不是想起什么不太美好的回忆了？"

周自珩硬着头皮："没有啊，挺美好的啊。"

"这两个人怎么开始打哑谜了！！"

"原来 zzh 被 xqgg 强吻过！！！一定是的！！这个纯情小学鸡！！"

"我俩初吻就是我主动的，当时我直接就……唔！唔唔……"

夏习清的嘴又被周自珩捂住了。

"疯狂捂嘴哈哈哈哈哈。"

"小学鸡攻颜面全无！"

"卧槽初吻是 xqgg 强吻的！！！ xqgg 牛逼！！！（破音）"

"妈呀现实比同人文刺激一百倍！！！"

为了转移话题，周自珩也赶紧挑了一篇文念起来："那什么，我要念了。"他清清嗓子，"从很小的时候，周自珩就喜欢自己的哥哥……哥哥？！"

夏习清也差点一口水喷屏幕上。

哥哥是什么鬼。坐在办公室里的周自璟打了个喷嚏。

"不是，我怎么就喜欢自己的哥哥了？？"

"哈哈哈哈哈哈 zzh 心里方得一批！"

"这是骨科设定啊我的儿！！"

"太正直了哈哈哈上来就骨科了。"

"骨科？"资深网民周自珩突然恍然大悟，"德国骨科？"

"dei！！！"

"就是德国骨科的骨科！！"

夏习清嫌弃地瞟他一眼："你怎么什么都知道。"

周自珩权当他在夸自己："那是。"完了他又道，"继续继续。"

"第一次见到自己同母异父的哥哥夏习清时，周自珩才五岁，他怯生生地站在门前，看着那个已经进入少年期、生得漂亮又挺拔的哥哥。"

念到这里，他忽然有些不高兴："哎，我在这里面也太弱了吧。"

夏习清笑得开心极了，趴在茶几上歪脑袋看他："你本来就比我小五岁啊，你打酱油那时候哥哥我都大队长了好吗？"

"哈哈哈哈哈哈少先队大队长哈哈哈！"

"打酱油的奶团子珩珩太可爱了吧！！"

周自珩不高兴地扁了下嘴，继续念："后来的很多年，他都记得哥哥初次见面时冷淡而疏离的表情。"

"哎，这个写得倒是挺写实。"夏习清忽然插嘴，"突然冒出来一个弟弟，我的反应还真就是这样的。"

您的好友夏修泽在线打了个喷嚏。

周自珩摇了摇头，跳了好几段，直接省去了引入部分，找个了对话开始他的表演。他一把抓住夏习清的右肩："哥哥！"

还真是一秒入戏啊。夏习清的嘴角抽了抽。

周自珩的眉头缩着，眼里的情绪复杂极了："哥哥……我有话要对你说。"

"我的妈呀影帝上线！！！"

"我靠我这辈子居然可以看自己的爱豆演同人小说！！！卧槽！！！"

"说什么？"夏习清顺势接道。

"你……"周自珩的喉结滚了滚，眼睛垂下，"你是不是真的喜欢昨天那个女生，她说，她说她是你女朋友。"

夏习清挑了挑眉："是又怎么样。"

"啊啊啊啊 xqgg 好 A ！！！"

周自珩的情绪一下子起来，扔了手机两手抓住夏习清的肩膀："我不允许！"

"哇！！！我的妈呀我鸡皮疙瘩起来了！"

"手机：我做错了什么。"

"关你什么事。"夏习清掰开他的手。

"就是关我的事！我、我不允许你跟她谈恋爱！你们连朋友都不能做！"周自珩的情绪一下子偏激起来，猛地抱住夏习清，"你是我的！是我一个人的！"

夏习清的胸口被他撞得闷痛，看在周自珩这么入戏的分上，他也不得不跟着演下去，于是顺理成章地推搡："你疯了，松开我。"

周自珩则抱得更紧了："我没疯！我清醒得很！"他的声音都开始抖起来，演员的基本素养让他把台词又转回到刚刚看过的小说原文上，"你别想着丢下我！我喜欢你，我喜欢你你看不出来吗！"

"你……"

"你明明知道！你比谁都清楚，我掏心掏肺地喜欢着你，比这个世界上的任何一个人都喜欢你。"周自珩抱着他，"哥哥，我受不了你和别人笑，我真的受不了，你不是说过，你永远为了我好吗。"他抓着夏习清肩膀，看着他的眼睛，"求求你，我太难受了，我每天发了疯地想你，你能不能……"

夏习清想想也知道后面的对白应该是什么，他低垂着眼睛："不能。"

周自珩忽然就吻了上来，猝不及防，夏习清是结结实实被吓了一跳，惊吓的情绪全是真情流露。

一个吻吻得发狠，但很快就离开，夏习清推了他一把："你干什么？！"

周自珩擦了擦嘴角，喘着粗气。

"你就是我一个人的。哥哥。"

夏习清彻底被周自珩的演技吓到了。想到两个人刚刚对着直播镜头接吻，他更是一下子气血上涌，耳朵烧烫。从沙发上拽了抱枕就往周自珩的身上砸："我下次再由着你乱来我名字倒过来写！"

周自珩痞里痞气地笑着接他的抱枕暴击："清习夏。也挺好听的。"

扔完抱枕的夏习清一看屏幕，整个被粉丝刷到看不清。

"啊啊啊啊啊啊啊啊啊啊啊强吻！！！ AWSL！！！"

"死了死了死了，这次是真的死了！！"

"卧槽直播秀恩爱秀演技！！！演技真的炸裂了！！！自习怎么这么有张力啊！！"

"啊啊啊啊啊啊啊啊啊啊我疯了我尖叫我狂奔！！！自习女孩今天过年！！！"

"最后一句话真的太 A 了！！！我的妈呀给珩珩跪下！！"

"本土拨鼠今天在棺材里也要大喊一句：骨科赛高！！！自习赛高！！！"

"卧槽刚刚真的强吻了！！！我靠哪个眼尖的小姐妹看清楚了！！ zzh 有没有伸舌头！！！"

"灵魂三连问：伸舌头了吗？伸舌头了吗？？？伸舌头了吗？？？"

我天这都是些什么粉丝啊。夏习清肠子都悔青了，这回肯定又要上热搜了。

谁知周自珩歪了歪嘴角，大言不惭道："伸了。"

完了还撞了一下夏习清的肩膀，凑到他耳朵边上。

"你感觉到了吗，哥哥？"

夏天快到了。

这些天周自珩客串了昆城导演的新片，讲的是北京胡同里的三个混吃等死的小青年意外捡到一个装有毒品的背包之后发生的故事，周自珩在里头演的是个警察。

昆城太了解周自珩，找他的时候直截了当："演警察，制服贼帅，戏份少，两天就拍完，就在帽儿胡同。"

周自珩一口就答应了。

电影上映后，周自珩又一次上了热搜——"周自珩 警服"，因为反响实在是太大，明明是客串角色的周自珩甚至都被邀请上宣传节目，一大堆的代言商趁着热度递出橄榄枝。周自珩就这么猝不及防地忙了起来。

对于这个局面，夏习清并不是太满意。

"怎么？"歪在沙发上的夏习清把脚边的抱枕踢到地上，一脸不悦，"说好的陪我去大阪，我票都买了酒店也订好了你现在鸽我。"周自珩讨好地一屁股坐上沙发，把夏习清的小腿搁在他的腿上，抓来他的手在手背上猛地亲了好几下："我也没办法啊，我拍完立刻去找你，或者你等等我，换个航班我们一起去机场？"

夏习清想踹他，膝盖刚弯起来就想起他拍戏腰伤还没好，又把腿伸开，无奈地向后倒去："不是，你们明星工作不是有档期的吗，总要讲个先来后到吧，我可是先预订的人啊。"

仰躺的姿势让他细白的脖颈暴露无遗，说话的时候喉结上下滚动，让周自珩特别想摸一把，他朝着夏习清的方向歪过身子，刚伸出手去，还没摸到，夏习清就把头抬起来，鼻尖正好碰上他的指尖。

夏习清垂眼看了一下他的手指，然后一口咬上去，力气不小。周自珩只是笑笑，也不喊疼，刮了一下他的鼻梁："没办法，这个杂志突然找上来，嫂子说对我的时尚资源是一个很大的飞跃，死活让我接。"说完他像只大型犬一样趴在了夏习清的身上，压得死死的，捧着夏习清的脸，把他的脸都挤得变形，然后亲了又亲，"我保证没有下次了，真的没有，宝贝你就等我一天，晚上我们就去坐飞机好不好，我看了凌晨有一班！我这就让小罗改签！"

"你！你压死我了……给我起来。"

"你原谅我我就起来！"

"起不起？"

"你原不原谅我啊……"

看着周自珩委屈巴巴的表情，夏习清心软了许多，但还是嘴硬："你不起我就不原谅你。"

"哎呀……"周自珩表情一变，"哎我的妈，我的腰好痛啊。"

夏习清吓了一跳，还以为他这么一趴真的把腰给弄到了，连忙伸手去摸："哪里？没事吧？让你不这么大动作你非不听！"

周自珩原本皱着的一张脸立马笑开，没皮没脸地凑到夏习清跟前："我就知道你心疼我，你原谅我我就不腰疼了。"

惯得你，居然还学会耍花招了。夏习清本来想直接发火，可话到嘴边心里又冒出一个新念头，于是压下了脾气，笑着捏上周自珩的下巴："行啊，我原谅你。"

“真的？”周自珩高兴坏了，“我就知道我们习清最疼我了。”

“那可不吗。”夏习清两手环住周自珩的脖子，鼻尖在他的下巴上蹭了蹭，而后渐渐滑到他的下颌线、耳下，声音含着若有若无的热气，“真的。”

突如其来的撩拨，周自珩一下子脑子短路，直到夏习清湿热的舌尖舔上他耳垂，含住他们两人的情侣耳钉，他的脊背才突然一僵，像是打开了桑拿房紧闭的玻璃门，热气一下子逸出来。

“习清……”

“叫我干什么？”夏习清的语气明明是冷酷无情的，可落到周自珩的耳朵里却裹上了一层黏腻的温热的蜜糖，他放弃纠缠周自珩不堪一击的耳根，抬眼看向周自珩的眼睛，“叫我就是想上我。”

这话太直白，简直是比直接掏出他心脏看个干净还要直白。

夏习清太诱人了。

周自珩的眼神没有闪躲，却不自觉舔了舔干燥的嘴唇，嗓子好痒。

“别在我面前舔嘴唇，”夏习清很轻很轻地吻了一下他的嘴角，“舔我。”

他说最后两个字的时候，带着一点点家乡话爱拖音的小癖好，一个“我”字说得诱人不已，直要把周自珩的魂全勾走。周自珩终于撑不住也根本不想撑，低头深深地吻上他，唇齿交缠的一瞬，感官通通被放大，每一个舔舐和轻咬都狠狠戳上敏感的神经，心率在他的手里，任他调快放慢，甚至暂停。

水声在空旷的客厅里显得格外清晰，夏习清的膝盖恶劣地顶了一下周自珩的胯间，在接吻的间隙戏谑，声音黏腻：“硬得挺快，不愧是小狼狗。”

周自珩咬了一下他的下唇，伸手揉了一把夏习清胯间的鼓包：“你也挺精神的嘛。”

被他这么揉了一下，夏习清压根忍都没忍，直接叫了出来，声音浪得要命，还透着一点哑。周自珩算是被彻底撂倒，压住夏习清就开始解他的皮带，可夏习清像是不乐意，非要扳过他翻身坐在他身上，自己慢悠悠地解了皮带，拿在手上甩了几下，最后捉来周自珩的手腕缠上，表情像一个骄傲的牛仔。

"习清，你要做什么？"

"做爱。"夏习清趴倒在他的胸口上，吻了吻他的侧颈，"看不出来？"他用力地舔吻他侧颈的皮肤，直到上面出现一块深红色的吻痕，他才伸出舌尖，满意地在上面舔了一下，又寻找下一处合适的领地。来去好几下，周自珩才反应过来他在做什么。

"喂，不能留下吻痕的……明天拍杂志要脱衣服。"周自珩抬起手，绑起的手腕靠在夏习清后颈，手摸着他的后脑，"乖。"

夏习清一口咬上周自珩的肩膀："该乖一点的是你。"肩头留下一个十分明显的牙印。

夏习清一路舔吻下来，一面摁住周自珩挣扎的身体，一面留下一个又一个印记，像是一场拉锯战，令夏习清觉得兴奋。

那双细白的手扒开周自珩的运动裤，在坚实的小腹上吹了口气，舌尖舔湿了凹陷的人鱼线。他能听见周自珩喘息的声音，也能感觉到自己愈演愈烈的欲望。这太折磨人了，简直是杀敌一千自损八百的壮烈牺牲法。

可他从来都是个自爆玩家，玩的就是刀尖舔血的刺激。

直到夏习清对自己遍布他全身的"杰作"满意了，才将周自珩松开。他几乎是一瞬间就被周自珩掀翻在地，被他从后背压上来，整个人趴在地上不能动弹。

周自珩嘴里叼着他后颈的一小块软肉，喘着气脱下裤子，也扒下夏习清的，难得粗暴地把他的头摁到地毯上："你怎么这么爱招我？"

他的声音都不对了，太不对了。喘得太厉害，又热又烫。

"你知道吗……你现在像个强奸犯。"夏习清艰难地转过脸笑，额角的汗顺着滴下来，"你的粉丝知道你这样吗？"

周自珩一边拿了茶几下的润滑液给他扩张，一边咬着夏习清的肩窝："她们想的比这更激烈吧。"

"是吗……我也喜欢激烈一点的。"夏习清的声音随着扩张发生了细微的变化，他转过头好像要索吻，周自珩也很慷慨地吻住他，堵住他这张太直白的嘴。进入的瞬间，夏习清松开吻哼起来，唾液顺着他漂亮的唇线淌下来。后入的姿势进得格外深，炙热的性器在里面横冲直撞，捣得夏习清直往前面缩，可又被周自珩抓住肩膀，摁在柔软的地毯上不能动弹。

被纾解的情欲像是开了闸，在滚烫的脊背和胸膛间肆意流淌，溢满身体的出口，天灵盖爽得发麻，夏习清平常不那么喜欢叫出声，今天却特意放浪地叫着，让周自珩更加克制不住自己，一下接着一下猛地钉入湿热甬道的最深处。等到夏习清整个人被操得软透了，又将他捞起来，翻身把他弄到自己身上，软软地趴着，被他箍在怀里，一面接吻一面挺入。

明知道第二天有拍摄，被他这么一折腾，周自珩的敬业精神也通通抛了，凭着动物本能燃烧夜晚。

原以为早起的时候夏习清会懒得起来，谁知闹钟一响他也跟着爬起来，明明困得眼睛都睁不开，腰酸背痛也要起来。

"你怎么不多睡会儿？"

夏习清像个毫无灵魂的刷牙机器，闭着眼含含糊糊道："我也要去拍摄现场。"

刮完胡子正擦脸的周自珩惊讶道："你去那儿干什么？"

"怎么，"夏习清仔细漱完口，抬头看着他，"我还不能去了？"

"你……我拍完就跟你去机场~"

"我就是要看你出丑。"夏习清坏笑了一下，把洗漱完的周自珩赶出浴室。

他的计划完全成功。周自珩从进入拍摄地开始就表现得极为尴尬，逮住一个工作人员就问："这次拍摄可以不脱衣服吗？"

"有两组哦，一组是穿着的，一组需要脱掉上衣。"工作人员耐心地解释。可是他身上的吻痕从脖子一直到小腹，穿不穿衣服都盖不住全部的印记。而夏习清就像个大爷一样，坐在化妆室的沙发上吃薯片，眼睛盯着镜子里的周自珩。

周自珩无奈地皱眉看向夏习清，却见他冲自己扬了下眉，手里的薯片袋子晃得直响。

"自珩，你这脖子上……"造型总监是个 gay，技术一流，在娱乐圈很是抢手，看到他脖子上又青又红的印子，啧了几声，"小日子过得挺滋润啊。"说完，他看了一下镜子里的夏习清，对方冲他端庄地笑了一下。

"这怎么办，遮瑕都遮不住啊。"化妆师犯难了，"要不后期？"

造型总监摇摇头："这个摄影师最讨厌过度后期，这么多的印子，后期处理肯定会磨损皮肤质感的。"

最后，摄影、摄影助理、造型总监、化妆师、服装师一大堆人都挤在这个小小的化妆间里，就周自珩浑身的吻痕讨论了快一个小时。

周自珩感觉自己的羞耻心已经被人踩在地上，磨得丁点不剩了。

最可笑的是，另一个当事人居然还参与到这场公开处刑中，和大家一起热火朝天地讨论起来。

"我觉得干脆就改一下主题吧。"夏习清积极提议。

"弄成淫乱主题？"造型总监兴致勃勃。

"……附议。"夏习清伸出手，两人默契击掌。

"别这么直接。"摄影师刚说完这句，就被周自珩感激涕零地握住手。他正要向救命恩人表示强烈赞同的时候，摄影师又道："虽然主题就是这个，不过就别写出来。概念还是和之前一样，这些吻痕都别遮了，全部保留。"

于是，遍布周身的吻痕成了周自珩杂志拍摄的新元素。戴了副金丝眼镜的他坐在办公椅上，头发通通梳起，特意弄出几缕发丝垂在额边，黑色西装裤搭配黑色皮鞋，上半身却不着寸缕。欢爱的痕迹延伸到西装裤裤腰下，令人浮想联翩。

　　尽管纯情小奶狗周自珩依旧腼腆，但良好的职业素养让他完成了这个充满欲望暗示的拍摄。夏习清不得不承认，虽然自己只是出于恶作剧的目的，但旁观周自珩拍摄的过程，他还是被撩到了。

　　结束工作的两人立刻启程去机场，就在上飞机之前，夏习清紧赶慢赶打开手机，偷偷登上了周自珩的小号。

　　我最讨厌楞次定律："这次的新杂志一定要买哦！有惊喜！"

早上下了场雨。

下雨的时候格外适合睡觉，所以窝在被子里的夏习清翻了个身，从背后抱住了周自珩的腰继续赖床，可刚要再一次堕入梦中，周自珩的手机就没完没了地振动起来。

夏习清不耐地推搡着周自珩，"电话……吵死了……"

睡得迷迷糊糊的周自珩条件反射地摸过电话接通，夏习清这才满意，脑袋缩在他温暖的后颈，又一次睡着了。

梦里隐约听到周自珩说着什么，好像挺激动，可一会儿又没有声音。

就这么迷迷糊糊不知道睡到了几点，夏习清自然醒来，床上只剩自己一个人，他看了一会儿手机就下床洗漱，下楼的时候却听见了小孩子的声音，还以为是电视里的声响。

"自珩，"夏习清一面下楼一面道，"你在看什么？家里还有冰啤酒吗？想喝。"

　　客厅没有人，声响好像是书房传来的，他循声走去，刚走到门口，突然被一个小孩子啪叽一下抱住双腿，小孩子的眼睛上还蒙着一条领带，仰着脑袋咯吱咯吱地笑，嘴里还喊着："抓住你啦抓住你啦。"

　　夏习清吓了一跳，后背直接靠在了门板上，"这哪来的小孩儿啊？"

　　听见夏习清的声音，原本躲在书桌底下的周自珩猫着腰爬了出来，累得半死坐在电脑椅上，揪着自己的衣领来回晃动衣服，"我哥的。"

　　"你哥的？"夏习清一惊，摘掉了小家伙脸上的领带，"这是我的吧……"

　　"借用一下嘛。"周自珩转动电脑椅，朝着小家伙拍了拍自己的手，张开双臂，"来，小因。"

　　小因嗒嗒嗒地跑去抱住了周自珩，奶声奶气道，"小叔，我想吃糖。"

　　周自珩点了一下他的鼻子，"不能再吃了，你妈妈说了一天只能吃三颗。"

　　"小因？"这名字倒不像小男孩的名字，夏习清又问，"大名叫什么？"

　　"婶婶问你呢～"周自珩握住他的两只小手，摇来摇去，"你叫什么名字呀？今年几岁了？"

　　夏习清一听，上去照着周自珩的膝盖就是一脚，"你才是婶婶！"

　　"吓着孩子。"周自珩笑个没完，可又拉过夏习清的手亲了好几下，撒娇似的求饶。

　　夏习清给了他一个眼色，蹲下来摸了一下小家伙的脸蛋，"告诉叔叔，你叫什么名字呀？"

　　小家伙倒是胆子大，"那你会给我糖吗？"

　　"给啊。"夏习清抓住他的小肉手揉来揉去，惊觉手感好得惊人，"你要多少叔叔都给你。"

　　小因眼睛一亮，"我叫周念因，今年……"他歪着脑袋想了想，最终用手比出一个"3"，"三岁半！"

"真厉害！"小孩子太容易把人带跑偏，夏习清跟他说话都忍不住奶声奶气，学着小朋友的语气，"叔叔一会儿就给你糖啊。"说完他仰头看着周自珩，"这小孩儿长得真好看！"

"我生的小孩儿更好看。"周自珩把两只手搁在小因头上，笑得幼稚极了，腿伸开碰了一下夏习清的腰，"你给我生啊。"

夏习清白了他一眼，"我给你生个锤子。"说完他又补了一句，"你怎么不给我生，随我的基因才漂亮。"

"是是是～"周自珩一把将小因抱在他的腿上，单手抱住他，另一只手腾出来抓夏习清的手揉了又揉，"我们习清最好看，谁也比不上。"

夏习清的眼睛一直盯着小因，像是忽然想起什么似的，突然看向周自珩，"小因的名字起得很好啊，周念因，你哥哥和茵姐。"

"对。"周自珩抓着小因的肉手，一下一下往夏习清脸上摸，"以后我们的小孩可以叫周念清，随个念字辈儿，也好听。"

不知道为什么，听见这句话，夏习清忽然觉得耳朵烧得慌，眼皮都垂下来，小声骂道，"神经病。"

小因有样学样，奶声奶气地跟着夏习清学舌，"神经病～"见这小侄子跟着自己骂人，夏习清一下子笑起来，轻轻刮了一下小因的鼻尖，"小家伙。"

周自珩以为他是不喜欢自己这样说，立刻改口道，"那不然叫夏思珩，跟你姓，也很好听啊。"

夏习清一听，直接站了起来，背过身子捂住耳朵，"说些什么乱七八糟的……"小因也哼哼唧唧从周自珩的腿上下来，捂住自己的耳朵，嘤嘤嘤地不知道说些什么，一颠一颠地跟在夏习清的后头。

"你俩倒像是亲叔侄。"

家里的零食和食材都快吃完，两人决定带着小因出去采购，趁着上午人不算多。两人戴上墨镜口罩，给小因戴了顶大大的遮阳帽，开车来到了一家连锁进口超市。

"你们俩穿得真像。"停好车的周自珩单手抱起小因，右手揽过夏习清的肩。夏习清看了一眼，还真是，自己穿了件蓝色 T 恤，戴了顶黑色渔夫帽，小因穿了件蓝色小短袖，也戴了一顶黑色小帽子。

"我们好像一家三口。"周自珩搭在夏习清肩膀上的手伸过来摸了一把夏习清的侧脸，"是吧？"

夏习清一下子拍开他的手，"是你个头。"

逛超市这样的事对于夏习清来说并不常有，这种地方烟火气和人情味太重，可以说是曾经他最讨厌的地方，擦身而过的每一个人都是一个家庭或情侣的成分之一，只有他孤身一人。身为艺人的周自珩也很少自己逛超市，尽管出于不同原因。

小因被他们放在购物车的儿童座椅上，他的小手指来指去，一见到巧克力和糖果货架就激动地大叫，像一只欢腾的小麻雀，只要他一闹，夏习清就一盒接着一盒地把他指的那些糖果巧克力放进购物车里。周自珩实在看不下去，抓住了夏习清的手腕，"哎哎，不能再放了。"

"要！要！"小因在购物车里晃着，手抓住了夏习清的手指头，小嘴也扁起来，"叔叔，还要嘛。"

"好好好，再拿一盒。"夏习清完全招架不住，又挑了一个大的糖果礼盒放进购物车里。周自珩连连摇头，"我之前还说你会不会不喜欢小孩，没想到你这么惯着他。"

"想吃就吃，不就是零食吗……"看着小因脸上的笑，夏习清的心像是变成了一个鼓鼓囊囊的氢气球，下一秒就要飞起来。

"他妈不让他吃太多零食。"周自珩拨弄了一下满车的巧克力，忍不住叹口气，"这要是让嫂子看到了准要数落我。"说完，他伸出食指指向小因，"你可不许告诉妈妈啊。"

小因连连点头，像个小鸡崽一样，两只小肉手抱住了周自珩修长的食指，"嘘~不告诉妈妈。"

半趴在购物车边的夏习清被小因逗得乐不可支，手掌一下又一下摸着小因的小脑瓜，眼睛完全落在他身上。周自珩鲜少看见这样的夏习清，心里有点儿不是滋味儿，他压了压自己的帽檐，清了清嗓子，"你也太喜欢他了。"

夏习清抬起头，"那怎么了，这可是你侄子。"

周自珩吃醋吃得理直气壮，"侄子怎么了，侄子就得这么喜欢啊？"

"那可不。"夏习清笑着挑了挑眉，"那你愿意的话，你也可以这么喜欢我侄子。"说完，他就开始没完没了地笑，周自珩也拿他没办法。

两人买了一些必需品，结账的时候夏习清和周自珩特意分开，周自珩先去取车，夏习清带着小因结账。

"叔叔，我现在可以吃这个糖糖吗？"小因从购物车的缝隙里拿出一包软糖。

夏习清抓住他的小手，"一会儿就可以了，我们先给姐姐钱。"

"可我没有钱~"小因在自己的小口袋里摸了半天，摊开小手。夏习清嘴角压不下去，声音温柔，"我有呀。"

结账的女生一下子就认出夏习清，小声喊了一声，"习清哥哥？"

夏习清抬起头，礼貌地朝她笑了一下，然后继续把购物车里的东西拿出来。

"真的是你！？"女生的情绪一下子激动起来，"天哪我见到真人了！"

小因有点被吓到，躲在了夏习清的背后，小手抓住他的裤子腿。夏习清手绕到后面去摸了一下他的头，"没事儿。"

收银员稍稍平复了一下心情，扫码的时候手都在抖，真人实在太好看，她的眼睛都看不过来，半天了才突然想到这个小孩的存在，于是忍不住问了一句，"习清哥哥，这是谁的小孩啊？"

夏习清付了钱，将购物袋拎起，另一只手伸出来牵起小因，抬头朝收银小女生笑了笑，"我侄子，可爱吗？"

"可爱！"

"谢谢～"夏习清捏了捏小因的手，"姐姐夸你可爱。"

小因有点不好意思，小腿扭来扭去，抓着夏习清的衣服角慢吞吞说了句，"谢谢姐姐。"

领着小因上了车，夏习清直接坐到了后面，没有儿童座椅，他得随时随地护着小因，都顾不上跟周自珩说话，这样的情况一直持续到吃饭，小因也是奇怪，亲叔叔喂饭一口也不吃，就是非要让夏习清喂，一口接着一口吃得特别香。

周自珩忍不住放下碗，一本正经地跟小因说，"你可不能一直缠着习清叔叔。"

小因的嘴上粘着饭粒，黑葡萄似的眼睛瞪得大大的，一字一句说得怪费劲儿，"我要习清叔叔。"

周自珩哭笑不得："你不能要！"他转过脸对着夏习清，表情甚至有些委屈，"怎么谁都跟我抢啊。"

夏习清拿起小勺又喂了一口饭，"谁跟你抢了，自我意识过盛。"

"那你别喂他了，让他自己吃。"

"我不喂他喂你啊。"

"好啊，你喂我，快点。"

夏习清被逗笑了，"说你是小学鸡还真是一点也不冤枉你。"

习惯了两个叔叔陪着的小因越发活泼，两个大忙人在家里陪着小宝贝玩了一整天的游戏，又是老鹰捉小鸡又是捉迷藏，夏习清还陪着他趴在地上画画。

"习清叔叔，你画得不对。"小因抢过习清手里的笔，"这样……"

周自珩捏了捏小因的脸蛋，"你可真是厉害，让一个画家跟你学画画。"说完，他看了看小因之前的几幅"大作"，不由得摇头感叹，"我们周家的孩子的确都是灵魂画手啊。"

不过他也奇怪，一向没耐心的夏习清这次对小因格外上心，简直超出了周自珩的想象，他们三个坐在一起看小猪佩奇，周自珩都看不下去，夏习清反倒和小朋友一起看得津津有味。

"习清叔叔，佩奇是我的好朋友。"

"是吗？你朋友真可爱。"

"你也是我的好朋友～"

"真好，那我也是佩奇的朋友。"

默默看着一大一小两个人的周自珩心里忽然有些难受，他忽然想到了小时候的夏习清。他小时候会有多么可爱，多么讨人喜欢。他是不是也想有一个可爱的小孩，好好地照顾他，爱他，让他成为世界上最幸福的宝贝。

可无论怎样猜想，周自珩很清楚，自己终究是不能感同身受。

玩了一天，累坏了的小因歪在夏习清的胳膊边沉沉睡去，夏习清轻柔地把他的小脑瓜放在自己的腿上，一下一下轻轻拍着他的小身子，看他可爱的睡脸。

"你这么喜欢小孩，我们以后领养一个吧。"周自珩忽然开口问道。

夏习清拍着小因的手顿了一下，最后还是摇了摇头，"算了。"

"为什么？"

他还是不说话。

周自珩正要继续问，门铃就响了起来，他过去看了一眼监视器屏幕，是蒋茵。

"嫂子你可算来了。"周自珩开了门靠在门边，"忙完了？"

"嗯，辛苦你啦，小因呢？我带他去爸妈那儿。"蒋茵换了鞋往里走，坐在客厅的夏习清伸出一只手朝蒋茵招了招，小声打招呼，"茵姐。"

"习清。"蒋茵这才看到躺在夏习清腿边的小家伙，"他这么喜欢你呀。"说完，她还特意回头冲周自珩笑了一下，"不愧是自珩的亲侄子。"

"快把他领走吧。"周自珩双臂抱胸，"再这么下去你宝贝儿子就要鸠占鹊巢了。"

"哟，酸死了。"蒋茵抱起小因，小因眙了下眼，还黏黏糊糊去拉夏习清的手，夏习清亲了亲他的小脸蛋，"下次见，小可爱。"蒋茵这才抱着儿子离开周自珩家。

没了个小孩，家里一下子安静下来，满地的画画工具没有收拾，到处都乱糟糟的，可谁也不想动，夏习清歪在沙发上，等到周自珩关门走过来坐下，他就挪了挪，靠在了周自珩的肩膀上。

"累了？"

夏习清摇摇头。

"你为什么不想收养小孩？"周自珩抓住夏习清的手，十指紧扣，"麻烦？还是责任太重。"

可他并没有回答问题，而是抛出另一个，"你觉得我可以照顾好一个孩子吗？"

夏习清说这句话的语气并不像是疑问，更像是一种自信心不足的反问。周自珩一下子就明白过来，原来他是担心自己没办法尽好抚养的责任。

"你可以的，你很温柔。"

夏习清苦笑道，"可我自己都不知道怎样才算是好的父母。"夕阳将他的轮廓变得温柔，"家庭残缺的人往往都期待有一个美满的家庭，可真的到了那么一天，他们大多变成了自己当初最讨厌的那种人，这种恶性循环完全符合宿命论。"

"你不会的，我知道。"周自珩吻了吻夏习清的头顶，"你刚刚对小因那么温柔，我就知道你会是一个好爸爸，他都不是你的小孩，可你那么温柔，那么耐心，而且打心眼里喜欢他。"

"那是因为他像你。"夏习清说得干脆，"他长得和你小时候真像。"

这句话像是一记直球，直接打在周自珩心口上。

"所以，你是因为小因和我长得像才这么喜欢他？"

夏习清抬头，勾了一下嘴角，"对啊，看到他的第一眼我就觉得好像，感觉回到了在公园见到你的时候。"

想把全世界所有美好的东西都放在你的手心，想给你我全部的温柔，尽管它是如此匮乏。

这样想着，夏习清后仰靠在沙发上凝视天花板，愣愣地开口：

"周自珩，我发现我真的很爱你。"

周自珩的心一紧。

"我爱屋及乌的心太重了。你的小侄子，你的父母，你的亲人朋友，我全都很喜欢。"

"你爱吃的东西，你爱看的电影，你喜欢的歌……我现在去吃去看去听，都觉得很棒，我也很喜欢。"

他用手背挡住自己的双眼，"我有种感觉，好像我在慢慢失去自己。"

慢慢地变成你，变成另一个周自珩。

周自珩没想过他会说这些。

他俯身过去，吻了吻夏习清的嘴唇，又吻了吻他的手掌心。

"错觉。"

他把夏习清的手拿下来，看着他的眼睛，"你就是你，你一直在。"说着，他忽然间笑起来，有些孩子气，又温柔至极。

"只不过被我藏起来了，这辈子我都不会还给你。"

听完周自珩说的话，夏习清久久没有回神，人是恍惚的，直到他摸着自己的脸，轻轻吻了一下他的脸颊。

"怎么了？发什么呆？"

夏习清笑起来，伸手抚上周自珩的手，修长的手指嵌入他的指缝："你肯定知道，我们去到类似西藏的高原，会产生高原反应吧。"

周自珩不明白他突如其来的话题转变，但还是点点头："对啊。"

"那你知道，生活在高原的人来到平原会怎样吗？"夏习清指尖轻轻地摩擦着周自珩的，一双漂亮的眼睛缀满温柔星光。

"会怎么样？"

"会醉氧。"夏习清两手抱住周自珩的脖子，"我现在就有点醉氧。"他一字一句说得恳切认真，甚至带着一丝不易察觉的脆弱情绪，"你不会知道一个缺乏关爱的人忽然间得到太多爱是什么感觉。"

从小渴求一粒糖果的孩子，被突如其来的漫天糖果雨砸懵，手足无措。

周自珩吻了吻他的嘴唇，抱住他像抱住一个孩子。

"醉氧会有什么反应？"

这么一问，夏习清也有些莫名，但还是回答："晕晕乎乎，懒洋洋的，像喝醉了一样，有时候会胸闷，心跳不正常。"

"是吗？"周自珩揉着他的头发，像只乖巧的大型犬粘在他身上，"那我也醉氧。"

"遇到你的第一天起，我就醉氧了，到现在也没缓过来。"

他笑得像个孩子，鼻尖蹭了蹭夏习清的。

"怎么办？你要救我。"

《逃出生天》第二季开播前两天，为了给节目造势，制作组再一次请来了之前《逃出狼人镇》的嘉宾团队，用狼人杀游戏带动节目的首播收视率，抢占话题先机。

嘉宾们都驾轻就熟来到演播厅，直播刚开始房间里就挤满了前来观看的节目粉丝和自习女孩，卡了好久才顺利开播。

"啊啊啊啊啊啊啊 xqgg 我想你！！"

"珩珩康康妈妈！妈妈在这里！！"

"这一次大家的造型都好好看哦，虎牙小哥哥狼奔头好好看啊。"

"晓晓染头发了？玫瑰色好好看！不愧是自习女孩粉头！"

"修泽弟弟是在吃薯片吗哈哈哈哈，可可爱爱，夏家人怎么都这么可爱啊。"

大家都按照之前的位置坐下，1号夏知许，2号许其琛，3号阮晓，4号杨博，5号夏习清，6号商思睿，7号赵柯，8号夏修泽，9号周自珩。就座之后，节目导演开始发牌，每个人的表情都非常精彩。夏习清翻开牌看了一眼："这把 carry 不了了，没意思。"

夏知许不屑地瞟了他一眼："你什么时候 carry 过，有我你就 carry 不了。"

许其琛笑道："你们俩就不能和气点？"

周自珩摇摇头："他们可是明仇二十五年啊。"

"哈哈哈哈哈哈这四个人坐着聊天我都能看一年！"

"前面的等等我！我真的好喜欢这四个人群口相声啊，太可爱了！"

"明仇二十五年哈哈哈哈哈他们要是连情侣就好玩了。"

"天黑请闭眼。"

房间里暗下来，所有人都闭上了眼，灯光变成了诡异的暗红色。

"丘比特请睁眼。"

夏修泽睁开双眼。

"哇这一局弟弟是丘比特。"

"好奇弟弟会连谁啊。"

"丘比特请连情侣。"

夏修泽盯着镜头，几乎毫不犹豫地比了一个"5"，又比了一个"1"。

"卧槽弟弟连了 xqgg 和虎牙小哥哥！！！"

"哈哈哈哈哈哈哈哈哈哈哈哈弟弟牛逼！"

"所以这一局是夏家三千金吗哈哈哈哈哈哈！"

"夏家三千金哈哈哈哈笑死我对你有什么好处！"

"丘比特请闭眼。"等到节目组编导走到了夏知许和夏习清身边，分别把两个人戳动之后，上帝声音再一次响起，"情侣请睁眼。"

夏习清睁眼看到夏知许的那一刻，直接翻了个惊天大白眼。

夏知许作势想摔桌子站起来，做口型道：不玩了不玩了。

"哈哈哈哈哈哈哈玩不下去了！"

"刚刚简直是惊天 flag 啊哈哈哈，明仇二十五年的人成了情侣，谁能想到！"

"xqgg：我要自爆，带走情侣。"

"哈哈哈哈哈自爆带走情侣。"

"狼人请睁眼，狼人请确认一下同伴。"

夏知许、阮晓和商思睿睁开了眼。夏知许朝着镜头比了一个 OK。

"卧槽虎牙小哥哥这一个镜头好帅！"

"狼队最高玩的人连了人狼恋，刺激了刺激了。"

"感觉这一把人狼恋要 carry。"

"同感觉，除非自珩和许编能把他们揪出来。"

"狼人请杀人。"

三人看了看对方，夏知许比了一个"3"，阮晓愣了一下，用手掌作势割了一下自己的喉咙，脸上满是疑惑的表情，商思睿也有些吃惊。夏知许点了点头，拍了拍自己的胸脯。

"卧槽，虎牙小哥哥也太腹黑了吧，上来就直接卖队友啊。"

"这样是不是太明显了，其他人不会怀疑虎牙小哥哥连情侣了吗？"

"自刀骗药太刺激了。"

阮晓心想，之前也没有人自刀骗药，说不定这一次能成，毕竟这一把好人高配太多，赌一把也没什么，万一成功了就赚了。她点点头，朝着镜头指了一下自己。

"晓晓还真的被说服了。"

"不知道女巫是谁，要是骗到药，好人和狼人都是血崩啊。"

"虎牙哥哥不愧是夏家人，打得又脏又猛。"

"狼人请闭眼。"

"预言家请睁眼。"

话音刚落，许其琛就睁开眼，看向镜头。

"许编是预言家！"

"感觉这一把许编要 carry，许编冲呀！"

"西亚大大我永远爱你！"

"许编真的是解西亚吗？"

"预言家请验人。"

许其琛伸出手掌，比了一个"5"。

"习清哥哥好惨一男的，首验首连。"

"没首刀还是因为狼队里有他的情侣哈哈哈哈。"

"好人是这个，坏人是这个。他是这个。"节目组比了个大拇指。许其琛点点头，脸色镇定。

"是我我也先验 xqgg，他是全场最大的不确定性。"

"预言家请闭眼。女巫请睁眼。"

闻声，赵柯睁开双眼。

"赵柯小哥哥！卧槽这回肯定能骗到药了！"

"我想的是，狼队一时半会儿都会沉浸在骗到药的喜悦中，应该猜不到知许被连情侣了。"

"今晚死的是她。"节目组导演比了一个"3"，赵柯皱眉看向阮晓，"你有一瓶解药，请问你要救她吗？"

赵柯皱眉思考了几秒钟，最后大义凛然地点了点头。

"哈哈哈哈最后还是救了老婆。"

"要是没救，晓晓后面知道他是女巫肯定会打他的哈哈哈哈。"

"求生欲使我被骗药。"

"你有一瓶毒药，请问你要使用吗？"

赵柯两手交叠在胸前比了个叉，闭上了眼睛。

"天亮了。"法官顿了顿，"现在开始'警上'竞选，想竞选警长的玩家请举手。"

"1号夏知许，2号许其琛，5号夏习清，6号商思睿，7号赵柯'上警'，从1号玩家夏知许开始发言。"

"夏·不管怎样都要'上警'·习清。"

"两个情侣都还没搞清楚对方身份就全'上警'了hhh，这么能浪不愧是夏家人。"

夏知许清了清嗓子："我第一个发言，我上来就是想说会儿话，我总感觉我有可能会被首刀啊，我想趁'警上'竞选的时候多说会儿，我是个好人。然后我建议预言家等会儿验一下夏习清，全场最脏的玩家必须要验验底，不然一会儿没法玩。"

话音刚落，夏习清的眼睛就瞥过去，两人交换了一个眼神。夏习清心里瞬间就明白了，夏知许一定是狼，只有人狼恋而且对方自己是狼的情况下，才会这么急不可待地让预言家去验自己的情侣，一来，通过这种方式来向情侣暗示自己的狼身份，二是可以浪费一轮预言家的验人。

又是人狼恋，夏习清心累了。

"哈哈哈哈上来就卖情侣。"

许其琛看了一眼夏知许，镇定自若地开始自己的竞选发言："我是预言家，昨晚验人有惊喜，警徽飞给我，后面只要有人'对跳'预言家，我一律标狼打，验都不用验，再说一遍，昨晚验人有惊喜，等我拿到警徽就会报'查杀'，过。"

夏习清面带微笑："琛琛好刚啊。我也是预言家，'查杀'夏知许。"说完他看向夏知许，"你爆不爆？爆了这一局就没警徽了。"

"夏·不吓唬自己的情侣会死·习清。"

"哈哈哈哈哈xqgg又来了，当他的情侣真的好心累啊哈哈哈哈。"

"夏知许：当心我真的自爆带走你。"

夏知许的表情非常做作地变了一下，手拍上桌子，吓得许其琛转头去看他，结果夏知许又笑起来，耸了耸肩，做着口型：好可惜我不能爆。

"虎牙小哥哥肯定有那么一瞬间是真的想自爆带走 xqgg 哈哈哈哈哈！"

"夏知许：胜负欲使我放下私仇。"

见夏知许这样，夏习清也耸耸肩："骗你们的，我不是预言家，我就是想诈一下看能不能诈匹狼出来，好像心理素质还挺高，其实我是闭眼玩家啊，这一把没什么信息，我是觉得琛琛刚刚说验人有惊喜有点不像以往拿预言家的他，但是他又很刚，每次琛琛拿好人就很刚，反正后面不知道还会不会有人跳预言家，我不是，我先过，我就是上来诈诈人搅个浑水的。"

"xqgg 太了解许编了。"

"感觉习清哥哥和虎牙小哥哥是在抿对方身份。"

说完，商思睿接过话："我是民及民以上，我也感觉这个预言家发言有点奇怪啊，如果没有其他人跳预言家，大家可以考虑把警徽飞给我，我是个可以 carry 大家的好身份，就说这些吧，过。"

赵柯道："我是'强神'，本来预言家跳出来我是不准备抢警徽了，但是预言家又不报验人，我还是有点不信任，那不如我这个'强神'来拿警徽，我手上是有信息的，大家可以给我投票，过。"

"'警上'发言完毕，1号玩家夏知许，5号玩家夏习清'退水'，请'警下'玩家投票。"节目组看了一眼票型，"3号阮晓，4号杨博，8号夏修泽，9号周自珩投票给2号玩家许其琛。2号玩家当选警长，昨晚是平安夜。"

许其琛想了想："阮晓开始，升序发言吧。"

"警长好会选！"

"一选就选到昨晚骗药自刀的狼，许编真的牛逼，第六感绝了！"

"我第一个发言……"阮晓的表情很是苦恼，"昨晚平安夜，女巫开药了。现在什么信息都没有，警长说验人有惊喜的意思是有'查杀'？那我们这一轮就走'查杀'呗，我们聊的话别跑偏，到时候走'查杀'就好了，这个警长我是站的。我是一个民及民以上，有可能是民，也有可能是神，你们猜吧。过。"

杨博接着发言："我又是一个闭眼玩家啊，我的视角什么都看不到，只能先听一下警长验人，'警上'投票我给了警长没有给另一个'强神'，主要还是警长说验人有惊喜，等着这个惊喜，希望不会让我们失望。两个不认神的身份都'退水'了，感觉比较做好。然后'警下'全部投票给了警长，可能狼队友也蛮怂的，还是挺怕这个警长的吧。我都是瞎猜的，这一轮能走'查杀'就走'查杀'。我是好人，过。"

"感觉杨博进步好多哦！"

"对，就算是拿民发言也不划水了，很棒。"

"啊啊啊啊要到习清哥哥了！"

夏习清心里头已经明白自己跟夏知许是人狼恋了，那现在只能按照人狼恋的打法，让好人团队和狼人团队撕得越狠越好。

他后背靠在椅子上，笑得十分轻松："我'上警'本来是想抢个警徽搅搅浑水，但是后来一想，我这种玩法可能会被人标狼打，所以干脆'退水'了。"

这话一说出来，大家都笑了，夏习清特地对着周自珩小声凶道："笑什么笑。"

"噢噢噢噢噢当众秀恩爱！！！"

"自珩：？？？大家都笑我不能笑吗？"

夏习清的眼神又看向许其琛："但我不觉得警长一定就是真的预言家了，万一这一把一个不太会玩的人拿到了预言家呢，说不定他没有验出'查杀'就干脆没'上警'，这个时候就被人穿了预言家衣服也不一定。当然了，我只是合理怀疑，我一会儿会先听警长验人，希望真的有惊喜。平安夜，女巫的药已经没有了，如果我是狼，我下一把肯定杀警长，警长一定要把'警徽流'留好。我建议……"

他环顾四周，眼神锁定商思睿："下一把可以验一下商思睿，他刚刚说他是个可以 carry 大家的好身份，这一局可以 carry 的好身份除了预言家就是女巫，你又不敢认'强神'，这就有点矛盾了，没准是匹想'悍跳'又没敢'悍跳'最后半途而废的狼。当然这只是我个人的看法啊，警长也不用听我的，想验我也 OK。过。"

"6666666一下子就揪出了一匹狼，xqgg 牛逼！"

"xqgg 点狼坑的能力真的绝了！其实这一把如果 xqgg 不是人狼恋的话，好人团队超神啊！"

被 cue 到的商思睿淡定地笑了笑："可以验我没关系，我不怕验，但是我认神怎么怂了，屠城局什么都有可能发生啊，我跳一跳就说我是狼了，这游戏不是这么玩的吧。"他顿了顿，话锋一转，"再说了，大家都认死了这个预言家，反正在我看来这个预言家还没坐稳，其琛前几把拿神不是这么发言的，我等会儿会听他发言，有'查杀'走'查杀'不用废话了呗，没'查杀'的话就看看有没有狼自己露马脚，我是民及民以上，过。"

"ssr 在给自己的狼队友递话吗哈哈哈哈，'悍跳'预言家啊各位！"

"这一把跟许编'悍跳'预言家基本是自杀行为，我觉得许编现在就是在诈狼。"

"同意诈狼，许编没验出来人，现在估计就是在听发言诈一个'查杀'。"

赵柯跟在商思睿的后面，开门见山："我是神，这一把没拿到警徽有点可惜，警长验人都没报下面全是上票给他的，没准是狼队友给自己'悍跳'的队友上票呢。我瞎猜的啊，如果还有人跳预言家，我就要好好看一下了，说不定警徽还要撕掉。我真是'强神'，强强强神。过。"

"被女朋友骗了药的强强强神！"

"晓晓憋笑憋得好痛苦！"

"短命'强神'赵小柯！"

"到我了。"夏修泽嘴里嚼着泡泡糖，笑嘻嘻地开口，"我刚刚听赵柯哥哥的话，怎么好像在给自己的狼队友递话啊，好像在说，你们快点跳预言家啊，跟警长'对跳'抢警徽呀。"

"噢噢噢噢噢我们可爱的丘比特小底迪开始搅混水了！"

"底迪太可爱了！简直是萌版 xqgg ！"

"姐姐等你长大！！"

"警长我先站了，要是真有预言家不'上警'那我也没办法，反正背锅的不是我。我是一个铁好身份，但是我的信息不多，所以只能先听一下预言家的验人咯。过。"

终于轮到了周自珩，他玩游戏的时候总是十分认真，不笑的样子看起来有点生人勿近的冷感。

"大家不用看我，我不跳预言家。"

这句话一说出来大家都笑了。

"哈哈哈哈哈珩珩的冷幽默。"

"珩珩好 A 哦，尤其是穿黑色衣服不笑的时候！"

"我是好人身份但是不是预言家，所以许其琛这个预言家我是信的，他要是狼'悍跳'不至于说得这么模糊，我倾向于他在引大家的发言。"说完，他看向自己身边的夏知许，"所以就算一会儿知许说自己是预言家我也是不信的，如果是的话'上警'的时候不会'退水'的。预言家不发言我们这一局基本没有有效信息，女巫解药用了，就算是不跳出来我也觉得很正常，赵柯的女巫我不是很信。其他的就等警长发言，过。”

“感觉珩珩在拉赵柯。”

“珩珩心想：这个发小太不省心了，上去送刀的吗？”

夏知许双手在桌面上点了点：“终于到我了。”他故意顿了顿，一本正经开口，“我是预言家。昨晚‘查杀’许其琛，狼警长。”说完，他还特地朝着许其琛眨了下眼，虎牙又嚣张又可爱，许其琛也一脸沉静地看着他，一句话都不说。

“哈哈哈哈哈哈虎牙小哥哥花式作死！！”

“许编：继续表演啊。”

看见许其琛这样，夏知许立马伸过手去摸他的手，揉了两下：“没有没有，开个玩笑。警察叔叔我错了。我不是预言家啊，我瞎说的。”大家见他这么怂，都跟着笑起来，“我‘上警’的时候就是想多说一点话，我总感觉自己会被首刀，不过幸好活着。感觉到我的求生欲了吗？”他朝着许其琛扬了扬眉，许其琛转过头去把自己的手抽出来。

夏知许继续道：“其实我觉得前面的人发言很有意思啊，夏习清想验思睿，修泽暗踩赵柯，夏习清、思睿和赵柯不太相信警长，修泽、自珩保警长，其他人划水，光从保不保警长这一点就分出阵营了，反正这一把我肯定知道周自珩和夏习清不是情侣了。”

“夏家人真的太脏了哈哈哈哈哈！”

“还想甩锅给自珩哈哈哈哈！”

“希望警长有‘查杀’吧，走‘查杀’就不用争了，没‘查杀’的话，现在认神的人里面有阮晓、商思睿、赵柯，警长，咱们一共三个神，这里面肯定有狼啊，我觉得警长下一轮可以从神里验一个，这把屠城局，找一个不认神的发言不好的抗推比较保险。过。”

许其琛没有立刻发言，而是沉默了一会儿，他的眼睛扫了一圈全场：“先说一下‘警徽流’，先验阮晓，如果我活得过第二夜，我会验知许。”

“许编真的牛逼！不愧是高玩！”

“验阮晓是因为‘警下’的人里她是唯一一个不认民的，没记错的话，说自己可能是人，可能是神。我想验一下单纯就是直觉。验知许是因为如果到了第三天我希望我知道这个高玩是我的队友还是狼，消除不确定性。”说完，他看向知许，“你这一局太跳了，像狼又不像狼。”

夏知许耸耸肩，笑得很是阳光。

“我之前就说过，第一夜的验人是有惊喜的，这一局走我的‘查杀’，商思睿。”

此话一出，场上所有人的目光都投向了商思睿，商思睿的表情倒是没有太大的波澜。

“没什么好说的了，这一轮归票给‘查杀’，我会观察票型。今天我验完阮晓之后，如果我死了……”

话还没说完，商思睿拍了一下桌子：“爆！”

上帝声音响起：“狼人自爆，遗言完毕后进入黑夜。”

“ssr 真的爆了！”

“xqgg 估计高兴坏了，这一下子带走一狼一神，刚刚他就在诈三三来着，没想到真的爆了。”

“我说几句给狼队友，先刀警长不要说了，赵柯应该是女巫，下一把刀他，阮晓我感觉像是丘比特，反正排一排最后肯定能排出来，我一命换一个警长，我们狼队赢面还是很大的。”

商思睿离场，天再一次黑下来，所有人都闭上了眼睛。

“狼人请睁眼。”

上帝话音刚落，阮晓和夏知许便睁开了眼睛，二话不说选择2号许其琛。

“狼人团队现在只有一匹隐狼了，还是连了情侣的。”

"狼人请闭眼，预言家请睁眼。"

许其琛睁开双眼，选择了阮晓，果然得到了他想要的答案。

"许编真的厉害，但是这一把实在是不好打，carry 不了。"

"女巫请睁眼。今晚死的是他，你有一瓶解药请问你要使用吗？"

赵柯无奈地摇头，他想也知道这一把一定是预言家走了，可解药已经用了，他也没有办法。当上帝问起毒药的时候，他再一次摇头。

"女巫请闭眼。天亮了。"上帝的声音顿了顿，"昨晚死的是2号玩家许其琛，没有遗言。请移交警徽。"

许其琛捏着警徽，神色犹豫，他似乎看了一眼夏习清，最后还是举双手比了个叉。

"警长选择撕掉警徽，游戏继续。"

"我严重怀疑许编猜到 xqgg 连情侣了！"

"感觉 xqgg 这样的玩家，就是'金水'也不敢随便把警徽给他哈哈哈。"

"幸好没给警徽，不然血崩啊。"

"从死者左手边开始发言。"

阮晓无奈地叹口气："我又是第一个发言的。刚刚那盘好刺激啊，警长好像已经预感到自己会死了，说话都是经过思考的，但是我不觉得最后商思睿的遗言一定是真的，他说女巫是赵柯让狼队友去刀，我感觉有一点像是在拉赵柯。现在也没有预言家了，我等会儿着重听赵柯发言吧。至于我呢，有可能是丘比特，也有可能是替丘比特挡刀的，屠城局嘛，跳一跳很正常的。大家就自己猜吧。过。"

"晓晓这一局感觉保不住。"

"赵柯还没报'银水'呢，感觉他会拉阮晓的。"

阮晓说完，轮到了杨博，他很认真地思考了一下："商思睿走的时候跟自己的队友对话，说的那几个人可能都有问题，我觉得要不从他说的人里推吧，但是刚刚阮晓的发言还算挺阳光的，那就听一下赵柯的发言，还有之前踩预言家的人，我觉得也有问题。过。"

"xqgg 我可以！！！"

"哎，大家都在关注商思睿的遗言，怎么没有人关注琛琛走之前的警长发言啊。"夏习清的手指轻轻敲着桌面，这是他思考对策时候的惯有动作，然而场上的人里只有周自珩一个人注意到了这微妙的小动作。

"我是一个闭眼玩家的身份，但是凭我对琛琛的了解，我其实有点猜到第一夜是什么情况了，我觉得他第一夜八成是没有验出'查杀'，可能验的是'金水'，这一验废了，而且他的打法一向比较稳，我估计第一晚验的不是我就是自珩，当然这是后话，验谁不重要，重要的是他没验到'查杀'，所以他'上警'的时候才不说明，就是想听发言诈出一匹狼。"

"卧槽 xqgg 这个闭眼玩家简直比开天眼还厉害！"

"这猜得也太准了吧，真的没有剧本吗？"

"其实当时商思睿'上警'的时候我就怀疑他，所以故意诈了诈他，他那个时候没爆，说明他不是心理素质差才自爆的。那他为什么在警长发言之后爆了呢？因为警长留的验人太准了，验到他狼队友了。"说完，他侧了侧身子，朝阮晓露出一个甜甜的笑，"是吧，狼美人？"

"好撩呜呜呜呜呜。"

"天哪这个笑！我死了我死了！"

"大家品一品 zzh 的表情，简直是盯妻狂魔！"

"而且商思睿遗言留得太狡猾了，带了两个人，我不相信两个人都是真神，一定有一个是他夹带的狼队友。"说完，夏习清又趴在了桌子上，"当然啦，你们也可以不认同我的思路，反正我是一个闭眼玩家，我觉得商思睿就是怕琛琛验晓晓所以才爆了，而且连'警徽流'都不让他留完，太明显了。哎呀，感觉这一把我这个民要 carry 了。"

"xqgg 真的可可爱爱！"

"小玫瑰要是真的是民，没准这一把是真 carry，可惜不是。"

等夏习清说完，赵柯开始了自己的发言："我确实是女巫，第一天我救了阮晓，我其实不完全认同习清的逻辑，我觉得商思睿也有可能是为了污阮晓，所以故意挑在那个时间点爆的。而且故意跟自己的狼队友对话，我现在都怀疑是不是习清才是狼队友，习清踩阮晓踩得太狠了，不过习清玩什么角色都是这样的，我也不能笃定，这一把我不会票习清，肯定也不会票我的'银水'。"

说完他顿了顿，分析道："我觉得屠城局狼人自刀的可能性很小，毕竟他们也算不准女巫是我啊。美人计使得也太刚好了，哪有这么小概率的事啊。之前认神的有一个狼先走了，我觉得还有狼，不知道为什么我一直觉得修泽在搅混水，口风一直在变，感觉不在帮好人玩。"

修泽被踩倒是挺开心："阮晓姐姐说自己是丘比特，但是不说死，感觉蛮没有底气的欸。思睿哥哥走的时候说了赵柯哥哥和阮晓姐姐，就这么凑巧，赵柯哥哥第一夜救了晓晓姐姐。我总觉得这里面有问题啊，越想越不对。

"我更认同哥哥的看法，这两神里面绝对有一个是假的，我倾向于是阮晓姐姐，这一把可以推晓晓姐，她应该不是丘比特。她都没有提自己连情侣的事，不太像丘比特发言。"

"底迪：我才是真正的丘比特！不许穿我衣服！"

等到夏修泽示意自己发言完毕，周自珩才终于开口："我两把都是后置位，听了一圈的表演还是很开心的。先说一下习清，虽然我现在还不能完全认他的好身份，但是他的逻辑和我基本是一致的，我补充一下柯子的发言，屠城局狼人自刀不是没可能，如果他们胆子够大，而且狼人团队里一定有一个高玩。"

"珩珩真的厉害！！"

"卧槽自习夫夫两个闭眼玩家居然可以生点狼坑，真的牛逼了！"

"这样我基本可以抿出狼坑了，商思睿一狼，阮晓一狼，我后面的夏知许一狼，没准自刀阮晓的主意就是他出的。"

"卧槽珩珩绝了！！！"

"如果阮晓不是狼，那踩她的习清八成是狼，修泽是狼，这是另一种可能。但是我更倾向前一种，这一把推阮晓试试看，虽然冒险但我觉得这是唯一一个追狼刀的办法。过。"

突然被点出狼坑，大家的表情又很有趣，夏知许倒是不装："我怎么被突然归到狼团队了，就因为我是高玩？那没准夏习清是狼踩狼先保自己呢？哎不对，周自珩你也是高玩啊，你该不会是卖队友保自己吧，不至于吧那可是你亲队友。"搅和了一番浑水，夏知许又假装恍然大悟，"哦我知道了，你肯定是连了情侣了，所以你才踩狼队友，这一局又是人狼恋啊。不管了，先推阮晓吧，下一轮再揪链子，一步一步推呗反正我不怕。"

"知许：赶紧推队友，反正我是人狼恋哈哈哈哈。"

"所有玩家发言完毕，下面开始公投出局。"看了一下票型，上帝继续发言，"1号玩家夏知许、4号玩家杨博、5号玩家夏习清、8号玩家夏修泽、9号玩家周自珩，投给3号玩家阮晓。7号玩家赵柯投给8号玩家夏修泽。3号玩家出局，没有遗言。游戏继续，天黑请闭眼。"

房间内的灯光再一次暗下来，音乐声响起，剩余的六个玩家闭上双眼。

"狼人请睁眼。"

全场唯一一匹狼睁开眼睛，笑得得意。

"虎牙小哥哥把自己的队友一个一个都卖出去了。"

"夏知许真的好帅啊……"

"狼人请杀人。"

夏知许毫不犹豫地选择了赵柯，随即闭上双眼。

上帝依照流程念完了提问预言家的台词，然后转向女巫，赵柯睁开双眼。

"女巫，今晚他死了，你有一瓶解药，请问你要用吗？你有一瓶毒药，请问你要使用吗？"

赵柯虽然看不到谁死了，但是猜也能猜到狼人刀的一定是他，他这轮必须用毒。这样想着，赵柯比了个"8"，毒死夏修泽。

"柯子真的一如既往地踩底迪啊。"

"其实柯子也没有很傻，底迪的确不是好人阵营的，只不过他不是狼。"

"天亮了。"等到所有玩家睁眼，上帝继续道，"昨晚死了两个人，7号玩家赵柯，8号玩家夏修泽。游戏继续。请从5号玩家夏习清开始升序发言。"

夏习清扫了扫桌上剩余的玩家："游戏还没结束，说明还有狼呗。刚自珩分析得很对啊，他说狼团队肯定还有高玩，好难得我们几个高玩都活到了最后，我要是狼的话我早就爆了，还会让警长说出那么多话？"

"这倒是真的哈哈哈哈哈。"

"如果习清哥哥是狼，这一把应该打得更好。"

"商思睿那个爆法太业余了，要爆就要早点爆，带走多少算多少。我之前觉得夏知许是铁狼，不过他跳得有点欢，又有点不像。不过最后一轮发言我又改变想法了，我感觉自珩是狼。"

"终于开始踩老公了！"

"这一局定胜负啊！要是情侣之中的任何一个人被投出去游戏就结束了。"

"他每次拿狼都打得贼冷静，而且明里暗里把我们都踩了个遍。这一把我出周自珩。”

周自珩的表情依旧冷静，甚至对着夏习清笑了一下。

“好苏啊我们珩珩！”

“我一直在等情侣出来。现在我终于搞明白了，习清肯定是被连了，我现在可以确定你是人狼恋了。”周自珩语气非常肯定，但他很快又开始思考，“但你连了谁，我理一下思路，你要是人，你连的应该是知许，你要是狼的话，你可能会连杨博……”说着他皱起了眉头，“不管你连谁，这一把我肯定出你。你绝对是连情侣了，你前面看起来都在帮好人打，但是你也在帮狼队抿神，就是想等到狼神互杀到最后你们可以捡漏。我不管你们哪个是他情侣，剩下的那个，一定要跟我的票。”

夏知许和杨博都没有说话，只是静静地看着周自珩。

“习清太明显了，这一把根本不需要管他连了谁，推他游戏就结束了。一定要跟我票，发言完毕。”

轮到夏知许的时候，他的轻松倒是让周自珩意外不已：“可以啊，我同意出夏习清，这是我最想干的事！来来来这一把就出夏习清了。不说了。谁不投他谁就是狼。”

“你说完了？”杨博有点不敢相信，可夏知许点点头，一本正经：“说完了呀，你说吧。”

“嗯……”杨博显然很犹豫。

“哇这太难了，这三个人都是高玩，要是我在现场我肯定也蒙了啊。”

“谁能想到最后活下来的是一匹狼三个民呢。”

“我现在有点看不懂了，怎么感觉自珩和知许才是情侣，要联手推习清呢，那……那万一习清和我一样是民，推出去我们不就输了吗。知许也太顺杆爬了，他要是连了情侣不至于看到情侣死这么开心吧。这也太塑料情侣了。”

“哈哈哈哈哈哈哈哈塑料情侣，要不要这么精确哈哈哈哈。”

“真的被知许骗到了，知许就是要污自珩啊！”

“自珩和知许太像一个团队了。我想想。”

他思考的时间过长，超出了规定范围，上帝开口：“时间到，下面开始进行公投。”

混乱的场景下，公投也十分混乱，杨博在指向知许的时候一脸蒙逼地看着说好投习清的知许投向了自珩，而自珩坚持指了习清，夏习清却笑嘻嘻地指向了自珩。

看着场上的票型，夏知许和夏习清难得默契地同时站了起来，给了对方一个击掌。

“9号玩家周自珩出局，游戏结束！丘比特阵营获胜！”

从后台跑上来的夏修泽小朋友高兴得像只小麻雀，欢腾地来到了哥哥和知许的身边：“啊啊啊啊啊我们赢了！”

“夏家三千金还真的赢了哈哈哈哈！”

“三千金超棒的！”

“你们看自珩的表情！”

周自珩到最后杨博发言的时候已经猜到夏知许和夏习清连情侣了，可那个时候已经来不及了，他觉得又气又好笑，这两个仇人打配合居然打得这么好。

“可以啊，你们俩把我骗得团团转。”

夏习清绕到了周自珩的身边，一跃坐在他面前的桌子上，两条长腿晃荡着不安分，手戳了一下周自珩的额头：“就是要骗你。”

“小骗子。”周自珩抓住他的手，嘴里虽然骂着，脸上却笑得温柔，“背着我跟别的男人跑了。”

夏习清反手抓住他的手，十指紧扣，赢了游戏让他的心情大好，笑着“喊”了一声：“夏知许能算男人吗？”

这话不偏不倚落到了正走过来的夏知许耳朵里："你说什么？！"

正要发作，许其琛也回到了房间："夏知许你太能演了！你给我过来！"

周自珩抓着夏习清的手，两人幸灾乐祸地看向另外一边，夏习清还转过头朝他扬眉，活像个骄傲的小坏蛋。

在后台哄好老婆的赵柯大喊了一句："晚上一起吃火锅吗各位？！"

"好！！"

- 全文完 -

Via Lactea
Publishing Co.